Brennender Hass

Fiona Limar

Leif Eklund

Impressum

Brennender Hass
von Fiona Limar und Leif Eklund

ISBN: 9798525825079
Independently published

1. Version

Verlegt von:
David Salz, Niederbarnimer Str. 10,
16540 Hohen Neuendorf, Deutschland

Buchcover: Buchcoverdesign.de / Chris Gilcher – http://buchcoverdesign.de
Lektorat und Korrektorat: Heidemarie Rabe

1.

Der Himmel vor dem Fenster war genauso düster wie Sarahs Stimmung. Dabei hatte ihr die Stationsärztin Dr. Söderstedt gerade eine frohe Botschaft verkündet. „Sie haben sich gut stabilisiert, wir können Sie heute nach Hause entlassen." Ihr aufmunterndes Lächeln hatte Sarah einen Stich versetzt. Sollte sie sich jetzt freuen? Und welche Bedeutung hatte das Wort *zuhause* für sie überhaupt noch? Sarah konnte die Tränen nicht länger zurückhalten. Die junge Frau im Bett gegenüber, die gestern eingeliefert worden war und seitdem nur teilnahmslos die Zimmerdecke anstarrte, beachtete sie zum Glück nicht.

„Aber, wer wird denn weinen?" Schwester Lina war lautlos ins Zimmer getreten. Sie setzte sich neben Sarah auf das Bett und nahm sie in den Arm. Von allen Krankenschwestern auf der Station mochte Sarah Lina am liebsten. Sie war eine rundliche Frau von Mitte vierzig, die mit ihrer mütterlichen Art schnell das Vertrauen der Patienten gewann. Um Sarah hatte sie sich von Anfang an besonders gekümmert.

„Andere Patienten freuen sich, wenn sie nach Hause dürfen", fuhr Lina fort. „Dass es dir hier so gut gefallen hat, ehrt uns natürlich. Allzu oft erleben wir das leider nicht."

Sarah war sich bewusst, wie ungewöhnlich ihr Verhalten anmuten musste. Die meisten Menschen überfiel schon bei der Vorstellung, sich in einer psychiatrischen Klinik behandeln zu lassen, der blanke Horror. Und wenn sie einmal hier gelandet waren, drängten sie auf ihre baldige Entlassung. Doch für Sarah war diese Station zu einem schützenden Kokon geworden, in dem sie sich sicher und geborgen fühlte. Hier gab es nichts, das ihr Angst machte. Ihr gefielen der geregelte Tagesablauf, die pünktlichen Mahlzeiten, die Beschäftigungen in der Ergotherapie und die Nächte, in denen sie endlich den ersehnten Schlaf fand. Anfangs hatte sie sich gegen ihre Einweisung gesträubt, um dann zu ihrer Verblüffung festzustellen, wie ihre Beschwerden von Tag zu Tag weniger wurden und schließlich ganz verschwanden. Vor allem waren die unheimlichen Stimmen, die sie so erschreckt hatten, vollständig verstummt. Es war, als hätten es ihre Dämonen nicht geschafft, die dicken Klinikmauern zu durchdringen. Dafür war sich Sarah sicher, dass sie draußen auf sie warteten, bereit, erneut über sie herzufallen. Deshalb hatte sie sich mit allen Mitteln gegen ihre bevorstehende Entlassung gewehrt. Leider erfolglos.

„Ich bin noch nicht gesund genug, um nach Hause zu gehen", presste sie hervor. „Das habe ich Dr. Söderstedt auch gesagt, aber sie hat mir nicht geglaubt."

„Du bist gesund", sagte Schwester Lina sanft. „Darüber solltest du froh sein. Hast du deine Sachen schon gepackt? Deine Tante holt dich nachher ab." Sarah nickte ergeben. Ihre Behauptungen, sie würde wieder unter Benommenheit und Halluzinationen leiden, waren durchschaut worden. Es war ihr peinlich, wie sie die Ärztin angelogen hatte, denn Dr. Söderstedt war immer freundlich zu ihr gewesen. „Wir lassen dich nicht einfach in ein Loch fallen, Sarah", hatte sie gesagt. „Es werden weitere Untersuchungen in einem Schlaflabor durchgeführt, um ganz sicherzugehen. Der Termin wird dir zugeschickt. Aber für unsere Klinik bist du kein Fall, trotz gründlicher Diagnostik konnten wir kein psychiatrisches Krankheitsbild bei dir feststellen. Die Symptome, unter denen du leidest, haben andere Ursachen. Du hast in deinem jungen Leben schon viel durchgemacht, mehr als deine Seele verkraften kann. Was du wirklich brauchst, sind ausführliche Gespräche darüber, für die uns hier in unserem stressigen Klinikalltag leider die Zeit fehlt. Deshalb werde ich dich an einen erfahrenen Kollegen überweisen, der dich ambulant weiterbetreuen wird."

Sarah war sich nicht sicher, ob sie über die Vergangenheit reden wollte. Manchmal wollte sie nur vergessen. Am liebsten würde sie zurückkehren in die Zeit, bevor ihre Welt in Stücke zerbrochen war. Nur war das leider unmöglich.

2.

Es war Mitte März, doch der Winter hatte das Land noch fest im Griff. Sarah fröstelte im scharfen Wind, als sie aus dem Haupteingang der Klinik ins Freie trat. Ihre Tante Astrid lief mit forschen Schritten voraus zum Parkplatz. Ein paar vereinzelte Schneeflocken fielen vom Himmel und schmolzen auf Sarahs Gesicht. Es fühlte sich an, als würde sie schon wieder weinen.

Tante Astrid war ihre Unzufriedenheit deutlich anzumerken. „Sie haben also nichts gefunden? Das verstehe ich nicht." Sie legte den Sicherheitsgurt an, Sarah tat es ihr gleich.

„So ist es aber", erwiderte sie matt. „Die Ärzte meinten, meine Beschwerden lassen sich auf kein bestimmtes Krankheitsbild zurückführen."

„Diese Formulierung zeigt ihre völlige Ahnungslosigkeit", regte sich Astrid auf. „Sie konnten es nicht zuordnen, weil sie dich nur oberflächlich untersucht haben. Man weiß ja, was in den Kliniken los ist. Zu wenig Geld, zu wenig Personal, alle sind überfordert und machen nur das Nötigste. Manchmal nicht einmal das."

Sarah schaute ihre Tante von der Seite an und musterte deren verkniffenes Gesicht. Astrid Stenberg, die ältere Schwester von Sarahs Mutter, war fünfundfünfzig Jahre alt und arbeitete als Arzthelferin in einer Praxis für Allgemeinmedizin. Sie war eine korpulente mittelgroße Frau, die ihr blondiertes Haar zu einem strengen Dutt hochgesteckt hatte. Um eine Einweisung ihrer Nichte in die psychiatrische Klinik zu erreichen, hatte sie ihren ganzen Einfluss spielen lassen. Das Ergebnis stellte sie nun überhaupt nicht zufrieden.

„Irgendetwas müssen sie doch festgestellt haben“, sagte sie. „Bekommst du wenigstens Medikamente?“

„Nein, ich muss nichts einnehmen. Trotzdem geht es mir viel besser. Ich hoffe, es bleibt so.“ Den letzten Satz sagte Sarah entgegen ihrer eigenen Überzeugung. Astrid teilte ihre Zweifel.

„Und was, wenn es wieder losgeht?“, fragte sie. „Sarah, ich habe es gut mit dir gemeint, auch wenn du es anfangs nicht einsehen wolltest. Du brauchtest dringend Hilfe und ich habe dafür gesorgt, dass du sie bekommst. Deshalb habe ich den Klinikaufenthalt für dich organisiert. Es muss sich unbedingt etwas ändern, nicht nur für dich, sondern für uns alle. Natürlich kannst du weiter auf unsere Hilfe zählen, solange sie sich in einem vertretbaren Rahmen bewegt. Dieser Rahmen wird überschritten, wenn du jede zweite Nacht anrufst, weil angeblich Einbrecher oder finstere Gestalten bei dir im Haus sind. Oder wenn wir aus dem Bett geklingelt werden, weil man dich orientierungslos auf der Straße aufgegriffen hat.“

„Das ist nur ein einziges Mal vorgekommen“, protestierte Sarah schwach.

Ihre Tante sprach weiter, ohne auf ihren Einwand zu reagieren. „Dein Onkel und ich, wir brauchen unseren Schlaf. Schließlich müssen wir beide morgens raus und pünktlich zu unserer Arbeit kommen. Die nächtlichen Störungen wirken sich mit der Zeit auch auf unsere Gesundheit nachteilig aus.“

„Ich werde euch nicht mehr belästigen." Sarah wünschte, ihre Tante würde endlich aufhören zu reden. Sie wollte nicht an die Schrecken der letzten Wochen vor ihrem Klinikaufenthalt erinnert werden, sondern sich an die Hoffnung klammern, es wäre überstanden.

„Nicht in dem Ton, Sarah." Astrid funkelte sie durch ihre Brillengläser empört an. „Wir haben alles für dich getan und uns nie beklagt. Wir haben dir Zeit gelassen, mit der Trauer fertigzuwerden und zu dir selbst zu finden. Aber wir möchten dein eigenes Bemühen und Fortschritte sehen. Du musst dein Leben wieder in die Hand nehmen. Was passiert ist, hat uns alle getroffen, nicht nur dich."

Nur mich hat es wesentlich schwerer getroffen, dachte Sarah, sprach es aber vorsichtshalber nicht laut aus.

„Es sind noch weitere Untersuchungen geplant", sagte sie stattdessen. „Außerdem haben mir die Jahns ihre Hilfe angeboten, um euch zu entlasten."

„Bullerjahns? Ausgerechnet?"

Sarah verzog das Gesicht bei der Nennung des Spitznamens. Jahns waren die deutschen Freunde ihrer Eltern, die sich in Schweden niedergelassen hatten. Weil sie eine idealisierte Vorstellung von Land und Leuten hatten, die an das Bullerbü von Lindgren erinnerte, nannte Tante Astrid sie nur Bullerjahns.

„Was hast du gegen die Jahns?", fragte Sarah.

„Hast du vergessen, welche Rolle sie bei der Tragödie um deine Eltern gespielt haben? Deine Mutter wird deinen Vater nicht grundlos verdächtigt haben ..."

„Hör auf, hör sofort auf", schrie Sarah und hielt sich die Ohren zu.

„Von wegen gesund", sagte Tante Astrid spitz. „Meiner Meinung nach hätte man dich in diesem Zustand nicht entlassen dürfen."

3.

Birger Nyberg war gerade im Begriff seine Praxis abzuschließen, als das Telefon klingelte. Er kehrte um und nahm das Gespräch an. Am Apparat war Alma Söderstedt, die er von mehreren Weiterbildungen kannte. Auch hatte sie ihm schon oft Patienten zur weiteren Behandlung überwiesen.

„Birger, wie gut, dass ich dich noch erwische", sagte sie.

„War knapp", erwiderte er lachend. „Was hast du auf dem Herzen?"

Er hörte sie seufzen. „Es geht um etwas oder besser gesagt um jemanden, der mir tatsächlich sehr am Herzen liegt. Ein junges Mädchen, fast noch ein Kind, gerade achtzehn Jahre alt. Ihr Name könnte dir etwas sagen: Sarah Viklund."

„Moment mal, ist das nicht das Mädchen, das seine ganze Familie verloren hat?"

„Ja, um sie geht es. Die Presse hatte sich förmlich auf den Fall gestürzt. Als wäre die erste Tragödie nicht schlimm genug gewesen, hat es das Mädchen gleich noch ein zweites Mal getroffen. Kaum vorstellbar, wie ein junger Mensch das verkraften soll. Ihr ist es jedenfalls ganz offensichtlich nicht geglückt. Sie kam vor vier

Wochen mit der Verdachtsdiagnose Schizophrenie zu uns in die Klinik. Zum Glück erwies sich der Verdacht als unbegründet."

„Kannst du mir sagen, wer die Einweisung der jungen Frau veranlasst hat? Und auf welcher Grundlage?"

„Die Initiative ging von ihrer Tante aus, die als Arzthelferin bei einem Allgemeinpraktiker arbeitet. Aufgrund ihrer Schilderungen und mit dem Einverständnis der Patientin hat er sie zu uns überwiesen. Sarah Viklund berichtete über Schlafstörungen, Ängste und depressive Verstimmungen. Ihr Nachtschlaf war unruhig und nicht ausreichend tief. Dementsprechend war sie den ganzen Tag über müde und schlief manchmal ganz unvermittelt ein. Außerdem litt sie unter akustischen Halluzinationen, speziell kurz vor dem Einschlafen und unmittelbar nach dem Aufwachen. Auch am Tage traten sie ab und zu auf. Das alles hätten natürlich Hinweise auf eine beginnende Schizophrenie sein können, während das klar strukturierte Denken der jungen Frau und ihre Fähigkeit zu kritischer Reflexion nicht ins Bild passten."

„Das klingt für mich eher nach einer Narkolepsie", sagte Birger.

„Genau das haben wir auch vermutet", stimmte Alma Söderstedt ihm zu. „In der Verwandtschaft von Sarah Viklund gab es bereits einen Fall von Narkolepsie. Das Auftreten von Halluzinationen ist bei diesen Patienten keine Seltenheit, da sie sich zeitweise in einem Zustand zwischen Wachen und Schlafen befinden. Wir haben sicherheitshalber eine Untersuchung in einem Schlaflabor geplant. Was aber besonders auffällig war: Im Verlaufe des Aufenthaltes bei uns verschwanden die Beschwerden vollständig. Die Patientin schlief nachts durch, war tagsüber nicht müde und auch die Halluzinationen traten nicht mehr auf. Als wir sie dann entlassen wollten, wirkte sie plötzlich völlig verzweifelt. Sie versuchte Symptome vorzutäuschen, um bleiben zu dürfen."

„Kann es sein, dass sie die ganze Zeit über simuliert hat?", fragte Birger.

„Nein, das glaube ich nicht. Bei ihrer Aufnahme wirkte sie sehr ängstlich, sie hatte die Befürchtung, unter einer ernsthaften psychischen Krankheit zu leiden. Als die Symptome nach und nach verschwanden, war ihr die Erleichterung darüber deutlich anzumerken. Sie begann sich wohlzufühlen. Nun hat sie Angst, in ihr alltägliches Leben zurückzukehren, das sie offenbar überfordert. Sie braucht jemanden, der ihr hilft, die Vergangenheit aufzuarbeiten, damit sie wieder nach vorn schauen kann. Ich möchte dich bitten, dich ihrer anzunehmen, und das so schnell wie möglich."

„Kurzfristig geht bei mir momentan eigentlich gar nichts. Ich bin bereits wieder auf ein halbes Jahr im Voraus ausgebucht. Weil mir ihr Fall aber wichtig erscheint, werde ich sie irgendwie dazwischenschieben." Birger blätterte bereits in seinem Terminkalender. „Passt es gleich morgen um 15 Uhr? Da hat jemand abgesagt."

„Das ist fantastisch, Birger. Ich wusste, dass ich mich auf dich verlassen kann."

Nachdem Alma sich verabschiedet hatte, saß Birger an seinem Schreibtisch und dachte nach. Alma hatte ihn nicht zufällig ausgewählt und fest auf seine Bereitschaft vertraut. Auch er hatte einen schweren Verlust erlitten, seine einzige Tochter war einem schrecklichen Verbrechen zum Opfer gefallen. Immerhin wusste er, was geschehen war, und er hatte ein Grab, an dem er trauern konnte. Was hatte Sarah Viklund? Birger fuhr seinen Computer hoch und vertiefte sich in die Nachrichten über ihre Geschichte. Schließlich hatten die Medien ausführlich über das rätselhafte Schicksal ihrer Familie berichtet.

4.

Seit sie den Anruf von Dr. Söderstedt entgegengenommen hatte, lief Sarah unruhig auf und ab. Heute schon sollte sie sich bei einem Therapeuten vorstellen, so schnell hatte sie nicht damit gerechnet. Andererseits verband sie Hoffnungen damit. Die Worte ihrer Tante, sie müsste ihr Leben endlich wieder in den Griff bekommen, hallten in ihr nach. Um keinen Preis der Welt wollte sie von Tante Astrid abhängig sein. Deren erneut vorgetragenes Angebot, zeitweise bei ihnen zu wohnen, hatte sie vehement abgelehnt. Sie durchschaute Tante Astrids Absichten nur zu gut. Wenn sie zu ihnen zog, würde ihr Elternhaus leer stehen. Um das zu verhindern, hatte Tante Astrid vorgeschlagen, Sarahs Cousin Mika könnte dort vorübergehend wohnen. Er wünschte sich schon lange eine eigene Wohnung, die er sich aufgrund seiner selbst verschuldeten finanziellen Situation so bald nicht würde leisen können. Da wäre es ein toller Tausch für ihn, Sarah für ihr komfortables Haus sein heruntergekommenes Jugendzimmer anzubieten. Sie dachte gar nicht daran, sich darauf einzulassen. Zum Glück war die erste Nacht daheim in ihrem Elternhaus ruhig verlaufen, die Albträume und dämonischen Erscheinungen waren ausgeblieben. Sie würde das Haus niemals aufgeben. Es würde Sarah wie ein Verrat an ihren Eltern vorkommen, würde es doch bedeuten, jede Hoffnung, sie könnten noch am Leben sein, aufzugeben. Sie würde nicht aufhören, auf ihre Rückkehr zu hoffen. Obwohl sie im Grunde ihres Herzens ahnte, dass sie tot waren.

Warum lernt man, das Gute im Leben erst dann wirklich zu schätzen, wenn man es verloren hat? Mit ihren achtzehn Jahren war Sarah eigentlich zu jung für diese bittere Erkenntnis. Ihre Kindheit erschien ihr wie ein schöner Traum, aus dem sie jäh in eine raue Wirklichkeit geschleudert worden war. Ihr Elternhaus, eine kleine Villa im Stadtteil Frölunda, hatten ihre Eltern bereits Jahre vor Sarahs Geburt erworben und liebevoll restauriert. Für den Vater, der eine Baufirma mit angeschlossenem Baustoffhandel betrieb, in dem er sich auf historische Bauelemente spezialisiert hatte, war es eine Herzensangelegenheit gewesen, einem alten Haus neues Leben einzuhauchen. Alles war im Originalzustand wiederhergestellt worden, vom Parkett bis zu den Stuckornamenten an den Decken. In diesen Räumen hatten Sarah und ihre Schwester Wilma eine unbeschwerte Zeit verlebt. Manchmal glaubte Sarah, einen Nachhall ihres fröhlichen Lachens wahrzunehmen. Doch da war natürlich nichts, das Haus war still und tot. Tot wie ihre ganze Familie. Sie erschrak bei dem Gedanken. Als würde sie die Zeit dadurch zurückdrehen können, hatte Sarah nichts im Haus verändert. Sie bewohnte nach wie vor ihr Kinderzimmer. Das Schlafzimmer ihrer Eltern betrat sie nur, um dort regelmäßig zu lüften. Wilmas Zimmer dagegen mied sie seit deren Tod, sie schaffte es einfach nicht, sich den Erinnerungen an die Schwester zu stellen. Auch heute betrat sie nur das Elternschlafzimmer. Der hohe Standspiegel warf ihr Bild zurück, Sarah blieb davor stehen und musterte sich. Sie hatte die grünen Augen ihrer Mutter und deren blondes Haar geerbt.

Während es sich bei ihrer Mutter und bei ihrer Schwester Wilma jedoch sanft gewellt hatte, bildete ihr Haar widerspenstige Locken, die wie Korkenzieher ihr Gesicht umgaben. Sarah hasste ihr Haar und erinnerte sich an die vielen Tränen, die früher bei dem Versuch, es zu bändigen, geflossen waren. Ihre Haut war blass, was die Sommersprossen auf ihrer Nase, die auch im Winter nie ganz verschwanden, umso deutlicher hervortreten ließ. Mit vierzehn Jahren hatte Sarah sich für einen Ausbund an Hässlichkeit gehalten, was durch die anzüglichen Bemerkungen ihrer Klassenkameradinnen über ihre füllige Figur noch verstärkt worden war. Wenigstens darum musste sie sich jetzt keine Sorgen mehr machen, denn sie hatte in den letzten Monaten in geradezu erschreckendem Maße abgenommen. Ihre Sachen schlotterten an ihr herum wie an einer Vogelscheuche. Eigentlich hätte sie sich etwas Neues zum Anziehen besorgen müssen, doch dazu fehlte ihr die Kraft. Der bevorstehende Termin bei dem Psychologen fiel ihr ein. Es war bereits nach 14 Uhr und mit dem Bus brauchte sie zwanzig Minuten bis zum Brunnspark, wo sich die Praxis befand. Dazu kamen noch einige Minuten Fußweg. Sarah lief in ihr Zimmer und zerrte eine Jeans aus dem Kleiderschrank. Mit einem Gürtel, den sie fest um ihre Taille zurrte, hinderte sie die Hose am Rutschen. Dann warf sie einen lockeren Pullover darüber und bändigte ihr Haar mit einem Band. So musste es gehen. Sie verließ das Haus und schloss sorgfältig die Tür hinter sich. Auf dem Weg zur Bushaltestelle hielt sie den Kopf tief gesenkt. Sie wollte niemanden sehen und schon gar nicht angesprochen werden. Sollte man sie ruhig für unhöflich halten. Dabei war diese Vorsichtsmaßnahme vermutlich gar nicht notwendig. Die Menschen mieden sie, als könnten sie sich mit dem Unglück, das an ihr haftete, infizieren. Die letzten Worte, die die meisten ihrer

Bekannten mit ihr gewechselt hatten, waren gemurmelte Beileidsbekundungen auf der Beerdigung von Wilma gewesen. Sarah schob den Gedanken an den schrecklichen Tag schnell beiseite. Damals war ihr letzter Hoffnungsfunke erloschen. Wären ihre Eltern noch am Leben, dann hätten sie zu diesem Anlass auftauchen müssen. Oder wurden sie gewaltsam daran gehindert? Sarah seufzte so laut, dass sich eine Frau erstaunt nach ihr umdrehte. Sie brauchte Klarheit, vielleicht würde es wirklich etwas bringen, wenn sie mit jemandem über all ihre drängenden Fragen und Zweifel reden konnte.

5.

Allmählich entspannte sich Sarah. Dieser Psychologe Birger Nyberg hatte etwas, das ihr Vertrauen einflößte. Er strahlte eine Ruhe aus, die sich im ganzen Raum auszubreiten und wie eine Decke um sie zu legen schien. Außerdem hatte er schöne Hände. Merkwürdigerweise waren ihr Hände schon immer wichtig gewesen, wenn sie die Attraktivität eines Menschen beurteilte. Wilma hatte sich darüber lustig gemacht.

Sarah atmete tief durch, nachdem sie zehn Minuten lang all ihre Symptome geschildert hatte. „Was meinen Sie", fragte sie, „bin ich auf dem Wege, verrückt zu werden?"

Birger runzelte die Stirn. „Diese Frage wurde bereits bei Ihrem Klinikaufenthalt verneint. Wenn Sie jedoch eine weitere Bestätigung haben wollen, gebe ich Ihnen die gern. Nein, Sie sind weder verrückt, noch sehe ich die Gefahr, dass Sie es in absehbarer Zeit werden könnten."

Damit wollte Sarah sich nicht zufriedengeben. „Ich habe einiges über meine Symptome gelesen", sagte sie. „Wenn man Halluzinationen für real hält, dann ist das ein Zeichen für eine Psychose. Genauso ist es mir ergangen. Ich war fest überzeugt, nachts Geräusche und Stimmen zu hören. Mehrmals habe ich deshalb meine Verwandten angerufen, einmal sogar die Polizei. Aber da war nie etwas. Außerdem habe ich einen Schatten durch das Haus huschen sehen. Dabei war es unmöglich, dass jemand sich ins Haus geschlichen haben konnte. Alles war fest verschlossen."

„Wo haben Sie das nachgelesen, Sarah? Bei Dr. Google? Das sollten Sie in Zukunft bleiben lassen, dieser Kollege ist in solchen Fragen nicht kompetent und hat schon viel Schaden angerichtet. Ich mache mir ein Bild von Ihnen, wie ich Sie hier sitzen sehe und reden höre. Sie haben einen kritischen Abstand zu Ihren Erlebnissen, den Sie im Falle einer psychotischen Erkrankung nicht hätten. Außerdem würde ich bei dem, was Sie mir geschildert haben, nicht von Halluzinationen sprechen, sondern eher von Sinnestäuschungen. Sie waren übermüdet und ihre Nerven waren überreizt. Dann können solche Phänomene auftreten. Vor allem aber gibt es bei Ihnen einen Erlebnishintergrund. Sie hatten in einem relativ kurzen Zeitraum mehrere traumatische Erlebnisse, deren Verarbeitung nicht abgeschlossen ist. Wenn solche unterdrückten Emotionen an die Oberfläche drängen, können sie alle möglichen Symptome verursachen. Deshalb wäre es hilfreich, wenn Sie mit mir über Ihre Vergangenheit reden."

„Nein, ich kann das nicht, ich schaffe es einfach nicht", hätte Sarah am liebsten gesagt. Doch gleichzeitig spürte sie, wie unter dem ruhigen Blick des Therapeuten etwas in ihrem Inneren aufbrach. Plötzlich fast gegen ihren Willen waren die Bilder in ihrem Kopf da. Und dann fand sie auch die Worte dafür.

Vor zwei Jahren

Der Juni war ungewöhnlich warm und der Tag begann mit strahlendem Sonnenschein. Sarah und Wilma deckten im Esszimmer den Tisch für einen gemütlichen Brunch. Die Schwestern liebten es, an den Wochenenden länger zu schlafen. Nur ihre Mutter hielt es nicht lange im Bett aus.

„Was sie da wohl macht?“ Wilma, die gerade die Schale mit dem eingelegten Hering auf den Tisch stellte, machte eine Kopfbewegung zum Fenster hin. Durch die hohe Scheibe sahen sie ihre Mutter in einem leuchtend roten Kleid eifrig zwischen den Gartenbeeten hantieren.

„Keine Ahnung. Vielleicht müssen die Blätter aller Pflanzen frisch poliert werden“, entgegnete Sarah. Die Gartenleidenschaft von Ida Viklund war häufig Gegenstand gutmütiger Spötteleien. Sie brachte viele Stunden damit zu und ihren Garten zeichnete eine geradezu klinische Makellosigkeit aus. Ihr Mann bezeichnete ihn deshalb als „Idas Schaugarten“.

„Ob Papa heute wohl pünktlich sein wird?“, fragte Wilma. Unmittelbar darauf war ein Motorengeräusch zu hören und ein weißer Lieferwagen rollte auf den Hof. „Auf die Minute“, lachte Wilma. „Auf die Fähre ist Verlass.“

Jesper Viklund kam von seiner Einkaufstour aus Holland zurück, wo er in regelmäßigen Abständen historische Bauelemente erwarb, vor allem Kacheln und Fliesen. Die Mädchen sahen zu, wie sich das elektrische Garagentor hob und der Wagen hineinrollte. Kurz darauf betrat Jesper den Raum und rieb sich angesichts des reichhaltig gedeckten Tisches erfreut die Hände.

„Wunderbar habt ihr Mädchen das gemacht. Eier mit Kaviar, Grütze, Sauerrahm, alles ist da. Jetzt fehlt nur noch eure Mutter, dann können wir anfangen.“

„Ich rufe sie“, sagte Sarah, während Wilma noch den Kaffee auf den Tisch stellte.

„Ich bin schon da.“ Ida Viklund streifte ein Blatt von ihrem Kleid ab und setzte sich zu ihrer Familie an den Tisch. „Hast du ausgeschlafen? Wie war die Fahrt?“, fragte sie ihren Mann.

„Sehr erfolgreich, kann ich nur sagen.“ Jesper Viklund strahlte über das ganze Gesicht. Er war ein leicht untersetzter Mann mit kurzgeschorenem rotblondem Haar und lustigen blauen Augen. Wo er hinkam, verbreitete er gute Laune. „Ich konnte wunderbare Fliesen einkaufen. Und was das Schlafen angeht, das klappt auf der Fähre ganz ausgezeichnet. Ich fühle mich so ausgeruht, ich könnte Bäume ausreißen.“ Er langte nach der Marmelade und bestrich sich ein Knäckebrot damit.

„Kein Wunder, wenn du auf der Fähre gut schläfst“, sagte Ida schmallippig. „Der eine oder andere Schlummertrunk an der Bar tut da sicher seine Wirkung.“ Die Verdrossenheit, die Ida ausstrahlte, stand in einem scharfen Kontrast zum Gemütszustand ihres Mannes. Dessen guter Laune tat ihre Bemerkung keinen Abbruch.

„Ach komm schon, Ida“, lachte er. „Ein Schlückchen nach einem guten Geschäftsabschluss sollte wohl erlaubt sein. Ich habe noch nie so viel getrunken, dass ich meine Kabine hinterher nicht wiedergefunden habe.“

Ida sagte nichts darauf, ihre Miene wirkte jedoch wie versteinert. Wilma und Sarah warfen einander besorgte Blicke zu. Wenn ihre Mutter in dieser Verfassung war, verhieß das nichts Gutes. Sie war schon immer eine ruhige, eher nachdenkliche Frau gewesen, doch in letzter Zeit nahmen die düsteren Stimmungen bei ihr zu. Sie grübelte viel und sah Probleme, wo es keine gab.

„Macht euch keine Sorgen um sie, das gibt sich schon wieder“, pflegte Jesper zu den Töchtern zu sagen. „Das Älterwerden scheint den Frauen mehr zuzusetzen als uns Männern. Uns stört es viel weniger, wenn die Haare ergrauen und die Haut Falten wirft.“

Tatsächlich haderte Ida Viklund mit ihrem Aussehen, obwohl es dafür keinen Grund gab. Mit ihren einundfünfzig Jahren war sie noch immer eine schöne Frau. Ihre Figur war nicht mehr so schlank wie früher, aber wohlproportioniert. Ihr blondiertes Haar trug sie meistens hochgesteckt und die wenigen Fältchen in ihrem blassen Gesicht fielen kaum auf. Nur die Traurigkeit in ihren grünen Augen und die herabgezogenen Mundwinkel störten das Bild.

„So ein reichhaltiges Frühstück ist etwas Wunderbares“, sagte Jesper, der kräftig zulangte. „Da sparen wir das Mittagessen und sind zum Geburtstagskaffee bei den Jahns wieder fit. Ich wette, die Ursel wird Berge von Kuchen auffahren. Ihre Schwarzwälder Kirschtorte hat es in sich. Wenn es ums Backen geht, kann sie ihre Herkunft nicht verleugnen.“

Jahns, die deutschen Freunde der Familie, waren vor zwei Jahren endgültig nach Schweden übergesiedelt. Zuvor hatten sie bereits regelmäßig im Ferienhaus der Viklunds ihren Urlaub verbracht. Bei vielen gemeinsamen Unternehmungen und Feiern war die Freundschaft zwischen den beiden Familien gewachsen. Nachdem die Jahns schließlich ein Haus im Stadtteil Askim erworben hatten, war Jesper ihnen bei der Sanierung behilflich gewesen.

„Die Jahns sind schwedischer als die Schweden“, sagte er oft. „In dem Traumland, das sie in ihren Köpfen damit verbinden, würde ich auch gern leben.“ Jedenfalls hatten die Jahns ihren Umzug bisher nicht bereut. Dirk Jahn arbeitete als Elektroinstallateur, Ursel, die ausgebildete Zahntechnikerin war, hatte eine Stelle in einem Dentallabor gefunden. Während Dirk der ruhende Pol war, zeichnete Ursel sich durch ein überschäumendes Temperament aus, dem sich niemand entziehen konnte. Bei Zusammenkünften bestritt sie große Teile der Unterhaltung, gab Witze und Anekdoten zum Besten und trank mühelos so manchen Mann unter den Tisch. In gewisser Weise verkörperte sie damit das weibliche Pendant zu Jesper Viklund, die beiden kamen blendend miteinander aus. Während Dirk Jahn das Einvernehmen der beiden mit einem wohlwollenden Schmunzeln zur Kenntnis nahm, erzeugte es bei Ida zunehmend Misstrauen. Sie begann Vorwände zu erfinden, um die Jahns nicht besuchen zu müssen. Sarah war klar, dass die aktuelle Verstimmung ihrer Mutter auf die bevorstehende Geburtstagsfeier von Ursel zurückzuführen war. Deshalb auch ihre Nörgelei über den Alkoholkonsum ihres Mannes, der sich durchaus im vernünftigen Rahmen bewegte und an dem sie sich sonst nicht störte.

Wilma versuchte, das Thema zu wechseln. „Was hast du diesmal für Fliesen mitgebracht?“, fragte sie ihren Vater. „Ich würde sie mir gern mal ansehen.“

„Das hat Zeit bis morgen früh“, antwortete er. „Weil wir heute Nachmittag zur Geburtstagsfeier von Ursel fahren, lade ich erst morgen früh aus. Mika kann mir dabei helfen, ich rufe ihn nachher an.“ Mika war Jespers Neffe. Obwohl sich alle in der Familie darüber einig waren, dass Mika ein Taugenichts war, half er ab und zu bei einfachen Arbeiten aus. Bis auf eine abgebrochene Lehre hatte er in seinem vierundzwanzigjährigen Leben bisher nichts zustande gebracht. Dessen ungeachtet hielten Tante Astrid und Onkel Mats ihren einzigen Sohn für ein verkanntes Genie. Am liebsten würden sie es sehen, wenn er in die Firma von Jesper einsteigen könnte, was für diesen völlig außerhalb des Denkbaren lag.

„Aber ich habe etwas anderes, was ich euch zeigen kann.“ Jesper erhob sich und verließ das Zimmer. Kurz darauf kehrte er mit einer blau-weißen Porzellanschale zurück.

Jetzt

Sarah öffnete die Augen und schaute Birger Nyberg an. „Die Schale, diese verfluchte Schale“, sagte sie. „Mit ihr hat alles angefangen. Hätte mein Vater sie nicht mitgebracht ..."

„Glauben Sie wirklich, die ganze weitere Entwicklung hing von einer Porzellanschale ab? Von einem toten Gegenstand?" Er merkte, wie Sarah bei dem Wort *tot* zusammenzuckte. Er musste vorsichtig sein, das Mädchen war verletzlicher, als er angenommen hatte.

„Es fing zumindest alles damit an", antwortete sie und strich sich mit der Hand über die Augen. „Ich kann gar nicht sagen, wie ich diese Schale hasse. Die Polizei hat sie uns gegeben, nachdem die Untersuchung des Autos meiner Eltern beendet war. Ich wollte sie am liebsten gleich wegwerfen, aber Wilma hat sie in den Schrank gestellt. Sie sagte, vielleicht könnte die Schale für die weiteren Ermittlungen noch eine Rolle spielen. Aber welche denn, jetzt nach zwei Jahren? Immer wenn ich sie anschaue, bin ich vor Wut und Trauer wie gelähmt."

„Weshalb tun Sie sich das an und trennen sich nicht davon?", fragte Birger.

Sarah zuckte mit den Schultern. „Vermutlich, weil ich mich zu überhaupt nichts aufraffen kann. Ich schaffe es einfach nicht."

„Daran müssen wir arbeiten. Jeder noch so lange Weg beginnt mit dem ersten Schritt. Sehen wir uns morgen um die gleiche Zeit?"

Sarah nickte und erhob sich. Birger war zufrieden, er hatte sich soeben entschieden, den für den nächsten Tag um 15 Uhr bestellten Patienten auf einen anderen Termin zu schieben. Jetzt, wo Sarah Viklund bereit war, ihr Schweigen zu brechen, durfte es keine langen Pausen zwischen den Sitzungen geben.

6.

Sie hatte es geschafft. Sarah war wieder daheim und stolz darauf, den Termin beim Psychologen bewältigt zu haben. Es war nicht so schwierig gewesen, wie sie befürchtet hatte, und seine Worte vom ersten Schritt, mit dem auch der weiteste Weg beginnt, hallten in ihr nach. Über ihren ersten Schritt musste sie nicht lange nachdenken, sie würde sogleich die verdammte Schale entsorgen. Danach würde sie den Anruf tätigen, den sie schon lange geplant, aber immer wieder hinausgeschoben hatte. Sarah öffnete den Schrank und nahm die Schale heraus. Mit den Fingern strich sie über das filigrane blaue Motiv auf weißem Grund. Bestimmt hätte Ursel Jahn sich darüber gefreut, wenn dieses Geburtstagsgeschenk sie jemals erreicht hätte. Sie sammelte Delfter Porzellan und diese Schale war ein schönes Stück. Doch weder Wilma noch Sarah wären auf den Gedanken gekommen, sie ihr nachträglich zu schenken. Zu viele unselige Erinnerungen und zu viel Leid waren mit dieser Schale verbunden. Tränen traten in Sarahs Augen und trübten ihren Blick. Auf dem Weg zur Mülltonne wäre sie fast mit ihrer Tante Astrid zusammengestoßen.

„Hoppla, wo willst du denn hin?“, fragte Astrid. Dann erblickte sie die Schale in Sarahs Hand. „Ist die kaputt?“

„Nein, ist sie nicht, aber sie soll weg.“ Sarah wollte sich vorbeidrängen, doch Astrid hielt sie auf.

„Aber wieso denn? Man wirft nichts weg, was völlig in Ordnung ist. Komm, wir gehen rein und nehmen die Schale wieder mit.“ Sie griff nach Sarahs Arm, doch diese riss sich mit einer heftigen Bewegung los.

„Nein, das machen wir nicht.“ Schwungvoll schmetterte sie die Schale auf die Steinplatten, wo sie in hundert Scherben zerbrach. Es fühlte sich für sie wie eine Befreiung an. Ihre Tante hingegen starrte sie fassungslos an.

„Mein Gott, geht es schon wieder los? Du gehst jetzt rein und beruhigst dich erst einmal. Ich beseitige das hier und danach unterhalten wir uns.“ Sie führte Sarah ins Wohnzimmer und holte Müllschippe und Handfeger aus der Abstellkammer. Kurz darauf waren von draußen das Klirren von Scherben und das Zuschlagen des Deckels der Mülltonne zu hören. Dann kam Astrid zurück und baute sich vor Sarah auf, die sich auf dem Sofa niedergelassen hatte.

„Also, was sollte das eben? Weshalb fängst du an, Sachen wegzuwerfen?“

Tante Astrid kannte die Geschichte der Schale nicht und Sarah verspürte nicht die geringste Neigung, sie ihr zu erzählen. Sie fühlte sich erschöpft, als hätte sie gerade eine schwierige Aufgabe gemeistert. Was sie immer wieder irritierte, war die Ähnlichkeit von Astrid mit ihrer Mutter. Freilich war das bei Schwestern kein Wunder, doch handelte es sich in diesem Falle um eine besondere Ausprägung. Astrid wirkte wie eine gröbere Variante ihrer jüngeren Schwester, als hätte ein Künstler zuerst eine ungefähre Form aus Ton entworfen, um später die feinere Plastik aus edlerem Material zu formen. Astrids Figur war plumper, Ihr Gesicht breiter, die Haut großporiger.

„Ich räume einfach ein bisschen auf“, sagte Sarah schließlich, weil ihre Tante noch immer auf eine Antwort wartete.

„Dann solltest du besser erst einmal Staub wischen.“ Astrid fuhr mit dem Finger über die Tischplatte und stutzte, als sie den Zettel sah. „*Missing People*? Diese Organisation, die Vermisste aufzuspüren versucht?“

„Ich will da noch mal anrufen. Wenn du nicht gekommen wärst, hätte ich es schon erledigt.“

Astrid ignorierte die versteckte Aufforderung zum Gehen und ließ sich stattdessen mit einem Stöhnen in den Sessel gegenüber von Sarah sinken. „Was versprichst du dir davon? Ihr hattet doch schon einmal Kontakt mit denen und die haben angeblich auch gesucht, natürlich ohne Erfolg. Die Polizei hat keine Spur von deinen Eltern finden können, obwohl sie mit Sicherheit gründlich nachgeforscht hat. Glaubst du, irgendwelche Privatleute, die aus reiner Abenteuerlust durchs Unterholz kriechen, können mehr ausrichten?“

„Wie kannst du so etwas sagen! Das sind keine Abenteurer, die das zu ihrem Vergnügen machen. Das sind engagierte Leute, die eine Menge bewegen. Sie haben schon Vermisste aufspüren können, bei denen die Polizei die Suche längst aufgegeben hatte. Die Organisatoren von *Missing People* geben nicht auf, sie suchen immer wieder nach neuen Ansätzen.“

„Hör zu Sarah, ich wünsche mir nichts mehr, als meine geliebte Schwester wiederzufinden.“ Sie hob die Hand und schien eine Träne im Augenwinkel zu zerdrücken. „Aber ich fühle, dass sie nicht mehr lebt. Keine Mutter bleibt der Beerdigung ihres Kindes fern. Ida wäre spätestens dann aufgetaucht, wenn sie es gekonnt hätte.“

„Warum redest du nur von meiner Mutter und nicht von meinem Vater?“ Sarahs Augen verengten sich zu schmalen Schlitzen. „Willst du wieder mit den gemeinen Verdächtigungen gegen ihn anfangen?“

„Ich habe mir das nicht ausgedacht. Es war eine der Richtungen, in die die Polizei ermittelt hat. Sie glauben bis heute, dein Vater könnte noch leben und nur untergetaucht sein. Aber darüber will ich mit dir nicht streiten. Ich gehe jetzt besser, ruf mich an, wenn du etwas brauchst. Aber nach Möglichkeit nicht mitten in der Nacht.“

Kurz darauf hörte Sarah, wie die Haustür zugeschlagen wurde.

7.

Als Sarah Birger Nyberg zum zweiten Mal gegenübersaß, fühlte es sich beinahe schon ein wenig vertraut an. „Ich habe die Schale weggeworfen“, sagte sie. „Es klingt vielleicht lächerlich, aber mir kommt es so vor, als hätte ich etwas Wichtiges erledigt.“

„Wenn Sie es so empfinden, war es tatsächlich wichtig.“ Birger lächelte ihr aufmunternd zu. „Dann sollten Sie jetzt darüber reden, was es mit dieser Schale auf sich hatte. Und wie es an dem Morgen, über den wir gestern sprachen, weiterging.“

Sarah nickte und schloss die Augen.

Vor zwei Jahren

Ihr Vater stand mit der Schale in der Hand im Wohnzimmer. „Für Ursel als Geburtstagsgeschenk“, sagte er. „Die dürfte gut in ihre Sammlung passen.“

„Die ist wirklich sehr hübsch.“ Wilma begutachtete die Schale mit sachkundiger Miene. Sie hatte neben ihrem BWL-Studium, mit dem sie sich auf den Einstieg in die Firma des Vaters vorbereitete, an der Universität das Fach Kunstgeschichte gewählt. Sie kannte sich hervorragend mit Stilen und Epochen aus, und sie verfügte über einen sicheren Geschmack. Die Bemalung der Schale zeigte ein romantisches Motiv, einen Mann und eine Frau in inniger Umarmung unter den überhängenden Zweigen einer Weide. Auch Ida betrachtete die Schale und ihre Mundwinkel verzogen sich noch ein Stück weiter nach unten.

„Ich finde sie unpassend“, sagte sie.

„Unpassend? Aber wieso denn? Ursel sammelt Delfter Porzellan.“ Der Vater schaute seine Frau verständnislos an.

„Nun ja, wenn du das Motiv passend findest, wird das schon seine Gründe haben.“

„Also Ida, das ist jetzt wohl nicht dein Ernst.“ Jesper versuchte zu lachen, es hörte sich eher gequält an. „Ich fand die Schale schön, das ist alles. Hätte ich eine mit Kühen und Windmühlen darauf kaufen sollen? Die Motive hat jeder. Das hier ist mal was anderes.“

Ida antwortete nicht, sie zerkrümelte eine Scheibe Brot zwischen ihren Fingern und schien den Tränen nahe zu sein. Sarah und Wilma begannen den Tisch abzuräumen. Sie hassten diese angespannte Stimmung zwischen den Eltern. Immerhin bemühte sich der Vater, sie aufzulockern. „Wir legen uns noch ein Stündchen hin, bevor wir aufbrechen“, schlug er vor. „Heute Abend wird es bestimmt spät.“

„Übernachtet ihr bei den Jahns?“, fragte Wilma.

„Aber sicher doch. Man will schließlich mit ein paar Gläschen auf das Geburtstagskind anstoßen.“ Der Vater legte seiner Frau den Arm um die Schulter. „Natürlich werde ich es auf keinen Fall übertreiben“, sagte er und zwinkerte seinen Töchtern verschwörerisch zu.

Wilma und Sarah gingen nach oben in ihre Zimmer. Während Wilma sich an den Computer setzte, um mit einer Hausarbeit für die Uni voranzukommen, versuchte Sarah, sich in ein Buch zu vertiefen, was ihr zunehmend schwerer fiel. Von unten drang Gemurmel herauf, erst leise und undeutlich, dann anschwellend und Unheil verkündend wie ein nahendes Gewitter. Die Eltern stritten weiter. Plötzlich stand Wilma bei ihr im Zimmer. „Weißt du was? Ich habe keine Lust mehr zum Arbeiten. Wollen wir einen Einkaufsbummel unternehmen, ich könnte dringend ein paar neue Sommersachen gebrauchen? Anschließend gehen wir essen und danach eventuell noch ins Kino."

„Aber bist du nicht mit Thies verabredet? Ihr wolltet doch heute ausgehen."

„Ja schon, aber er hat garantiert nichts dagegen, wenn du mitkommst."

Sarah war sich da nicht so sicher, doch sie war ihrer Schwester für den Vorschlag zutiefst dankbar. Sie wollte raus aus dem Haus, wollte die Geräusche des Streits der Eltern nicht mehr hören, bei denen sich ihr der Magen umzustülpen schien. Wilma wusste genau, wie ihr zumute war. „Die kriegen sich schon wieder ein", sagte sie mit einem Lächeln. „Das ist alles nicht so ernst gemeint, wie es sich anhört. Mama ist eifersüchtig, was nur beweist, dass sie Papa noch liebt. Wenn er ihr sagt, sie ist seine Einzige, seine Liebste und Beste, dann wird sie wieder versöhnt sein. So geht es doch jedes Mal aus. Lassen wir sie allein und machen wir unser eigenes Ding."

Sarah nickte und griff nach ihrer Umhängetasche. Gemeinsam liefen die Schwestern nach unten, Wilma rief laut: „Hallo, wir fahren in die Stadt zum Einkaufen. Viel Spaß euch beiden heute Abend, falls wir euch nachher nicht mehr sehen."

Der Vater steckte den Kopf aus der Tür, sein Gesicht war stark gerötet. „Euch auch viel Spaß, Mädels", sagte er. Es war das letzte Mal, dass sie ihn zu Gesicht bekommen sollten.

Jetzt

„Wir hätten nicht weggehen dürfen“, sagte Sarah gequält. „Vielleicht wäre dann alles anders gekommen. Ich hatte den ganzen restlichen Tag über so etwas wie eine böse Vorahnung. Sie wurde sogar noch stärker, als wir abends im Kino diesen Film sahen.“

„Welcher Film war das?“, fragte Birger.

„*Der Junge muss an die frische Luft.* Sie kennen den Film bestimmt, es geht um die Kindheit und Jugend von Hape Kerkeling. Seine Mutter hatte sich umgebracht, ich musste die ganze Zeit an unsere Mutter denken.“

„Sie hatten den Gedanken, Ihre Mutter könnte sich ebenfalls etwas antun?“

Sarah zog ein Taschentuch aus ihrer Hose und putzte sich die Nase. „Nicht so konkret“, sagte sie dann. „Aber ich habe gemerkt, dass etwas mit ihr nicht stimmte. Heute denke ich, sie war depressiv. Sie hätte Hilfe gebraucht.“

„Wie schätzen Sie die Beziehung Ihrer Eltern ein? Hatte Ihre Mutter eventuell tatsächlich Grund zur Eifersucht?“

Entschieden schüttelte Sarah den Kopf. „Nein, ganz bestimmt nicht. Meine Eltern waren sehr verschieden, mein Vater lustig und gesellig, sie still und in sich gekehrt. Aber sie haben sich gut ergänzt. Meine Mutter hat früher nie Anzeichen von Eifersucht gezeigt, wenn er mit anderen rumalberte. Sie war ganz zufrieden, dass er bei Feiern die Unterhaltung übernahm und sie sich auf die Rolle der stillen Beobachterin zurückziehen konnte. Nur als Ursel auftauchte, wurde das allmählich anders. Ursel ist eine Stimmungskanone, wenn sie und mein Vater aufeinandertrafen, brannten die beiden ein richtiges Feuerwerk an Späßen ab. Sie haben sich gegenseitig aufgeschaukelt. Meine Mutter meinte auf einmal, Ursel wäre die Art von Frau, nach der mein Vater sich immer gesehnt hätte. Das war natürlich totaler Quatsch. Dann hätte er meine Mutter nicht geheiratet."

„Haben Sie noch Kontakt zu Familie Jahn?"

Sarah nickte. „Der Kontakt ist nie abgebrochen. Sie haben uns sehr beigestanden, nachdem das mit meinen Eltern passiert war. Sie haben auch nicht an die bösartigen Gerüchte geglaubt." Sie zerknüllte das Taschentuch in ihrer Hand, und plötzlich zeigte sich der Anflug eines Lächelns auf ihren Lippen.

„Woran denken Sie gerade?", fragte Birger.

„Ach", sagte sie und wirkte verlegen, „ich musste gerade an ein Erlebnis mit Ursel denken."

„Erzählen Sie davon", ermunterte Birger sie.

„Also die Jahns waren ganz versessen auf Elche, wie die meisten Deutschen. Wenn sie im Urlaub bei uns waren, sind wir immer mit ihnen unterwegs gewesen, um Elche aufzuspüren. Es war wie verhext, nie haben wir einen getroffen. Ursel hat gelästert, die schwedischen Elche stünden mit dem schottischen Seeungeheuer Nessi auf einer Stufe, alle glauben daran, aber niemand bekommt sie zu Gesicht. Mein Vater hat ihr gesagt, im Winter bekäme man sie als Autofahrer öfter zu Gesicht, als einem lieb sei. Da lecken sie das Streusalz von den Straßen und lassen sich dabei nicht aus der Ruhe bringen. Keine Ahnung, ob Ursel die Warnung nicht ernst genommen hat. Jedenfalls ist sie in ihrem ersten Winter hier mit einem Elch kollidiert. Ihr Auto hatte Totalschaden, sie einen gebrochenen Arm, mehrere gebrochene Rippen und eine Gehirnerschütterung. Als wir davon hörten, sind wir alle zusammen ins Krankenhaus gefahren. Und was war Ursels erster Satz, wie sie da einbandagiert im Bett lag? *Endlich habe ich einen Elch getroffen, und das gleich richtig.* Sie hat uns alle zum Lachen gebracht, so sehr, dass eine Krankenschwester den Kopf zur Tür hereingesteckt hat und wissen wollte, was los ist. Nur meine Mutter war wieder sehr still. Warum haben wir nur nicht mehr auf sie geachtet."

„Sie dürfen sich keine Vorwürfe machen, Sarah. Im Lichte der folgenden Ereignisse mag Ihnen manche Situation heute bedeutsamer vorkommen, als sie war. Aber Sie haben nichts falsch gemacht. Wollen wir morgen weiterreden?"

Sarah schaute auf ihre Uhr. Die Zeit war wieder sehr schnell vergangen, sie hatte es kaum bemerkt. „Ja, gern", sagte sie. Dann beeilte sie sich, nach Hause zu kommen, sie hatte noch einiges zu erledigen.

8.

„Bleib bitte noch.“ Der Junge hielt Camillas Hand fest. Sie warf ihr langes braunes Haar zurück und lachte. „Du musst doch mal genug kriegen.“

„Von dir bekomme ich nie genug.“ Er vergrub sein Gesicht an ihrem Hals und saugte den Duft ihrer Haut ein. In seiner Versunkenheit konnte er nicht sehen, wie das Mädchen genervt die Augen verdrehte.

„Ich würde gern noch bleiben, aber ich muss jetzt wirklich los, sonst bekomme ich Ärger“, sagte sie. „Wir sehen uns bald wieder.“

„Wann genau?“, fragte er. „Ich halte es nicht lange ohne dich aus.“ Sein Mund wanderte an ihrem Hals nach oben und suchte ihre Lippen. Camilla entzog sich ihm.

„Ich rufe dich an“, sagte sie. „Ein kleines Abschiedsgeschenk habe ich noch für dich, damit kannst du dir die Wartezeit versüßen.“ Sie drückte ihm ein Päckchen in die Hand, die Folie war warm und knisterte leise. Dann wand sie sich aus seiner Umklammerung und öffnete die Tür. „Bis bald“, sagte sie und warf ihm eine Kusshand zu. Sie eilte zur Tür hinaus und die Treppe hinunter. Als sie auf der Straße stand, atmete sie tief durch. Wieso musste es in den Zimmern von Jungen immer so muffig riechen? Horteten sie ihre ungewaschenen Socken unter dem Bett?

Egal, sie hatte ihr Ziel erreicht und war mit sich zufrieden. Der Rest würde wie von selbst laufen. Leider war es später geworden als geplant, sie musste sich beeilen, um die nächste Straßenbahn zu erreichen. Die Abkürzung durch die Parkanlage bot sich an, Camilla eilte darauf zu, ohne den Schritten hinter sich Beachtung zu schenken. Unter den Bäumen war es dunkel, der Schein der Laternen malte helle Lichtkreise auf den Weg, zwischen denen sich düstere Zonen erstreckten. Gerade hatte sie einen solchen dunklen Bereich betreten, als sie eine Hand auf ihrer Schulter spürte. Sie erschrak nicht, sondern drehte sich verärgert um.

„Warum läufst du mir hinterher?" Das letzte Wort des Satzes erstarb zu einem Flüstern, es war nicht der verliebte Junge, der ihr gefolgt war. Viel Zeit, ihren Verfolger zu mustern, blieb ihr nicht, denn das Tuch, das er ihr aufs Gesicht drückte, ließ ihre Wahrnehmungen zu einem undeutlichen Nebel verschwimmen. Ihre Beine schienen den Boden nicht mehr zu berühren, trotzdem bewegte sie sich vorwärts, wie von einer unbekannten Kraft gezogen. Das Geräusch, das kurz darauf folgte, kam ihr bekannt vor. Eine Autotür wurde geöffnet, sie fiel auf die Sitze und hörte das Zuschlagen der Tür hinter sich. Allmählich schien ihr Orientierungsvermögen zurückzukehren. Das Nächste, was sie deutlich wahrnahm, war eine Hand, die auf sie zukam. Dann spürte sie einen Stich in den Hals und kurz darauf wurde es völlig dunkel.

Ihr war warm, angenehm warm. Camilla öffnete langsam die Augen und schaute direkt in lodernde Flammen. Sie hatte keine Ahnung, wo sie sich befand und wie sie hierhergekommen war. Zumindest hatte die Umgebung nichts Beängstigendes, im Gegenteil, sie wirkte anheimelnd. Das Feuer brannte in einem gemauerten Kamin, auf dessen Umrandung Tongefäße standen. Sie fühlte sich noch immer schläfrig, ihr Körper war träge und schwer.

„Bist du wach? Das ist gut, du sollst wach sein für das, was ich mit dir vorhabe.“

Die Stimme klang tief und lockend. Camilla schaute sich nach dem Sprecher um, er war groß, breitschultrig und wirkte recht attraktiv. Er beugte sich über sie und streifte ihr mit einer zärtlichen Geste die Bluse ab, unter der sie nichts trug als ihre makellose Haut. Darauf hatte er es also abgesehen, na schön, das sollte sie aushalten können. Sie hatte schon die Berührungen und groben Zudringlichkeiten wesentlich unangenehmerer Kerle ertragen müssen. Fast war sie enttäuscht, weil er ihren perfekt geformten Brüsten keine weitere Beachtung schenkte. Der Mann wandte sich stattdessen dem Feuer zu und schürte es mit einem Kaminhaken. Als er ihn herauszog, fiel Camilla die merkwürdige Form auf. Verwundert musterte sie das vertraute Symbol. Dadurch begriff sie viel zu spät, was er damit vorhatte. Im nächsten Augenblick verspürte sie einen grauenhaften Schmerz, begleitet vom Gestank ihres verbrannten Fleisches und ein durchdringender Schrei, der aus ihrem tiefsten Inneren zu kommen schien, löste sich von ihren Lippen.

9.

Sarah saß am Wohnzimmertisch, vor ihr lag der Ordner, den sie damals zusammen mit Wilma für *Missing People* zusammengestellt hatte. Die ersten Seiten hatten sie mit Fotos ihrer Eltern gefüllt. Darauf folgten die Beschreibung des Autos und eine Aufzählung der Orte, an denen man sie gesehen haben könnte. Nachdenklich las Sarah die weiteren Stichpunkte durch. Verbindungen ins Ausland? Nein, die hatten ihre Eltern nicht, abgesehen von den geschäftlichen Kontakten ihres Vaters nach Holland. Gewissenhaft waren diese aufgeführt, zusammen mit den Adressen der holländischen Firmen. Natürlich hatten sie dort überall nachgefragt, leider ohne Ergebnis. Doch was sprach dagegen, noch einmal ganz von vorn zu beginnen?

Sie klappte den Ordner zu und beschloss, sich auf den Weg zum Friedhof zu machen. Seit Wilmas Beerdigung vor fünf Monaten war sie nur ein einziges Mal dort gewesen. Wilmas Tod hatte sie beinahe noch tiefer getroffen als das spurlose Verschwinden ihrer Eltern. Was Letzteres betraf, gab es noch immer einen Rest Hoffnung, an den sie sich klammern konnte. Doch ihre große Schwester, die sie immer beschützt hatte, lag unter einer kalten dunklen Steinplatte und würde nie zurückkehren. An die Beerdigung konnte Sarah sich kaum erinnern, wie betäubt hatte sie zwischen den vielen Menschen gestanden, die ihre Anteilnahme an Wilmas tragischem Schicksal zeigen wollten. Viele von ihnen hatte sie überhaupt nicht gekannt. Unmittelbar danach war sie zusammengebrochen und Tante Astrid hatte es übernommen, alles Weitere zu regeln, auch die Gestaltung der Grabstätte. Der Anblick der massiven Platte, die das ganze Grab bedeckte und in der nur eine winzige Ecke für das Einstellen einer Blumenvase ausgespart war, hatte Sarah einen Schlag versetzt. Das hätte Wilma nicht gefallen, wo sie die Natur und die Blumen so sehr geliebt hatte, genau wie ihre Mutter. Jetzt blühten im Garten die ersten Osterglocken und Sarah hatte sie zu einem Strauß gebunden, um sie ihrer Schwester zu bringen. Wieder etwas, das sie Überwindung kostete und das sie bewältigen wollte. Sie fuhr die drei Stationen bis zum Friedhof mit der Straßenbahn und durchschritt das hohe eiserne Tor. Auf die Frau, die ihr auf dem Hauptweg entgegenkam, achtete sie kaum, bis sie nur noch wenige Schritte von ihr entfernt war. Das war doch ... Sarah öffnete den Mund zu einem Gruß, die Worte blieben ihr im Halse stecken. Aus dem Blick der Frau schlug ihr unverhüllter Hass entgegen. Sarah spürte, wie ihre Knie weich wurden. Die Augen, die sie aus dem Gesicht der Mutter von Isabelle anschauten, waren die ihrer toten Freundin, die zusammen mit Wilma gestorben war.

„Wage nicht, das Grab meiner Tochter zu besuchen“, zischte die Frau sie wütend an. „Wage es ja nicht.“

Natürlich, auch Isabelle war hier begraben. Sarah wusste nicht, was schlimmer war: Die Wut der verzweifelten Mutter oder ihre eigene Scham darüber, nicht an die tote Freundin gedacht zu haben. Ohne weiter auf die Frau zu achten, wankte sie auf die nächste Bank zu und ließ sich darauf fallen. Ihre Tränen tropften auf die Osterglocken, die in ihrer Hand zitterten, als würden sie vom Wind geschüttelt. Warum dieser Hass? Es war nicht ihre Schuld, dass ihr all die schrecklichen Dinge widerfahren waren. Bereits nach dem Verschwinden ihrer Eltern hatten sich viele Bekannte von ihr und Wilma abgewandt, als würden sie unter einer ansteckenden Krankheit leiden. Auch zu den meisten Freundinnen von Sarah war der Kontakt abgebrochen. Nur Isabelle hatte zu ihr gehalten, hatte ihr bei den Schulaufgaben geholfen, als sie sich auf nichts konzentrieren konnte und ohne die Hilfe der Freundin hoffnungslos zurückgeblieben wäre. Isabelle war nach Wilma ihre wichtigste Bezugsperson in einer schlimmen Zeit gewesen. Wie konnte das Schicksal so grausam sein, ihr auch diese beiden Menschen zu nehmen?

„Entschuldigung, brauchen Sie Hilfe?" Eine alte Frau beugte sich zu Sarah hinunter.

„Nein danke, es geht schon wieder." Sarah sprang schnell auf.

Die Frau schaute sie mitfühlend an. „Die Trauer im Herzen bleibt, aber der schlimmste Schmerz wird vergehen, glauben Sie mir."

„Danke", sagte Sarah leise. Ihr Schmerz würde nie vergehen, da war sie sich ganz sicher. Sie bog nach rechts vom Hauptweg ab und kam an Gräbern vorbei, die mit den ersten Frühlingsboten geschmückt waren. Wilmas Grab würde dagegen kahl und abweisend aussehen, es war gut, dass sie ihr wenigstens die Narzissen mitbrachte. Als sie unmittelbar vor der Grabstelle stand, stutzte Sarah. Die untere Ecke der Grabplatte wurde von einer Vase eingenommen, in der ein prachtvoller Rosenstrauß stand. Es waren Wilmas Lieblingsrosen, weiß mit roten Sprenkeln, die aussahen, als hätte ein Maler seinen Pinsel darüber ausgeschüttelt. Von wem mochten die sein? Und wer wusste von Wilmas Vorliebe? Mit Sicherheit ihr

Freund Thies, doch von ihm konnten sie nicht sein, da er inzwischen in Amerika lebte. Tante Astrid hatte sich nie für solche Dinge wie die Lieblingsblumen ihrer Nichten interessiert und würde einen derart pompösen Strauß für eine überflüssige Geldausgabe halten. Sarah war sich sicher, dass sie noch nie Blumen auf das Grab gestellt hatte. Aber wer konnte es dann gewesen sein? Eine irrwitzige Hoffnung flackerte in ihr auf und ließ ihr Herz schneller schlagen. Sollten ihre Eltern hier gewesen sein? Sarah schüttelte über sich selbst den Kopf. Nein, das war unmöglich. Sie schaute den Strauß näher an und plötzlich wurde ihr kalt. Mit zitternden Händen zog sie eine Rose heraus und fuhr vorsichtig mit dem Finger über die Blütenblätter. Die Farbsprenkel ließen sich verwischen und färbten ihre Fingerkuppe rot. Rot von Blut.

10.

„Wenn Sie jetzt über Ihre Erlebnisse auf dem Friedhof nachdenken, wie fühlen Sie sich dann dabei?“, fragte Birger.

Sarah zögerte mit der Antwort. „Inzwischen geht es wieder. Unmittelbar danach war es natürlich ganz schlimm. Ich weiß nicht mal, wie ich nach Hause gekommen bin, ich war total in Panik. Bis zum Abend konnte ich nicht aufhören zu zittern. Aber je länger ich darüber nachdenke, umso sicherer bin ich, mich getäuscht zu haben. Beim Herausziehen der Rose aus dem Strauß muss ich mich an den Dornen verletzt haben, daher kam das Blut. Ich war durcheinander, deshalb dachte ich, jemand hätte blutige Rosen auf das Grab gestellt.“

„Was hat Sie so durcheinandergebracht?“

„Ich konnte mir nicht erklären, wer den Strauß dort hingestellt hatte. Ich weiß es immer noch nicht. Es waren schließlich Wilmas Lieblingsblumen, nur unsere Familie wusste das. Und ihr Freund Thies, aber der kann es nicht gewesen sein, der lebt in Amerika.“

Birger lehnte sich leicht nach vorn und schaute Sarah in die Augen. „Was ist Ihnen beim Anblick der Blumen durch den Kopf gegangen?“, fragte er.

„Ich dachte, meine Eltern hätten sie gebracht“, erwiderte sie leise. „Manchmal hoffe ich, sie halten sich nur irgendwo versteckt und es gibt einen wichtigen Grund, weshalb sie keinen Kontakt zu mir aufnehmen. Es gibt Momente, da ist die Sehnsucht nach ihnen kaum auszuhalten. Gestern an Wilmas Grab war das so. Ich fühlte mich allein und hilflos, nachdem die Mutter von Isabelle mich derart ungerecht behandelt hatte.“ Ihre Unterlippe bebte und sie wühlte ohne Erfolg in ihrer Hosentasche. Birger schob ihr die Box mit den Taschentüchern hin, die immer auf seinem Tisch stand.

„Sarah, jeder trauert auf seine Weise“, sagte er dann. „Diese Frau hat ihre Tochter verloren. Ihre Art der Bewältigung besteht darin, nach Schuldigen für deren Tod zu suchen. Das ist natürlich ungerecht und Sie sollten es deshalb nicht an sich heranlassen. Uns geht es um Ihre eigene Geschichte. Wollen wir da weitermachen, wo wir gestern aufgehört haben?“

Sarah nickte und nahm eine konzentrierte Haltung ein. Inzwischen war ihr das Reden über das Geschehene zu einem Bedürfnis geworden. Sie staunte, wie schnell und leicht sich dieser Einstellungswandel bei ihr vollzogen hatte.

Vor zwei Jahren

„Ich hatte ein bisschen ein schlechtes Gewissen wegen Thies“, sagte sie. „Thies war der Freund von Wilma, sie waren zu dem Zeitpunkt seit fast einem Jahr zusammen. Die beiden waren ein tolles Paar und es schien die ganz große Liebe zu sein. Niemand bezweifelte, dass sie heiraten würden. Tatsächlich machten sie bereits Zukunftspläne und mein Vater hoffte, Thies würde zusammen mit Wilma in die Firma einsteigen. Die richtige Ausbildung hatte er und mein Vater schätzte ihn für seine Tüchtigkeit. Jedenfalls hatte Thies sich für den Abend mit

Wilma zum Essen und einem anschließenden Kinobesuch verabredet. Und dann schleppte sie mich mit an, weil sie mir den Streit unserer Eltern ersparen wollte. Aber Thies war schwer in Ordnung, er reagierte total freundlich und entspannt, als wir zu zweit vor dem Restaurant aufkreuzten, schwer beladen mit unseren Einkäufen. Wir sind dann reingegangen und haben bestellt. Nach einer Weile musste Thies zur Toilette und als er wieder rauskam, war er ganz blass. Er sagte, er müsste sich ein Virus eingefangen haben, es ginge ihm auf einmal nicht gut. Wir wollten mit ihm gemeinsam aufbrechen, aber er hat uns überredet, uns von ihm nicht den Abend verderben zu lassen. Wilma und ich sind dann tatsächlich allein ins Kino gegangen, während Thies nach Hause gefahren ist. Von dem Film und meinen Gefühlen dabei habe ich ja schon erzählt."

Sie atmete tief durch, als müsste sie für ihren weiteren Bericht Kraft schöpfen.

„Wir kamen nach dem Kinobesuch so gegen 23 Uhr nach Hause. Im Haus war alles still und dunkel und das Auto unserer Eltern war nicht da. Wir waren erleichtert, weil wir glaubten, sie hätten sich versöhnt und wären wie geplant zu den Jahns gefahren. Ich bin noch mit in Wilmas Zimmer gegangen, wir haben unsere Einkäufe ausgepackt, die Sachen anprobiert und viel gelacht. Erst gegen 1 Uhr haben wir beschlossen, ins Bett zu gehen. Am nächsten Morgen habe ich bis kurz nach 10 Uhr geschlafen. Als ich nach unten in die Küche kam, war Wilma schon auf und frühstückte. Ich hab mich zu ihr gesetzt und kurz darauf tauchte Mika auf."

„Wer ist Mika?", fragte Birger.

„Unser Cousin, der Sohn von Tante Astrid und Onkel Mats. Mein Vater wollte sich von Mika beim Abladen der Fliesen helfen lassen, die er aus Holland mitgebracht hatte. Früher hat er das immer allein erledigt, aber seit seinem Bandscheibenvorfall war er vorsichtiger geworden. Jedenfalls sagte Mika, er wäre für 10:30 Uhr mit meinem Vater verabredet. Inzwischen war es schon zehn Minuten später, doch unsere Eltern waren noch nicht zurück. Wilma sagte, sie müssten jeden Moment auftauchen und hat Mika eingeladen, sich zu uns zu setzen. Als es 11 Uhr durch war und sie immer noch nicht da waren, wurden wir unruhig. Mein Vater legt großen Wert auf Pünktlichkeit und er würde nie jemanden warten lassen, mit dem er sich verabredet hat. Wilma hat sich entschlossen, bei den Jahns nachzufragen, wann unsere Eltern losgefahren sind. Das Haus der Jahns befindet sich in Askim, bis zu uns sind das nur knapp zwanzig Minuten Fahrzeit. Also hat Wilma angerufen und kurz mit den Jahns gesprochen. Plötzlich wurde sie ganz blass und musste sich hinsetzen. Erst konnte sie überhaupt nichts sagen, ich habe wie verrückt auf sie eingeredet, was denn los wäre, ob es einen Unfall gegeben hätte. *Nein,* sagte sie schließlich, *sie waren überhaupt nicht dort. Sie hatten abgesagt.*“

Sarah schüttelte den Kopf, sie schien die ganze Hilflosigkeit, die sie damals gespürt hatte, erneut zu empfinden. „Wilma hat dann genau erzählt, was die Jahns gesagt hatten. Unser Vater hätte sie angerufen, nicht lange, nachdem Wilma und ich das Haus verlassen hatten. Meiner Mutter würde es nicht gut gehen, deshalb müssten sie leider absagen, so soll er sich ausgedrückt haben. Uns fiel nur eine mögliche Erklärung ein: Er musste mit ihr in die Notaufnahme einer Klinik gefahren sein. Wilma und ich haben daraufhin angefangen, alle Krankenhäuser in der Umgebung anzurufen. Ohne Erfolg. Mika haben wir weggeschickt, er war überhaupt keine Hilfe. Nachdem er zu Hause berichtet hatte, kam unsere Tante Astrid vorbei. Sie meinte, wir müssten die Polizei informieren und hat das gleich selbst in die Hand genommen. In dem Augenblick haben wir begriffen, wie ernst die Situation war.

Und sie wurde mit jedem Tag schlimmer. Eigentlich bis heute."

„Die Polizei muss zu irgendeiner Schlussfolgerung gelangt sein, was mit Ihren Eltern passiert sein könnte. Hat man mit Ihnen darüber gesprochen?"

Vor Verzweiflung schluchzte Sarah laut auf. „Man hat *über* uns gesprochen", stieß sie hervor. „In allen Zeitungen hat man meine Eltern in den Dreck gezogen. Mein Vater wurde als gewalttätiger Mensch und Mörder hingestellt, der seine Frau umgebracht hat und dann untergetaucht ist. Und das nur, weil Wilma und ich ehrlich waren und von dem Streit erzählt haben. Da stand für die Polizei fest, was passiert sein musste. Die Zeitungen haben es mit Begeisterung aufgegriffen, wodurch es richtig aufgebauscht wurde."

„Sarah, es geht nicht darum, was andere gesagt und geschrieben haben. Es geht um Ihre Gedanken und Gefühle."

Mit seiner ruhigen Art konnte Birger zu Sarah durchdringen, sie entspannte sich ein wenig. „Ich habe keine Ahnung, was die Polizei unternommen hat", sagte sie. „Anfangs vermutlich überhaupt nichts. Irgendwie haben sie unsere Ängste nicht ernst genommen. Sie meinten, unsere Eltern hätten erst gestritten, sich dann wieder versöhnt und würden nun in einem romantischen Hotel ihre Beziehung auffrischen. Das war totaler Blödsinn, sie wären niemals einfach verschwunden, ohne uns Bescheid zu geben. Wir wussten von Anfang an, dass etwas Schlimmes passiert sein musste."

„Sie dürfen der Polizei daraus keinen Vorwurf machen", sagte Birger. „Es kommt häufiger vor, dass Menschen für einige Zeit untertauchen und ganz plötzlich wieder zurückkommen. Wenn es sich nicht um Kinder, Jugendliche oder besonders gefährdete Personen handelt, wird nicht sofort nach ihnen gesucht. Soweit ich mich erinnere, gab es aber Anstrengungen, Ihre Eltern zu finden."

Sarah nickte. „Drei Tage nach ihrem Verschwinden wurde ihr Auto im Naturreservat Välen gefunden. Es war nicht abgeschlossen und das Geschenk für Ursel, diese fürchterliche Schale, mit der alles angefangen hatte, lag eingewickelt auf dem Rücksitz."

„Demnach sah es so aus, als wären sie trotz Absage auf dem Wege zu der Feier gewesen und unterwegs abgebogen. Välen liegt in der gleichen Richtung wie Askim", schlussfolgerte Birger.

„So hat die Polizei das auch gesehen. Sie meinten, sie hätten sich kurzfristig doch noch zum Aufbruch entschlossen, unterwegs müsste es aber erneut zum Streit gekommen sein. Sie haben die ganze Umgebung abgesucht, mit Leichenspürhunden."

Sarah wirkte jetzt derart mitgenommen, dass Birger beschloss, die Stunde zu beenden.

„Lassen Sie uns von etwas anderem reden", sagte er. „Was haben Sie sich heute vorgenommen?"

„Ich werde wieder mit Joggen anfangen und im Haus weiter Ordnung schaffen." Sarah zwang sich zu einem Lächeln. Was sie sich außerdem vorgenommen hatte, sagte sie nicht. Sie war sich nicht sicher, ob ihre Kraft dafür schon ausreichen würde.

11.

Wilma hatte nie aufgegeben, nach ihren Eltern zu suchen. Sarah hatte sie dafür geliebt, für ihren unerschütterlichen Glauben und ihre Beharrlichkeit. Immer hatte sie wie Wilma sein wollen, deshalb musste sie jetzt den Mut aufbringen, da weiterzumachen, wo diese aufgehört hatte. Ihr Zimmer zu betreten war schon einmal ein erster Schritt. Sie hatte es bis jetzt vermieden aus Angst vor der Erinnerung und der schmerzhaften Konfrontation mit der Tatsache, dass Wilma nie zurückkehren würde. Lange stand sie vor der geschlossenen Zimmertür, eine Hand auf der Klinke und mit klopfendem Herzen. Nach endlosen Minuten brachte sie die Kraft auf, die Klinke nach unten zu drücken und einzutreten. Nichts hatte sich hier verändert, sie glaubte sogar, den zitronig herben Duft wahrzunehmen, den ihre Schwester so geliebt hatte. Sarah atmete ihn tief ein und entschied sich dagegen, das Fenster zu öffnen. Sie wollte diesen Duft nicht vertreiben, noch nicht. Es wäre ihr wie ein Verrat vorgekommen. Sie ging zu dem weiß lackierten Schreibtisch ihrer Schwester und zog die obere Schublade auf. Sarah wusste genau, wonach sie suchen musste, nach dem blauen Heft mit Sternenmuster. Ganze Tage und halbe Nächte hatte Wilma am Computer zugebracht, doch die wirklich wichtigen Dinge hatte sie nur diesem Heft anvertraut. Einiges davon hatte sie Sarah mitgeteilt, vor allem ihre Überlegungen, die sie zum Verschwinden der Eltern angestellt hatte. Als Sarah das Heft aufschlug, öffnete sich die betreffende Seite von allein. Akribisch hatte Wilma zunächst alle Zeitabläufe rund um den verhängnisvollen Tag notiert: Wann sie die Eltern zuletzt gesehen und wann sie und Sarah das Haus verlassen hatten. Weiterhin den genauen Zeitpunkt ihrer Heimkehr, die Uhrzeit des Telefonats mit den Jahns und die Zeiten aller anderen Telefonate, die sie geführt hatten. Sarah überblätterte die nächsten Seiten, in denen es um die Gespräche ging, die die Schwestern mit der Polizei geführt hatten. Sie arbeitete sich vor zu dem Teil der Aufzeichnungen, den sie für besonders interessant hielt. *Auffälligkeiten und Fragen* hatte Wilma über die betreffende Seite geschrieben. Dann, dreimal dick unterstrichen: Bekleidung Mutti. Sarah lehnte sich zurück und hatte alles wieder deutlich vor Augen. Es war drei Wochen nach dem Verschwinden ihrer Eltern gewesen. Wilma hatte gekocht, Fisch mit Gemüse und Kartoffelpüree. Sie saßen sich in der Küche gegenüber und stocherten lustlos auf ihren Tellern herum. Plötzlich sprang Wilma auf und rannte zur Tür hinaus. Als sie nach einer ganzen Weile nicht wiederkam, suchte Sarah nach ihr.

„Wilma, ist alles in Ordnung?", rief sie. Es kam keine Antwort, doch die Tür zum Schlafzimmer ihrer Eltern stand offen. Die Szene, die sich ihr dort bot, konnte Sarah überhaupt nicht einordnen. Wilma war halb im Kleiderschrank verschwunden und warf im Sekundentakt Kleidungsstücke auf das breite Doppelbett, auf dem sich die Sachen bereits zu einem bunten Haufen türmten.

„Was machst du da Wilma, was soll das?"

Wilma tauchte kurz aus dem Schrank auf, ihr Gesicht unter dem blonden Haar war vor Aufregung gerötet.

„Was hatte Mutti wohl an, als sie verschwand?“, fragte Wilma.

„Das konnten wir nicht wissen, weil wir nicht gesehen haben, wie sie weggefahren sind.“

„Angenommen sie wollten wirklich zu der Geburtstagsfeier? Was hätte Mutti dann angezogen?“

„Eins von ihren blauen Kleidern nehme ich an.“ Ida Viklund trug bevorzugt Blau, weil es so gut mit ihrem blonden Haar harmonierte.

„Das denke ich auch. Aber ihre beiden guten blauen Kleider sind hier.“ Wilma zeigte auf das Bett.

„Na ja, sie hat schließlich noch andere, das grüne mit den Margariten ...“

„Das ist auch hier“, unterbrach Wilma sie. „Und was noch viel wichtiger ist: Beide Paare ihrer Ballerinas sind hier, die weißen und die blauen. Eins davon nimmt sie immer mit, wenn sie bei den Jahns eingeladen sind. Die Jahns bestehen darauf, dass man bei ihnen die Schuhe anbehalten darf. Deshalb nimmt Mutti sich immer Schuhe fürs Haus mit.“

„Okay, und wonach suchst du jetzt noch?“

„Überleg mal, was hatte sie an dem Morgen an, als wir sie zuletzt gesehen haben?“

Sarah musste nicht lange nachdenken, es stand ihr deutlich vor Augen, wie ihre Mutter sich in dem leuchtend roten Kleid zwischen den Beeten zu schaffen gemacht hatte. „Ihr weites rotes Kleid“, sagte sie.

„Genau, ihr rotes Hauskleid, in dem sie niemals einen Besuch machen würde. Es ist nicht da.“

„Hast du bei der Schmutzwäsche nachgesehen?“

„Natürlich habe ich das, es ist nirgends. Weißt du, was das heißt?“ Wilma ließ sich auf das Bett sinken, sie wirkte plötzlich erschöpft. „Sie sind gar nicht zu den Jahns aufgebrochen, wie die Polizei annimmt.“

„Aber wieso war dann das Geschenk im Auto?“

„Das weiß ich nicht. Möglicherweise hatten sie es schon ins Auto gelegt, bevor sie sich entschlossen haben, den Jahns abzusagen. Aber losgefahren sind sie jedenfalls nicht. Wir müssen mit der Polizei reden."

Für Wilma und Sarah hatte es nur eine mögliche Schlussfolgerung gegeben: Jemand anders musste das Auto der Eltern im Naturreservat Välen abgestellt haben. Die Ermittler hatten ihnen aufmerksam zugehört und ihre eigenen Schlussfolgerungen gezogen. Wie die aussahen, war den Schwestern klar geworden, als die Leute von der Spurensicherung das Haus durchwühlten und Leichenspürhunde an den Beeten im Garten schnüffelten. Dabei hatten die Ermittler keinen Zweifel daran aufkommen lassen, nach wessen Leiche sie suchten. Jesper Viklund hatte seine Frau im Streit getötet, ihre Leiche verschwinden lassen und war dann untergetaucht, daran hielten sie eisern fest. Als endlich der letzte Polizeibeamte das Haus verließ, schworen sich die Schwestern, von nun an auf eigene Faust nach den Eltern zu suchen. Was immer sie herausfinden würden, wollten sie mit niemandem teilen, schon gar nicht mit der Polizei, in die sie das Vertrauen verloren hatten.

Sarah blätterte weiter durch die Aufzeichnungen. Zwei Monate nach dem Verschwinden der Eltern war Wilma zum ersten Mal für die Firma nach Holland gefahren. Von da an hatte sie die Touren regelmäßig übernommen. Sie hatte nicht nur historische Fliesen und Zierleisten zum Kauf ausgewählt, sie hatte auch mit allen gesprochen, mit denen ihr Vater in Holland Kontakt gehabt hatte. Daten, Namen und Ergebnisse dieser Gespräche waren detailliert aufgeführt, nur ergab sich daraus leider kein einziger Hinweis, was mit den Eltern passiert sein könnte. Sarah war bei der Dokumentation der letzten Fahrten nach Holland angekommen, als ihr ein merkwürdiges Symbol auffiel. Wilma hatte sonst keine Symbole im Text verwendet, daher fiel der fünfzackige Stern besonders ins Auge. War das nicht ein Pentagramm? Und warum hatte Wilma es mit einem Fragezeichen versehen? Auf der nächsten Seite stieß Sarah erneut auf das Symbol. Diesmal nahm es die Hälfte des Blattes ein und war sehr sorgfältig ausgeführt. Durch die Verbindungslinien des Pentagramms wand sich eine Schlange, aus deren aufgerissenem Rachen lange spitze Zähne ragten. Weshalb hatte Wilma das gezeichnet? Nur so aus Langeweile? Das war ausgeschlossen. Alles, was in diesem Buch stand, hatte Gewicht, niemals hätte die Schwester Platz für belanglose Kritzeleien verschwendet. Auch auf den folgenden Seiten tauchte das Symbol wieder auf, doch jetzt nicht in Verbindung mit Holland, sondern zu Zeiten, zu denen Wilma sich zu Hause aufgehalten hatte. Die letzte Eintragung, die sie vorgenommen hatte, bezog sich erneut auf das Pentagramm. *Bea fragen* stand dahinter, versehen mit mehreren Ausrufezeichen. Bea war Wilmas Freundin gewesen, sie hatte sie intensiv bei der Suche nach ihren Eltern unterstützt. Seit Sarah aus der Klinik entlassen war, hatte sie nichts von Bea gehört, sie nicht einmal von ihrer Entlassung in Kenntnis gesetzt. Hatte Wilma Bea tatsächlich gefragt? Und was konnte Bea darüber wissen? Sarah beschloss, so schnell wie möglich Kontakt zu ihr aufzunehmen.

12.

„Emmi, jetzt warte doch mal!“, rief Vera. Die Freundin lachte und streckte die Hände nach oben, als wollte sie die durch die kahlen Zweige der Bäume fallenden Sonnenstrahlen fangen. „Frühling, es wird endlich Frühling“, sang sie und drehte sich um die eigene Achse.

Vera fand Emmis Getue mal wieder reichlich übertrieben. Natürlich freute auch sie sich über den ersten wärmeren Apriltag nach einem bitterkalten März. Aber war das ein Grund, gleich in Shorts durch die Gegend zu laufen? Dabei kam sie nicht umhin, Emmis endlos lange, zart schimmernden Beine zu bewundern. Natürlich konnte sich die Freundin nicht verkneifen, die zu präsentieren, obwohl die Temperaturen an diesem frühen Morgen noch nicht einmal im zweistelligen Bereich angekommen waren.

„Ist dir nicht kalt?“, fragte Vera.

„Ich bewege mich, dann wird mir warm. Ist es nicht schön hier? Noch haben wir den Park fast für uns allein, aber sicher wird bei dem schönen Wetter heute hier bald jede Menge Betrieb sein.“ Sie liefen durch den Slottsskogen, Göteborgs größten Erholungspark.

„Am liebsten würde ich hierbleiben und mich auf die Wiese legen“, fuhr Emmi fort.

„Das dürfte nun wirklich noch zu kühl sein“, gab Vera zurück. Geblieben wäre sie allerdings auch gern, leider hatten sie den Park nur als Abkürzung für ihren Weg zur Schule gewählt. Dort erwartete sie gleich in der ersten Stunde eine Mathematikarbeit, auf die sich Vera überhaupt nicht gut vorbereitet fühlte.

„Von wegen, guck mal, da vorn sonnt sich schon jemand.“ Emmi zeigte auf eine liegende Gestalt im Zentrum einer großen Rasenfläche. „Und sogar oben ohne, die traut sich was.“

Vera zuckte mit den Schultern. „Ist ja vielleicht ein Mann.“ Sie war kurzsichtig und der oder die Liegende ein gutes Stück entfernt.

„Nee du, das ist eine Frau. Wollen wir wetten?“

„Ist doch egal“, erwiderte Vera mürrisch, doch Emmi war nicht zu bremsen. Sie betrat mit großen Schritten den Rasen und lief auf die Person zu. Verärgert blieb Vera zurück. Sie würden zu spät kommen, was ihre Chancen in Bezug auf die Mathearbeit nicht gerade verbesserte. Emmi war eindeutig verrückt und was machte sie denn jetzt? Inzwischen war sie nicht mehr weit von dem Sonnenanbeter entfernt und sie ging immer noch näher heran, jedoch nicht mehr forsch, sondern ganz langsam auf Zehenspitzen, den Kopf weit vorgereckt. Wie ein Jäger, der sich an ein Wild heranpirscht. Wollte sie sich etwa Ärger einhandeln, indem sie eine fremde Person belästigte? Gerade als Vera das dachte, sah sie Emmi jäh in sich zusammensinken. Zusammengekauert hockte sie auf dem Rasen und zuckte merkwürdig. Vera begriff überhaupt nichts. War Emmi angegriffen worden? Die andere Person lag noch immer reglos da, von ihr schien keine Bedrohung auszugehen. Von Unruhe erfasst ging Vera auf die am Boden kauernde Freundin zu. Als sie näherkam, hörte sie ein würgendes Geräusch. Emmi übergab sich.

„Emmi, was ist los, ist dir schlecht geworden?“ Vera legte ihr eine Hand auf den Rücken. Emmi schaute auf, das Gesicht mit Rotz und Erbrochenem verschmiert, die Augen vor Entsetzen weit aufgerissen. Sie konnte nicht sprechen, ihre Hand zitterte, als sie auf die Szene unmittelbar vor ihnen zeigte. Vera schaute hin und sollte es für den Rest ihres Lebens bereuen.

13.

„In Ordnung, wir schicken gleich jemanden vorbei." Kommissar Rurik Stein legte den Hörer auf und drehte sich um. Sein Blick fiel auf Inspektor Sven Falk, der gerade mit mehreren vollen Kaffeebechern zur Tür hereinkam. „Der Kaffee muss warten", sagte er. „Wir haben einen Leichenfund im Slottsskogen. Wer übernimmt es, hinzufahren? Alva und Sven, ihr solltet das machen."

Sven stellte einen der Kaffeebecher vor seiner Kollegin ab und zuckte bedauernd mit den Schultern. „Nimm wenigstens schnell noch einen Schluck zur Stärkung, bevor wir uns auf den Weg machen." Alva winkte ab und griff nach ihrer Jacke. Der Kaffee aus dem Automaten war nicht nach ihrem Geschmack, sie versäumte nichts, wenn sie ihn jetzt nicht trinken konnte. „Weiß man schon, um was es sich handelt?", fragte sie.

Rurik griff sich den von Alva verschmähten Kaffee und nahm einen Schluck, bevor er antwortete. „Soweit ich verstanden habe, handelt es sich um eine junge Frau. Sie soll Verletzungen aufweisen, die auf eine Straftat hindeuten. Zwei Schülerinnen haben die Tote gefunden, sie sollen durch den Anblick ziemlich geschockt sein. Ihr solltet euch beeilen, um die Lage vor Ort in Augenschein zu nehmen. Ausgerechnet im Slottskogen muss so etwas passieren, und das bei dem Wetter heute." Er schaute zum Fenster, vor dem sich ein strahlend blauer Himmel über der Stadt wölbte. „Da wird bald reger Verkehr im Park herrschen."

„Sollte ich nicht besser mitfahren?", fragte Jördis. Mit gerade fünfundzwanzig Jahren war die Kriminalassistentin die Jüngste im Dezernat für Gewaltverbrechen. Sie sprühte vor Tatendrang und schätzte es überhaupt nicht, wenn sie nur Aufgaben im Innendienst verrichten durfte. Wie erwartet, setzte sich Alva für sie ein.

„Ich fände es nicht schlecht. Wenn es sich tatsächlich um ein Gewaltverbrechen handeln sollte, können wir Verstärkung vor Ort gut gebrauchen."

„In dem Falle ruft ihr uns einfach an." Die schöne Caroline Wikström lächelte gönnerhaft. Alva musste sich auf die Zunge beißen, um keinen Kommentar zu dieser Bemerkung abzugeben. Caroline führte sich wieder auf, als wäre sie etwas Besseres. Das Fußvolk durfte die Lage sondieren, und nur wenn sich der Fall als wichtig genug herausstellten sollte, geruhte Kriminalinspektorin Wikström ebenfalls vor Ort zu erscheinen. Was Alva daran besonders ärgerte, war die Tatsache, dass Carolines Anspruch sich keinesfalls mit ihren Leistungen begründen ließ, sondern sich vielmehr aus ihrem fulminant guten Aussehen speiste. Letzteres verhalf ihr auch bei ihrem Chef Rurik zu einer Vorzugsstellung, die sie gern ausnutzte.

Die Fahrt vom Präsidium zum Park legten sie schweigend zurück. Svens jüngster Sohn litt unter einem fieberhaften Infekt mit starkem Husten, er und seine Frau hatten in der vergangenen Nacht wenig Schlaf bekommen. Ab und zu gähnte er hinter vorgehaltener Hand. Alva ärgerte sich im Stillen noch über Caroline, und Jördis sah dem Einsatz mit einiger Aufregung entgegen.

„Wissen wir überhaupt, an welcher Stelle genau die Leiche liegt?“, fragte Sven. „Der Park ist ja nicht gerade klein.“ Das war er mit seiner fast einhundertvierzig Hektar großen Fläche, auf der es Wanderwege, einen Zoo, drei Berge und einen Spielplatz gab, wahrhaftig nicht, doch Rurik hatte Alva vor der Abfahrt noch genauere Hinweise gegeben. „In der Nähe des Naturhistorischen Museums auf der Rasenfläche direkt gegenüber vom Spielplatz.“

Jördis stöhnte auf. „Ausgerechnet am Spielplatz, hoffentlich sind noch keine Kinder dort.“

„Dafür ist es sicher noch zu früh, trotzdem sollten wir uns beeilen“, sagte Alva. Sie bog bereits auf den breiten Weg ein, der in den Park führte. Schon von Weitem sahen sie den Krankenwagen, der neben der Rasenfläche stand, beim Näherkommen entdeckten sie auch den davor parkenden Streifenwagen. Sanitäter kümmerten sich um zwei Mädchen, eines der beiden saß in eine Notfalldecke gehüllt auf einer Bank. Das andere wurde im Wagen versorgt. Alva stieg als Erste aus und ging zu den Sanitätern.

„Ich bin Kriminalinspektorin Alva Claesson. Sind das die beiden Mädchen, die die Tote gefunden haben?“ Einer der Sanitäter, ein korpulenter junger Mann mit rötlichem Haar, nickte. „Es war ein gewaltiger Schock für die beiden. Kann man verstehen, sieht ziemlich übel aus.“ Er machte eine Kopfbewegung zur Rasenfläche hin, wo zwei Streifenpolizisten neben einer hellen Plane standen. Sie hatten die Tote also abgedeckt, stellte Alva erleichtert fest. Außerdem kümmerten sich weitere Kollegen bereits um die Absperrung. Sie mussten ihre Ausweise nicht vorzeigen, hier in Göteborg kannte sie fast jeder Streifenbeamte. Alva kniete sich neben die Plane und hob sie ein Stück an. Der Anblick verschlug ihr zunächst die Sprache, hinter sich hörte sie Jördis erschrocken nach Luft schnappen.

„Man hat ihr die Kehle durchgeschnitten“, stellte Alva fest. „Aber es ist nicht hier passiert, sonst müsste mehr Blut zu sehen sein. Hier wurde sie nur abgelegt.“

Die Tote wirkte sehr jung, sie hatte langes goldbraunes Haar, bekleidet war sie mit einer engen Jeans, ihre Füße steckten in schwarzen Ballerinas. Um die Taille war eine helle Bluse geknotet, die Haut ihres nackten Oberkörpers hob sich leuchtend weiß vom Untergrund ab. Und genau dort, knapp oberhalb ihrer rechten Brust, war eine grässliche Wunde zu sehen. Alva glaubte, den Geruch von verbranntem Fleisch wahrzunehmen, denn ein der Toten tief eingeprägtes Brandzeichen hatte das Gewebe darunter schwärzlich verkohlt.

„Wie barbarisch ist das denn?“, flüsterte Jördis hinter ihr. „Man hat sie gebrannt wie ein Stück Vieh. Dabei ist sie fast noch ein Kind.“

Alva musterte das Brandmal eingehend, es war ein Pentagramm, durch das sich eine verschlungene Linie zog.

„Könnte das auf ein satanisches Ritual hindeuten?“, fragte Jördis.

„Es ist zu früh, um irgendwelche Vermutungen anzustellen.“ Alva zog die Plane wieder über die Tote. „Die Spurensicherung soll kommen und hier jeden Grashalm umdrehen“, ordnete sie an. „Ich werde versuchen, mit den beiden Mädchen zu reden, die die Tote gefunden haben.“

Leider war von den noch immer zutiefst erschütterten Mädchen nicht viel zu erfahren. Sie hatten beide nur einen kurzen Blick auf die Tote geworfen, waren sich aber sicher, sie nicht zu kennen. Damit standen die Ermittler vor einem weiteren Problem. Da sie keinerlei Papiere bei sich hatte, würden sie zunächst die Identität der Toten klären müssen.

„Es könnte schwierig werden, herauszufinden, wer sie ist“, gab Sven zu bedenken. „Sie könnte eine illegal aus Osteuropa eingeschleuste Prostituierte sein. Das Fehlen von Papieren würde dazu passen, man nimmt diesen Frauen die Pässe weg und stürzt sie dadurch in völlige Abhängigkeit.“

Alva fand die Überlegung von Sven nicht abwegig. Könnte es sich um eine Frau handeln, die von ihrem Zuhälter bestraft worden war, weil sie sich gegen ihn aufgelehnt hatte? Und deren Leiche man zur Abschreckung öffentlich zur Schau gestellt hatte? Zur Brutalität der Szene, die verbotene Bordelle betrieb, würde das durchaus passen. Zu der Verschwiegenheit, die dort herrschte, eher nicht. Frauen, die sich den Regeln nicht unterwarfen, verschwanden unauffällig und ohne Spuren zu hinterlassen. Diese misshandelte und ermordete Frau dagegen sollte gefunden werden. Wenn sie die Gründe dafür herausfinden würden, kämen sie dem Täter ein Stück näher. Vor ihnen lag eine Menge Arbeit.

14.

Nachdem der Abgleich mit den Daten als vermisst gemeldeter Personen keinen Treffer ergeben hatte, blieb nur der Gang an die Öffentlichkeit. Zum Glück war es dem Polizeifotografen gelungen, ein Foto der Toten anzufertigen, auf dem sie wirkte, als würde sie schlafen. Ihr Gesicht sah friedlich und entspannt aus.

„Gut, wir geben das Bild gleich heute an die Presse", legte Rurik Stein fest. „Außerdem ist nachher der Termin in der Rechtsmedizin. Wer fährt?"

„Ich übernehme das", sagte Alva schnell. Die Obduktion der noch unbekannten Toten war von Dr. Birgit Wallenius durchgeführt worden, die eine Koryphäe auf ihrem Gebiet war. Ihre Erläuterungen hatten Alva schon oft zu interessanten neuen Sichtweisen und damit zur Lösung eines schwierigen Falles verholfen. Nicht nur deshalb legte sie Wert darauf, diesen Termin unbedingt selbst wahrzunehmen. Birgit war eine willensstarke, selbstbewusste Frau, die mit ihrer Meinung nicht hinter dem Berg hielt. Sie und Rurik Stein verband eine gegenseitige Abneigung, die von beiden hingebungsvoll gepflegt wurde. Auch von der schönen Caroline Wikström hielt Birgit nicht viel, ihrer Meinung nach wäre sie in der Modelbranche besser aufgehoben als bei der

Kriminalpolizei. Mit Alva verstand sie sich dagegen ausgezeichnet, sie schätzte deren Berufsauffassung und ihre Eigenart, sich nie mit oberflächlichen Antworten zufriedenzugeben. Wo es Rurik Stein nur um den schnellen Abschluss eines Falles ging, war Alvas Antrieb die Suche nach der Wahrheit und die Herstellung der Gerechtigkeit. Auch dann, wenn es sich als sehr unbequem erweisen sollte.

Birgit erwartete Alva bereits. Sie war eine große statuenhafte Frau mit klassischen Gesichtszügen und der Ausstrahlung einer antiken Göttin. Ihren Kittel trug sie wie ein maßgeschneidertes Kleid.

„Schön, dich zu sehen", begrüßte sie Alva. „Der Anlass ist leider nicht sehr erfreulich. Was für ein übles Verbrechen."

„Ich brauche deine Einschätzung dringender denn je." Alva folgte Birgit zu dem Stahltisch, auf dem die Tote lag. „Wir mussten sie schnell wegbringen, weil sie in der Nähe eines Spielplatzes lag und wir mit einer Menge Publikumsverkehr rechnen mussten. Daher ist die Leichenschau vor Ort kürzer ausgefallen. Außerdem war sie mit Sicherheit bereits bewegt worden, der Fundort ist nicht der Tatort."

Birgit nickte verständnisvoll. „Nicht auszudenken, wenn sie von Kindern gefunden worden wäre."

„Na ja, es waren zwei sechzehnjährige Mädchen, die sie entdeckt haben. Ihnen ging es danach gar nicht gut."

„Verständlich." Birgit nickte. „So einen Anblick bekommt man nicht so schnell aus dem Kopf. Selbst für jemanden wie mich ist er nicht alltäglich. Wo wollen wir anfangen?"

„Ich will alles wissen. Wir haben noch keinen Hinweis auf ihre Identität. Unsere erste Vermutung lautete, sie könnte eine illegal einschleuste osteuropäische Prostituierte sein."

„Ich weiß nicht.“ Birgit wirkte skeptisch. „Die Sachen, die sie trug, riechen förmlich nach Geld. Eine Designerjeans, die Bluse ebenfalls von einem bekannten Label genau wie die Schuhe. Ich habe alles dokumentiert und verpackt. Diese Klamotten würden dich ein halbes Monatsgehalt kosten, wenn das überhaupt reicht. Sie befindet sich in einem guten Ernährungszustand, ihre Haut und ihr Haar sind sehr gepflegt, die Fingernägel sorgsam manikürt. Außerdem konnte ich im Abstrich aus ihrer Nase Kokain feststellen. So strapaziert wie ihre Schleimhäute sind, hat sie sich das regelmäßig und in größeren Mengen reingezogen.“

„Klingt nach einem verwöhnten Töchterchen aus gutem Hause, das aus Langeweile auf die schiefe Bahn geraten ist“, sagte Alva nachdenklich. „Nur die Tatsache, dass keine Vermisstenanzeige vorliegt, passt nicht dazu.“

„Die Bahn, auf die sie geraten sein könnte, scheint mehr als nur schief zu sein“, fuhr Birgit fort. „Die Brutalität, mit der sie gefoltert und umgebracht wurde, ist erschreckend.“

Alva sah durch diese Worte eine Befürchtung bestätigt, die ihr bereits beim ersten Anblick der Toten gekommen war. „Man hat ihr das Brandmal beigebracht, als sie noch am Leben war“, sagte sie. „Mir ist die Hautrötung in der Umgebung der Wunde aufgefallen.“

„Gut beobachtet“, sagte Birgit anerkennend. „Eine solche Rötung kann ein vitales Zeichen sein, sie allein reicht aber nicht aus, um mit Sicherheit zu sagen, ob die Verbrennung vor oder nach dem Tod entstanden ist. Ich habe einen zusätzlichen Test vorgenommen. In einigen Brandblasen konnte ich Leukozyten und Fibrin nachweisen, was ein Beweis für ihre Entstehung zu Lebzeiten ist. Sie muss höllische Schmerzen erlitten haben. Das Eisen, mit dem sie gebrannt wurde, hat auch Teile der rechten Brust verletzt.“

Alva atmete tief durch. Sie durfte sich jetzt nicht das Leiden des Opfers vorstellen, wenn sie den Fall professionell bearbeiten wollte. Nur die nüchternen Fakten hatten sie im Moment zu interessieren.

„Hast du so eine Brandverletzung schon einmal gesehen?“, fragte sie.

„Nein, wenn es so wäre, hätte ich es sofort erwähnt. Das Eisen, mit dem sie zugefügt wurde, dürfte eine Einzelanfertigung sein. Es handelt sich um ein Pentagramm, durch das sich ein Band oder dickes Seil windet. Auf Grund der Stärke der Verbrennung ist das nicht genau zu erkennen. Mehr kann ich dir dazu leider nicht sagen. Der Kehlschnitt wurde mit einer scharfen Klinge sehr tief ausgeführt. Das Opfer dürfte dabei am Boden gelegen und der Täter über ihm gestanden haben. Der Schnittführung nach zu urteilen ist er Rechtshänder und kräftig.“

„Er hat sie erst gebrandmarkt und dann abgeschlachtet wie ein Stück Vieh“, sagte Alva. Sie fröstelte in der Kühle des Obduktionssaales.

Birgit nickte. „Finde ihn“, sagte sie. „Ich wünsche dir Glück.“

15.

Sven und Jördis lauschten dem Bericht von Alva sichtlich erschüttert, nur Caroline gab sich kühl. Mit ihrem leuchtend blonden Haar, das ihr in weichen Wellen auf die Schultern fiel, sah sie wie die personifizierte Schwedenwerbung aus. Nur war in ihren blauen Augen kein Funken Wärme zu erkennen.

„Wir sollten herausfinden, was dieses Brandzeichen bedeutet", sagte sie. „Meiner Meinung nach ist damit eine Botschaft verbunden."

„Was du nicht sagst, darauf sind wir auch schon gekommen." Sven, dessen Augen vom Schlafmangel gerötet waren, wirkte ungewöhnlich gereizt.

„Nach Satanismus sieht es für mich nicht aus." Alva sprach betont ruhig, sie wollte keine schlechte Stimmung aufkommen lassen. „In solchen Zusammenhängen tauchen meistens zusätzlich andere Dinge auf wie Kerzen, Knochen oder etwas in der Art. Ich dachte zuerst an ein Brandzeichen wie bei Tieren, um sie als Besitz zu kennzeichnen. Aber mir fällt noch eine andere Bedeutung ein. In früheren Zeiten wurden Straftäter gebrandmarkt, eine Aufgabe, die dem Henker zufiel."

„Klar, jetzt wo du es sagst." Jördis, die die ganze Zeit über nachdenklich mit ihrem langen Zopf gespielt hatte, warf ihn mit einem Ruck nach hinten. „Das kommt bei den drei Musketieren vor. Wie habe ich den Film als Kind geliebt, ich habe ihn bestimmt fünfmal gesehen. Da ist von der Henkerslilie die Rede, die Milady de Winter auf ihrer Schulter eingebrannt wurde. Wofür hat sie die gleich noch mal bekommen?"

„Prostitution, glaube ich", sagte Sven. „Tatsächlich wurden Prostituierte zu der Zeit, in der die Handlung spielt, gebrandmarkt."

„Womit wir wieder am Ausgangspunkt wären", stellte Alva sachlich fest. „So kommen wir nicht weiter. Ich hoffe, es meldet sich bald jemand, der die Tote kennt, nachdem ihr Bild heute veröffentlicht wurde."

Das Vibrieren ihres Handys riss sie aus ihren Gedanken. Sie sah, dass der Anruf von Birger Nyberg kam. Wie passend, mit niemandem würde sie jetzt lieber über den Fall reden als mit ihm. Vielleicht hatte er ja eine Idee, was das Brandzeichen bedeuten könnte. Sie nahm das Handy mit nach nebenan, um ungestört sprechen zu können. Auch Birger hatte ein Anliegen, wie sich schnell herausstellte.

„Eigentlich darf ich dir nicht sagen, wer sich gerade bei mir in Behandlung befindet", sagte er. „Doch bei dir mache ich eine Ausnahme, weil ich deine Hilfe brauche. Ist dir das Ehepaar Viklund ein Begriff? Sie sind vor knapp zwei Jahren spurlos verschwunden."

Alva dachte angestrengt nach. „Ja, irgendwie schon", sagte sie. „Die Tochter hatte damals den Verdacht, den Eltern müsste etwas zugestoßen sein. Weil sich aber absolut keine Hinweise auf ein Verbrechen finden ließen, ist die Sache nie richtig auf unserem Tisch gelandet."

„Wenn du die Tochter erwähnst, meinst du sicher Wilma Viklund, die ältere der beiden Schwestern, die ums Leben gekommen ist."

Alva seufzte. „Stimmt, unter unklaren Umständen. Um wen oder was geht es dir eigentlich?“

„Mir geht es um die jüngere Tochter, sie ist meine Patientin. Ich brauche mehr Informationen, wie das mit dem Verschwinden ihrer Eltern war und was genau unternommen wurde, um sie ausfindig zu machen.“

„Willst du die Ermittlungen für deine Patientin neu aufrollen, Birger? Das dürfte kaum möglich sein.“

„Das habe ich auch nicht vor. Ich brauche Fakten, um mir ein Bild zu machen. Sarah Viklund leidet unter der ungeklärten Situation. Ich will ihr helfen, einen Abschluss zu finden. Das kann ich nur, wenn ich selbst klarsehe.“

„In Ordnung, ich schaue, was ich tun kann. Dann melde ich mich wieder und wir verabreden uns, einverstanden?“

Eigentlich hatte Alva keine Zeit, sich um den alten Vermisstenfall zu kümmern. Doch sie stand in Birgers Schuld und konnte ihm deshalb keine Bitte abschlagen. Außerdem hatte sie sich längst vorgenommen, bei der Gelegenheit auch ihre eigenen Fragen zu dem aktuellen Fall vorzubringen.

„Danke, Alva, das ist nett von dir. Kann ich auch etwas für dich tun?“

„Das kannst du mit Sicherheit. Aber darüber reden wir, wenn wir uns sehen.“

16.

Sarah ertappte sich dabei, wie sie auf dem Sofa saß und vor sich hin träumte. Ihre rechte Hand mit dem Staubtuch ruhte auf ihrem Schoß. Eigentlich hatte sie vor, das Wohnzimmer gründlich sauberzumachen, doch sie konnte sich einfach nicht aufraffen. Es hing mit diesem Traum zusammen, der sie mitten in der Nacht geweckt hatte und hinterher nicht wieder einschlafen ließ. Sarah wusste nicht, wie oft und in wie vielen Varianten sie ihn schon geträumt hatte. Doch jedes Mal erzeugte er bei ihr ein Gefühl der Leere und Kraftlosigkeit. Tückischerweise begann er stets ganz idyllisch, so war es auch diesmal gewesen. An einem sonnigen Tag befand sie sich mit ihren Eltern und Wilma mitten im Wald, um Blaubeeren zu sammeln, als ihr Vater ihr plötzlich ein Zeichen gab. Da sah sie ihn mitten auf einer Lichtung stehen, den schneeweißen Elch, der ruhig äste. Das Bild des schönen Tieres im hellen Sonnenlicht löste ein starkes Glücksgefühl bei Sarah aus. Ob Wilma ihn auch sah? Sarah schaute sich suchend nach der Schwester um, konnte sie aber nirgends entdecken. Die Eltern waren ebenfalls verschwunden, dafür zogen dunkle Wolken vor die Sonne und ein aus dem Nichts kommender dichter Nebel nahm ihr die Sicht. Sarah hörte das Geräusch des in Panik flüchtenden Elchs und begann verzweifelt nach ihren Eltern und ihrer Schwester zu rufen. Sie bekam keine Antwort, doch mitten im Nebel materialisierte sich eine bedrohliche Gestalt, die langsam auf sie zukam. Mit einem Schrei war Sarah erwacht. Und nun saß sie tatenlos da und dachte noch immer über den Traum nach, der einige wahre Elemente enthielt. Oft war ihre ganze Familie gemeinsam auf Beerensuche gegangen und einmal hatten sie dabei tatsächlich einen Albino-Elch mit schneeweißem Fell gesehen. Es waren schöne Erinnerungen an eine glückliche Zeit, die das Gefühl des Verlustes nur noch schmerzhafter machten.

Sarah zuckte zusammen, als es an der Tür klingelte. Wer mochte das sein, sie erwartete niemanden. Sie trat ans Fenster und erblickte eine schlanke rothaarige Frau, die ungeduldig an der Fassade heraufschaute.

„Bea?", fragte Sarah ungläubig.

„Da bist du ja. Ich dachte schon, du schläfst noch." Bea lachte. Sie war eine attraktive Frau, bei deren Anblick Sarah immer an die Meerjungfrau Arielle denken musste. Das lag sowohl an Beas roten Haaren als auch an ihrer biegsamen Gestalt. Auf jeden Fall war ihr Auftauchen ein glücklicher Zufall. Eigentlich hatte Sarah sich bei ihr melden wollen, nun kam Bea dem zuvor.

„Komm rein", sagte Sarah. „Ich mache uns Kaffee. Du hast hoffentlich Zeit."

„Sicher habe ich Zeit, nachdem wir uns so lange nicht gesehen haben." Bea streifte ihre Schuhe ab und betrat das Wohnzimmer auf Socken. Sarah war peinlich berührt, weil sie nicht saubergemacht hatte. Bea schien es zum Glück nicht zu bemerken, sie ließ sich auf das Sofa fallen.

„Ich wollte dich eigentlich im Krankenhaus besuchen", sagte sie. „Aber da hieß es, du solltest erst mal keinen Besuch bekommen. Also bin ich jetzt hier. Ich hoffe, es geht dir besser."

Sarah zuckte mit den Schultern. Sie stellte die Thermoskanne mit dem Kaffee auf den Tisch, den sie gleich nach dem Aufstehen aufgebrüht hatte. „Wie man es nimmt. Ich bin bei einem Psychologen in Behandlung. Und zu einigen Tests in einem Schlaflabor soll ich auch noch."

„Du gehst zu einem Seelenklempner?" Bea runzelte die Stirn, während sie Kaffee eingoss. „Ich weiß nicht, ob das gut ist. Die wühlen in der Vergangenheit rum, dadurch geht es einem dann erst so richtig schlecht. Ich finde es besser, nach vorn zu schauen. Die Vergangenheit kann man nicht ändern."

„Ich würde die Vergangenheit gern verstehen. Bevor ich nicht weiß, was mit meinen Eltern und mit Wilma passiert ist, kann ich damit nicht abschließen. Außerdem ist der Psychologe sehr nett, ich mag die Gespräche mit ihm." Sarah hatte das Gefühl, Dr. Nyberg verteidigen zu müssen. Sie hatte den Eindruck, er würde sich wirklich für ihre Probleme interessieren.

„Wie du meinst, du musst wissen, was dir guttut. Aber die Wahrheit über deine Eltern herauszufinden, dürfte schwierig sein. Wir haben schließlich alles versucht, ich auch."

Sarah nickte, Bea hatte wirklich versucht, ihnen zu helfen. Sie war kurz nach dem Verschwinden ihrer Eltern an Wilma herangetreten und hatte sich als Mitglied von *Missing People* vorgestellt. Obwohl sie ganz neu bei der Organisation war, hatte sie Wilma angeboten, eine Suchaktion zu starten. All ihre Aktivitäten hatten zu keinem Ergebnis geführt, doch zwischen Bea und Wilma war dadurch eine Freundschaft entstanden, die mit Wilmas Tod jäh endete.

Bea räusperte sich. „Was ich dich fragen wollte, hast du in letzter Zeit von Thies gehört? Meldet er sich ab und zu bei dir?"

Sarah schüttelte den Kopf.
„Nein, seit er nach Amerika ausgewandert ist, habe ich nichts mehr von ihm gehört. Eigentlich schade. Ich denke, es ist seine Art, mit der Vergangenheit umzugehen. Er will einen Schlussstrich unter alles ziehen und einfach vergessen."
Bea goss sich Kaffee nach. „Ich hoffe, er hat nicht meinetwegen den Kontakt abgebrochen", sagte sie. „Ich habe es zwar nie verstanden, aber er konnte mich nicht leiden. Wilma hatte deswegen sogar Streit mit ihm. Manchmal glaube ich, er war extrem eifersüchtig und konnte nicht ertragen, wenn Wilma anderen Menschen auch nur einen Funken ihrer Aufmerksamkeit schenkte. Unsere Freundschaft war ihm ein Dorn im Auge."
Sarah konnte dem nicht widersprechen, obwohl sie nie begriffen hatte, weshalb Thies Bea ablehnte. Wilma hatte sich davon nicht beeinflussen lassen, sie war eine selbstbewusste Frau gewesen, die nicht nach der Pfeife eines Mannes tanzte. Auch nicht, wenn sie ihn noch so sehr liebte. Nach dem Verschwinden ihrer Eltern war in der Beziehung zwischen Thies und Wilma eine Veränderung eingetreten. Ob das nur an Wilmas Festhalten an Bea gelegen hatte? Thies war zunehmend auf Distanz gegangen und hatte Wilma damit tief verletzt.
„Wenn sich Thies melden sollte, sag mir bitte Bescheid." Bea trank einen Schluck und schaute Sarah über den Rand der Tasse hinweg an. „Aber verrate ihm nicht, dass ich nach ihm gefragt habe. Ich kann mir vorstellen, wie sehr er mich jetzt erst hassen muss. Schließlich kam die Idee zu dem Ausflug von mir."
„Aber deshalb bist du doch nicht schuld." Sarah konnte nicht verhindern, dass ihr die Tränen kamen. „Ich bin auch nicht schuld, werde aber so behandelt. Ich habe die Mutter von Isabelle auf dem Friedhof getroffen und sie

hat mich richtig beschimpft. Dabei haben wir doch nichts falsch gemacht."

„Natürlich haben wir nichts falsch gemacht." Bea griff nach Sarahs Hand. „Es war Schicksal. Das Schicksal kann manchmal ein ganz schönes Arschloch sein."

Sarah schniefte und nickte. „Was willst du eigentlich von Thies?", fragte sie.

„Ach weißt du, ich habe das Gefühl, noch ein letztes Mal mit ihm über Wilma und den Tag, an dem es passiert ist, reden zu müssen. Vermutlich geht es mir wie dir. Ich möchte einen Abschluss finden. Sag es mir also, falls er sich bei dir melden sollte, okay? Und deinem Cousin Mika sag lieber nichts von meinem Besuch. Der stellt mir immer noch nach."

„Ehrlich?" Sarah schaute sie ungläubig an. „Der müsste doch langsam mal kapieren, dass du nichts von ihm wissen willst."

„Manche Männer kapieren es leider nie. Ich muss dann jetzt los."

Erst als Bea gegangen war, fiel Sarah die Zeichnung wieder ein, nach der sie fragen wollte. Sicher hatte es keine Eile, sie würde es beim nächsten Treffen mit Bea nachholen.

17.

„Reicht es, wenn ich in einer Stunde bei euch bin?“ Jördis, die gerade dabei war, ihre Sachen zusammenzupacken, schaute Sven an.

„Klar reicht das, ich hoffe, wir schaffen es, bis dahin startklar zu sein. Gundel freut sich total, endlich mal wieder rauszukommen. Wir sind dir so dankbar, dass du dich um unsere Brut kümmern willst. Ich werde die beiden verwarnen, sich ja anständig zu benehmen.“

„Mit euren Jungs werde ich mich blendend verstehen“, lachte Jördis. „Ich setze sie mit einer Tüte Süßigkeiten vor den Fernseher und schalte einen Horrorfilm ein. Also bis nachher.“ Sie drehte sich zu Alva um. „Soll ich dich mitnehmen? Ich bin mit dem Roller hier.“ Ihre Honda Forza, auf die sie lange gespart hatte, war der ganze Stolz von Jördis. Sobald es das Wetter erlaubte, war sie damit unterwegs. Alva nahm das Angebot gern an. Jördis hatte immer einen zweiten Helm in ihrem Schrank, sie kramte ihn hervor und reichte ihn Alva.

„Dir und Gundel einen schönen Abend, was immer ihr vorhabt“, sagte Alva zum Abschied zu Sven. Sie fühlte sich mies bei dem Gedanken, dass sie ihm noch nie ihre Hilfe bei der Kinderbetreuung angeboten hatte. Warum eigentlich nicht? Ihr war schließlich nicht entgangen, wie müde Sven oft wirkte. Seiner Frau Gundel, die als Krankenschwester arbeitete, ging es bestimmt nicht besser. Da war es wichtig für die beiden, mal wieder Zeit für sich als Paar zu haben. Jördis hatte das erkannt und ihnen in ihrer unkomplizierten Art die Möglichkeit eingeräumt. Alva schätzte Sven als Kollegen und sie mochte auch Gundel. Dennoch trafen sie sich nie privat, was allein an ihr lag, wie Alva zugeben musste. Nach dem Tod von Yorick hatte sie sich von allen Freunden zurückgezogen und jede Form der Geselligkeit für lange Zeit gemieden. Anfangs hatten viele ihrer Bekannten versucht, sie aus ihrer selbstgewählten Isolation zu befreien, aber es schließlich aufgegeben. Inzwischen war der soziale Rückzug für Alva zu ihrer gewohnten Lebensform geworden, den ihr Umfeld stillschweigend akzeptierte. Es war an der Zeit, das zu ändern.

Auf der Straße vor dem Polizeipräsidium empfing sie ein frischer Wind. Alva zog ihre Jacke fester um sich und registrierte fassungslos, wie Jördis sich nur mit Jeans und T-Shirt bekleidet vor ihr auf den Sitz der Honda schwang.

„Ist dir nicht kalt?", fragte sie.

Jördis lachte. „Es ist Frühling."

Alva fiel dazu nichts weiter ein. Sie staunte immer wieder über die Eigenart ihrer Landsleute, bei den ersten Sonnenstrahlen jede Menge Haut zu entblößen, selbst wenn auf den Pfützen noch das Eis glitzerte. Es musste Alvas italienisches Blut sein, das sie, obwohl in Schweden geboren und aufgewachsen, schon bei dem Anblick frieren ließ.

Nachdem Jördis sie vor ihrer Wohnung abgesetzt hatte, eilte Alva die Treppe hinauf und drehte zuerst die Heizung höher. Bis zu ihrer Verabredung mit Birger blieben ihr noch anderthalb Stunden. Da er sie bei ihrem letzten Treffen eingeladen hatte, würde sie diesmal die Bewirtung übernehmen, darauf hatte Alva bestanden. Er hatte sich gern überreden lassen, in ihrer gemütlichen Wohnung ein typisch italienisches Essen zu genießen. Alva bereitete Pasta mit einer Soße zu, für die das Rezept angeblich von ihrer Urgroßmutter stammte und wie ein Schatz in der Familie gehütet worden war. Dazu würde es einen leichten Rotwein und zum Dessert Tiramisu geben. Sie deckte den Tisch mit rustikalem Geschirr und schlüpfte kurz vor Birgers Ankunft in ein bequemes Wollkleid. Ihr dunkles Haar band sie zu einem Pferdeschwanz zusammen. Schließlich handelte es sich bei dem Treffen um ein Arbeitsessen und nicht um ein Date.

Birger erschien wie immer auf die Minute pünktlich, er brachte Blumen mit, blaue und weiße Ranunkeln, die Alva so liebte. Sie fragte sich, woher er das wissen konnte.

„Setz dich doch", sagte sie und öffnete schon mal den Wein. Während des Essens, das Birger ausgiebig lobte, sprach niemand den Zweck ihrer Begegnung an. Erst als der letzte Löffel Tiramisu gegessen war, schaute Alva mit einem wissenden Lächeln zu Birger hinüber.

„Also, was genau möchtest du wissen?", fragte sie.

„Alles", erwiderte Birger. „Ich kenne die Geschichte über das Verschwinden des Ehepaares Viklund nur aus der Sicht von Sarah. Ich möchte die Sicht der Polizei kennenlernen, die garantiert eine etwas andere ist."

Alva tupfte sich den Mund mit der Serviette ab. „Leider kann ich dir auch nur mit Vermutungen dienen", sagte sie. „Wir wissen nicht, was mit dem Ehepaar Viklund geschehen ist. Eindeutige Hinweise auf ein Verbrechen gab es nicht. Als die wahrscheinlichste Variante erscheint mir, dass Jesper Viklund seine Frau im Streit getötet hat und danach untergetaucht ist."

„Woraus leitest du das ab?", fragte Birger.

„Da war einmal der Anruf, der sich eindeutig belegen ließ. Jesper Viklund sagte dem befreundeten Ehepaar

Jahn kurzfristig ab, weil es seiner Frau nicht gut gehen würde. Ursel Jahn hat auf nähere Nachfrage eingeräumt, er wäre bei diesem Anruf ziemlich kurz angebunden gewesen, was ansonsten überhaupt nicht seiner Art entspräche. Sie hatte natürlich wissen wollen, was Ida Viklund fehlen würde, doch er sei nicht darauf eingegangen und habe das Gespräch schnell beendet. Ich nehme an, seine Frau war zu diesem Zeitpunkt bereits tot. Es kann sich um eine Tat im Affekt oder einen Unfall gehandelt haben. Vermutlich wollte er seine Frau nicht töten. Die beiden Töchter haben die Ehe der Eltern als harmonisch geschildert und jede Gewaltbereitschaft ihres Vaters vehement bestritten. Die Schwester von Ida Viklund hat sich in diesem Punkt allerdings anders geäußert."

„Die Schwester? Du meinst Sarahs Tante Astrid, nehme ich an. Sarah mag sie nicht besonders."

„Diese Tante war nicht gut auf Sarahs Vater zu sprechen. Ihre Äußerungen muss man jedoch mit Vorsicht genießen. Da schwang jede Menge unterschwelliger Neid mit." Alva nahm einen Schluck aus ihrem Glas, bevor sie weitersprach. „Jesper Viklund war mit seiner Firma sehr erfolgreich. Der Familie ging es dadurch materiell gut. Auch die Familie von Ida Viklunds Schwester hatte ihr Auskommen, doch der Mann von Astrid war nur ein kleiner Finanzbeamter und sie selbst arbeitete halbtags in einer Arztpraxis. Astrid warf dem Schwager deshalb vor, sich über andere erheben zu wollen, was man hierzulande bekanntlich nicht so gern sieht. Sogar seine deutschen Freunde, die Jahns, machte sie zum Bestandteil ihrer Kritik. Sie meinte, Jesper hätte sich zu ihnen hingezogen gefühlt, weil er deren auf Leistung und Besitz ausgerichtete Mentalität teilen würde. Natürlich ist das Unsinn. Alle Mitarbeiter der Firma beschrieben Jesper Viklund als bodenständigen Mann mit bescheidenem Auftreten. Für den Unwillen seiner Verwandten gegen ihn nannten sie einen weiteren Grund. Astrid versucht seit Jahren erfolglos, ihren missratenen Sohn Mika in der Firma unterzubringen, wogegen sich der Schwager jedoch verwahrte."

„Moment mal", sagte Birger, „diesen Mika hat Sarah erwähnt. War er nicht am Morgen des Verschwindens der Viklunds mit Jesper Viklund verabredet gewesen?"

„Richtig, er sollte beim Entladen eines Transporters helfen. Für solche Hilfsarbeiten wurde er ab und zu herangezogen. Jesper Viklund war am Vorabend mit einer Ladung historischer Baumaterialien aus Holland zurückgekehrt. Diese Lieferungen wurden nicht gleich in die Firma gebracht, er sortierte und katalogisierte sie zunächst in seiner heimischen Garage, bevor er die Preise festlegte und Muster für die Kunden in die Firma mitnahm. Seine ältere Tochter Wilma war ihm bei dieser Arbeit regelmäßig behilflich. Nur diesmal war es nicht zum Entladen gekommen. Der Neffe Mika wartete vergeblich auf das Eintreffen des Onkels. Zu dem Zeitpunkt gingen alle noch davon aus, die Viklunds hätten bei den Jahns übernachtet und hätten sich nur verspätet."

„Für mich klingt da ein Motiv an. Der Neffe, der nicht in gewünschter Weise unterstützt wurde und gerade mal für Hilfsdienste ran durfte, war bestimmt nicht gut auf seinen Onkel zu sprechen", sagte Birger.

Alva lachte. Sie stand auf und öffnete eine Tüte Salzstangen, die sie in ein Glas füllte. „Meinst du, das hätten wir nicht überprüft? Dieser Mika war sogar schon mit dem Gesetz in Konflikt geraten, ein paar Jugendsünden wie Sachbeschädigung und versuchter Einbruch. Aber in diesem Falle hatte er ein Alibi. Außerdem gab es keine Hinweise auf ein Gewaltverbrechen, obwohl gründlich ermittelt wurde. Weder im Haus noch im Auto gab es Spuren eines Kampfes. Die Leichenspürhunde haben auch nirgends angeschlagen."

„Trotzdem nimmst du auch an, einer oder beide müssen tot sein." Birger griff nach einer Salzstange und steckte sie in den Mund.

Alva zuckte mit den Schultern. „In diesem Falle schon. Obwohl ständig Menschen verschwinden, deren Schicksal nie geklärt wird. Viele tauchen freiwillig unter und wollen nicht gefunden werden. Weißt du, dass es in Schweden in jedem Jahr um die zehntausend Vermisstenanzeigen gibt? Die Tendenz ist sogar steigend. Nicht umsonst spricht man hierzulande bereits vom *großen Verschwinden.* Im Falle der Viklunds ließen sich keine Gründe für ein freiwilliges Untertauchen finden. Ein florierendes Unternehmen, keine Schulden, keine Verwicklung in krumme Geschäfte. Außerdem hatten sie ein enges, liebevolles Verhältnis zu ihren Töchtern, sie hätten sie nicht freiwillig in so einer schrecklichen Ungewissheit zurückgelassen. Ein dramatischer Zwischenfall ist die einzige Erklärung."

„Weil du gerade die Töchter erwähnst, der Tod der älteren Schwester wirft ebenfalls Fragen auf."

Zum Zeichen der Kapitulation hob Alva beide Hände. „Birger, dazu weiß ich nicht mehr, als in der Presse lang und breit erörtert wurde. Da die Leiche fünf Monate im Freien gelegen hatte und bereits stark verwest war, ließ sich die Todesursache nicht mehr bestimmen. Trotzdem sind wir an der Sache noch dran, schon wegen des merkwürdigen Zufalls, der sich schon wieder diese Familie ausgesucht hatte."

Birger begriff, dass Alva nicht mehr dazu sagen würde. Vielleicht konnte er später darauf zurückkommen, nachdem er mit Sarah über die verhängnisvollen Ereignisse um den Tod der Schwester gesprochen hatte.

„Was hast du auf dem Herzen?", fragte er. „Geht es um das tote Mädchen, dessen Identität ihr nicht kennt?"

Alva nickte. „Es gibt da ein Detail, das nicht an die Öffentlichkeit gelangen soll.“ Sie erzählte Birger von dem Brandzeichen. Er hörte aufmerksam zu, danach schwieg er eine Weile.

„Ich kann nur Vermutungen anstellen“, sagte er. „Für mich sieht es nach einem Akt der Bestrafung aus. Der Täter brandmarkte sein Opfer und stellte es öffentlich zur Schau an einem Platz, an dem es schnell gefunden werden sollte. Was nun das Symbol betrifft, ist die Art der Darstellung des Pentagramms von Bedeutung. Stand es auf dem Kopf, also mit einem Zacken unten und zwei oben?“

Alva überlegte. „Das ist nicht eindeutig zu beantworten, es sah irgendwie schräg aus. Das Opfer lebte, als es ihm eingebrannt wurde, es muss sich gewehrt und gewunden haben.“ Ein Frösteln überlief sie, als sie daran dachte.

„Die Bedeutung des Pentagramms variiert nach Art der Darstellung“, sagte Birger. „Zeigt einer der fünf Zacken des Sterns nach oben und zwei nach unten, dann ist es ein Schutzsymbol und steht für Macht. Nur auf dem Kopf stehend symbolisiert es den Teufel und spielt in der schwarzen Magie eine Rolle.“

„Es gab da noch eine Besonderheit, eine gewundene Linie, die sich hindurchzog. Es war nicht zu erkennen, was sie darstellen sollte.“

Birger spielte nachdenklich mit seinem Weinglas. „Weißt du, was ich denke?“, sagte er. „Der Tod dieses Mädchens und das Brandzeichen sind eine Warnung. Eine Warnung für Personen, die das Symbol und seine Bedeutung kennen, weil sie zu einem eingeweihten Kreis gehören.“

„Ich wünschte, du irrst dich“, sagte Alva. „Denn wenn du recht hast, könnte es bedeuten, dass weitere Personen in Gefahr sind.“ Gleichzeitig war ihr bewusst, wie zutreffend Birgers Analysen in den meisten Fällen waren.

18.

Eleonore presste beide Hände auf die Brust, als wollte sie ihr wild klopfendes Herz daran hindern, ihre Rippen zu sprengen. Ihr Atem ging stoßweise, vor ihren Augen tanzten winzige schwarze Punkte. Sie fürchtete, jeden Moment das Bewusstsein zu verlieren. Aber das durfte nicht geschehen, sie musste jetzt einen kühlen Kopf behalten. Mit zitternden Händen griff sie nach der Fernbedienung und schaltete den Fernseher aus. Beinahe hätte sie dabei ihre Kaffeetasse umgestoßen. Sollte sie sich getäuscht haben? Nein, es gab keinen Zweifel, bei der unbekannten Toten, deren Bild da soeben in den Regionalnachrichten gezeigt worden war, handelte es sich um Camilla. Natürlich hatte sich Eleonore Gedanken gemacht, weil die Freundin seit zwei Nächten nicht in der gemeinsamen Wohnung aufgetaucht war. Doch auf die Idee, Camilla könnte etwas zugestoßen sein, wäre sie nicht gekommen. Camilla war eindeutig die taffere von ihnen beiden, obwohl sie zwei Jahre jünger war. Sie sei offenbar einem Gewaltverbrechen zum Opfer gefallen, hatte der Sprecher mit neutraler Stimme verkündet. Eleonore hatte keine Vorstellung, wer dahinterstecken könnte, doch wie ein in die Enge getriebenes Tier witterte sie die Gefahr, in der sie schwebte. Wer immer Camilla auf dem Gewissen hatte, könnte es auch auf sie abgesehen haben. Sie musste so schnell wie möglich von hier verschwinden, am besten ganz untertauchen. Plötzlich wünschte sie, die vergangenen zwei Jahre ungeschehen machen zu können. Alles hatte so verführerisch leicht ausgesehen. Dadurch war sie immer tiefer in einen Sog geraten, aus dem es irgendwann kein Entkommen mehr gab. Camillas gewaltsamer Tod veränderte jedoch alles. Noch wusste die Polizei nicht, wer sie war, was sie in der letzten Zeit getan und wovon sie gelebt hatte. Doch sie würden es ganz schnell herausfinden und dann würde man auch ihr Fragen stellen. Eleonore sprang auf und stürzte ins Schlafzimmer. Dort zerrte sie zwei Koffer vom Schrank und begann wahllos Kleider hineinzustopfen. Sie hatte noch keinen Plan, wohin sie sich wenden und was sie für ihre Flucht brauchen würde. Vor allem natürlich Geld. In ihrem Versteck in einem ausgehöhlten Buch befand sich noch ein Bündel Geldscheine, das sie in ihre Umhängetasche stopfte. Sie hatte keine Ahnung, wie lange sie damit auskommen würde, vielleicht musste sie ein paar von ihren Kleidungsstücken verkaufen. Es waren teure Markenteile darunter, die in einem Secondhandladen noch einiges an Geld bringen dürften. Ihr Blick ging hinüber zu Camillas Schrank und sie hielt in der Bewegung inne. Auch Camilla besaß teure Sachen. Es widerstrebte ihr, sich am Besitz der toten Freundin zu vergreifen. Andererseits gab es niemanden, der darauf Anspruch erheben konnte. Zu ihrer Mutter hatte Camilla den Kontakt längst abgebrochen. Zögernd öffnete sie die Schranktür und streifte mit der Hand an den aufgereihten Sachen entlang. Die Wildlederjacke hatte Camilla erst neulich erstanden, sie war sehr teuer gewesen. Eleonore zog sie vom Bügel, ebenso eine neue Designerjeans und einen Lederrock. Sie stopfte alles in den zweiten Koffer, warf etwas Unterwäsche und zwei Handtücher obendrauf und holte ihre Kosmetik aus dem Bad. Dann beugte sie sich hinunter und öffnete die Revisionsklappe der Badewanne. Sie musste weit mit dem Arm hineingreifen, bis sie das Päckchen zu fassen bekam und es herausziehen konnte. Camilla hatte behauptet, es wäre kein gutes Versteck, die Polizei würde dort auf jeden Fall nachsehen. Nur hatten sie nie mit einem Besuch der Polizei gerechnet, sie waren extrem vorsichtig gewesen. Bis jetzt. Wie schnell man wohl nach ihr suchen würde? Eleonore ging ins Schlafzimmer zurück und nahm eine Perücke mit langem schwarzem Haar aus dem oberen Schrankfach. Wenn sie die trug, würde man sie so schnell nicht erkennen. Sie stopfte die Perücke in ihre Umhängetasche. Als sie gerade die Wohnung verlassen wollte, klopfte es an der Tür. Panik erfasste sie, einen Moment lang erwog sie, sich zu verstecken und nicht zu öffnen.

„Eleonore? Du bist doch da, Eleonore, mach bitte auf, es ist wichtig."

Das war die Stimme von Erika Wölki, die in der Wohnung unter ihr wohnte. Eleonore atmete auf, die Frau würde sie schnell abwimmeln. Als sie die Tür öffnete, war das Erste, was sie sah, eine aufgeschlagene Zeitung. Das Foto von Camilla sprang ihr förmlich entgegen. Sie wollte dieses Gesicht nicht mehr sehen, nicht diese geschlossenen Augen, hinter denen es kein Leben mehr gab, nicht den leicht geöffneten Mund, der nie wieder zu ihr sprechen würde.

„Eleonore, das ist doch Camilla? Ich habe sie sofort erkannt. Sie soll einem Verbrechen zum Opfer gefallen sein, ist das nicht schrecklich?"

„Ja, Erika, ich habe es schon gehört. Aber jetzt entschuldige mich, ich muss weg." Sie hängte sich ihre Tasche über die Schulter und griff nach den beiden Koffern, die hinter der Tür bereitstanden.

„Aber wo willst du denn hin? Die Polizei bittet um Hinweise, wer die Tote ist. Wir müssen da anrufen.“

Das fehlte gerade noch, dachte Eleonore. Sie brauchte einen Vorsprung, je später die Polizei herausfand, wo Camilla zuletzt gewohnt hatte, umso besser.

„Wir müssen da nicht anrufen, die Polizei weiß längst Bescheid. Camillas Mutter hat sich dort gemeldet, ich habe gerade mit ihr telefoniert.“ Die Lüge ging ihr glatt über die Lippen.

„Mit ihrer Mutter? Ich denke, sie hatten keinen Kontakt?“

„In so einem Fall spielt das wohl keine Rolle. Aber ich muss jetzt wirklich los.“ Sie schob sich an der verdutzten Erika vorbei und die Treppe hinunter. Erst draußen fiel ihr ein, dass sie die Tür nicht abgeschlossen hatte. Aber das war egal, sie würde ohnehin niemals in die Wohnung zurückkehren.

19.

„Endlich, wir haben einen Hinweis auf die Identität der Toten." Sven legte den Hörer auf und schaute seine Kollegen an. „Eine Frau hat sie auf dem Foto erkannt, sie ist sich ganz sicher. Die Tote soll Camilla Hauge heißen und sich mit einer anderen jungen Frau eine Wohnung in dem Haus teilen, in dem die Anruferin ebenfalls lebt. Die Zeugin heißt Erika Wölki. Sie wohnt in Majorna. Die genaue Anschrift habe ich notiert."

„Worauf warten wir noch, wir fahren sofort hin." Alva sprang auf, endlich hatten sie einen ersten Hinweis in diesem Fall. Auch Sven sprühte vor Elan.

„Wie war es eigentlich gestern Abend?", fragte Alva, als sie im Auto saßen.

„Richtig schön." Sven strahlte. „Wir haben uns ein opulentes Abendessen im Sjömagasinet gegönnt." Alva nickte. Sie hatte das Restaurant, das sich in einem alten Speicher direkt am Wasser befand, zuletzt mit Yorick besucht und seitdem keinen Fuß wieder hineingesetzt. „Danach hatte Gundel noch Lust auf moderne Kunst, es ist nun mal eine Leidenschaft von ihr. Wir waren bei einer Vernissage in einer ehemaligen Fabrikhalle. Ich konnte mich für die ausgestellten Werke nicht sonderlich erwärmen, dafür hatte ich eine interessante Begegnung.

Du kommst nicht drauf, wen ich dort getroffen habe." Sven schaute Alva mit einem spitzbübischen Grinsen an, bei dem die Sommersprossen auf seiner Nase zu tanzen schienen.

„Wenn ich ohnehin nicht drauf komme, kannst du es mir auch gleich verraten." Alva lenkte das Auto an einem haltenden Bus vorbei.

„Caroline", sagte Sven triumphierend.

„Was ist daran so besonders? Sie interessiert sich eben auch für moderne Kunst."

„Ein bisschen anders stellte sich das schon dar. Caroline war gewissermaßen das wichtigste Ausstellungsstück, sie fungierte als Muse des Künstlers. Ich hätte sie beinahe nicht erkannt. Ihr Haar hatte sie zu einem straffen Knoten gebunden und es von der Stirn weg so glatt mit Pomade an den Kopf geklatscht, dass es von vorn aussah, als hätte sie eine Glatze. Dazu war sie richtig dämonisch geschminkt, schwarz umflorte Augen und schwarzer Lippenstift. Der Künstler, an dessen Arm sie ständig hing, hatte den Schädel zur Hälfte kahl geschoren und auf der anderen Kopfseite geometrische Muster in sein kurzes Stoppelhaar rasiert. Dazu trug er eine Kluft wie ein japanischer Samurai. Also ich brauchte die Bilder nicht mehr, mir hat es gereicht, die beiden anzuschauen. Caroline hat so getan, als würde sie mich nicht kennen. Sie wollte wohl nicht als Polizistin geoutet werden in diesen unkonventionellen Kreisen."

Alva hatte nur mit einem halben Ohr hingehört, Carolines Privatleben interessierte sie nicht sonderlich. Seit Ruriks Leidenschaft für die attraktive Kollegin sich etwas gelegt hatte, ging es in der Abteilung entspannter zu. Sie hoffte, es würde so bleiben, dafür durfte sich Caroline in ihrer Freizeit gern mit der gesamten Göteborger Kunstszene amüsieren.

„Hier ist es“, sagte sie und parkte das Auto vor einem für die Gegend typischen dreistöckigen Wohnhaus. Auf das steinerne Untergeschoss waren zwei Etagen in Holzbauweise aufgesetzt. „Die Zeugin, die uns angerufen hat, wohnt im Erdgeschoss, Camilla Hauge soll in der Wohnung darüber gelebt haben. Vorausgesetzt, es handelt sich wirklich um das Opfer.“

Alva stieg aus und drückte auf die Klingel mit dem Namen Wölki. Kaum hatte sie den Finger vom Klingelknopf genommen, wurde die Tür auch schon von einer etwa fünfzigjährigen stämmigen Frau geöffnet. Sie hatte kurzes dunkles Haar und sprach mit einer überraschend hohen Stimme, die eher zu einem Kind gepasst hätte. Ihre Aufgeregtheit trug sicher zusätzlich zum Klang bei. „Sind Sie von der Polizei?“, fragte sie. „Ich kann noch immer nicht fassen, was mit dem Mädchen passiert sein soll. Aber es ist Camilla, da habe ich nicht den geringsten Zweifel. Ich habe mir das Foto noch einmal ganz genau angesehen. Wenn man sich vorstellt, dass es aufgenommen wurde, als sie schon tot war, dann wird einem ganz anders.“

„Danke, dass Sie uns angerufen haben“, sagte Alva.

„War ich die Einzige? Hat die Mutter von Camilla sich nicht gemeldet?“

Alva schaute zu Sven, der mit dem Kopf schüttelte. Erika Wölki hatte seine Geste ebenfalls bemerkt. „Also doch nicht“, platzte sie heraus. „Es kam mir gleich komisch vor, wie die Eleonore das gesagt hat. Ich frage mich, weshalb sie gelogen hat. Und dann ihr plötzlicher Aufbruch ...“

„Frau Wölki“, unterbrach Alva den Redeschwall, „können wir das drinnen besprechen?“

„Ja natürlich, kommen Sie bitte.“ Erika Wölki ging voran und ließ Alva und Sven in ihre Wohnung eintreten, wo sie die beiden sogleich in die Küche führte. Der Raum diente offensichtlich nicht nur zum Kochen, vor dem Fenster stand ein Sofa mit einem bunten Überwurf, davor ein Tisch mit zwei bequemen Korbsesseln.

„Setzen Sie sich doch bitte." Erika Wölki stellte Tassen auf den Tisch und goss aus einer Thermoskanne Kaffee ein. „Sie nehmen doch Kaffee, nicht wahr?", fragte sie.

„Danke, sehr gern. Aber nun setzen Sie sich zu uns und erzählen Sie uns alles, was Sie über Camilla Hauge wissen."

„Ja also, wo soll ich anfangen? Vor etwas über einem Jahr sind sie hier eingezogen, die Eleonore und die Camilla. Nette junge Frauen, alle beide. Es gab nie Ärger mit ihnen. Sie haben in einer Boutique als Verkäuferinnen gearbeitet. Man sah es ihnen an, sie waren immer chic angezogen und zurechtgemacht."

„Wissen Sie zufällig, welche Boutique das war?", fragte Alva.

„Nein, das hat mich nicht interessiert. Die Sachen, die dort verkauft wurden, hätten mir ohnehin nicht gepasst. Das ist nur was für so ganz Schlanke, wie die beiden es waren. Ihnen würde es auch passen." Sie musterte Alvas zierliche Figur.

„Was wissen Sie sonst noch über Camilla Hauge? Hat sie Familie, Sie erwähnten die Mutter?"

„Das ist ja das Merkwürdige." Erika Wölki beugte sich ein Stück über den Tisch und senkte die Stimme. „Camilla hatte überhaupt keinen Kontakt zu ihrer Mutter. Deshalb habe ich mich gewundert, als Eleonore plötzlich behauptete, mit der Mutter telefoniert zu haben. Sie sagte auch, ich müsste die Polizei nicht mehr informieren, das hätte Camillas Mutter schon getan. Aber irgendwie kam mir das komisch vor, deshalb habe ich trotzdem angerufen."

„Das haben Sie richtig gemacht, Frau Wölki", sagte Alva. „Ist Eleonore zu Hause?"

„Nein, sie ist mit zwei Koffern aus der Wohnung raus und weg, es sah aus, als wollte sie verreisen. Eilig hat sie es gehabt, sie hat mich beinahe die Treppe runtergeschubst, als sie sich an mir vorbeigedrängt hat. So kenne ich sie überhaupt nicht."

„Wir würden uns gern mal ansehen, wo Camilla gewohnt hat." Alva erhob sich, Sven folgte ihrem Beispiel.

„In der Wohnung direkt über mir, ich kann es Ihnen zeigen."

„Nein, das ist nicht nötig, wir finden schon selbst hin. Warten Sie bitte hier auf uns, wir melden uns, falls wir noch Fragen haben."

„Für mich klingt das eigenartig", flüsterte Sven Alva auf der Treppe zu. „Als hätte die Mitbewohnerin Angst und wäre geflüchtet. Außerdem wollte sie offenbar verhindern, dass Camillas Identität zu schnell aufgedeckt wird. Könnte sie hinter der Tat stecken?"

„Ich halte alles für möglich." Sie waren vor der Tür angekommen, an der kein Name stand. „Wir sollten uns auf jeden Fall in der Wohnung umsehen."

„Kriegen wir so schnell einen Durchsuchungsbeschluss?"

„Wir lassen das nachträglich genehmigen. Dies ist die Wohnung eines Mordopfers, wir könnten Hinweise auf das Motiv und auf den Täter finden. Deshalb rufen wir einen Schlüsseldienst und benachrichtigen die KTU."

Eher zufällig berührte Alva die Klinke und stellte zu ihrer Überraschung fest, dass die Tür nicht verschlossen war. „Der Schlüsseldienst hat sich damit erübrigt", sagte sie, „aber wir sollten beim Reingehen Vorsicht walten lassen."

Mit vorgehaltenen Waffen betraten sie den schmalen Flur und sicherten danach Raum für Raum. „In Ordnung, hier ist niemand." Alva ließ die Waffe sinken. „Es sieht sehr nach einem überstürzten Aufbruch aus." Auf einen solchen fanden sich in allen Zimmern Hinweise. In der Küche stand benutztes Geschirr auf dem Tisch, eine Tasse mit Resten von Kaffeesatz, ein Teller voller Brotkrümel, ein mit Marmelade beschmiertes Messer und eine nur halb geleerte Müslischale, in der noch ein Löffel steckte. Das Wohnzimmer wurde von einem großformatigen Fernseher und einer Stereoanlage dominiert, die Sven sogleich in Augenschein nahm. „Tolles Teil", sagte er anerkennend. „Und alles andere als billig."

Alva hatte inzwischen das Schlafzimmer betreten, die Türen von zwei einander gegenüberstehenden Schränken waren geöffnet, auf dem breiten Doppelbett lagen achtlos hingeworfene Kleidungsstücke. Auch hier war nichts billig, wie Alva schnell feststellen konnte. „Wir haben den falschen Job gewählt", sagte sie. „In einer Boutique verdient man offenbar mehr als im Polizeidienst."

„Ich glaube, die beiden jungen Damen haben ihr Geld ganz anders verdient", ließ sich Sven aus dem Bad vernehmen.

„Woraus schlussfolgerst du das?" Alva betrat das Bad nun ebenfalls. Sven wies stumm auf einen Wäschesammler, in dem sich zarte Spitzenunterwäsche türmte.

„Nuttenoutfit", sagte er knapp. Alva beugte sich über den offenen Behälter, ohne etwas anzufassen. Dann schüttelte sie den Kopf. „Nein, das ist ganz normale hochwertige Unterwäsche. Allerdings kostet so ein Hauch von Nichts ein Vermögen."

„Wenn du meinst." Sven blieb skeptisch. „Als Frau kennst du dich damit sicher besser aus. Jedenfalls würde Gundel niemals so ein Teil anziehen."

Alva untersagte sich den Gedanken daran, wie das Sexleben von Sven und Gundel wohl aussehen mochte. „Viele Frauen tragen so etwas ganz gern, vorausgesetzt, sie können es sich leisten. Womit Camilla und Eleonore das Geld für ihren Lebensstil verdient haben, frage ich mich natürlich auch.“ Sie ging ins Schlafzimmer zurück, wo ihr auf einer Kommode ein Foto aufgefallen war. Es zeigte zwei lachende junge Frauen, eine von ihnen war zweifellos Camilla Hauge. Die andere hatte asymmetrisch geschnittenes kurzes Blondhaar und leicht schräg stehende Augen.

„Das könnte Eleonore sein“, sagte Alva, als sie mit dem Bild in der Hand zu Sven zurückkehrte. „Wir werden Erika Wölki danach fragen, sie kennt sie schließlich. Und dann erkundigen wir uns auch gleich nach der Mutter von Camilla Hauge. Sie werden wir auf jeden Fall aufsuchen müssen.“

20.

Die Mutter von Camilla würde in Björlanda wohnen und ebenfalls Hauge heißen, diese Angaben von Erika Wölki hatten vollauf ausgereicht, um die Frau schnell ausfindig zu machen. Björlanda war ein hässlicher Vorort von Göteborg, in dem man in den Achtzigerjahren in aller Eile Betonblöcke gegen die herrschende Wohnungsnot hochgezogen hatte. In so einem grauen Ungetüm lebte Elvira Hauge in der siebten Etage. Im Fahrstuhl roch es durchdringend nach Urin. Alva und Sven zogen es daraufhin vor, die Treppen zu benutzen. Sie mussten mehrmals klingeln, bevor ihnen geöffnet wurde. Aus der Wohnung drangen die Geräusche eines mit voller Lautstärke laufenden Fernsehers, kein Wunder, dass die Frau die Klingel nicht gleich gehört hatte. Sie trug einen ausgewaschenen grauen Jogginganzug und roch intensiv nach Zigarettenrauch. Ihr aufgeschwemmtes Gesicht ließ keine Ähnlichkeit mit der hübschen Camilla erkennen.

„Frau Hauge?“, sagte Alva. „Wir sind von der Polizei. Dürfen wir reinkommen?“

Die Frau zuckte mit den Schultern und schlurfte voran in ein Wohnzimmer, in dem es stank wie in einer Müllverbrennungsanlage. Im Fernsehen lief gerade eine Seifenoper, eine Frau beschuldigte eine andere lautstark, ein Verhältnis mit ihrem Mann zu haben. Elvira Hauge zwängte sich an dem von Essensresten, schmutzigen Tellern und vollen Aschenbechern überquellenden Couchtisch vorbei auf das Sofa und starrte fasziniert auf den Bildschirm, als hätte sie die beiden Polizisten bereits wieder vergessen. Alva entdeckte auf dem Tisch neben einem leeren Pizzakarton die Fernbedienung und griff danach. Mit einem Klick stellte sie den Fernsehton ab, was ihr einen empörten Blick der Wohnungsinhaberin einbrachte.

„Frau Hauge, wir müssen mit Ihnen reden", sagte Alva. „Da es sich um eine sehr ernste und traurige Angelegenheit handelt, sollten wir den Fernseher besser ganz ausschalten."

„Nee, das ist nicht nötig", begehrte Elvira Hauge auf. „Wegen Camilla werde ich keinen Finger krumm machen und keine Träne vergießen. Mein ganzes Leben vom Tag ihrer Geburt an war traurig, woran sie die Hauptschuld trägt."

„Sie wissen, was passiert ist?", fragte Alva fassungslos.

Elvira Hauge zuckte gleichgültig mit den Schultern. „Kam ja im Fernsehen, ich habe sie erkannt. Musste ja mal so kommen, mich wundert nur, dass es nicht viel früher passiert ist." Sie zog eine Zigarette aus einer angebrochenen Packung und zündete sie an. Den Rauch blies sie zu Alva und Sven hinüber, denen sie nicht einmal einen Platz angeboten hatte. Alva musste ihre ganze Beherrschung aufbieten, um nicht zum Fenster zu stürzen und es aufzureißen. Die unfassbare Kälte dieser Mutter war für sie ebenfalls kaum zu ertragen.

„Frau Hauge, wir ermitteln zum Tod Ihrer Tochter", sagte sie. „Es wäre hilfreich, wenn Sie uns so viel wie möglich über Camilla erzählen würden."

„Was soll ich erzählen, ich weiß am allerwenigsten, was sie getrieben hat. Seit drei Jahren haben wir keinen Kontakt.“

„Seit drei Jahren? Da war Camilla gerade vierzehn. Sie müssen sich doch Sorgen um sie gemacht haben.“

„Musste ich das?“ Sie blies einen vollendeten runden Rauchring in Richtung Decke und schaute ihm fasziniert hinterher. „Camilla war genau wie ihr Vater, der sich kurz nach ihrer Geburt aus dem Staub gemacht hat. Sie ist schon mit acht Jahren regelmäßig abgehauen und hat sich irgendwo rumgetrieben. Wenn sie Hunger hatte, kam sie zurück. Mit zwölf hat sie mal für mehrere Wochen mit Obdachlosen in einem Abrisshaus campiert. Als man sie mir zurückgebracht hat, war sie voller Läuse. Mit dreizehn hat sie mich beklaut und fremde Leute in die Wohnung geschleppt, wenn ich nicht da war. Ehrlich gesagt war ich froh, als sie schließlich nicht wiederkam. Ich hätte sie ohnehin nicht halten können. Nun hat es sie also erwischt, genau wie ihren Vater. Der ist vor zehn Jahren bei einer Schlägerei mit Saufkumpanen ums Leben gekommen.“

Alva begriff, dass sie hier nicht mehr erfahren würden. Außerdem verspürte sie das dringende Bedürfnis, diese Wohnung zu verlassen.

„Danke, das war es dann.“ Sie wandte sich zur Tür.

„Warten Sie mal“, rief Elvira Hauge plötzlich. „Was ist eigentlich mit der Beerdigung? Es soll bloß niemand auf die Idee kommen, ich würde das bezahlen.“

„Dazu können wir leider nichts sagen, das fällt nicht unter unsere Kompetenz.“

Alva wollte nur noch weg von dieser Frau. Sie hatte die Tür noch nicht erreicht, als das laute Dröhnen des Fernsehtons wieder einsetzte.

21.

Eleonore lehnte den Kopf an die Rückenlehne des Sitzes und versuchte, sich zu entspannen. Den Entschluss, mit dem Bus anstatt mit dem Zug nach Malmö zu fahren, hatte sie in letzter Minute gefasst. Vorher hatte sie sich auf einer Toilette geschminkt und die schwarze Langhaarperücke aufgesetzt. Jetzt war ihr heiß und sie wusste nicht, ob es an der künstlichen Haartracht oder an ihrer Nervosität lag. Vermutlich an beidem. Die ungewohnten langen Strähnen kitzelten sie im Nacken, der feucht vom Schweiß war. Sie hatte sich einen Platz ganz hinten im Bus gesucht und hielt das Gesicht seit Antritt der Fahrt zum Fenster gewandt. Der Bus war nur zur Hälfte besetzt und niemand schien auf sie zu achten. Die Frau in der Sitzreihe auf der anderen Seite blätterte die ganze Zeit in einem Reiseführer. Etwas über drei Stunden würde die Fahrt dauern und sie hatte nun ein Ziel. In höchster Not war Eleonore ihre alte Freundin Stina eingefallen. Stina, die von unerschütterlicher Ruhe und Gutmütigkeit war, genau wie ihre toleranten Eltern. Kurz nach dem Tod ihrer Mutter hatten sie die damals dreizehnjährige Eleonore für den Sommer auf den Bauernhof der Großeltern von Stina in Schonen eingeladen. Die Freundlichkeit aller Familienmitglieder und der Umgang mit den Tieren dort hatten ihr über den ersten Schmerz hinweggeholfen. Als die Bewirtschaftung des Hofes für die Großeltern zu beschwerlich geworden war, hatten die Eltern von Stina das Leben in der Stadt hinter sich gelassen und waren zu ihnen gezogen. Das war vor drei Jahren gewesen und Eleonore hatte die Freundin schmerzlich vermisst. Anfangs hatten sie sich geschrieben, dann war der Kontakt durch Eleonores Schuld eingeschlafen. Doch sie wusste, dass auf dem Hof Ferienwohnungen ausgebaut worden waren und er nun hauptsächlich touristischen Zwecken diente.

Wie würde es Stina wohl aufnehmen, wenn sie jetzt unvermittelt bei ihr auftauchte? Eleonore hatte nicht gewagt, sich bei ihr anzumelden. Den Akku aus ihrem Handy zu entfernen, war eine ihrer ersten Handlungen nach dem Verlassen der Wohnung gewesen. Sie durfte keine Spuren hinterlassen und musste sich für einige Zeit versteckt halten. Falls Stina sich nicht verändert hatte, wovon Eleonore fest ausging, würde sie Verständnis zeigen und ihr helfen. Natürlich konnte sie ihr unmöglich die Wahrheit sagen. Niemals wäre Stina in eine derartige Situation geraten. Wie sollte sie auch, mit ihrem tollen Elternhaus und der heilen Welt, in der sie aufgewachsen war? Eleonores Welt dagegen war nach dem Tod ihrer Mutter nach und nach zerbrochen. Die neue Freundin des Vaters, mit der sie sich überhaupt nicht verstand, hatte sie schließlich aus dem Haus und in die Arme der Menschen getrieben, vor denen sie jetzt auf der Flucht war. Bei dem Gedanken daran überlief sie ein Zittern. Sie dachte an das Päckchen ganz unten in ihrer Tasche, das sie jetzt unmöglich hervorziehen konnte. Wie lange würde der Inhalt wohl noch reichen? Sie musste davon loskommen, das wusste sie. Wenn sie sich eine Zeitlang bei Stina und ihren Eltern auf dem Hof verstecken könnte, würde sie die Dosis nach und nach reduzieren, bis sie clean wäre.

Vermutlich würde es ihr dabei ziemlich mies gehen, was sie aber mit der Angst begründen würde, unter der sie litt, der Angst vor einem gewalttätigen Freund, der sie stalkte. Das war die Geschichte, die sie sich für Stina ausgedacht hatte.

Die Frau gegenüber hatte den Reiseführer weggelegt und die Augen geschlossen. Ab und zu gab sie einen leisen Schnarcher von sich. Eleonore beneidete sie um ihre Sorglosigkeit. Wie lange waren sie eigentlich schon unterwegs? Müssten sie nicht bald in Malmö sein? Sie warf einen Blick auf ihre zierliche Armbanduhr der Marke Corum, für die sie fast zwanzigtausend Kronen bezahlt hatte. Wahrscheinlich würde sie die Uhr bald verkaufen müssen. Bei dem Gedanken empfand sie nicht das geringste Bedauern, wünschte vielmehr, sie hätte sich nie durch das schnelle Geld verlocken lassen. Seit sie das Foto von Camillas Leiche gesehen hatte, erschien nichts von dem, was sie früher gereizt hatte, mehr wichtig.

Der Bus hielt mit einem Ruck, der Frau gegenüber rutschte der Reiseführer vom Schoß, schlaftrunken bückte sie sich danach. Sie waren in Malmö angekommen. Eleonore tat, als würde sie etwas in ihrer Tasche suchen. Sie wartete, bis alle ausgestiegen waren und sich die ersten Fahrgäste bereits verstreut hatten. Einige hatten nur Handgepäck dabei. Als eine der Letzten trat sie neben die geöffnete Gepäckklappe des Busses. Jemand hatte ihre beiden Koffer schon davor abgestellt, das erleichterte ihr das Wegkommen. Jetzt musste sie nur herausfinden, wie sie nach Veberöd kam. Von dort aus war es dann nicht mehr weit bis zum Hof. Jedenfalls war es ihr damals nicht weit vorgekommen, aber da hatte sie der Vater von Stina in Veberöd mit dem Auto abgeholt. Nach Veberöd gab es eine Busverbindung, sie musste nur die Haltestelle finden, was mit dem ganzen Gepäck nicht einfach war. Der eine der beiden Koffer hatte zum Glück Rollen, trotzdem kam sie kaum voran. Das Gewicht des zweiten Koffers zog sie zur Seite, die Umhängetasche rutschte ihr alle paar Schritte von der Schulter und der Rollkoffer blieb an einer Bordsteinkante hängen. Eleonore fluchte leise. Sie drehte sich erstaunt um, als der Koffer plötzlich angehoben und auf den Gehweg gehievt wurde.

„Ganz schön schwer, was haben Sie denn da drin?“

Eleonore drehte sich nach dem Mann um. Er mochte um die dreißig sein, war groß, mittelblond und trug einen Dreitagebart. Der breite schonische Dialekt, den er sprach, erinnerte sie an die Großeltern von Stina, deren Aussprache ähnlich geklungen hatte. Das flößte ihr sofort Vertrauen ein. „Wo wollen Sie denn hin?“, fragte er.

„Ich will den Bus nach Veberöd nehmen“, sagte sie.

Der Mann kratzte sich am Kopf. Er war mit einer Cordhose und einem karierten Holzfällerhemd bekleidet und machte den Eindruck eines Naturburschen, der irgendwo auf dem Lande zu Hause war. „Den dürften Sie gerade verpasst haben. Aber heute ist Ihr Glückstag, ich will auch nach Veberöd und könnte Sie mitnehmen. Natürlich nur, wenn Sie sich mir und meinem bescheidenen Gefährt anvertrauen wollen.“ Er zeigte auf einen dunklen Jeep, der dringend eine Wäsche gebraucht hätte. Eleonore stimmte erleichtert zu und ließ ihn die Koffer nach hinten in den Wagen bringen. Danach öffnete er die Beifahrertür und schaute sie verlegen an. Auf dem Sitz stand eine Werkzeugkiste. „Würde es Ihnen etwas ausmachen, sich nach hinten zu setzen? Die Rückbank ist entschieden sauberer.“

Das war Eleonore sogar sehr recht. Je weniger Gelegenheit er hatte, sie anzuschauen, umso weniger würde er sich später an sie erinnern. Außerdem würde sie ihm gleich eine erfundene Geschichte auftischen und sich als Touristin aus Stockholm ausgeben. Sie machte es sich auf dem Rücksitz bequem.

„Mein Auto ist zwar nicht toll, aber mein Kaffee ist dafür ganz exquisit. Möchten Sie?“ Er hielt ihr einen Thermosbecher hin. Dankbar nahm Eleonore an, ihre Kehle war wie ausgedörrt. Der Kaffee war tatsächlich ausgezeichnet, sehr stark und aromatisch. Während er den Gang einlegte und losfuhr, schaute sie aus dem Fenster. Mit dem Auto war es nicht weit bis Veberöd, höchstens eine halbe Stunde. Sie kamen an einer Kirche vorbei, die sich merkwürdig zur Seite neigte. Auch die anderen Gebäude standen nicht gerade, einige schienen regelrecht zu zerfließen. Dann verschwammen alle Konturen und vermischten sich zu einem bunten Brei aus Farben. Eleonore spürte nicht mehr, wie sie seitlich auf die Rückbank kippte. Sie merkte auch nicht, wie der Fahrer zu ihr nach hinten kam und eine Decke über sie warf. Danach ging er wieder nach vorn, startete den Wagen und wechselte die Fahrtrichtung.

22.

Bereits am späten Nachmittag begann Sarah ihr tägliches Ritual. Sie würde es niemals riskieren, sich von der Dunkelheit überraschen zu lassen, bevor sie nicht das ganze Haus überprüft und gesichert hatte. In den letzten Jahren ihres Lebens hatte Sarahs Mutter plötzlich eine seltsame Ängstlichkeit entwickelt. Sie begann Einbrüche und Überfälle zu fürchten und hatte dem Vater ständig in den Ohren gelegen, das Haus sicherer zu machen. Er hatte ihrem Drängen schließlich nachgegeben und sogar einen Sicherheitsexperten hinzugezogen, der sie bei den Umbauten beraten hatte. Die Kellerfenster waren mit verschließbaren Gittern versehen worden, ebenso die rückwärtige Terrassentür. Sämtliche Fenster hatten Verriegelungen erhalten und die Haustür war gegen ein massiveres Modell ausgetauscht worden. Lediglich gegen den Einbau einer Alarmanlage hatte sich der Vater erfolgreich gewehrt. Er wolle sich nicht dreimal in der Woche dem Stress eines Fehlalarms aussetzen, hatte er gesagt. Damals hatten Sarah und Wilma über den Sicherheitswahn ihrer Mutter den Kopf geschüttelt. Heute war Sarah ihr dankbar für all die Vorkehrungen am Haus. Jetzt konnte sie ihre Gefühle verstehen, obwohl sie sich oft fragte, was der Grund dafür gewesen war. War es die

Depression ihrer Mutter gewesen, die sie zunehmend ängstlicher und unsicher gemacht hatte? Oder war es das Wissen um eine echte Bedrohung gewesen, die letztendlich zu ihrem spurlosen Verschwinden geführt hatte? Und wenn es so gewesen war, warum hatte sie ihre Befürchtungen dann vor den Töchtern verschwiegen? Sarah spürte, wie ihre Gedanken sich wieder einmal im Kreis zu drehen begannen, und sie bedauerte, nie mit Wilma darüber gesprochen zu haben. Konnte es sein, dass die sechs Jahre ältere Schwester mehr gewusst hatte als sie?

Sarah begann ihre Runde im Keller, hier unten befanden sich die Sauna, der Hobbyraum ihres Vaters und zwei Abstellräume. Sie vergewisserte sich, dass alle Fenster verschlossen waren. Natürlich konnte es überhaupt nicht anders sein, da sie immer sofort nach jedem Lüften abschloss, doch die tägliche Überprüfung war zu einem Zwang geworden. Im Erdgeschoss ließ sie alle Jalousien herunter. Danach beendete sie ihre Inspektion in den oberen Räumen und begab sich in ihr Zimmer. Hier hielt sie sich fast ausschließlich auf, das leere Haus rief ein beklemmendes Gefühl bei ihr hervor. In ihrem Zimmer konnte sie sich einbilden, alles wäre wie früher. Sie schaltete den Computer ein und scrollte sich durch mehrere Seiten von *Missing People*, die sie ausnahmslos abonniert hatte. Jede verschwundene und wieder aufgetauchte Person gab dem in ihrem Inneren flackernden Flämmchen der Hoffnung neue Nahrung. Auf der Seite von *Missing People Göteborg* überprüfte sie die Suchanzeige, die sie für ihre Eltern eingestellt hatte, und hoffte auf neue Kommentare. Es kamen ständig welche hinzu, doch meistens waren es nur Mitleidsbekundungen und Ermutigungen, die Hoffnung nicht aufzugeben. Nein, das würde sie ganz gewiss nicht tun. Ganz im Gegensatz zu Tante Astrid, die immer öfter ihren Wunsch nach klaren Verhältnissen formulierte. Sarah wollte ihr nichts unterstellen, glaubte aber aus ihren Worten herauszuhören, was sie sich unter klaren Verhältnissen vorstellte: eindeutige Hinweise auf den Tod der Eltern und damit die Möglichkeit, Firma und Haus zu veräußern.

Ein Geräusch riss Sarah aus ihren bitteren Gedanken. Es klang, als wäre etwas zu Boden gefallen, ganz in der Nähe. Sie stand auf, trat auf den Flur hinaus und lauschte. Da war es wieder, ein Rascheln und Klappern, das aus dem Zimmer von Wilma zu kommen schien. Sarah spürte, wie sich ihr die Härchen im Nacken aufstellten. Sie ging näher an die Tür heran und legte ein Ohr dagegen. Im nächsten Moment klatschte etwas von innen gegen das Holz, als hätte jemand mit der flachen Hand darauf geschlagen. Sarah schrie vor Schreck auf, sie rannte in ihr Zimmer zurück und schlug die Tür hinter sich zu. Ihr Herz raste und ihre Knie zitterten, langsam sank sie in die Hocke. Es ging wieder los, ihre Dämonen waren zurück. Sie überlegte, ob sie ihre Tante oder die Polizei rufen sollte. Beides hatte sie in der Vergangenheit des Öfteren getan, immer mit einem für sie beschämenden Resultat. Mitleidige Blicke und Kopfschütteln hatte sie geerntet, nachdem man festgestellt hatte, dass im Haus alles in Ordnung war. Wenn sie jetzt Alarm schlug, würde Tante Astrid sofort ihr Angebot erneuern, sie bei sich unterzubringen. Da das Haus aber nicht unbeaufsichtigt bleiben konnte, sollte dann ihr Sohn Mika hier einziehen, am besten gleich für immer, wenn er schon nicht in der Firma Fuß fassen konnte. Nein, den Gefallen würde Sarah Tante Astrid nicht tun. Allein die Vorstellung machte sie wütend und die Wut verlieh ihr Kraft. Nebenan war es jetzt vollkommen still, als hätte sie sich alles nur eingebildet. Sarah beschloss zum ersten Mal, nicht um Hilfe zu rufen, sondern der Sache selbst auf den Grund zu gehen. Sie würde sich jetzt zusammenreißen und sich vom ordnungsgemäßen Zustand des Raumes überzeugen. Und falls es Wilmas Geist sein sollte, der da umging, würde sie ihn liebevoll in die Arme schließen. Mit einem Ruck erhob sie sich vom Boden und ging forsch, um ja nicht wieder schwankend zu werden, über den Flur auf Wilmas Zimmertür zu. Mit einem Ruck riss sie sie auf, und im nächsten Moment lag sie vor Entsetzen schreiend rücklings auf dem Boden. Etwas weiches Dunkles war ihr mitten ins Gesicht geprallt. Als sie wieder zu Atem kam und den Kopf zur Seite drehte, sah sie, was sie derart erschreckt hatte. Neben ihr auf dem Boden hockte mit hängenden Flügeln und weit aufgerissenem Schnabel eine Amsel. Das Tier war vor Panik genauso gelähmt wie sie selbst. Ganz langsam, um ihn nicht noch mehr zu erschrecken, robbte sie auf den völlig verängstigten Vogel zu und nahm ihn in die Hände. Er wehrte sich nur schwach, sie spürte das kleine Herz in der gefiederten Brust mit rasender Geschwindigkeit pochen. Behutsam strich sie über den Körper, das Tier schien unverletzt zu sein, es war lediglich benommen und verharrte in einer Schreckstarre. Sarah trug die Amsel in Wilmas Zimmer und öffnete das Fenster. Dann setzte sie sich mit dem Vogel, der teilnahmslos in ihren Händen lag, direkt davor. Von draußen wehte kühle Abendluft herein, ein bleicher Mond beleuchtete die Bäume vor dem Haus. Eine Weile saß sie still da, dann ging plötzlich ein Ruck durch den Vogelkörper, die Amsel breitete ihre Flügel aus und flog mit einem sirrenden Laut hinaus in die Nacht. Sarah atmete erleichtert auf. „Alles Gute, kleine Amsel“, sagte sie leise. Sie schloss das Fenster und sah sich erst jetzt im Zimmer um. Eine Vase lag am Boden, der Vogel musste sie auf seiner Suche nach einem Ausweg heruntergerissen haben. Daher das Geräusch, das sie gehört hatte. Sarah stellte sie auf das Regal, wo sie ihren ursprünglichen Platz hatte, zurück. Der gute Ausgang des Erlebnisses stimmte sie froh, beinahe beschwingt ging sie in ihr

Zimmer zurück und setzte sich wieder an den Computer. Doch die entspannte Stimmung hielt nicht an, weil sich eine Frage aufdrängte. Wie war der Vogel in das Zimmer gelangt, das sie gestern nach Monaten zum ersten Mal wieder betreten hatte? Sie war sich sicher, das Fenster nicht geöffnet zu haben. Sarah spürte, wie eine eiskalte Hand nach ihrem Herzen griff.

23.

Birger Nyberg hörte Sarah nicht nur aufmerksam zu, er versuchte auch, ihre Mimik und Gestik zu deuten. Eigentlich klang ihr Bericht ganz positiv. Zum ersten Mal seit Monaten hatte sie es geschafft, das Zimmer ihrer toten Schwester zu betreten. Der abendliche Zwischenfall mit einem verirrten Vogel hatte zunächst Panik bei ihr ausgelöst, doch sie hatte die Situation gemeistert, ohne ihre Tante oder die Polizei anzurufen. Das war ein bemerkenswerter Fortschritt, für den er sie ausgiebig lobte. Sarah lächelte daraufhin ein wenig verkrampft, sie schien etwas vor ihm zurückzuhalten.

„Wie hat es sich angefühlt, das Zimmer nach so langer Zeit zu betreten?“, fragte er.

Sie antwortete zögernd, als müsste sie ihre Empfindungen erst prüfen. „Es waren ganz viele Gefühle“, sagte sie schließlich. „Am Anfang war es fast tröstlich, als hätte ich etwas Verlorenes wiedergefunden. Alles war so vertraut, Wilmas Sachen, ihre ganz persönliche Ordnung, sogar ihr Geruch. Aber dann kam der Schmerz, weil sie nicht wiederkommen wird.“ Sarah zog ein Taschentuch aus ihrer Hose und putzte sich die Nase.

„Der Schmerz wird Sie noch eine Weile begleiten, doch er wird mit der Zeit seine Schärfe verlieren und immer mehr den Charakter von Wehmut annehmen. Vielleicht können Sie sich das im Moment noch nicht vorstellen, aber so wird es sein. Ihre Schilderung zeigt, auf welch gutem Weg Sie sich befinden, da die Erinnerung an Ihre Schwester nicht nur schmerzliche, sondern auch positive Gefühle bei Ihnen auszulösen vermag."

Sarah erwiderte nichts, sie schien über seine Worte nachzudenken. Er glaubte sogar, die Andeutung eines Nickens zu erkennen.

„Sarah, fühlen Sie sich stark genug, heute mit mir über Wilma zu reden?"

Zu seiner Erleichterung nickte sie erneut, diesmal deutlicher. Die ersten Worte kamen stockend.

„Wilma war eine tolle Schwester, die beste, die ich mir wünschen konnte. Nach dem Verschwinden unserer Eltern hat sie alles getan, um mir die Situation erträglicher zu machen. Und ich habe dabei übersehen, wie schlecht es ihr selber ging. Wie ein egoistisches Kind habe ich mich verhalten und es als selbstverständlich hingenommen, wie sie sich um alles kümmerte. Wenn ich rücksichtsvoller gewesen wäre ..."

„Stopp, Sarah." Birger hob die Hand. Er schob ihr die Box mit den Taschentüchern über den Tisch, damit sie ihre Tränen trocknen konnte. „Es bringt nichts, derartige Wertungen vorzunehmen und sich selbst zu bezichtigen. Erzählen Sie einfach nur, was passiert ist. Um die Analyse werden wir uns anschließend gemeinsam kümmern."

Sarah atmete ein paar Mal tief durch, bevor sie fortfuhr. „Vor dem Verschwinden unserer Eltern war Wilma sehr glücklich. Seit gut einem Jahr war sie mit Thies zusammen. Die beiden hatten sich beim Studium kennengelernt und für Wilma war es die große Liebe. Für Thies schien es genauso zu sein. Meine Eltern fingen schon an, in ihm ihren künftigen Schwiegersohn zu sehen. Mein Vater träumte davon, dass Wilma mit Thies gemeinsam seine

Firma weiterführen würde, sehr zum Ärger meiner Tante Astrid übrigens. Alles schien gut zu sein, bis zu dem Tag, als unsere Eltern plötzlich wie vom Erdboden verschluckt waren. Wilma fing sofort an, die Suche nach ihnen aufzunehmen, erst allein, dann zusammen mit Bea von *Missing People*. Thies unterstützte sie natürlich dabei, aber etwas in ihrem Verhältnis zueinander begann sich zu verändern. Anfangs fiel es nicht weiter auf, denn Wilma hatte natürlich andere Sorgen, als ihre Beziehung mit Thies zu leben. Sie unternahmen nichts mehr gemeinsam, alles drehte sich für Wilma nur noch darum, welche Suchaktionen sie noch ins Leben rufen konnte. Sie war in den sozialen Medien aktiv, saß jeden Tag stundenlang am Computer und wertete Hinweise aus, die sie auf ihre Suchaufrufe erhalten hatte. Wenn sie und Thies zusammensaßen, drehten sich ihre Gespräche nur um dieses eine Thema. Außerdem fing Wilma an, stundenweise neben ihrem Studium in der Firma zu arbeiten, und sie hielt unseren Haushalt am Laufen. Statt ihr zu helfen, machte ich ihr zusätzlich Sorgen. Als die Gerüchte, mein Vater hätte meine Mutter umgebracht und wäre danach untergetaucht, immer lauter wurden, fing ich an, die Schule zu schwänzen. Wilma bekam das mit, sie ging mit mir gemeinsam hin und redete mit den Lehrern und mit meinen Mitschülern. Danach wurde es tatsächlich besser. Nur für Thies fand Wilma keine Zeit mehr und irgendwann fing er an, sich zurückzuziehen. Als es ihr endlich auffiel, war es vermutlich schon zu spät. Sie sprach ihn darauf an und schlug ihm vor, in der Firma mitzuarbeiten. Und da hat er es ihr dann gesagt. Er würde keine gemeinsame Zukunft für sie beide sehen und demnächst nach Amerika auswandern, wo einige seiner Verwandten leben. Wilma ist daraufhin völlig zusammengebrochen, es war zu viel für sie, nach allem, was sie durchgemacht hatte, auch noch Thies zu verlieren. Nie zuvor hatte ich

Wilma so erlebt. Unsere gemeinsame Wanderung sollte ihr helfen, darüber hinwegzukommen." Sarah schloss die Augen und konzentrierte sich auf die Vergangenheit.

9 Monate zuvor

Sarah blieb wie angewurzelt in der Diele stehen, als sie das Geräusch aus dem Wohnzimmer hörte. Wilma weinte, laut und hemmungslos schrie sie ihre Verzweiflung hinaus. Am liebsten hätte Sarah sich die Ohren zugehalten und wäre davongelaufen. Sie wollte nicht wissen, was Wilma in einen derartigen Zustand versetzt hatte, denn ihrer Meinung nach gab es nur eine einzige furchtbare Möglichkeit. Bei dem Gedanken wurden ihre Knie weich und sie zitterte am ganzen Körper. Sie wusste nicht, wie lange sie so dagestanden hatte, als sich die Wohnzimmertür öffnete und Bea herauskam.

„Sarah? Was machst du denn hier? Weshalb kommst du nicht rein?" Bea schaute sie verwundert an.

„Hat man sie ... unsere Eltern ... hat man sie gefunden?"

„Nein, wie kommst du darauf? Es gibt keine Neuigkeiten von ihnen." Bea ging in die Küche und füllte dort ein Glas mit Wasser. Sarah folgte ihr.

„Aber weshalb weint Wilma?"

„Weil Thies mit ihr Schluss gemacht hat. Das ist natürlich nicht die feine Art, aber kein Weltuntergang. Sie wird darüber hinwegkommen."

Fast hätte Sarah vor Erleichterung laut aufgelacht. Man hatte ihre Eltern nicht tot aufgefunden, wie sie einen Augenblick lang befürchtet hatte. Noch musste sie sich dem Entsetzlichen nicht stellen und durfte weiter auf ein gutes Ende hoffen. Die Sache mit Thies erschien ihr dagegen vollkommen unwichtig. Sicher, sie hatte ihn gemocht, sein ruhiges Wesen, seinen Humor, seine liebevolle Art, mit Wilma umzugehen. Für sie hatte er schon fast zur Familie gehört, genau wie für ihre Eltern.

Seine Trennung von Wilma war eine Enttäuschung, aber wirklich kein Weltuntergang, gemessen an dem, was sie gerade noch befürchtet hatte. Sarah folgte Bea ins Wohnzimmer, wo Wilma mit verquollenem Gesicht und geröteten Augen auf der Couch saß und ein Taschentuch zwischen ihren Händen zerknüllte. Sie setzte sich neben sie und strich ihr behutsam über den Arm. Bea reichte Wilma das Glas.

„Trink erst mal, du musst vom Weinen ganz ausgetrocknet sein. Du beruhigst dich jetzt ein bisschen und dann überlegen wir uns, was als Nächstes zu tun ist."

Wilma nickte und lächelte sogar schwach, Sarah hatte das Gefühl, sie riss sich ihretwegen zusammen.

„Du brauchst jetzt eine Pause, um zu dir selbst zu finden", fuhr Bea fort. „Die letzte Zeit war verdammt anstrengend für dich, nimm dir eine Auszeit. Aber nicht, um hier zu Hause rumzuhängen und im alten Trott weiterzumachen. Du musst raus, mal richtig abschalten und auf andere Gedanken kommen. Ich habe da sogar schon eine Idee."

Wilma zeigte nicht das geringste Interesse an Beas Idee, doch die ließ sich davon nicht entmutigen. „Viele Menschen, die sich in einer Lebenskrise befinden, begeben sich heutzutage auf eine Pilgerreise. Die Pilgerwege in Europa haben Hochkonjunktur. Doch wir haben es nicht nötig, in die Ferne zu schweifen, wir haben unseren Kungsleden, auf dem jeder Bewohner Schwedens einmal im Leben gewandert sein muss. Ich habe es sogar schon mehrmals getan und war auf unterschiedlichen Streckenabschnitten unterwegs. Und ich kann nur sagen, es war nicht nur jedes Mal ein Erlebnis, es hat mir den Kopf von allem Müll, der sich da angesammelt hatte, befreit. Was haltet ihr davon, wenn wir gemeinsam zu einer Wanderung aufbrechen?"

Wilma zuckte gleichgültig mit den Achseln, doch Sarah fing sofort Feuer. Plötzlich spürte sie, wie sehr die von Angst und Sorge durchtränkte Einförmigkeit der vergangenen Monate sie belastet hatte. Alles in ihr schrie nach Abwechslung und Abenteuer. Außerdem waren mehrere ihrer Klassenkameraden schon mit ihren Eltern auf Schwedens Königsweg gewandert und hatten hinterher von wunderbaren Abenteuern berichtet: Kochen im Freien, Baden in klaren Gebirgsbächen und Rentiere, die morgens ins Zelt schauten.

„Ich finde die Idee toll, wir sollten das machen", sagte sie. Später wurde Sarah das Gefühl nicht los, Wilma hatte sich nur ihr zuliebe darauf eingelassen. Diese Schuld lastete schwer auf ihr. Hätte sie nicht so begeistert zugestimmt, wäre alles anders gekommen. Dann wäre Wilma noch am Leben.

24.

Vor 9 Monaten

Der Plan für die Wanderung nahm sehr schnell konkrete Gestalt an. Mit Rücksicht auf Sarah legten sie den Termin auf den Beginn der Sommerferien in der zweiten Juniwoche fest. Sarah schloss in diesem Jahr die Schule ab. Ihre Noten sollten besser ausfallen, als sie erwartet hatte, wohl ein Zugeständnis einiger Lehrer an ihre schwierige Situation. Für sie bedeutete die geplante Wanderung einen würdigen Abschluss ihrer Schulzeit. Am meisten freute sie sich über die Zusage ihrer besten Freundin Isabelle, sie auf der Wanderung zu begleiten. Sie würden also zu viert sein. Bea nahm die gesamte Planung in die Hand, sie legte die Route fest und gab genaue Instruktionen, was mitgenommen werden sollte. Vor allem galt es, unnötigen Ballast zu vermeiden. Vierzehn Tage, bevor sie aufbrechen wollten, saßen sie beisammen und erstellten eine Liste.

„Ich kümmere mich um die Beschaffung der beiden Zelte, die wir brauchen werden, und um die Isomatten", sagte Bea. „Wir nehmen Isomatten statt Luftmatratzen mit, sie haben weniger Gewicht und wir ersparen uns abends das Aufpumpen. Nur bei extrem schlechter

Witterung werden wir in einer Schutzhütte oder in einer Fjällstation übernachten. Packt an Kleidung vor allem Regensachen ein, einen warmen Pullover, eine Jogginghose, Unterwäsche und T-Shirts zum Wechseln. Nicht zu viel von allem, denkt daran, dass ihr es im Rucksack mit euch herumschleppen müsst. An Kosmetik reicht ein Stück Seife und Zahnputzzeug, nicht vergessen solltet ihr ein Mückenspray. Proviant kaufen wir zwei Tage vorher gemeinsam ein. Auf kulinarische Highlights werden wir eine Weile verzichten müssen. Aber glaubt mir, wenn man den ganzen Tag gewandert ist, schmeckt danach einfach alles köstlich. Ich bringe den Spirituskocher und den Brennspiritus mit. Eure Handys könnt ihr getrost vergessen. Draußen im Fjäll gibt es keinen Empfang, aber alle Fjällstationen verfügen über ein Telefon für Notfälle."

Die Vorfreude auf die geplante Wanderung stieg bei Sarah mit jedem Tag, sogar Wilma wirkte gelöster. Ihre beiden Rucksäcke standen in der Diele bereit und wurden nach und nach mit notwendigen Ausrüstungsgegenständen gefüllt. Das gemeinsame Einkaufen des Proviants wurde ebenfalls zu einem Erlebnis. Sarah und Isabelle schoben den Einkaufswagen, doch Bea wachte mit Argusaugen darüber, was hineinkam. Sie wählten sechs Dosen mit Fertiggerichten aus, mehr sollten es wegen des zu hohen Gewichts nicht sein. Erlaubt waren in erster Linie Tütensuppen. „Wenn man sie mit geschnittener Salami und Nudeln anreichert, ergeben sie eine vollwertige Mahlzeit." Bea legte eine Elchsalami und vier Tüten Minisalamis in den Einkaufswagen. Wilma packte mehrere Tüten mit Spiralnudeln dazu, außerdem zwei Packungen Müsli und eine Großpackung Energieriegel.

„Die Riegel sind gut", sagte Bea. Als Sarah Schokolade vorschlug, schüttelte sie den Kopf. „Wenn die schmilzt, hast du eine riesige Sauerei im Rucksack. Hol lieber ein paar Tüten Nüsse."

Zum Glück mussten sie sich keine Gedanken um die Versorgung mit Getränken machen. Das Wasser der Gebirgsbäche sei von ausgezeichneter Trinkwasserqualität, versicherte Bea. Sie würden jeder zwei große Plastikflaschen Mineralwasser mitnehmen, die sie, nachdem sie sie ausgetrunken hatten, stets frisch auffüllen würden. „Wir brauchen das Wasser schließlich auch zum Kochen", sagte Bea. Sie legte löslichen Kaffee in den Wagen und zwinkerte allen verschwörerisch zu. „Und ohne Kaffee geht gar nichts."

„Ohne Kakao auch nicht", rief Isabelle und hielt zwei Packungen eines Kakaogetränkes hoch, mit dem auch Sarah aufgewachsen war und das sie heute noch liebte. Bea ergänzte den Einkauf um Milchpulver und Kräuterteebeutel.

„Das sollte reichen", sagte sie schließlich. „Denkt immer daran, wir müssen das alles tragen. Zur Not können wir in einer der Fjällstationen eine Kleinigkeit kaufen. Verhungern werden wir schon nicht."

Sie riet allen, ihre Rucksäcke vor Antritt der Reise zu testen und im Zweifelsfalle lieber etwas wieder auszupacken. „Und vergesst nicht: Das Wichtigste sind bequeme Wanderschuhe, die bereits gut eingelaufen sind. Mit Blasen an den Füßen kommt man nicht gut voran. Für alle Fälle habe ich Pflaster und Verbandszeug dabei."

Beas souveräne Art gab Sarah ein Gefühl der Sicherheit. Der Gedanke, unterwegs könnte etwas schiefgehen, kam bei ihr gar nicht erst auf.

Und dann war es endlich so weit. Ihre Wanderung sollte in Vålåndalen beginnen, bis dorthin waren es von Göteborg gut zwölf Stunden Fahrtzeit, die sie in zwei Etappen zurücklegen würden. Bea, die die Route in allen Einzelheiten geplant hatte, fuhr am Morgen des 12. Juni um 7

Uhr in einem gemieteten Volvo Kombi vor. Sie und Wilma wechselten sich mit dem Fahren ab. Zwischendurch legten sie zwei halbstündige Pausen und eine längere Mittagspause ein. Gegen 21 Uhr abends erreichten sie etwas später als geplant einen Campingplatz, dessen Namen Sarah schnell vergaß. Bea hatte dort eine spartanisch eingerichtete Hütte gemietet, in der sie in zwei Doppelstockbetten die Nacht verbrachten. Sarah wunderte sich, wie total erschöpft sie nach der Autofahrt war. Wilma und Isabelle schien es ähnlich zu gehen, sie löschten sofort das Licht und schliefen sehr schnell ein. Später wurde Sarah noch einmal kurz wach, weil sie Bea hereinkommen hörte. Sie fragte sich, was sie draußen gemacht haben mochte, doch am nächsten Morgen hatte sie es bereits vergessen.

25.

Nach dem Frühstück brachen sie am Morgen entspannt auf und legten bis Mittag den Rest der Strecke nach Vålåndalen zurück. Sie stellten den Wagen auf dem Parkplatz am dortigen Fjällhotel ab und begaben sich in das Restaurant. Alle waren sie bester Stimmung.

„Wählt mit Bedacht“, sagte Bea mit Blick auf die Karte. „Das wird unsere letzte Mahlzeit in der Zivilisation, gewissermaßen unsere Henkersmahlzeit.“

Sie lachten über den Spruch, doch wenn Sarah später daran zurückdachte, überlief sie jedes Mal ein kalter Schauer.

Nach dem Essen holten sie ihre Rucksäcke aus dem Auto, schlossen den Wagen ab und liefen los. Der Tag war für Anfang Juni sehr warm, die Sonne schien von einem wolkenlosen Himmel. Der Weg führte durch ein Waldgebiet mit hohen Bäumen, die zumindest stellenweise angenehmen Schatten spendeten. Leider ging es stetig bergauf, bald war Sarah nassgeschwitzt. Das Gewicht des Rucksacks auf dem Rücken war ungewohnt und man musste sehr darauf achten, wohin man trat. Der Wald wurde nicht bewirtschaftet, die Wanderwege waren uneben und mit Steinen durchsetzt. Häufig mussten sie über umgestürzte Baumstämme steigen. Genau darauf hatte Bea sie vorbereitet, als sie ihnen erklärt hatte, mehr als 2 bis 3 km pro Stunde würde man in dem Gelände nicht zurücklegen können. Als Tagesziel hatte sie 12 bis 15 km veranschlagt, was Sarah moderat erschienen war. Inzwischen begann sie ihre Meinung allmählich zu ändern. Bea und Wilma liefen zügig voran und unterhielten sich angeregt, ab und zu verschwanden sie hinter einer Wegbiegung. Es wurde zunehmend schwieriger, sie einzuholen, manchmal leuchteten Beas roter und Wilmas blonder Schopf ein gutes Stück entfernt zwischen den Bäumen. Isabelle blieb immer weiter zurück und reagierte einsilbig auf Sarahs Fragen. Ihr zartes Gesicht unter dem glatten Haar, das ihr wie gesponnene Seide auf die Schultern fiel, war gerötet und auf ihrer Stirn standen Schweißperlen.

„Wir sollten eine Pause machen“, schlug Sarah vor. Bea drehte sich zu ihr um und runzelte die Stirn. „Schon? Aber gut, wenn ihr meint, zehn Minuten vielleicht, um was zu trinken.“

„Von mir aus auch gern länger.“ Sarah warf ihren Rucksack unter einer hohen Fichte auf den bemoosten Boden und setzte sich daneben. Sie kramte ihre Wasserflasche heraus und trank mit hastigen Zügen. Isabelle ließ sich stumm neben ihr nieder, Bea und Wilma folgten zögernd.

„Macht ihr etwa schon schlapp?“, fragte Bea. „Wir sind schließlich gerade erst losgegangen.“

„Wir machen nicht schlapp, wir wollen es nur ruhig angehen lassen. Das ist kein Wettrennen und wir müssen zu keiner bestimmten Zeit irgendwo ankommen.“ Sarah sah Isabelle an, wie dankbar sie ihr für diese Worte war. Irgendetwas schien nicht mit ihr zu stimmen, der Grund wurde offenkundig, als sie nach einer weiteren Stunde an einen Bach kamen.

„So, meine Damen, jetzt brauchen wir unsere Gummistiefel, hier müssen wir durchwaten.“ Bea klatschte in die Hände. Der Bach war eher ein breites Rinnsal, das über Steine sprudelte. Sarahs Füße fühlten sich inzwischen heiß an und brannten, sie verspürte den Wunsch nach Abkühlung. „Ich wate lieber barfuß durch“, sagte sie und begann, ihre Chinos aufzukrempeln.

„Das lässt du schön bleiben.“ Bea stemmte die Hände in die Hüften. „Wenn du auf einen scharfkantigen Stein trittst und dir den Fuß verletzt, haben wir ein Problem. Mit dem Rucksack mitten im Bach hinfallen sollte auch niemand, trockene Sachen zum Wechseln sind hier draußen unverzichtbar. Ich hoffe, ihr habt alles zusätzlich wasserdicht verpackt, wie ich es euch geraten habe.“

Sarah nickte ergeben und zog ihre Schuhe aus, um sie gegen die Gummistiefel zu tauschen. Isabelle hatte sich neben ihr auf einem Stein niedergelassen, als sie den ersten Schuh ausgezogen hatte, brach sie in Tränen aus. Der Strumpf darunter war mit Blut durchtränkt.

„Mensch Isa, warum hast du nichts gesagt? Das sieht ja schlimm aus.“

Isabelle versuchte, den Strumpf auszuziehen, der an der verletzten Haut festklebte. Sie verzog das Gesicht vor Schmerzen.

„Ich hatte euch doch gesagt, ihr sollt gut eingelaufene Schuhe anziehen.“ Bea wirkte ungehalten.

„Das sind eingelaufene Schuhe, aber ich habe mir trotzdem den Fuß aufgescheuert. Ich werde umkehren, weil ich nur eine Last für euch bin.“

„Niemand kehrt hier allein um, das kommt überhaupt nicht in Frage“, sagte Bea resolut. „Blasen an den Füßen gehören auf dieser Wanderung dazu. Nur Pech, dass du sie dir gleich auf der ersten Etappe geholt hast, aber wir kriegen das hin.“

Wilma hatte inzwischen bereits das Verbandszeug ausgepackt. „Komm, zeig mal her", sagte sie zu Isabelle. „Ich klebe dir jetzt ganz fest ein gepolstertes Pflaster über die Wunde, damit nichts mehr scheuern kann. Du wirst danach kaum noch etwas spüren."

„Es tut mir so leid", schluchzte Isabelle.

„Jetzt mach mal halblang, Isa, das muss dir doch nicht leidtun." Sarah legte der Freundin eine Hand auf die Schulter und streichelte sie beruhigend. Sie war erstaunt, wie sensibel und verletzlich Isabelle reagierte. Eigentlich sollte sie das nicht wundern, denn Isabelle war die Einzige gewesen, die begriffen hatte, wie schlecht es ihr wegen der Gerüchte über ihre Eltern ging. Aufgrund ihrer eigenen Empfindsamkeit hatte sie ein feines Gespür für die Gefühle anderer. Sie hatte immer zu ihr gehalten. Und jetzt entschuldigte sie sich wegen einer Blase am Fuß.

„Wir werden alle noch unsere Blasen an den Füßen bekommen. Du hast es wenigstens schon hinter dir. Hier, trink noch einen Schluck." Sarah reichte ihr die Wasserflasche, die Isabelle dankbar annahm. Danach kramte sie frische Socken aus ihrem Rucksack und zog sie an.

Bea war kurz im Unterholz verschwunden und kehrte nun mit einem dicken Ast zurück. Sie reichte ihn Isabelle. „So, hier hast du einen Stock, auf den du dich stützen kannst. Das entlastet den Fuß ein wenig und gibt dir mehr Sicherheit. Und jetzt packen wir es an."

Sie wateten nacheinander durch den Bach, was sich als schwieriger erwies, als es aussah. Der Untergrund war glitschig, man musste darauf achten, das Gleichgewicht nicht zu verlieren. Sarah beschloss, sich bei nächster Gelegenheit ebenfalls einen Stock zu suchen. Isabelle schien damit gut zurechtzukommen, sie hielt sogar besser mit den anderen Schritt. Zum Glück ging es inzwischen nicht mehr ganz so steil bergauf, es folgten längere gerade Wegstrecken. Sie waren etwas über vier Stunden unterwegs, da kündigte Bea eine Kaffeepause an. Erleichtert ließen sie sich im Kreis um den Spirituskocher nieder, der nun zum ersten Mal zum Einsatz kam. Sarah mochte keinen löslichen Kaffee, diesmal schmeckte er ihr erstaunlicherweise. Dazu gab es für jeden einen Energieriegel und Vollmilchschokolade mit Salzlakritzstückchen, die Sarah entgegen Beas Rat eingepackt hatte. Sie hatte nicht auf ihre Lieblingsschokolade verzichten wollen. Wenn das Süße sich mit dem Salzigen vermischte, löste es kleine Geschmacksexplosionen im Mund aus, die einen wohligen Schauer erzeugten. Diese Schokolade wäre besser als Sex, hatte eine Freundin mal behauptet. Sarahs Erfahrungen mit Sex hielten sich in Grenzen, doch was Schokolade anging, war sie eine Expertin.

Bea schaute auf die Uhr. „Es ist jetzt halb fünf durch“, sagte sie. „Zwei bis drei Stunden sollten wir noch schaffen, bevor wir unsere Zelte aufschlagen. Ich kenne da einen wunderschönen Platz an einem See, der wird euch gefallen.“

Niemand widersprach, auch Isabelle hielt sich tapfer. Merkwürdigerweise hatte Sarah das Gefühl, jetzt leichter voranzukommen. Ihre Füße hatten einen Rhythmus gefunden, es war, als würde sie von ihnen automatisch vorangetragen. Den anderen schien es ähnlich zu gehen. Gegen 19 Uhr erreichten sie den Platz, von dem Bea gesprochen hatte. Tatsächlich war der ruhige, von hohen Bäumen umstandene See, der vor ihnen in der Abendsonne glitzerte, traumhaft schön. Gemeinsam bauten sie die beiden Zelte auf, wobei sie von Bea ermahnt wurden, die Befestigungsgurte ordentlich festzuzurren. „Das Wetter kann hier sehr schnell umschlagen und es kann stürmisch werden“, sagte sie. „Wir wollen unsere Zelte schließlich nicht aus dem See fischen müssen.“ Nachdem alles zu ihrer Zufriedenheit erledigt war, machten sie sich an die Zubereitung zweier Fertiggerichte. Sarah war plötzlich so müde, dass sie kaum schmeckte, was sie zu sich nahm. Es musste an der frischen Luft liegen. Da sie sich in den letzten Wochen fast nur im Haus verkrochen hatte, war sie das einfach nicht mehr gewohnt. Die körperliche Anstrengung tat ein Übriges. In der ersten Nacht im Zelt schlief sie tief und traumlos, sie hörte nicht, wie der Regen auf das Zeltdach trommelte.

26.

„Was, es hat in der Nacht geregnet?“ Auch Isabelle hatte nichts davon mitbekommen.

„Ja, etwa zwei Stunden lang“, sagte Bea, die schon dabei war, das Frühstück vorzubereiten. Es gab Müsli für alle, für Bea und Wilma Kaffee, für Sarah und Isabelle Kakao. Der Himmel war trüb, doch es regnete nicht mehr. Nachdem sie ihren Rastplatz ordentlich aufgeräumt und die leeren Verpackungen in die dafür mitgeführten Beutel gesteckt hatten, brachen sie auf. Zuvor hatte Wilma Isabelles Fuß frisch verpflastert. Das trübe Wetter war von Vorteil, es lief sich leichter als in der Hitze des Vortages, sie kamen gut voran. Die Vegetation veränderte sich allmählich, in den Wäldern dominierten nun Birken, ab und zu kamen sie an sumpfigen Wiesen vorbei. Nach zwei Stunden fing es zu regnen an, erst nur leicht, dann immer heftiger. Nirgends gab es eine Möglichkeit, sich unterzustellen, die lichten Kronen der Birken boten kaum Schutz. Zum Glück hatten sie alle Regenkleidung dabei, die sie nun schnell anlegten. Bea wies sie an, ihre Rucksäcke ebenfalls durch Plastikplanen vor der Nässe zu schützen. Sie benutzten die mitgeführten Müllsäcke dafür. Das Wandern im Regen entwickelte sich zu einer trübsinnigen Angelegenheit. Im Gänsemarsch stapften sie schweigend hintereinander her, den Blick stur auf den Rücken des Vordermanns oder auf die eigenen Füße gerichtet. Zusätzlich machte sich jetzt noch ein unangenehmer Wind auf, der ihnen kräftig um die Ohren blies. Als sie das Rauschen hörte, glaubte Sarah zunächst, der Regen wäre stärker geworden. Erst als sie unmittelbar vor dem Bach standen, bemerkte sie ihren Irrtum.

„Müssen wir da etwa rüber?“, hörte sie Isabelles ängstliche Stimme. Vor ihnen schwankte eine äußerst fragil wirkende Hängebrücke im Wind hin und her.

„Du sagst es, und zwar einzeln. Zu zweit sollte man diese Brücke nicht betreten.“

Bea wirkte angesichts von Isabelles Panik amüsiert. Das ließ Sarah über sich hinauswachsen, obwohl sie von der Aussicht, diese Brücke zu überqueren, ebenfalls nicht begeistert war. „Ich mache den Anfang“, sagte sie. „Drüben warte ich dann auf dich.“ Sie nickte Isabelle zu, die reichlich blass aussah. Ohne zu zögern, betrat sie die heftig schwankende Konstruktion, immer bemüht, sich genau in der Mitte zu halten und stur nach vorn zu schauen. Als sie am anderen Ende angekommen war, merkte sie erst, wie sehr ihre Knie zitterten.

„Jetzt du, Isabelle“, rief sie gegen den Wind an. „Es ist gar nicht so schlimm. Du musst einfach nur immer zu mir schauen, dann schaffst du es.“

Tatsächlich betrat Isabelle daraufhin die Brücke. Als sie fast in der Mitte angekommen war, sah es aus, als würde sie ins Straucheln kommen. „Weiter Isa, schau zu mir, nicht zur Seite gucken, komm schon“, feuerte Sarah sie an. Sie streckte ihr die Hände entgegen. Halb lachend und halb weinend kam die Freundin die letzten Meter auf sie zu und fiel ihr beinahe in die Arme.

„Na siehst du, wir haben es geschafft, zusammen schaffen wir alles.“ Sie hielten sich noch aneinander fest, als Bea und Wilma nacheinander ebenfalls bei ihnen ankamen. Wenn Sarah später an diesen Moment zurückdachte, wünschte sie, sie hätte die Freundin nie losgelassen.

Die Erleichterung, als der Regen endlich aufhörte, währte nur kurz, denn nun kamen die Mücken. In Schwärmen stürzten sich die Blutsauger ausgehungert auf die Wanderer. Das Mückenspray, das sie daraufhin aus ihren Rucksäcken kramten und reichlich auftrugen, machte es nicht wirklich besser.

„Ich habe das Gefühl, das Zeug macht die Biester erst richtig wild“, schimpfte Sarah. Ihr Gesicht juckte, sie war an allen möglichen Stellen gestochen worden, gleich zweimal knapp über dem rechten Auge. In Kürze würde es halb zugeschwollen sein und sie würde aussehen, als hätte sie die Beulenpest. „Wollen wir nicht die Zelte aufschlagen?“, schlug sie vor. „Da sind wir wenigstens einigermaßen geschützt.“ Außerdem fand sie, sie wären für heute genug gelaufen.

„Nein, ein Stück müssen wir noch schaffen.“ Bea drehte sich nicht einmal um und lief zügig weiter. Seit einer halben Stunde hatte sie das Tempo deutlich angezogen, nicht nur Isabelle, auch Sarah hatte Mühe, mit ihr Schritt zu halten. Der Himmel färbte sich bereits langsam rot, und plötzlich tauchte eine neue Bedrohung auf. Zu den Mücken gesellten sich riesige Bremsen, die ebenfalls auf Beute lauerten. Sarah wurde in den Hals gestochen, es brannte gemein. Hinter sich hörte sie, wie Isabelle wild um sich schlug. Sie hatte die Nase gestrichen voll und fragte sich, wie sie sich jemals auf diesen Urlaub hatte freuen können. Als Bea schließlich verkündete, sie hätten den geeigneten Platz für die Übernachtung erreicht, hatte sich Sarahs Wut bereits zu einem dicken Klumpen in ihrem Bauch zusammengeballt. Nachdem sie die Zelte auf einer baumlosen Fläche aufgebaut hatten, schaufelte sie wortlos das Abendessen in sich hinein und rollte sich danach in ihrem Schlafsack zusammen. Der Bremsenstich in ihrem Nacken tat noch immer weh, trotz des kühlenden Gels, das Wilma darauf verteilt hatte. Auch Isabelle war schweigsam, bestimmt bereute sie, mitgekommen zu sein. Sarah hatte einfach nicht die Kraft, sie zu trösten, und so schliefen sie beide bald ein.

Es war eine Ironie des Schicksals, wie ganz anders sich der dritte Tag anließ. Es war, als wollte er sie für alles Bisherige entschädigen und ihnen die ganze Schönheit ihres Abenteuers vor Augen führen. Am Morgen wurden sie von den Sonnenstrahlen geweckt, die leuchtende Kringel auf das Zeltdach malten. Der Himmel war strahlend blau und die Luft frisch und klar. Auch die Landschaft hatte sich verändert, entlang eines Flusslaufes, der sich breit über ein Bett aus Sand und Gestein seinen Weg bahnte, liefen sie durch helle Birkenhaine.

„Das ist der Vålån“, sagte Bea mit Blick auf den Fluss. „Was haltet ihr von einem erfrischenden Bad?“

Niemand hatte etwas dagegen einzuwenden, nach der Katzenwäsche der vergangenen beiden Tage empfanden alle das dringende Bedürfnis, ganz ins Wasser einzutauchen. Sie fanden eine Stelle, an der eine Ausbuchtung des Flusses eine Art natürliche Badewanne bildete. Das Wasser war nicht ganz so kalt, wie Sarah befürchtet hatte, das Bad eine Wohltat. Hinterher schien es, als hätte der Fluss die schlechte Laune des vergangenen Tages vollständig weggespült. Sie setzten sich auf die von der Sonne warmen Steine und ließen sich an der Luft trocknen. Ihre nackten weißen Körper leuchteten vor dem Hintergrund des hellen Grüns der Bäume.

„Wieso haben wir eigentlich noch nie andere Wanderer getroffen?“, fragte Sarah. „Ich denke, dieser Weg wird im Sommer von ganzen Völkerscharen heimgesucht?“

Bea schüttelte den Kopf. „Das Fjäll ist groß, da verläuft sich das. Außerdem kann man sehr unterschiedliche Streckenabschnitte wählen, dieser ist nicht so frequentiert. Ich mag das Gefühl, hier draußen ganz allein zu sein. Oder hättest du es gern anders? Würdest du jetzt gern einen Faun treffen, du reizende Nymphe?“ Sie tauchte eine Hand ins Wasser und spritzte es in Sarahs Richtung, die geschickt auswich und lachte. Bea war völlig verändert, ihre gestrige Verbissenheit wie weggefegt. Heute ließ sie sich Zeit, regte immer wieder Pausen an und wies auf Schönheiten der Natur hin. Am Nachmittag, als sie gerade ihre Kaffeepause abhielten, trafen sie auf eine Rentierherde. Einige der Tiere kamen neugierig bis auf wenige Meter an sie heran. Abends schlugen sie ihre Zelte an einem Platz auf, der von einem dichten Wald aus Krüppelkiefern umstanden war. Sarah hatte das Gefühl, endlich im Fjäll angekommen zu sein und den Urlaub wirklich genießen zu können. Das Abendessen, eine Tütensuppe, die das Wacholderaroma der hineingeschnitten Rentiersalami verströmte, schmeckte köstlich. Bea kümmerte sich anschließend um die Getränke, alle entschieden sie sich für Kakao. „Man hat eindeutig einen erhöhten Zuckerbedarf nach so einem Tag“, sagte Bea, während sie Milchpulver und Kakao vermischte. Es war inzwischen fast dunkel, am Himmel leuchteten die ersten Sterne, doch die Luft war immer noch mild. Sie hätten ewig so sitzen können. Es sollte ihr letzter schöner Abend sein.

27.

Sarah wusste nicht genau, was sie in der Nacht geweckt hatte. Ihr war kalt und sie verspürte eine leichte Übelkeit. Eine Weile lag sie still da, bis sie ein gequältes Stöhnen neben sich hörte. „Isabelle, bist du das? Was ist los, geht es dir nicht gut?“, fragte sie.

„Ich weiß nicht.“ Isabelles Stimme klang matt. „Mir ist schlecht und mein Bauch tut weh.“ Sie stöhnte erneut auf. Sarah kroch aus ihrem Schlafsack und rollte sich zu der Freundin hinüber. Isabelles Stirn war von kaltem Schweiß bedeckt und sie krümmte sich vor Schmerzen. „Ich glaube, ich muss mal raus.“

„Komm, ich helfe dir.“ Sarah öffnete den Reißverschluss von Isabelles Schlafsack und kroch vor ihr aus dem Zelt. Als die Freundin im Zelteingang auftauchte, ergriff sie ihren Arm und half ihr, sich aufzurichten. Isabelle schwankte und stützte sich schwer auf Sarah. Sie begaben sich ein Stück hinter das Zelt.

„Musst du dich übergeben?“, fragte Sarah. Statt zu antworten, glitt Isabelle aus ihrem Arm und hockte sich auf den Boden. Sie begann zu würgen, doch es geschah nichts. Sarah streichelte ihr beruhigend den Rücken und fühlte sich völlig hilflos. Auch ihr war noch immer übel und ein wenig schwindlig. Sie hörte, wie hinter ihr ein

Zelt geöffnet wurde und Schritte auf sie zukamen. Bea und Wilma mussten sie gehört haben und wollten sicher nachschauen, was los war. „Isa geht es nicht gut", sagte sie, bekam jedoch keine Antwort. Stattdessen hörte sie würgende Geräusche und erkannte eine am Boden kauernde und eine stehende Person.

„Wie, Isabelle geht es auch schlecht?" Es war Bea, die zu ihnen herüberkam. Demnach hockte Wilma am Boden und versuchte, sich zu übergeben.

„Was zur Hölle ist los? Mir ist ebenfalls schlecht, aber zum Glück nicht ganz so schlimm wie Wilma." Bea ging wieder zu Wilma hinüber und redete auf sie ein. „Du musst ins Zelt zurück, sonst erkältest du dich zusätzlich." Sie half der Schwankenden auf, die keine Notiz von ihrer Umgebung nahm und sich willenlos führen ließ. Sarah bekam es mit der Angst zu tun. Doch Bea hatte zweifellos recht, auch Isabelle sollte ins Zelt zurückgehen. Nur mit Hilfe von Bea gelang es ihr, sie zurückzubringen. „Was ist das Bea? Haben wir eine Lebensmittelvergiftung?"

„Keine Ahnung. Wir haben alle das Gleiche gegessen und getrunken. Ich merke auch was, aber Wilma hat richtige Bauchkrämpfe, Isabelle offenbar ebenfalls. Mit dem Essen muss es nichts zu tun haben, es erscheint mir sogar unwahrscheinlich. Eher tippe ich auf irgendein blödes Virus, das wir uns eingefangen haben."

„Alle gleichzeitig?", fragte Sarah ungläubig.

„Ja sicher, das ist doch logisch, so eng wie wir hier aufeinander hocken. Es ist jetzt zwei Uhr nachts, wir müssen abwarten, bis es hell wird. Vorher können wir nichts unternehmen. Leg dich noch ein bisschen hin und versuch zu schlafen."

Es wurde eine unruhige Nacht, in der Sarah keinen Schlaf mehr fand. Isabelle stöhnte und warf sich hin und her. Fieber hatte sie nicht, ihre Stirn und ihre Hände fühlten sich eiskalt an. Ab und zu hörte sie Wilma nebenan durch die dünne Zeltplane stöhnen. Nie hatte sie den Sonnenaufgang mehr herbeigesehnt. Als sie Isabelle im ersten Licht des anbrechenden Tages anschaute, erschrak sie. Die Freundin hatte immer zart und blass ausgesehen, jetzt wirkte sie wie eine Tote. Sarah atmete auf, als sie den schwachen Pulsschlag an ihrem Hals ertasten konnte. Vor dem Zelt traf sie auf Bea, die fix und fertig angezogen war.

„Wie geht es Wilma?“, fragte sie.

„Etwas besser, sie schläft jetzt. Und dir?“

Abgesehen davon, dass sie hundemüde war, fühlte sich Sarah fast wieder normal. Das sagte sie Bea.

„Das ist gut, bei mir ist es zumindest auch nicht schlimmer geworden. Aber wir können nicht einfach abwarten. Wir wissen nicht, wie sich die Sache weiterentwickelt und ob es uns beide nicht auch noch schlimmer erwischt. Wir müssen Hilfe organisieren, solange wir dazu in der Lage sind. In der Fjällstation gibt es ein Telefon für Notfälle. Wenn jemand aus eigener Kraft nicht weiterkommt, fordern sie einen Hubschrauber an. Wir müssen versuchen, die Fjällstation zu erreichen. Von hier aus sind es etwa zwei Stunden.“

Sarah spürte, wie ihr bei dem Gedanken, sich jetzt zwei Stunden durch unebenes Gelände schlagen zu müssen, erneut flau wurde. Wilmas schwache Stimme riss sie aus ihren Gedanken.

„Wilma, wie geht es dir?“ Sarah war als Erste bei ihr im Zelt.

„Es ging mir schon mal besser.“ Wilma versuchte zu lächeln, es gelang ihr nicht besonders gut. Sie hörte sich Beas Plan, schnellstens die Fjällstation zu erreichen, aufmerksam an.

„Das ist vernünftig“, sagte sie und versuchte, sich aufzurichten, ließ sich aber gleich wieder zurückfallen und schloss die Augen. „Verdammt, was ist das? Alles dreht sich.“

„Bestimmt ein Virus“, sagte Bea. „Sarah und mir geht es noch einigermaßen gut, aber vermutlich nicht mehr lange. Isabelle liegt ebenfalls flach.“

„Dann solltest du dich gemeinsam mit Sarah zur Fjällstation begeben“, sagte Wilma. „Und zwar schnell, solange ihr noch dazu in der Lage seid.“

„Nein, ich bleibe hier bei dir.“ Sarah war mit dem Vorschlag überhaupt nicht einverstanden.

„Und was willst du hier ausrichten? Vor allem, wenn es dich auch erwischt. Ich möchte dich unbedingt in der Station in Sicherheit wissen. Für Isabelle und mich wird sich eine Lösung finden. Wir bleiben erst einmal schön liegen und ruhen uns aus.“

„Deine Schwester hat recht.“ Bea legte Sarah den Arm um die Schulter. „Je früher wir losgehen, umso besser. Den beiden kann hier nichts passieren. Und wir holen Hilfe für sie.“

Widerstrebend gab Sarah nach. Bevor sie sich auf den Weg machten, zog Wilma zu Isabelle ins Zelt um, damit sie ein Auge auf sie haben konnte. Bea brühte Kamillentee auf und stellte ihn für die beiden ins Zelt. Dann waren sie zum Aufbruch bereit. Es war eine Entscheidung, die Sarah für den Rest ihres Lebens bereuen sollte.

28.

Diesmal beklagte sich Sarah nicht über das Tempo, das Bea vorlegte, es konnte ihr gar nicht schnell genug gehen. Sie ließ sich die Schwäche, die ihr noch immer in den Gliedern steckte, nicht anmerken.

„Pass auf, wo du hintrittst." Bea packte ihren Arm. Das Gelände war jetzt erneut sumpfig, an einigen Stellen gab es sogar Holzstege, über die man balancieren musste. Nach der Durchquerung des Sumpfgebietes führte der Weg wieder bergauf in dichter bewaldetes Gebiet. Sarah biss die Zähne zusammen, denn durch die Wipfel der Bäume hindurch sah sie in einiger Entfernung bereits ein Dach mit einer Flagge darauf.

„Da vorn ist es, da müssen wir hin", sagte Bea. Nach einer knappen halben Stunde erreichten sie die Hütten der Fjällstation. Die Gebäude waren in einem verwaschenen Blauton gestrichen, die Fenster rot umrandet. Vor der Haupthütte gab es eine aus grob behauenen Steinen gemauerte Terrasse, auf der Tische und Bänke standen. Um die zehn Personen saßen dort zusammen und schauten ihnen entgegen. Sarah wurde bewusst, dass dies die ersten Menschen waren, auf die sie nach drei Tagen trafen.

„Wo kommt ihr denn her, so ganz ohne Gepäck?“, fragte ein schlaksiger Junge, der nicht älter als vierzehn sein konnte. Bea würdigte ihn keiner Antwort.

„Ich muss mit dem Hüttenwirt sprechen, es geht um einen Notfall“, sagte sie.

„Ich bin der Hüttenwirt.“ Ein braungebrannter Mann um die fünfzig erhob sich von einer der Bänke. „Was ist passiert?“

„Wir befinden uns zu viert auf einer Wanderung und haben etwa zwei Stunden von hier entfernt unsere Zelte aufgeschlagen. In der Nacht sind unsere beiden Freundinnen erkrankt, sie waren heute früh nicht in der Lage, aufzustehen. Wir beide“, sie zeigte auf Sarah, „haben ebenfalls leichte Beschwerden wie Übelkeit und Schwindelgefühl, haben es aber bis hierher geschafft.“

„Was habt ihr und eure Freundinnen sonst noch für Symptome?“ Der Mann, der die Frage stellte, war groß, hager, und hatte angegrautes kurzes Haar, das wie Igelborsten von seinem Kopf abstand. „Ich bin Arzt, es wäre hilfreich, wenn wir herausfinden können, was ihr euch eingefangen habt.“

„Ich glaube, es ist ein Magen-Darm-Virus“, sagte Bea. „Am Essen lag es wahrscheinlich nicht, wir haben alle die gleichen und nur ganz leichte Sachen gegessen. Es fing mit Bauchkrämpfen und Übelkeit an, aber ohne Erbrechen. Ich hatte in der Nacht ebenfalls damit zu tun. Inzwischen merke ich kaum noch was.“

Der Arzt nickte. „Das ist typisch für solche Magen-Darm-Geschichten, die verlaufen oft kurz und heftig. Nach ein bis zwei Tagen ist man damit durch.“

„Was sollen wir jetzt machen?“, fragte der Hüttenwirt. „Wir müssen entscheiden, ob das ein Fall für einen Heli-Einsatz ist.“

„Zwei Stunden von hier habt ihr eure Zelte aufgeschlagen, sagtest du?“ Der Arzt schaute Bea fragend an. „Das ist ein Katzensprung. Ich würde euch dorthin begleiten und mir ein Bild vom Zustand der beiden Patientinnen machen. Die Ausstattung für eine Erstversorgung habe ich immer bei mir."

Der Hüttenwirt war von dem Vorschlag sehr angetan. „Das ist die beste Lösung. Wir können den Hubschrauber auch nicht einfach ins Blaue hinein schicken. Falls sein Einsatz erforderlich sein sollte, muss vorher erkundet werden, wo er sicher landen kann."

Nach zehn Minuten stand der Plan fest. Der Arzt, dessen Frau und Sohn auf der Fjällstation zurückblieben, würde Bea und Sarah begleiten. Der Sohn des Hüttenwirtes, ein kerniger Naturbursche von Anfang zwanzig, sollte ebenfalls mitgehen. Er hatte ein Funkgerät bei sich. Darüber hinaus schlossen sich ihnen drei Männer mittleren Alters an, die gemeinsam im Fjäll unterwegs waren. Sie alle hatten vereinbart, sich zunächst ein Bild von Wilmas und Isabelles Zustand zu machen. Sollte er es erlauben, würden sie versuchen, sie mit vereinten Kräften zur Fjällstation zu bringen. „Zur Not tragen wir sie, sollte für Kerle wie uns kein Problem sein", lachte einer der Männer, der das Ganze offenbar als eine Art nette Abwechselung betrachtete. Falls Wilma und Isabelle tatsächlich zu schwach sein sollten, würde der Sohn des Hüttenwirtes seinen Vater anfunken und ihn veranlassen, den Hubschrauber anzufordern. Man würde sich dann gemeinsam nach einem geeigneten Landeplatz umsehen.

Sarah war gerührt und erleichtert über so viel Hilfsbereitschaft. Das Angebot der Männer, sie solle auf der Fjällstation bleiben, hatte sie abgelehnt. Die Aussicht, Wilma und Isabelle helfen zu können, verlieh ihr neue Kräfte. Der Rückweg kam ihr dadurch kürzer vor und schon bald sahen sie die Kuppeln der beiden blauen Zelte vor sich auftauchen.

„Da ist es schon“, sagte Bea. Sie wirkte nervös und ängstlich, ihre Sorge um die beiden Freundinnen schien größer zu sein, als sie sich anmerken lassen wollte. Außerdem fühlte sie sich bestimmt verantwortlich, weil sie die Tour vorgeschlagen und organisiert hatte.

Sarah lief auf den letzten Metern voran und öffnete das erste Zelt von außen. „Wir sind wieder da und ...“ Sie stutzte, das Zelt war leer. Gleich darauf wurde ihr der Grund klar. Sie hatte das falsche Zelt geöffnet, Wilma war doch zu Isabelle nach nebenan gezogen. Das zeigte, wie durcheinander sie war. Nebenan hörte sie die Stimme von Bea. „Wilma, hallo?“

Gleich darauf spürte Sarah die Hand von Bea auf ihrer Schulter. „Sind sie hier drin?“

„Nein, sie sind doch nebenan.“

„Eben nicht, das Zelt ist leer.“

Sie standen sich fassungslos gegenüber, einer der Männer warf ihnen einen misstrauischen Blick zu. „Soll das hier etwa ein Scherz sein?“

„Nein, natürlich nicht.“ Sarah spürte, wie ihr vor Schreck die Tränen kamen. „Sie müssen nach draußen gegangen sein. Sicher weil ihnen wieder schlecht war. Bestimmt sind sie ganz in der Nähe.“ Sie begann laut die Namen der beiden zu rufen, während alle anderen sich ratlos umschauten.

Der Arzt fasste sich als Erster. „Wir müssen systematisch vorgehen, falls eine oder beide das Bewusstsein verloren haben. Deshalb teilen wir uns jetzt auf und laufen rund um die Zelte alle Richtungen ab. Weit werden sie sich nicht entfernt haben.“

Nach über einer Stunde erfolgloser Suche waren alle frustriert und Sarah in Tränen aufgelöst. Wie durch Nebelschleier nahm sie wahr, wie der Sohn des Hüttenwirtes Verbindung zur Fjällstation aufnahm. Bald darauf begann ein Hubschrauber über ihnen zu kreisen. Obwohl sie sich hartnäckig dagegen sträubte, brachten zwei der Männer sie am Abend zur Fjällstation, wo sie und Bea eine schlaflose Nacht verbrachten. Sie bekamen in den nächsten Tagen mit, wie man Suchtrupps zusammenstellte und mit Hunden und Wärmebildkameras erfolglos nach den beiden Vermissten suchte. Über der ganzen Szene lag das knatternde Geräusch des unermüdlich kreisenden Hubschraubers. Als man ihnen schließlich schonend eröffnete, sie müssten nun allein nach Hause zurückkehren, war das ein Schock. Die Rückkehr aus dem Fjäll ohne Wilma und Isabelle erlebte Sarah als ihre schlimmste Niederlage. Der Hubschrauber brachte sie und Bea zur Fjällstation Vålåndalen, von wo aus sie mit dem dort abgestellten Wagen nach Hause fuhren. Auf der ganzen Fahrt wechselten sie kaum ein Wort. Danach begannen endlose Monate des Wartens und Hoffens. Bis zu jenem schrecklichen Tag im Oktober. Es war noch früh am Morgen, als das Telefon klingelte. Die Stimme des Mannes war tief und angenehm. „Wir glauben, Ihre Schwester gefunden zu haben. Können wir jemanden vorbeischicken, der Ihnen einige Gegenstände zur Identifikation vorlegen wird?“

Die Bedeutung dieser Sätze war zunächst gar nicht richtig in Sarahs Bewusstsein gedrungen. Als sie ihr aufging, brach sie mit einem Schmerzenslaut neben dem Telefon zusammen.

29.

Jetzt

Birger schob schweigend die Box mit den Taschentüchern zu ihr über den Tisch und ließ Sarah weinen.

„Ich durfte sie nicht noch einmal sehen“, schluchzte sie. „Ich solle sie in Erinnerung behalten, wie sie war, als sie lebte, haben sie gesagt. Alles, was ich noch von ihr zu sehen bekommen habe, waren ihre Turnschuhe, ihr Haarband und der Ring mit dem Rubin, den ihr Thies geschenkt hatte. Wilma hat ihn nie abgesetzt, obwohl es mit Thies vorbei war. Sie konnte nicht aufhören, ihn zu lieben. Als sie mir diesen Ring gezeigt haben, gab es keinen Zweifel mehr. Wilma war tot, sie hatten ihre Leiche gefunden, ihre und die von Isabelle. Angeblich lagen sie gar nicht weit von dem Platz entfernt, an dem unsere Zelte gestanden hatten, in einem Gebüsch. Ich begreife nicht, wieso wir und auch die späteren Suchtrupps sie nicht gefunden haben. Es muss so gewesen sein, wie der Arzt gesagt hatte: Ihnen war wieder übel geworden, sie hatten das Zelt verlassen und das Bewusstsein verloren. Man hätte sie retten können, wenn sie gleich gefunden worden wären. Vor allem hätte ich sie niemals allein zurücklassen dürfen, dann wären sie jetzt noch am Leben."

Während Sarah sprach, drehte sie Wilmas Ring, den sie seitdem ständig trug, am Finger hin und her.

„Sarah, Sie dürfen sich keine Vorwürfe machen, es ist nicht Ihre Schuld", sagte Birger. „Es gab durchaus einleuchtende Gründe für Ihre damalige Entscheidung. Wir reden beim nächsten Mal weiter, das heutige Gespräch hat Sie angestrengt."

Sie schien ihn nicht gehört zu haben. „Wissen Sie, wie es sich anfühlt, jemanden auf diese Art zu verlieren?", fragte sie. „Ohne ihn noch einmal gesehen zu haben, ohne sich von ihm verabschieden zu können? Ich kann ihren Tod nicht begreifen. Mit dem geschlossenen Sarg auf der Beerdigung konnte ich meine Schwester nicht in Verbindung bringen. Manchmal glaube ich sogar, sie irrt noch immer da draußen im Fjäll umher. Dann packt mich der irrsinnige Wunsch, loszuziehen und nach ihr zu suchen."

Birger nickte, er konnte Sarahs Empfindungen gut nachvollziehen. Die Möglichkeit des Abschiednehmens von einem geliebten Menschen ist wichtig. Wenn sie fehlt, fällt es schwer, angemessen um ihn zu trauern.

„Nach meinen Eltern habe ich auch noch meine Schwester verloren", fuhr Sarah fort, „es fühlt sich an, als würde sich die ganze Welt von mir abwenden. Nein, es fühlt sich nicht nur so an, es ist tatsächlich so. Frühere Bekannte gehen mir aus dem Weg, ich merke, wie hinter meinem Rücken getuschelt wird. Ich bin diejenige, die das Unglück anzieht, mit mir will man nichts zu tun haben. Für manche bin ich sogar schuld an dem, was passiert ist, zum Beispiel für die Mutter von Isabelle. Sie hasst mich dafür, Isabelle zu der Wanderung überredet zu haben. Als würde ich mir deshalb nicht schon genug Vorwürfe machen. Es kam sogar noch schlimmer. Nachdem sie die Leichen von Wilma und Isabelle gefunden hatten, fing die Polizei an, mir und Bea Fragen zu stellen. Ob es wirklich so gewesen wäre, wie wir es geschildert hatten. Oder ob wir uns unterwegs gestritten hätten und der Streit eskaliert wäre. Es war so absurd, sie haben tatsächlich angenommen, wir hätten meiner Schwester und meiner Freundin etwas angetan. Als ob wir Mörderinnen wären."

„Das hat die Polizei bestimmt nicht gedacht, Sarah. Solche Fragen sind Routine. Die Beamten werden über verschiedene Szenarien nachgedacht haben. Wilma und Isabelle könnten nach einem Streit weggelaufen sein, um Sie und Bea zu erschrecken."

„So etwas kann man sich nur ausdenken, wenn man Wilma nicht kannte. Sie war der ausgeglichenste und vernünftigste Mensch, den man sich vorstellen kann. Bei Unstimmigkeiten suchte sie immer den Kompromiss, bei jedem Streit war sie es, die die Wogen glättete. Die Befragungen bei der Polizei hatten nur einen Effekt: Die Menschen um mich herum begegneten mir danach mit noch mehr Misstrauen."

Sarah lehnte sich erschöpft zurück. „Sie behaupten, mich würde keine Schuld treffen", sagte sie zu Birger. „Aber was, wenn andere Menschen das anders sehen?"

Er beugte sich ein Stück zu ihr hin und schaute sie eindringlich an. „Die falschen Urteile anderer Menschen können Sie nicht ändern. Doch darauf kommt es nicht an. Was Sie selbst denken und fühlen ist entscheidend. Sie sind stärker, als Sie glauben, Sarah."

Sie nickte. „Jetzt habe ich wohl die Zeit überzogen", sagte sie mit einem Blick auf ihre Armbanduhr.

„Das macht nichts. Es war gut, dass Sie alles sagen konnten, was Sie bewegt. Wir sehen uns dann in einer Woche wieder."

Birger schaute Sarah vom Fenster aus nach, wie sie unten den Platz vor der Praxis überquerte. Sie begann sich zu öffnen, zeigte neben ihrer Verletzlichkeit auch ihre Wut und Enttäuschung, das war gut. Ihn beschäftigte, was sie über das Verschwinden ihrer Schwester gesagt hatte. Die Dinge ergaben, so wie sie sich abgespielt haben sollten, einfach keinen Sinn. Er nahm sich vor, Alva danach zu fragen. Ihre letzte Begegnung lag über eine Woche zurück und er musste sich eingestehen, dass er sie vermisste.

30.

Irgendwo schlug eine Uhr die zwölfte Stunde. Klara beschleunigte ihre Schritte, das würde eine kurze Nacht werden. Sie sehnte sich danach, endlich einmal wieder richtig auszuschlafen. Eigentlich wäre ihre Schicht schon vor zwei Stunden zu Ende gewesen. Aber was hätte sie machen sollen? Kurz vor 22 Uhr kamen unmittelbar nacheinander zwei Neuzugänge auf die Station, eine Kollegin hatte sich kurzfristig krankgemeldet und die einzige anwesende Schwester war total überfordert gewesen. Also war sie geblieben, bis das Notwendigste erledigt war. Fred, ihr Freund, würde den Kopf schütteln und über ihr Helfersyndrom lästern. Dabei war ein Helfersyndrom eine unabdingbare Voraussetzung, um in ihrem Job zu bestehen. Sie eilte an den Blumenrabatten und den Bänken des weitläufigen Platzes vorbei. Er war um diese Zeit menschenleer. Nur ein Stück entfernt saß eine einsame Gestalt auf einer Bank. Merkwürdig in sich zusammengesunken wirkte diese Person, ihr Kopf hing wie leblos zur Seite. Bestimmt ein Betrunkener. Mit Alkohol im Blut war es nicht ratsam, hier zu sitzen, die Nächte konnten empfindlich kühl werden. Klara fühlte, wie ihr Helfersyndrom sich meldete. Sie sollte denjenigen aufwecken und veranlassen, nach Hause zu gehen.

Andererseits war auch sie nicht mehr weit von ihrem Zuhause entfernt, wo ein warmes Bett auf sie wartete. Wollte sie das wirklich für eine fruchtlose Diskussion mit einem Betrunkenen aufs Spiel setzen? Irgendwann musste auch mal Schluss sein, sie konnte schließlich nicht die ganze Welt retten. Sie hatte die Stelle des Parks erreicht, an der sie seitlich abbiegen musste, um zu ihrem Wohnblock zu gelangen. Die Bank mit der schlafenden Person, die sich noch kein einziges Mal geregt hatte, war noch ein gutes Stück entfernt. Sie befand sich an einer Stelle zwischen den Lichtkegeln von zwei Laternen, wodurch sie nicht besonders gut beleuchtet war. Trotzdem ließ ein Detail Klara stutzen. Es sah aus, als wäre der Oberkörper des Schlafenden unbekleidet. Manchmal rissen sich alkoholisierte Personen Kleidungsstücke vom Leibe, weil ihnen heiß wurde, obwohl sie bereits unterkühlt waren. Paradoxe Reaktion nannte man so etwas und es war ein Alarmsignal. Klara war nun entschlossen, doch lieber nachzusehen. Als sie näher kam, wollte sie erst ihren Augen nicht trauen. Das war ja eine Frau, die dort barbusig auf der Parkbank lehnte! Was war ihr zugestoßen, war sie vielleicht sogar vergewaltigt worden?

„Hallo Sie, können Sie mich hören?“ Klara berührte die Schulter der Frau, die daraufhin wie in Zeitlupe zur Seite glitt. Entsetzt presste sie die Hand auf den Mund. In ihrem Beruf als Krankenschwester war Klara an so manchen Anblick gewöhnt, aber das hier übertraf alles. Sie starrte auf den tiefen Schnitt am Hals und die entsetzliche Wunde auf der Brust. Mit zitternden Fingern kramte sie ihr Handy heraus und wählte den Notruf.

31.

Alva musste immer wieder auf den Kaffeefleck auf Ruriks Hemd schauen. Seit seiner Scheidung zeigte ihr Chef eindeutige Anzeichen von Vernachlässigung. Der Fleck war vorgestern bereits da gewesen, Rurik hatte das Hemd demnach seit drei Tagen nicht gewechselt. Sein Haar konnte ebenfalls einen neuen Schnitt gebrauchen. Sie zwang ihre Gedanken von der persönlichen Situation Ruriks weg und konzentrierte sich auf seine Worte. „Wir wissen noch nicht genau, ob es sich bei der in der vergangenen Nacht aufgefundenen Toten um Eleonore Birkeland, die Mitbewohnerin des ersten Opfers Camilla Hauge, handelt. Es spricht allerdings einiges dafür und wir werden bald Gewissheit haben. Dass bereits die zweite Frau auf die gleiche Art umgebracht wurde und wir nicht den geringsten Hinweis auf den möglichen Täter haben, wirft kein gutes Licht auf unsere Arbeit." Er warf einen grimmigen Blick in die Runde, als würde er versuchen, einen Schuldigen an der Misere zu finden. Sven und Jördis senkten die Köpfe, auch Alva verspürte eine nagende Unzufriedenheit mit sich selbst. Spuren wurden schnell kalt, in einem Mordfall waren die ersten vierundzwanzig Stunden von entscheidender Bedeutung. Inzwischen waren mehrere Tage verstrichen und sie waren keinen Schritt vorangekommen. Caroline wirkte als Einzige völlig unberührt von der Anspannung, die über allen lag. Sie trug wie so häufig Blau, weil diese Farbe so gut zu ihren Augen und ihrem blonden Haar passte. Alva musste an die Schilderung von Sven denken, in welchem Aufzug er Caroline bei der Vernissage gesehen haben wollte. Wenn man sie jetzt anschaute, konnte man es sich kaum vorstellen, doch Caroline hatte zweifellos etwas von einem Chamäleon. Mühelos passte sie sich jeder Situation an, und das nicht nur bezüglich ihrer äußeren Erscheinung.

Sven räusperte sich. „Wir konnten einfach nichts über das erste Opfer herausfinden. Es scheint, als hätte die Frau in einem Vakuum existiert oder in einer Parallelwelt gelebt. Sie und ihre Freundin bekamen nie Besuch. Zu ihrer Mutter war der Kontakt seit Jahren abgebrochen. Angeblich arbeitete sie in einer Boutique. Die Nachfrage in sämtlichen Boutiquen und Secondhandläden führte zu keinem Ergebnis, nirgends war eine Camilla Hauge beschäftigt gewesen."

„Der Ausdruck Parallelwelt trifft es vermutlich ganz gut", ergänzte Alva. „Die junge Frau hat sich in einem Milieu bewegt, in das niemand Einblick bekommen sollte. Der regelmäßige Drogenkonsum, der bei ihr nachgewiesen werden konnte, ist immerhin ein Hinweis, in welcher Richtung wir suchen sollten."

Caroline stöhnte auf. „Na, dann such mal schön. Die halten doch alle dicht. Daran sind unsere strikten Drogengesetze schuld. Wenigstens die weichen Drogen sollte man freigeben und die Konsumenten nicht gleich kriminalisieren. Dadurch würde man dem illegalen Drogenhandel den Boden entziehen."

Diese Argumentation war für Caroline neu, Sven zwinkerte Alva heimlich zu. Sie begriff, was er meinte. Ob Carolines veränderte Einstellung zu Drogen wohl mit dem Milieu zusammenhing, in dem sie sich neuerdings bewegte?

„Wir sind nicht hier, um Gesetze zu diskutieren“, sagte Rurik. Es war neu, dass er Caroline kritisierte, früher war das nie vorgekommen. „Drogen könnten ein Ansatz sein, Prostitution würde ich ebenfalls für möglich halten. Die Damen haben ja anscheinend ganz gut verdient.“

„Was eher gegen Prostitution spricht“, sagte Alva. „Seit Prostitution unter Strafe gestellt ist, beschränkt sie sich fast ausschließlich auf Frauen, die aus den baltischen Staaten eingeschleust wurden. Sie sind hier völlig ohne Rechte. Man nimmt ihnen die Pässe ab, beutet sie schamlos aus, misshandelt sie und lässt sie verschwinden, wenn sie Probleme machen. Nein, ich will keine Gesetzesdiskussion aufmachen“, setzte sie schnell hinzu, als sie Ruriks genervten Blick registrierte. „Ich sage nur, wie ich es sehe. Prostitution passt meiner Meinung nach nicht ins Bild. Eher könnten die Frauen Drogenkuriere gewesen sein. Aber das ist alles Spekulation. Wir müssen herausfinden, mit wem sie Umgang hatten, ich meine, sie können doch nicht völlig unsichtbar durch die Gegend geschwebt sein, sobald sie die Wohnung verlassen haben.“

„Also gehen wir noch einmal an die Öffentlichkeit mit der Frage, wer diese Frauen gekannt hat“, schlug Sven vor.

Rurik bezeichnete das als ermittlungstechnischen Offenbarungseid, hatte aber keinen anderen Vorschlag. Deshalb machte er erst einmal weiter, indem er auf die zweite Tote zu sprechen kam.

„Wir haben es zweifellos mit dem gleichen Täter zu tun“, sagte er. „Es ist die gleiche Handschrift. Die Frau wurde durch einen Kehlschnitt getötet und ihr wurde ein Brandzeichen auf die Brust gedrückt. Der Ablageort ist nicht der Tatort, das hat die KTU bereits eindeutig festgestellt. Es wurde kaum Blut gefunden. Es ist bezeichnend, wie das Opfer regelrecht zur Schau gestellt wurde. Auf einer Bank mitten im Brunnspark, mehr Öffentlichkeit geht wohl kaum. Außerdem war ihre Brust entblößt, genau wie beim ersten Opfer. Sie sollte schnell gefunden werden und niemand sollte das Brandzeichen übersehen. Aber genau das ist unsere Chance. Der Täter war geradezu tollkühn, sie an einem derart zentralen Ort zu platzieren. Die Chance, dass jemand etwas beobachtet hat, ist daher sehr groß. Außerdem wird er sie mit einem Fahrzeug transportiert und kaum auf dem Rücken dorthin geschleppt haben. Wir müssen daher alle Kameraaufnahmen der Verkehrsüberwachung auswerten. Er hat sich sehr weit vorgewagt, diesmal werden wir ihn bestimmt bald fassen. Hat jemand etwas über dieses Brandzeichen herausgefunden. Du Alva? Du bist doch mit diesem Seelenklempner in Kontakt."

„Das Symbol ist mehrdeutig", sagte Alva. „Daraus allein lässt sich nichts ableiten, solange wir es keiner Person oder Gruppe zuordnen können. Mir macht etwas anderes Sorgen. Mit der offenen Zurschaustellung der Opfer und mit ihrer Brandmarkung will der Täter etwas bewirken. Er will eine Botschaft und eine Warnung in die Welt hinaus senden. Beides hat nur Sinn, wenn es Personen gibt, die diese Botschaft verstehen. Und das wiederum lässt nur eine mögliche Schlussfolgerung zu: Es könnte weitere Opfer geben."

32.

„Theo, was machst du denn da? Willst du nicht zum Essen kommen?“

Theo schaltete widerwillig den Staubsauger aus, als seine Mutter den Kopf zur Tür seines Zimmers hereinsteckte.

„Nein, ich bin hier noch nicht fertig. Außerdem habe ich keinen Hunger.“

Verwundert musterte die Mutter das hochgeklappte Bett und die leer geräumten Regale. „Willst du alles umräumen?“, fragte sie.

„Nein, ich mache einfach mal gründlich sauber. Sonst hast du doch ständig gemeckert, wie es hier aussehen würde. Jetzt ändere ich das und es ist dir auch nicht recht.“

„Natürlich finde ich das gut, aber ich meine, musst du so spät abends damit anfangen?“

„Es ist ja wohl egal, wann ich das mache. Jetzt habe ich gerade mal Lust und Zeit.“

Er atmete auf, als seine Mutter sich endlich mit der Antwort zufriedengab und sich wieder entfernte. Das Brummen des Staubsaugers, den er erneut eingeschaltet hatte, konnte die beängstigenden Gedanken in seinem Kopf nicht betäuben. Heute hatte er ihr Foto zum zweiten

Mal in der Zeitung gesehen, kaum dass er den ersten Schock über ihren Tod überwunden hatte. Damals vor einer Woche hatte er mit sich gerungen. Unter ihrem Bild hatte die Frage gestanden, wer diese Frau kennen würde. Beinahe war er versucht gewesen, sich zu melden. Zum Glück hatte er es nicht getan. Denn nun war klar, dass nichts von dem stimmte, was er über sie zu wissen glaubte. Alina hatte sie sich genannt und gesagt, sie würde als Model arbeiten. Wie stolz war er gewesen, die Aufmerksamkeit eines solchen Mädchens genießen zu dürfen, er, den alle immer nur ausgenutzt und ausgelacht hatten. Nur zum Bezahlen war er gut genug gewesen, egal ob es um die Rechnung in der Pizzeria oder um Geld für illegal beschafften Alkohol ging. Dank des Reichtums seiner Eltern und ihrer großzügigen finanziellen Zuwendungen war ihm das nicht schwergefallen. Aber auf den anschließenden Partys hatte er nur unbeachtet in der Ecke gesessen. Kein Mädchen wollte sich von ihm küssen lassen, geschweige denn mehr erlauben. Und dann war Alina aufgetaucht, das Model, die Traumfrau, von der er nicht mal zu träumen gewagt hätte. Sie liebe Menschen, die anders sind, nicht Mainstream, hatte sie gesagt. Es reize sie, das Besondere in ihnen zu entdecken und bei ihm habe sie es sofort gesehen. Mit ihr hatte er ungeahnte Höhenflüge angetreten und es hatte ihn nicht gestört, dabei auch verbotenes Terrain zu betreten. Etwas Dunkles, Gefährliches war von ihr ausgegangen, das ihn noch mehr gereizt hatte, genauso wie die Notwendigkeit der absoluten Geheimhaltung ihrer Beziehung. Sie stehe vor einem großen Durchbruch in ihrer Karriere, deshalb dürfe sie im Moment keine feste Verbindung mit jemandem eingehen, das sei Bestandteil ihres Vertrages, hatte sie behauptet. Doch sobald sie ihr Ziel erreicht habe, würden sie sich zueinander bekennen. Wie hatte er diesen Augenblick herbeigesehnt. Er wollte den Neid in den Augen all derer sehen, die ihn bisher verachtet und verspottet hatten. In Tag- und Nachtträumen hatte er sich seinen Triumph ausgemalt.

Mit einem wütenden Ruck stieß er den Staubsauger gegen den Schrank. Alles war eine einzige große Lüge gewesen, sogar ihr Name. Sie hieß nicht Alina, sondern Camilla Hauge, so hatte es in der Zeitung gestanden. Wer in letzter Zeit Kontakt mit ihr gehabt hatte, wollte die Polizei wissen. Er würde sich auf keinen Fall melden. Vielmehr bemühte er sich, sämtliche Spuren von ihr zu tilgen. Das Dunkle, das Alina, Camilla oder wer immer sie gewesen war, umgeben hatte, war kein reizvolles Spiel gewesen, es war viel gefährlicher, als er angenommen hatte. Sie war umgebracht worden und er wollte weder damit in Verbindung gebracht werden noch das nächste Opfer sein. Der Schweiß stand ihm auf der Stirn, er schaltete den Staubsauger aus. Zufrieden mit dem Zustand des Zimmers war er noch lange nicht, er ging in die Kammer neben dem Bad und holte den schärfsten Haushaltsreiniger, den er finden konnte.

33.

Alva kaufte Zimtschnecken im Café Husaren, der aktuelle Fall ließ ihren Zuckerbedarf in die Höhe schnellen. Sie war auf dem Weg zu Birger, der sie gebeten hatte, vorbeizukommen und ihm einige Fragen zu beantworten. Diesmal hatten sie sich in seiner Wohnung verabredet, wo sie ungestört reden konnten.

Bereits an der Wohnungstür wehte ihr der Geruch von frisch gebrühtem Kaffee entgegen. Birger begrüßte sie mit einem strahlenden Lächeln und hauchte ihr einen flüchtigen Kuss auf die Wange. „Gut siehst du aus“, sagte er.

„Das Kompliment kann ich zurückgeben“, erwiderte sie. Es stimmte, die Arbeit hatte Birger aus dem Loch gezogen, in das ihn der Tod seiner einzigen Tochter gestürzt hatte. Der Tisch war bereits gedeckt, Alva legte die Zimtschnecken auf einen Teller. „Die müssen einfach sein“, sagte sie. „Das sind die größten Zimtschnecken, die man in ganz Göteborg kaufen kann.“

„Verhungern werden wir nicht, richten wir uns also auf einen langen Abend ein.“ Birger nahm ihr gegenüber Platz und strich sich das Haar aus der Stirn. „Oder hast du noch etwas anderes vor?“

„Wie man es nimmt. Ich sollte Tag und Nacht über unserem aktuellen Fall brüten. Wir haben bereits das zweite Opfer und keine Spur vom Täter. Rurik ist deshalb mächtig angefressen und bezichtigt uns alle der Unfähigkeit. Nicht mal Caroline bleibt von seiner Kritik verschont, was ein Novum ist. Und weil wir schon mal davon sprechen, kann ich dich gleich fragen, ob dir vorgestern in der Nacht etwas Verdächtiges aufgefallen ist. Deine Fenster gehen schließlich auf den Platz raus."

Birger schüttelte den Kopf. „Wenn mir etwas aufgefallen wäre, hätte ich mich längst gemeldet. Könnt ihr inzwischen den Zeitpunkt eingrenzen, wann die Tote auf der Parkbank abgelegt wurde?"

Alva nahm einen Schluck von ihrem Kaffee, er schmeckte köstlich. Birger hatte sich schon immer ausgezeichnet auf die Zubereitung verstanden. „Das können wir tatsächlich", sagte sie. „Das Zeitfenster ist denkbar eng. Gegen halb zwölf passierte eine Gruppe junger Leute die Stelle. Wir konnten mit allen sprechen und sie versicherten übereinstimmend, nichts Auffälliges bemerkt zu haben. Die besagte Bank war leer. Punkt zwölf kam die Krankenschwester, die uns informiert hat, dort vorbei. Sie war sich bezüglich der Zeit ganz sicher, weil gerade eine Uhr geschlagen hat. Das heißt, das Opfer wurde zwischen 23:30 und 24:00 Uhr abgelegt. Der Ablageort ist nicht der Tatort, umgebracht wurde die Frau bereits vorher. Ihr wurde die Kehle durchgeschnitten genau wie dem ersten Opfer. Außerdem wies sie das gleiche Brandmal auf, ein Pentagramm. Dieses Detail halten wir aktuell noch geheim, weil es Täterwissen darstellt."

„Was ist mit der Krankenschwester, die das Opfer gefunden hat?", fragte Birger. „Ihr dürfte es aufgefallen sein."

Alva winkte ab. „Sie hat eine Fleischwunde auf der Brust bemerkt, ohne genau zu erkennen, um was es sich handelt. Die Lichtverhältnisse waren nicht besonders gut und sie war verständlicherweise aufgeregt. Durch sie wird nichts an die Öffentlichkeit dringen."

„Also war es derselbe Täter", stellte Birger fest. „Aber was ist sein Motiv? Ist er einfach ein Sadist, der junge Frauen quält und sie anschließend umbringt? Das wäre denkbar, doch müsste er die Opfer dann nicht in geradezu demonstrativer Weise zur Schau stellen und dabei auch noch ein hohes Risiko eingehen."

„Das sehe ich genauso", stimmte Alva ihm lebhaft zu. „Ich vermute als Motiv Rache oder Abschreckung. Nur wissen wir nicht, wofür er sich rächen will. Wir müssen herausfinden, was die Opfer verbindet. Mit dem Foto von Camilla Hauge sind wir aus diesem Grunde bereits an die Öffentlichkeit gegangen. Wir brauchen Informationen darüber, womit sie ihren Lebensunterhalt verdient hat und mit wem sie Umgang pflegte."

„Und? Habt ihr bereits Hinweise erhalten?"

Alva angelte sich eine Zimtschnecke vom Teller. Der Fall war bisher nur frustrierend, wenn sie darüber sprach, schrie ihr Körper förmlich nach Zucker.

„Ja, aber die kannst du vergessen. Es haben sich bisher fast nur Händler von Waren im gehobenen Preissegment gemeldet, die Camilla Hauge als Kundin kannten. Offenbar hat sie eine Menge Geld für ihr Outfit ausgegeben. Einer Boutiquebesitzerin hat sie erzählt, sie würde als Model arbeiten. Jördis und Caroline fragen gerade bei sämtlichen Modelagenturen nach, ich fürchte, es wird nichts dabei herauskommen. Falls sie einfach einen reichen Freund hatte, der ihren Lebensstil finanzierte, so ist der jedenfalls untergetaucht."

„Vielleicht weil er ja der Mörder ist?" Birger hob mit einer entschuldigenden Geste beide Hände. „Okay, das war nicht ernst gemeint. Ich habe ehrlich gesagt auch keinen Einfall. Außerdem beschäftigt mich etwas anderes. Es ist mir unangenehm, dich damit zu belästigen, ausgerechnet jetzt, wo du den Kopf mit anderen Dingen voll hast."

„Frag ruhig." Alva leckte sich den Zuckerguss von den Fingern. „Ich weiß ohnehin, was du wissen willst. Es geht um den Tod von Sarah Viklunds Schwester Wilma im Fjäll, nicht wahr? Hat sie mit dir darüber gesprochen?"

„Ja, das hat sie. Mir kommt das Ganze ziemlich eigenartig vor. Ich möchte wissen, wie die Leichen letztendlich gefunden wurden. Und was über die Todesursache bekannt ist."

„Ich fange mal mit dem leichteren Teil an." Alva goss sich Kaffee nach und hob mit einem fragenden Blick zu Birger die Kanne hoch. Er nickte und hielt ihr seine Tasse hin. „Also", sagte sie, nachdem sie mit dem Eingießen fertig war, „gefunden hat die Leichen ein Mann, der mit seinem Hund, einem Drahthaarterrier, im Fjäll unterwegs war. Genauer gesagt hat der Hund sie aufgestöbert. Sie lagen in einem Gebüsch, etwa zweihundert Meter vom damaligen Standort der Zelte entfernt. Nach fünf Monaten im Freien war die Verwesung sehr weit fortgeschritten. Insekten hatten ebenfalls ganze Arbeit geleistet. Teilweise waren die Leichen bereits vollständig skelettiert. Die Todesursache war daher nicht mehr feststellbar, was natürlich sehr unbefriedigend ist."

„Verstehe. Was bedeutet das für die Bearbeitung des Falles?"

„Das bedeutet, es gibt überhaupt keinen Fall." Alva machte eine resignierende Handbewegung.

„Aber das ist doch nicht möglich. Es ist schließlich nicht zu übersehen, dass da etwas nicht mit rechten Dingen zugegangen sein kann. Weshalb sollten zwei junge Frauen, die sich krank fühlten, das Zelt verlassen und in der Gegend umherirren? Noch dazu, wo sie wussten, dass Hilfe unterwegs ist? Wieso waren mehrere Suchaktionen mit Hunden und unter Einsatz eines Hubschraubers erfolglos, obwohl der Radius, in dem die Leichen schließlich gefunden wurden, garantiert gründlich abgesucht wurde?“

Alva nickte. „Genau die gleichen Fragen habe ich mir ebenfalls gestellt. Nur ist die Angelegenheit nie auf meinem Tisch gelandet. Zunächst handelte es sich lediglich um einen Vermisstenfall. Im Fjäll kann man sich leicht verirren, wenn man sich nicht an die ausgewiesenen Wanderwege hält. Leider kommt genau das immer wieder vor. Wollte man da jedes Mal eine Suchaktion starten, käme man kaum hinterher. Hast du mal beim Fjällräven Classic mitgemacht?“

„Nein, bisher nicht.“

„Ich schon zweimal“, sagte Alva. Sie musste schlucken, weil die Erinnerung sie zu überwältigen drohte. Damals war sie mit Yorick unterwegs gewesen. „Aber du weißt sicher, wie das abläuft“, fuhr sie fort. „Man darf sich für eine festgelegte Strecke von hundertzehn Kilometern maximal sechs Tage Zeit lassen und muss auf dem Weg mehrere Checkpoints passieren. Vor dem Start werden die Wanderer ausdrücklich darauf hingewiesen, dass nicht nach Personen gesucht wird, die den Weg verlassen oder nicht am Ziel ankommen.“

„Na schön, ich nehme an, viele der Teilnehmer brechen die Wanderung einfach ab und treten den Heimweg an, ohne sich abzumelden. Denen kann man tatsächlich nicht hinterherforschen. Doch der Fall der verschwundenen Mädchen lag anders.“

„Natürlich lag er anders“, stimmte Alva ihm zu. „Deshalb wurden ja sofort intensive Suchaktionen gestartet. Einen Hinweis auf ein Verbrechen gab es allerdings nicht. Und viele, allen voran Rurik, sehen das bis heute so. Er meint, die Mädchen hätten sich aus irgendeinem Grunde von den Zelten entfernt und dann den Rückweg nicht gefunden. Nach seiner Version sind sie da draußen an Erschöpfung und Unterkühlung gestorben."

„Wie ich Rurik kenne, verspürt er nicht die geringste Neigung, sich mit einem Fall abzugeben, der keinen schnellen Erfolg verspricht." Birger machte kein Hehl aus seiner Abneigung gegen Alvas Chef. „Nur frage ich mich, weshalb die Mädchen sich freiwillig von den Zelten entfernt haben sollten. Noch dazu in ihrem angeschlagenen Zustand. Sie müssen von jemandem dazu veranlasst worden sein. Gab es Kampfspuren in der Umgebung der Zelte?"

„Angeblich nicht." Alva zuckte mit den Schultern. „Sarah, Bea und ihre freiwilligen Helfer waren zuerst da. Sie gaben in späteren Befragungen an, ihnen wäre nichts aufgefallen. Alles wirkte so, wie sie es verlassen hatten. Aber ich folge deiner Argumentation. Jemand muss vorbeigekommen und die Mädchen müssen zu ihm hingegangen sein. Aus Neugier, weil sie um Hilfe bitten wollten oder aus welchem Grunde auch immer. Die Begegnung nahm einen verhängnisvollen Verlauf. Derjenige oder diejenigen versteckten die Leichen. An der Stelle habe ich übrigens meine Zweifel. Wären sie gleich am späteren Fundort abgelegt worden, hätte man sie garantiert im Zuge der Suchaktionen entdeckt. Sie müssen erst anderweitig versteckt und später dort abgelegt worden sein."

„Das macht Sinn." Birger griff nach der Kaffeekanne und stellte fest, dass sie leer war. „Hätte man die Leichen in einem Versteck entdeckt, wäre das ein eindeutiger Hinweis auf ein Verbrechen gewesen. Die Ablage im Gebüsch sollte ein zufälliges Geschehen vortäuschen."

Alva seufzte. „Ach Birger, komm zur Polizei, du könntest mir das Leben erleichtern. Wir haben ähnliche

Denkmuster. Fragt sich nur, wer als Täter infrage kommt. Eine Gruppe von alkoholisierten jugendlichen Wanderern, die in den zwei hilflosen Frauen eine willkommene Beute sahen? Ein durchs Fjäll streifender Lustmörder? Was glaubst du?"

„Ich kann mich natürlich irren, aber ich halte es für keinen Zufall, dass erst die Eltern von Sarah spurlos verschwanden und dann die Schwester unter ungeklärten Umständen starb. Ich frage mich, wer einen Vorteil davon hat."

„Darüber sollten wir gemeinsam nachdenken", schlug Alva vor.

„In Ordnung, aber vorher brühe ich frischen Kaffee auf." Birger erhob sich und verschwand in der Küche.

34.

Sarah hatte schlecht geschlafen. Das Gespräch mit Birger Nyberg hatte ihr zunächst gutgetan, doch jetzt fühlte es sich an, als hätte sie damit ein Ventil geöffnet, durch das immer mehr Verborgenes an die Oberfläche drängte. Zum Teil handelte es sich dabei um Dinge, die sie am liebsten im Dunkel belassen würde. Sie hatte intensiv von Wilmas Beerdigung geträumt, und das war eigenartig gewesen. Eigentlich hatte sie fast keine Erinnerung daran. Sie hatte an dem Tag alles wie durch einen dichten Nebelschleier wahrgenommen. Tante Astrid hatte sich um sämtliche Formalitäten gekümmert und die Trauerfeier organisiert. Sarah dachte an die vielen Menschen, von denen sie die meisten überhaupt nicht gekannt hatte. Viele waren garantiert nur aus Neugier gekommen. Sie hatte am Grab den Druck ihrer Hände gespürt, trockener, feuchter, weicher und schwieliger Hände. Die Gesichter dazu waren zu einem grauen Brei verschwommen, die gemurmelten Beileidsbekundungen wie das Rauschen des Windes an ihr vorbeigegangen. Das Einzige, das sie mit schmerzhafter Klarheit wahrgenommen hatte, war der weiße Sarg gewesen. Der Sarg, in dem Wilma liegen sollte. Am liebsten hätte sie sich darauf geworfen und sich daran festgeklammert, als er in die Grube hinabgelassen wurde. Hatte sie es tatsächlich versucht? Da war der Druck harter Hände gewesen, die sie an den Schultern zurückgehalten hatten. An dieser Stelle endete ihre Erinnerung an den schrecklichen Tag. Wieso war im Traum alles so anders, so seltsam klar gewesen? Bilder ploppten vor ihrem inneren Auge auf. Tante Astrid, die mit dem Geschäftsführer der Firma von Sarahs Vater sprach. „Wir werden das in Angriff nehmen, sobald sie wieder ansprechbar ist", hörte Sarah sie sagen. War dieser Satz tatsächlich gefallen? Und hatte Tante Astrid dabei misstrauisch in ihre Richtung geschaut? Jetzt war das Bild so klar, als hätte sich das erst gestern abgespielt. Und noch eine weitere Szene stand ihr deutlich vor Augen: Thies, der in einer Ecke neben der Friedhofskapelle heftig mit Bea stritt, sie an den Schultern packte und schüttelte. So sehr sich Sarah anstrengte, sie konnte sich weder an die Anwesenheit von Bea noch an die von Thies auf der Beerdigung erinnern. Woher kam dann dieses Bild? Bea war garantiert dort gewesen, sie war eine selbstbewusste Frau, die sich nicht von Klatsch und Tratsch einschüchtern ließ. Aber Thies? War er zu dem Zeitpunkt nicht schon in Amerika gewesen? Als Sarah noch darüber nachdachte, sah sie es plötzlich vor sich: Thies, der an Wilmas Grab weinte, der beide Hände auf den Sarg legte, bevor er in die Tiefe gelassen wurde. Wie hatte sie das vergessen können? Offenbar hatte ihr Hirn Bilder gespeichert, die es jetzt allmählich in ihr Bewusstsein schafften. Sie war völlig in Gedanken versunken, erst nach einer Weile registrierte sie das immer lauter werdende Klopfen. Es kam von der Haustür.

„Sarah, bist du da? Warum meldest du dich nicht?"

Sarah erkannte die Stimme, sie lief nach unten und öffnete die Tür, vor der ihre Tante Astrid stand, das Gesicht vor Ärger gerötet. „Na endlich. Hast du die Klingel abgestellt? Ans Telefon gehst du auch nicht. Was soll das, man muss dich schließlich erreichen können." Sie betrat das Haus, bevor Sarah sie dazu auffordern konnte und steuerte gleich auf das Wohnzimmer zu. Sarah, die sie lieber in die Küche geführt hätte, folgte ihr notgedrungen und setzte sich ihr gegenüber in einen Sessel. Sie hatte seit vierzehn Tagen nichts von ihrer Tante gehört und fragte sich, was sie plötzlich so Dringendes von ihr wollte. Ihr Auftauchen musste einen Grund haben. Tatsächlich kam sie gleich zur Sache.

„Ich soll dich von Bea grüßen, ich war vorhin bei ihr im Reisebüro."

„Danke, das ist nett." Sarah schämte sich ein wenig, weil sie nicht öfter bei Bea vorbeischaute. Das Reisebüro, in dem die Freundin arbeitete, lag auf ihrem Weg, wenn sie von den Therapiesitzungen bei Dr. Nyberg kam. Nur war sie danach jedes Mal viel zu aufgewühlt, um sich mit jemandem zu unterhalten.

„Wieso warst du im Reisebüro? Wollt ihr verreisen?"

Tante Astrid gab ein gekünsteltes Lachen von sich. „Nein, dafür haben wir wahrhaftig keine Zeit. Es geht um Idas Sommerhaus am Fjord. Die Saison fängt bald wieder an und es sollte nicht leer stehen. Man kann die Ausschreibung über ein Reisebüro vornehmen lassen, das spart Arbeit. Ich habe mich erkundigt, wie das abläuft."

In Sarahs Kopf schwirrten gleich mehrere Fragen durcheinander wie aufgeregte Insekten. Wieso sprach die Tante von Idas Sommerhaus? Das Haus gehörte beiden Eltern und nicht Sarahs Mutter allein. Nur weil die Tante den Mann ihrer Schwester nie gemocht hatte, war das noch lange kein Grund, ihm seinen Besitz abzusprechen. Außerdem war die Vermietung des Hauses bestens geregelt.

„Ich verstehe nicht ganz", sagte Sarah. „Um die Vermietung haben sich die Jahns in den letzten beiden Jahren gekümmert. Das werden sie auch weiterhin tun."

„Ach ja, die Jahns.“ Die Tante stieß einen geringschätzigen Laut aus. „Sie haben ihre guten Freunde für einen symbolischen Betrag dort wohnen lassen. Aber damit sollte jetzt endgültig Schluss sein. Weißt du überhaupt, welche Preise man inzwischen für so ein Haus erzielen kann? Im Verkauf sowieso, aber auch die Mieten sind gestiegen.“

„Ein Verkauf steht überhaupt nicht zur Debatte. Und es interessiert mich nicht, ob ich ein paar Kronen mehr einnehmen kann oder nicht. Die Jahns haben sich um alles bezüglich des Hauses gekümmert, auch um notwendige Reparaturen. Deshalb sollen sie das auch weiterhin tun.“

Tante Astrid setzte ihre Brille ab und begann sie mit einem Taschentuch zu putzen. Ihre Hände zitterten, was bei ihr ein deutliches Zeichen unterdrückter Wut war. Ihre Stimme war jedoch honigsüß. „Na schön, wie du meinst. Ich habe es nur gut gemeint, weil ich mich für dich verantwortlich fühle. Ich will auch nicht mit dir wegen des Sommerhauses streiten, weil es wichtigere Fragen zu klären gibt. Da deine Schwester nicht mehr am Leben ist, muss es irgendwie mit der Firma weitergehen. Darüber hast du dir sicher noch keine Gedanken gemacht.“

„Zum Glück muss ich mir keine Gedanken darüber machen. Ole Benson leitet die Firma seit zwei Jahren ganz im Sinne unseres Vaters. Er wird das auch weiterhin tun.“ Ole Benson war nicht nur der Partner, sondern auch ein langjähriger Freund von Sarahs Vater. Wilma hatte stets betont, wie gut und gewissenhaft er sich um die Firma kümmerte.

„Bei deiner Argumentation übersiehst du etwas Wichtiges. Deine Schwester hat in der Firma mitgearbeitet und ihm auf die Finger geschaut. Da das nicht mehr der Fall ist, wäre ich da weniger vertrauensselig.“

Das war typisch für Tante Astrid, stets musste sie Misstrauen und Zwietracht säen, besonders wenn es um die Belange anderer ging. Sarah zwang sich zur Ruhe und lehnte sich zurück. „Und was schlägst du vor?“, fragte sie.

„Da du die Erbin und volljährig bist, bevollmächtigst du uns als deine nächsten lebenden Verwandten, deine Interessen in der Firma wahrzunehmen. Dein Onkel ist mit Finanzen vertraut, er wird sich um ordnungsgemäße Abrechnungen kümmern. Mika fängt in der Firma an und schaut den Leuten auf die Finger. Es geht uns nur darum, dein Erbe sicher zu verwalten und Schaden von dir abzuwenden.“

„Wie aufmerksam von euch.“ Sarah hoffte, man würde ihrer Stimme den Sarkasmus nicht zu deutlich anhören. „Wie du richtig bemerkt hast, bin ich volljährig. Ich werde demnächst ein Praktikum in der Firma beginnen und mich für das Herbstsemester an der Uni für BWL einschreiben. Nebenbei werde ich stundenweise in der Firma arbeiten, so wie es Wilma gemacht hat. Es ist alles bestens geregelt, ihr müsst euch nicht für mich aufopfern. Ich komme allein zurecht.“

„Wie willst du allein zurechtkommen, das ist geradezu lächerlich.“ Mit der Beherrschung von Tante Astrid war es vorbei, auf ihrem Hals bildeten sich rote Flecke, als hätte sie jemand gewürgt. „Du bist labil und du bist in psychologischer Behandlung. Außerdem bringst du nicht die geringste Erfahrung für die Arbeit mit.“

„Und was bringt mein Cousin Mika mit? Ist eine abgebrochene Ausbildung für dich eine hinreichende Erfahrung? Und was meine angebliche Labilität angeht, so tut mir die Therapie sehr gut. Ich fühle mich in der Lage, Verantwortung für mein Leben zu übernehmen. Das wolltest du doch von mir, also sei zufrieden.“

Astrid schüttelte den Kopf und zog eine weinerliche Grimasse. „Meine arme Schwester würde sich im Grabe umdrehen, wenn sie wüsste, wie respektlos du mit mir redest und wie leichtfertig du meine Hilfe ausschlägst."

„Von was für einem Grab redest du?", schrie Sarah sie an. „Meine Mutter ist nicht tot, dafür gibt es keinen Beweis." Als sie das triumphierende Aufblitzen in den Augen ihrer Tante sah, begriff sie, dass sie auf eine absichtliche Provokation hereingefallen war. Rasch senkte sie ihre Stimme wieder. „Meine Eltern werden lediglich vermisst", sagte sie.

„Sarah, Schätzchen, es ist schlimm für dich, aber du musst den Tatsachen ins Auge sehen. Wir haben seit fast zwei Jahren kein Lebenszeichen von ihnen erhalten. Irgendwann musst du sie für tot erklären lassen."

„Muss ich das? Wieso eigentlich? Damit du ans Erbe kannst? Eines sollst du wissen: Solange es keine Gewissheit über ihr Schicksal gibt, werde ich diesen Schritt nicht unternehmen. Niemals."

Astrid erhob sich, bleich vor Wut. „Ich habe es nicht nötig, mich in dieser Weise von dir beleidigen zu lassen. Nur mit Rücksicht auf deine psychische Verfassung und meiner armen Schwester zuliebe wende ich mich nicht völlig von dir ab. Obwohl du es verdient hättest. Solltest du doch noch zur Vernunft kommen, steht dir unsere Tür immer offen."

Mit diesen Worten rauschte sie aus dem Zimmer. Sarah begleitete sie nicht. Erst als sie hörte, wie die Haustür zugeschlagen wurde, stand sie auf, schloss ab und legte zusätzlich die Kette vor.

35.

Nachdem Sarah sich ein wenig beruhigt hatte, rief sie Bea im Reisebüro an. Zu ihrer Erleichterung bekam sie sie sofort ans Telefon. „Bea, ich habe gehört, meine Tante war bei dir.“

„Ja, sie hat sich mächtig aufgespielt. Sag mal, lässt du sie jetzt euer Ferienhaus vermieten?“

„Nein, natürlich nicht, deshalb rufe ich an. Ich möchte nicht, dass ihr da etwas unternehmt. Die Vermietung des Ferienhauses ist geregelt. Meine Tante hat damit nichts zu schaffen.“

„Dachte ich es mir doch fast.“ Bea lachte leise. „Aber keine Sorge, da wurde nichts vereinbart. Ich glaube, sie wollte nur herausfinden, wie viel sich aus so einer Vermietung maximal herausschlagen lässt.“

„Dann bin ich beruhigt. Es tut mir übrigens leid, dass ich mich lange nicht bei dir gemeldet habe. Aber ich verspreche, mich zu bessern. Seit ich eine Therapie mache, traue ich mir wieder mehr zu.“

„Ach ja richtig, deine Termine bei diesem Psychologen. Bringen sie dir was?“

„Ja, ich denke schon, obwohl es andererseits anstrengend ist. Plötzlich kommen Erinnerungen hoch, die ich offensichtlich verdrängt hatte. Bei manchen davon frage ich mich, ob sie real sind oder ob ich mir das im Nachhinein einrede. Kann ich dich was fragen?“

„Frag ruhig, ich bin heute allein hier und gerade ist überhaupt nichts los.“ Sarah hörte ein Geräusch, als würde eine Tasse abgestellt.

„Also es geht um die Beerdigung von Wilma. Du und Thies, hattet ihr kurz zuvor auf dem Friedhof Streit?“

Bea gab einen langen Seufzer von sich. „Peinlich, bei so einem Anlass zu streiten, nicht wahr? Aber Thies und ich, wir waren beide nicht in der besten Verfassung. Wilmas Tod hat uns verständlicherweise sehr mitgenommen.“

„Um was ging es bei eurem Streit?“

„Ach Sarah, um was wohl? Um die Schuldfrage natürlich. Thies warf mir vor, nicht auf Wilma aufgepasst zu haben. Er meinte, ich hätte sie und Isabelle nicht allein im Fjäll zurücklassen dürfen. Ich habe mich zu Unrecht angegriffen gefühlt und mit gleicher Münze zurückgezahlt. Wenn er Wilma nicht verlassen hätte, wäre es gar nicht zu dieser Wanderung gekommen, die Wilma von ihrem Liebeskummer ablenken sollte. Es war eine total sinnlose Diskussion. Daher auch mein Wunsch, mich noch einmal vernünftig mit ihm auszusprechen. Hast du inzwischen von ihm gehört?“

„Nein, ich rechne auch nicht mehr damit. Ich glaube, er hat mit diesem Kapitel endgültig abgeschlossen.“ Sarah merkte, wie bitter sie klang. Für sie würde es nie einen Abschluss geben. Sie wechselte das Thema.

„Ich war neulich in Wilmas Zimmer und habe ihre Sachen sortiert“, sagte sie, obwohl das nicht ganz stimmte. Eigentlich hatte sie sich nur umgesehen. „Dabei habe ich etwas in ihren Aufzeichnungen gefunden, das ich mir nicht erklären kann. Es war eine Zeichnung von einem Pentagramm mit einer Schlange. Das kam mehrfach vor und an einer Stelle hat sie geschrieben, sie wollte dich danach fragen. Weißt du, was das zu bedeuten hat?"

„Ehrlich gesagt, nein." Es hörte sich an, als wäre etwas zu Boden gefallen, Bea fluchte leise vor sich hin. „So, da bin ich wieder", sagte sie unmittelbar darauf. „Wieso beschäftigt dich diese Zeichnung? Wilma hat oft etwas für andere gezeichnet, sie hat auf Wunsch Logos entworfen. Sie war sehr begabt, aber das muss ich dir nicht sagen. Diese Zeichnung wird etwas in der Art gewesen sein, ein Entwurf, um den sie jemand gebeten hatte. Würde zu einem Motorradclub oder zu einer Rockband passen."

„Ja schon, nur hat sie diesen Entwurf in ihr Tagebuch gezeichnet."

„Wilma hat Tagebuch geführt?", fragte Bea überrascht.

„Nicht im eigentlichen Sinne. Sie hat in dem Heft alles Wichtige zusammengetragen, was sie dem Computer nicht anvertrauen wollte. Zum Beispiel alles, was mit der Suche nach unseren Eltern zusammenhing. Daher war es merkwürdig, diese Zeichnung in dem Heft zu finden. Ich denke, sie muss eine besondere Bedeutung gehabt haben."

„Sarah, ich glaube, du machst dir zu viele Gedanken. Menschen ändern ihre Gewohnheiten. Wir hatten alle Möglichkeiten ausgeschöpft, eine Spur von euren Eltern zu finden. Deshalb könnte Wilma angefangen haben, das Notizheft für andere Dinge zu nutzen. Vermutlich wollte sie mich nach meiner Meinung zu der Zeichnung fragen, wozu es dann nicht mehr gekommen ist."

„Ja, so könnte es natürlich sein", sagte Sarah, obwohl sie nicht wirklich überzeugt war. Sie beendete das Gespräch mit dem Versprechen, bald einmal vorbeizuschauen. Danach überlegte sie, was sie mit dem Rest des Tages anfangen sollte. Am späten Nachmittag war ihr Termin bei Dr. Nyberg, bis dahin blieb ihr noch viel Zeit.

Sie beschloss, zum Friedhof zu gehen und Wilmas Grab zu besuchen. Im Garten waren die Tulpen aufgeblüht, sie würde ihr einen Strauß mitnehmen. Nachdem sie diesen Vorsatz gefasst hatte, setzte sie ihn schnell in die Tat um. Der Tag war sonnig und mild, die Menschen, die ihr unterwegs begegneten, schienen das Wetter zu genießen und keine Eile zu haben. Zum Glück traf sie keine Bekannten und auch in der Straßenbahn setzte sie sich ganz nach hinten auf einen einzelnen freien Platz, wie sie es sich inzwischen zur Gewohnheit gemacht hatte. Bloß mit niemandem reden müssen! Der Friedhof war gut besucht, vor allem ältere Menschen machten sich an den Gräbern zu schaffen, pflanzten, gossen und harkten. Sarah hielt den Blick gesenkt, obwohl niemand sie zu beachten schien. Sie atmete auf, als sie in den Weg einbog, an dem Wilmas Grab lag. Den Rosenstrauß sah sie bereits, als sie noch mehrere Meter entfernt war und ihr wurde heiß. Schon wieder standen da weiße Rosen, von denen sie nicht ahnte, wer sie hingestellt haben könnte. Sie steckten in einer der Grabvasen, die Tante Astrid hinter dem dunklen Grabstein, der so gar nicht zu Wilmas freundlichem Wesen und ihrer strahlenden Jugend passte, deponiert hatte. Die weißen Rosenblätter waren mit Sprenkeln und Schlieren in dunklem Braun überzogen, ein Anblick, der bei Sarah Ekel auslöste. Sie wirkten wie eine bösartige Karikatur der herrlichen rot-weißen Blüten, die Wilma geliebt hatte. Plötzlich kam ihr die ganze Grabanlage wie eine Verhöhnung ihrer toten Schwester vor: Der geschmacklose schwarze Stein mit den protzigen goldenen Lettern, die schwere Granitplatte, in der es nur eine winzige Ecke zum Einstecken einer Vase gab, und dieser widerliche Blumenstrauß, der aussah wie mit Kot bespritzt. Wütend packte Sarah ihn mit beiden Händen zugleich, um ihn auf den Abfallhaufen zu werfen. Scharfe Dornen bohrten sich in ihre Handflächen, sie ignorierte den Schmerz. Erst als die bunten Tulpen ihren Platz auf dem Grab gefunden hatten und ihm ein wenig von seiner Düsternis nahmen, beruhigte sich ihr Herzschlag. Auf dem Rückweg fiel ihr auf, wie fremde Menschen sie anstarrten.

„Sind Sie verletzt?“, sprach eine ältere Frau sie besorgt an. Sie deutete auf Sarahs helle Jacke, die mit Blut befleckt war. Sarah schüttelte den Kopf, drückte ihre noch immer blutende Hand fest an den Körper und lief einfach weiter.

36.

Der beginnende Tag füllte das Loft mit diffusem Licht. Caroline räkelte sich in dem breiten Himmelbett, das mitten in dem ansonsten fast leeren Raum stand. Nebenan hörte sie die Dusche rauschen. Yu war demnach bereits aufgestanden, bestimmt war er aufgeregt, weil heute so viel für ihn auf dem Spiel stand. Inzwischen nannte sie ihn sogar in Gedanken bei seinem selbstgewählten Künstlernamen. Yu Hisoka, das war japanisch und klang geheimnisvoll. Dabei hatte Jacob, wie sein wirklicher und ihm zutiefst verhasster Name lautete, nicht das Geringste mit Japan zu tun. Sein Großvater stammte aus der Schweiz, sein Vater war Österreicher, der eine Schwedin geheiratet und sich bald danach abgesetzt hatte. Yu war nie in Japan gewesen und mit der Kultur und Geschichte des Landes nur oberflächlich vertraut. Doch er war der Ansicht, ein Künstler müsse sich ein interessantes Image zulegen. Was die Vermarktung seiner Person anging, war er ein wahres Genie, das musste man ihm lassen. Am liebsten würde Caroline manchmal laut loslachen, wenn sie sah, wie seine Bewunderer an seinen Lippen hingen und jedes seiner Worte für bare Münze nahmen. Er würde mit seiner Kunst den Weg der Samurai beschreiten, behauptete er. Angeblich hatte er deren Weisheit von einem Großmeister vermittelt bekommen und würde sie nun in seinen Werken vergegenständlichen. Die ihnen innewohnende Kraft würde sich direkt auf den Betrachter übertragen. Wenn sie ehrlich war, fand Caroline seine Kunstwerke reichlich banal. Neben großformatigen Leinwänden, die er mit pastösen Farben zukleisterte, überzog er auch Alltagsgegenstände mit einem grellen Anstrich. Einmal bekam er einen cholerischen Anfall, weil sich ein argloser Besucher auf einem derart veredelten Stuhl niedergelassen hatte.

Obwohl sie ihn im Grunde ihres Herzens für einen Hochstapler hielt, war Caroline von seinem künftigen Erfolg überzeugt. Heute würden mehrere bedeutende Galeristen vorbeikommen, für die sie einen exklusiven Empfang vorbereitet hatten. Sollte nur einer von ihnen bereit sein, Yu in seiner Galerie auszustellen, dann wäre das der ersehnte Durchbruch. Caroline sollte bei dieser Veranstaltung die Rolle der Gastgeberin übernehmen. An einem der vier Pfosten des Himmelbetts hing ihr Gewand, als Kleid konnte man das schwarz-goldene Gebilde, das um den Körper drapiert werden musste, nicht bezeichnen. Dazu würde sie eine Art Turban in den gleichen Farben tragen. Sie gefiel sich in ihrer neuen Rolle, sie bedeutete einen Ausbruch aus einem Alltag, der ihr zunehmend grau und vorhersehbar erschien. Sie hatte sich den Polizeialltag aufregender vorgestellt und ihre eigene Rolle dabei glanzvoller. Doch bisher hatte sie nur im Hintergrund agieren und keine einzige Pressekonferenz abhalten dürfen. Caroline liebte das Rampenlicht, in ihrer Schulzeit hatte sie mit Begeisterung Theater gespielt und immer die begehrtesten Rollen ergattert. Neben Yu konnte sie glänzen, obwohl ihr klar war, dass ihrer Affäre wohl keine Zukunft beschieden war. Dieser Mann war viel zu schillernd und unberechenbar. Ganz zu Anfang ihrer Beziehung hatte er ihr erklärt, was sein Name bedeutete. Yu war eine der Tugenden des Samurai, es bedeutete Mut. Dieser Mut bestand vor allem darin, jeden Moment des Lebens intensiv zu leben und dabei stets bereit zum Sterben zu sein. Erst nach einer Weile war ihr aufgegangen, wie ernst Yu dieses Motto nahm und wie gefährlich nah er am Abgrund balancierte. Mit ihm hatte sie sich einige Ausbrüche aus ihrer geordneten Welt gestattet, die sie in ernsthafte Schwierigkeiten bringen würden, falls ihre Kollegen davon erfahren sollten. Doch im Gegensatz zu ihm hatte sie nie die Kontrolle verloren. Wenn es zu gefährlich für sie werden sollte, würde sie rechtzeitig den Absprung finden. Zuvor würde sie mit seiner Hilfe noch die Bekanntschaft einiger wichtiger Leute mit Geld machen. Ewig wollte sie auf keinen Fall bei der Polizei bleiben. Einer der Galeristen, die sie heute treffen sollte, war ein interessanter Mann und vielleicht ...

„Caro, hörst du mir überhaupt zu?“ Yu war aus der Dusche gekommen, er hatte sich ein weißes Handtuch um die Hüften gewickelt. Sein Körper wirkte schlaksig wie der eines Vierzehnjährigen. „Ich habe gefragt, für wann der Caterer bestellt ist?“

„Das habe ich dir doch schon gesagt. Sie werden pünktlich um 10:00 Uhr alles aufbauen.“

„Reicht das? Werden sie es rechtzeitig schaffen?“

Caroline rollte mit den Augen. „Natürlich, was gibt es da viel zu erledigen? Es handelt sich um einen leichten Imbiss vor dem Mittagessen. Die Gäste kommen eine halbe Stunde später, schauen sich die Ausstellung an und sind spätestens mittags wieder weg.“

„Was macht dich da so sicher? Was, wenn sie sich länger aufhalten?“

„Weshalb sollten sie das tun? Für sie ist Zeit Geld, außerdem sind sie aufgrund ihrer Erfahrung in der Lage, sich schnell ein Urteil zu bilden. Alles wird gut, du wirst sehen.“ Sie lächelte ihn beruhigend an, bevor sie in die Dusche ging.

Als sie in einen Bademantel gehüllt zurückkam, war Yu bereits vollständig angezogen und auf dem Sprung.

„Wo willst du hin? Wollen wir nicht in Ruhe frühstücken?“

„Ich will erst noch einmal nach unten und mir die Werke bei Tageslicht ansehen. Die Wirkung muss hundertprozentig stimmen. Eventuell müssen wir noch etwas umhängen oder umstellen.“

Als er gegangen war, begann Caroline den Tisch zu decken. Natürlich war er nervös, doch sie dachte nicht daran, sich von seiner Unruhe anstecken zu lassen. Heute war ihr freier Tag, sie hatte ihn sich hart erkämpfen müssen. Angesichts der beiden ungeklärten Mordfälle war Rurik nicht gerade freizügig im Hinblick auf solche Sonderwünsche. Der Einfluss, den sie einmal auf ihn ausgeübt hatte, war leider im Schwinden. Sie fragte sich, woran das lag. Es hatte in der Vergangenheit anzügliche Bemerkungen von Kollegen über Ruriks Obsession für seine attraktive Kollegin gegeben. Falls ihm das zu Ohren gekommen war, könnte es der Grund für seine aktuelle Zurückhaltung sein. Caroline nahm sich vor, ihm künftig mehr Aufmerksamkeit zu schenken.

Die Tür wurde aufgerissen und knallte laut gegen die Wand. Yu stand mit weit aufgerissenen Augen da, als hätte er einen Geist gesehen. Sein Hang zu melodramatischen Auftritten ging Caroline manchmal gewaltig auf die Nerven.

„Was ist los, hängt ein Bild schief?“, fragte sie betont gelangweilt.

„Caro, ich muss noch mal weg.“ Er klang gehetzt, in seinen Augen stand die nackte Panik. „Falls ich nicht rechtzeitig zurück bin, musst du die Leute hinhalten.“

„Was, wie stellst du dir das vor? Du bist der Künstler, du musst dein Werk präsentieren."

„Caro, bitte, plaudere mit ihnen, animiere sie zum Trinken, mach irgendwas. Bitte, ich brauche dich jetzt."

Damit war er auch schon zur Tür hinaus. Caroline blieb ratlos zurück. War das wieder eine seiner Marotten? Oder eine geplante Inszenierung? Sie hörte das Geräusch eines startenden Wagens und ging zum Fenster. Unten rollte der dunkle Saab von Yu gerade zum Tor hinaus.

37.

Rurik war schlecht gelaunt und schlecht rasiert. Immerhin hatte er das Hemd gewechselt, wenn es auch nicht gebügelt war und eine Kragenecke abstand, als wollte sie die vor ihm sitzenden Kollegen aufspießen.

„Die Obduktion des zweiten Opfers hat keinerlei Überraschungen gebracht“, sagte er. „Todesursache war auch in diesem Falle die Durchtrennung der Halsschlagadern mit einem scharfen Instrument, vermutlich einem Messer. Das Brandmal wurde ihr zu Lebzeiten beigebracht, wie lange sie noch leiden musste, bevor er sie tötete, lässt sich nicht genau sagen. Wie schon beim ersten Opfer gab es Hinweise auf regelmäßigen Drogenkonsum. Leider hat der Täter wieder mal unglaubliches Glück gehabt, niemand hat beobachtet, wie er die Leiche ablegte. Was wissen wir inzwischen über die Frau?“ Er schaute in die Runde, sein Blick blieb an Alva hängen.

„Leider nicht viel“, sagte sie. „Eleonore Birkeland wurde durch die Mieterin der Wohnung unter ihr identifiziert, also durch die gleiche Frau, die schon Camilla Hauge auf dem Foto erkannt hatte. Ihre Mutter starb, als sie zwölf war, mit der neuen Frau ihres Vaters kam sie nicht zurecht. Als die Spannungen in der Familie zu heftig wurden, kam sie in ein Heim. Sie lief dort immer wieder weg und trieb sich herum. Man versuchte, sie in einer Pflegefamilie unterzubringen, was ebenfalls nicht gelang. Mit siebzehn tauchte sie endgültig unter und ihre Spur verlor sich. Zu ihrem leiblichen Vater hatte sie bis dahin noch gelegentlichen Kontakt gehabt, den sie dann ebenfalls abbrach. Der Vater und die Stiefmutter schienen darüber nicht traurig zu sein, im Gegenteil."

„Weiß man, wo sie sich in der Zwischenzeit aufhielt?", frage Sven. „Ist sie irgendwann straffällig geworden?"

„Eben nicht, das ist ja das Merkwürdige. Sie tauchte erst vor gut einem Jahr wieder auf, als sie mit Camilla Hauge zusammen in die auf ihren Namen angemietete Wohnung zog. Die beiden Frauen verhielten sich weitgehend unauffällig. Genau wie ihre Mitbewohnerin besaß Eleonore Birkeland teure Kleidung, schien aber nirgends zu arbeiten. Ihre Flucht aus der Wohnung gibt Rätsel auf. Sie muss sich der Gefahr, in der sie schwebte, bewusst gewesen sein. Leider konnte sie ihr nicht entkommen."

„Hätte sie sich mal lieber an die Polizei gewandt. Dann könnte sie jetzt noch leben und wir würden nicht völlig im Dunkeln tappen." Auch Sven wirkte frustriert. Die Nachfrage von Jördis bei verschiedenen Modelagenturen hatte ebenfalls nichts ergeben, womit auch niemand ernsthaft gerechnet hatte.

„Auffällig ist, dass sowohl Camilla Hauge als auch Eleonore Birkeland aus schwierigen Verhältnissen stammten und ohne familiäre Bindungen waren", fasste Alva zusammen. „Dadurch konnten sie leicht unter den Einfluss anderer Personen geraten, die sie für ihre Zwecke ausnutzen wollten. Allerdings waren sie bisher nicht wegen irgendwelcher Straftaten in Erscheinung getreten."

„Tatsache ist, beide konsumierten Drogen", ergänzte Sven. „Bei der Wohnungsdurchsuchung wurde zwar kein Stoff mehr gefunden, aber der Drogenspürhund interessierte sich lebhaft für die Revisionsklappe unter der

Badewanne. Dort könnte ihr Versteck gewesen sein, kein sonderlich originelles, wenn ihr mich fragt.“

„Die beiden haben vermutlich nicht nur konsumiert, sondern auch gedealt und sind dabei jemandem in die Quere gekommen. Dieser Markt ist hart umkämpft, ein Menschenleben zählt da nicht viel“, meinte Jördis abschließend. Alva fand diese Hypothese nicht unwahrscheinlich, wenn es auch keine Beweise dafür gab. Aber in irgendeine Richtung mussten sie schließlich ermitteln. Der Drogenkonsum der beiden Frauen war immerhin eine erste Spur.

Das Telefon klingelte und Rurik meldete sich leicht ungehalten. „Was soll das?“, blaffte er kurz darauf in den Hörer. „Wir sind nicht die Verkehrspolizei.“

Der Anrufer ließ sich davon nicht beirren und redete weiter. Alle konnten beobachten, wie sich der Gesichtsausdruck von Rurik von Verärgerung zu ungläubigem Staunen veränderte. „Wo genau?“, fragte er nur und erhob sich dabei bereits halb von seinem Stuhl. „In Ordnung, wir sind gleich da. Sorgt dafür, dass alles abgesperrt wird.“

Alva beschlich eine Ahnung. „Sag jetzt bitte nicht, es gibt schon wieder ein Opfer.“ „Doch, das gibt es. Mit den gleichen Verletzungen, die die beiden anderen Frauen aufweisen.“

Alva begriff nicht, wieso Rurik diese Nachricht derart gut gelaunt verkündete. Wenn es nur drei Tage nach dem zweiten ein drittes Opfer gab, war das eine Katastrophe. Der Täter machte weiter und er erhöhte seine Frequenz.

Rurik eilte bereits mit federnden Schritten zur Tür und gab Alva und Sven ein Zeichen, ihm zu folgen. Er war schon auf der Treppe, als sie ihn einholten.

„Kannst du bitte mal was Genaueres sagen“, forderte Alva ihn auf. „Wo wurde die Tote diesmal gefunden? Ich nehme doch an, es handelt sich wieder um eine Frau.“

„Ja, so ist es", erwiderte Rurik. „Sie liegt im Kofferraum eines Autos. Und was das Beste daran ist: Der Täter saß ebenfalls in dem Wagen. Diesmal war das Schicksal auf unserer Seite. Als er die Tote ablegen wollte, hat er unterwegs einen Unfall gebaut."

Sie durchquerten die Eingangshalle des Präsidiums. Eine Frau lehnte am Empfangsschalter und sprach erregt auf den Beamten dahinter ein, hinter ihr warteten zwei weitere Personen. Mehrere Schutzpolizisten strebten eilig zum Ausgang und stießen dabei fast mit einem Mann zusammen, bei dem es sich seiner formellen Kleidung nach um einen Anwalt zu handeln schien. Sven war als Erster am Wagen und setzte sich hinters Steuer. „Sagst du, wo wir hinmüssen?", fragte er Rurik, der ihn um zwei Straßenecken dirigierte. „Da vorn ist es", sagte er.

„Was hier schon? Wollte er uns die Leiche diesmal direkt ins Präsidium bringen?" Sven schüttelte ungläubig den Kopf. Vor ihnen staute sich der Verkehr, und ein Stück die Straße hinauf flackerten Blaulichter. Sven schaltete das Signal ein, damit man sie durchließ. Auf der Straße regelte ein Polizist den Verkehr und forderte die Autofahrer auf, die Unfallstelle zügig zu passieren. Ein Kollege von ihm bemühte sich, die Passanten auf dem Bürgersteig zum Weitergehen zu bewegen. Soweit auf den ersten Blick erkennbar, waren drei Fahrzeuge am Unfallgeschehen beteiligt. Ein roter Golf stand quer zur Fahrbahn, er war auf der Beifahrerseite eingedellt. Bei einem dunklen Saab war die hintere Stoßstange verbeult, der Kofferraum stand halb offen. Das dritte Fahrzeug hinter dem Saab war ein beigefarbener Volvo, er hatte einen Scheinwerfer eingebüßt. Gleich drei Streifenwagen mit einschalteten Blaulichtern flankierten die Szene. Ein Krankenwagen hatte halb auf dem Gehweg geparkt, die Türen standen offen. Sanitäter machten sich an einer Person zu schaffen, die im Wagen auf einer Trage lag.

Alva, Sven und Rurik waren kaum ausgestiegen, als ein korpulenter Streifenpolizist auf sie zugeeilt kam. „Gut, dass ihr kommt. So etwas habe ich noch nie erlebt. Eine Leiche im Kofferraum! Ihr bekommt euren gesuchten Frauenmörder auf einem Silbertablett serviert."

„Nun mal der Reihe nach", sagte Rurik. „Wie genau hat sich der Unfall abgespielt? In welchem der Wagen liegt die Leiche und wo ist der Fahrer? Habt ihr ihn festgenommen?"

„Der wird gerade behandelt und macht nicht den Eindruck, als könnte er weglaufen." Der Streifenpolizist machte eine Kopfbewegung zum Krankenwagen hin. „Ist total zusammengeklappt, die Sanitäter mussten ihn aus dem Auto tragen."

„Trotzdem ist es ratsam, zwei Kollegen zu seiner Bewachung abzustellen", schlug Sven vor. „Schon so mancher gefasste Straftäter hat einen Zusammenbruch simuliert und war plötzlich ganz schnell wieder auf den Beinen."

Nachdem das geregelt war, erkundigte sich Rurik nochmals nach dem Unfallhergang. „Also der Saab hat die Vorfahrt des Golf missachtet und ist ihm in die Seite gekracht. Dem Fahrer des Golf ist zum Glück nichts weiter passiert, er wird sich später zur Sicherheit bei seinem Hausarzt vorstellen. Der Volvo, der hinter dem Saab fuhr, konnte nicht mehr bremsen und fuhr ihm hinten drauf. Dabei öffnete sich der Kofferraum des Saab. In dem Volvo saß eine Frau, sie stieg aus, um sich den Schaden anzusehen. Dabei warf sie einen zufälligen Blick in den Kofferraum, und den Schock kann man sich vorstellen. Das da drüben ist sie übrigens." Er zeigte auf eine Frau mittleren Alters, die vor einem Schuhgeschäft gegenüber der Unfallstelle auf einem Stuhl saß. Vor ihr kniete ein Sanitäter und redete beruhigend auf sie ein.

Eine Verkäuferin trat mit einem Glas Wasser in der Hand aus dem Geschäft und reichte es der Frau.

„Gut, die Personalien aller Beteiligten wurden sicher aufgenommen." Rurik schaute den Streifenpolizisten an, der zustimmend nickte. „Wir können später mit ihnen reden. Jetzt sollten wir den Wagen mit der Leiche möglichst schnell von der Straße bekommen. Informiert einen Abschleppdienst."

Alva hatte sich inzwischen Handschuhe übergestreift und spähte in den Kofferraum. Die Tote lag auf dem Rücken, die Beine seitlich angezogen. Bekleidet war sie nur mit einer hautengen Jeans. Fast sah es aus, als wäre ihr ein Stück Fleisch aus dem Hals herausgeschnitten worden, was aber nicht der Fall war. Der Eindruck kam durch die Tiefe der Schnittwunde und das Zurücksinken des Kopfes zustanden. Die Frau hatte tiefschwarzes, vermutlich gefärbtes Haar, das wie ein Helm an ihrem Kopf anlag. Ihre bleichen Wangen waren so eingefallen, dass die hohen Wangenknochen spitz aus dem Gesicht hervorstachen. Auch ihr Körper war erschreckend mager, auf dem entblößten Brustkorb war jede Rippe zu sehen. Ihre Brüste waren klein wie die eines Mädchens zu Beginn der Pubertät. Auf dem zarten kindlichen Körper wirkte die Brandwunde besonders brutal. Der Geruch von verbranntem Fleisch stieg Alva in die Nase, sie musste sich abwenden und stieß dabei fast mit Sven zusammen.

„Schlimm, nicht wahr?", sagte er leise.

„Hier können wir jetzt nichts weiter tun." Rurik trat zu ihnen. „Der Wagen muss schleunigst zur kriminaltechnischen Untersuchung und die Leiche in die Rechtsmedizin. Wir haben dafür gleich noch einen anderen Termin." Er ging voran zum Wagen.

Sven und Alva schauten sich ratlos an und folgten ihm dann. Irgendwie war Rurik heute nicht sonderlich kommunikativ. Erst als sie im Auto saßen, klärte er sie auf.

„Wir haben die Anschrift des Täters. Der Unfallwagen war auf ihn gemeldet. Jetzt fahren wir gleich hin und sorgen für die Sicherung von Beweismaterial in seiner Wohnung.“

„Und wo ist das?“, fragte Alva.

„In Klippan. Direkt am Kanal.“

38.

Sie waren alle gekommen, was für ein Glück. Caroline zählte zwölf Personen mit unterschiedlicher Bedeutsamkeit für die Zukunft von Yu, der noch nicht wieder aufgetaucht war. Bisher hatte niemand Anstoß daran genommen. Caroline hatte Begrüßungssekt verteilt und bemühte sich nun vor allem darum, die beiden wichtigsten Personen bei Laune zu halten. Da war einmal die alterslose Dame, der die renommierteste Galerie der Stadt gehörte. Sie war sehr schlank, sehr blond und ihre straff gespannte Haut wies eine künstliche Bräune auf. Beim Sprechen gestikulierte sie lebhaft mit den Händen, an denen große Ringe blitzten. Ihr breites goldenes Armband musste das Gewicht eines Hufeisens haben und wirkte viel zu schwer für das schmale Handgelenk.

„Wenn Sie vielleicht schon einen Blick auf die Bilder und Skulpturen werfen würden", sagte Caroline mit einer einladenden Geste. „Der Künstler wird jeden Moment erscheinen und Ihre Fragen beantworten." Dann wandte sie sich Carl Magnusson zu, dem Galeristen mit den betuchten Kunden, der ein wahres Verkaufsgenie sein sollte. In seinem grauen Anzug erinnerte er eher an einen Buchhalter. Caroline kam sich in ihrem kunstvoll drapierten schwarz-goldenen Gewand zunehmend deplatziert vor. Neben dem exzentrischen Aufzug von Yu wäre es passend gewesen, doch unter all diesen alltäglich gekleideten Leuten wirkte sie wie ein Paradiesvogel, der sich unter die Spatzen verirrt hatte. Ihr Ärger auf Yu wuchs proportional zur verstreichenden Zeit.

„Darf ich Ihnen noch ein Glas Sekt anbieten?" Caroline setzte ihr verführerischstes Lächeln auf, doch es reichte nicht, um die zunehmende Ungeduld der geladenen Gäste zu besänftigen. Die anfangs noch verstohlenen Blicke auf teure Armbanduhren wurden demonstrativer.

„Nein, danke. Ich bin nicht hergekommen, um mich zu betrinken." Carl Magnusson machte Anstalten, die Ausstellung zu verlassen. Caroline hatte keine Idee, wie sie ihn und die anderen aufhalten sollte. Seit einer geschlagenen Stunde waren sie nun schon hier, hatten die Bilder in Augenschein genommen und Fragen dazu gestellt, die sie nur unzureichend beantworten konnte. Sie hatten den Begrüßungssekt getrunken und sich über das aufgebaute Büfett hergemacht. Ihr anfängliches Unverständnis über die Abwesenheit des Künstlers war längst in Unmut umgeschlagen. Mochte Caroline auch ihren ganzen Charme aufbieten, noch länger würden sie sich nicht hinhalten lassen. In ihr brodelte die Wut auf Yu wie glühende Lava. Was dachte er sich nur, er wusste schließlich genau, wie wichtig diese Leute für ihn waren. In einer letzten Kraftanstrengung wollte sie sich gerade zu ein paar verbindlichen Abschiedsworten aufraffen, als sie das Geräusch des Autos vor dem Haus hörte. Endlich kam er zurück. Wenn Yu die Situation auch nicht mehr retten konnte, sollte er sich zumindest zu einer Erklärung aufraffen und ihr weitere Peinlichkeiten ersparen.

Als die Tür aufflog und drei ihr gut bekannte Personen eintraten, verstand Caroline zunächst gar nichts. Wie erstarrt stand sie da, während Rurik mit forschen Schritten näher kam und sich breitbeinig vor dem geplünderten

Büfett aufbaute. Der Sheriff hatte den Saloon betreten und musterte mit Adleraugen die versammelten Verdächtigen.

„Polizei. Der Mieter dieser Räume ist Herr Jacob Hilmer, ist das richtig?“, fragte er mit Donnerstimme. Die versammelten Damen und Herren schauten ihn irritiert an. Caroline, die von Rurik noch nicht entdeckt worden war, hätte sich am liebsten unsichtbar gemacht. Leider ging das nicht, da sich plötzlich alle Augen auf sie richteten. Sie trat einen Schritt nach vorn und musste sich räuspern, bevor sie antworten konnte. „Ja, das ist richtig. Dies ist seine Ausstellung.“

„Caroline?“, fragte Rurik ungläubig. Es wurde sehr still im Raum, alle schienen den Atem anzuhalten. Einige der Gäste würden später erzählen, sie hätten geglaubt, es würde sich um eine Inszenierung des Künstlers handeln, um durch einen Skandal seine Bekanntheit zu steigern. Da weder Rurik noch Caroline zu wissen schienen, wie es weitergehen sollte, ergriff Alva die Initiative.

„Das ist also die Ausstellung von Herrn Hilmer“, sagte sie. „Wohnt er auch hier?“

„Ja, in den Räumen darüber.“ Caroline hatte die Sprache wiedergefunden, doch ihr Gesicht war ein einziges Fragezeichen.

„Wir werden sämtliche Räumlichkeiten durchsuchen müssen“, fuhr Alva fort. „Für einen später eventuell notwendigen Spurenabgleich brauche ich von allen hier Anwesenden die Personalien.“

„Aber wieso denn? Was soll das überhaupt?“ Schwacher Protest, gemischt mit Neugier, begann sich in den Reihen der Anwesenden zu regen.

„Herr Hilmer hatte einen Unfall, er befindet sich im Krankenhaus. Soweit wir es einschätzen können, sind seine Verletzungen nicht schwer. Doch es gibt Hinweise auf seine Verwicklung in eine Straftat. Deshalb sind wir hier."

Die Tür öffnete sich erneut und weitere Kollegen vom Dezernat für Gewaltverbrechen traten ein, gefolgt von denen der Spurensicherung. Rurik rührte sich noch immer nicht vom Fleck und starrte Caroline an. „Was zum Teufel machst du hier?", herrschte er sie an. „Ich denke, du hattest heute einen wichtigen Termin?"

Alva tippte Rurik sanft auf die Schulter. „Wir sollten das mit Caroline in Ruhe unter uns besprechen, sie ist jetzt eine wichtige Zeugin." Im Gegensatz zu ihrem Chef waren ihr die Zusammenhänge schnell klar geworden. Bei dem Verhafteten handelte es sich um den Künstler, als dessen Muse Caroline neuerdings fungierte. Sie erinnerte sich, was Sven ihr darüber erzählt hatte.

Rurik stimmte widerwillig zu. Er drehte sich zu Sven um. „Nimm dir einen Kollegen dazu und dann stellt die Personalien aller Anwesenden fest. Die Leute müssen raus, damit wir arbeiten können. Du bleibst natürlich hier", sagte er an Caroline gewandt.

„Ich hatte nichts anderes vor, du musst mir nicht gleich Handschellen anlegen", sagte sie schnippisch. Sie hatte den ersten Schreck überwunden und ihr Selbstbewusstsein kam wieder zum Vorschein.

„Du scheinst dich hier auszukennen, erkläre uns die Räumlichkeiten." Der Befehlston sorgte bei Caroline erkennbar für Verärgerung.

„Bitte, sehr gern", sagte sie mit überdeutlicher Betonung des Wortes *bitte*. „Das hier ist der Ausstellungsraum. Darüber befinden sich die Wohnräume und das Atelier."

„Gut, fangen wir oben an", legte Rurik fest. Eine eiserne Treppe mit offenen Stufen führte in die obere Etage des alten Fabrikgebäudes. Der Raum, den Caroline vor ihnen aufschloss, hatte wenig von der Ausstrahlung eines stylishen Lofts, er war fast leer, die Wände unverputzt. Durch die großen Fenster fiel erbarmungsloses Licht auf den kahlen Betonboden. Das riesige Himmelbett in der Mitte des Raumes wirkte merkwürdig deplatziert. Caroline wollte sich an Rurik vorbeischieben, doch er hielt sie am Arm fest. „Halt, da darfst du jetzt nicht mehr rein."

„Ich werde wohl wenigstens meine Sachen holen dürfen", begehrte sie auf.

„Nein, darfst du nicht. Vielleicht sagst du uns jetzt endlich, was du hier machst. Lebst du mit Hilmer zusammen?"

„Natürlich nicht." Caroline brachte es im Brustton der Überzeugung heraus, als wäre diese Vermutung völlig abwegig. Inzwischen hatte sie sich eine geglättete Version zurechtgelegt. „Ich unterstütze in meiner Freizeit aufstrebende junge Künstler, was ja wohl nicht verboten ist. Für Yu Hisoka habe ich mich heute bereiterklärt, geladene Gäste durch seine Ausstellung zu führen. Das ist alles."

„Yu Hisoka?", fragte Rurik. „Nennt er sich so? Mit bürgerlichem Namen heißt er jedenfalls Jacob Hilmer. Und wieso hast du Sachen in seiner Wohnung, wenn du nur durch eine Ausstellung führen solltest?"

„Weil ich mich hier umgezogen habe", erwiderte Caroline gereizt. „So konnte ich schließlich nicht durch die Stadt laufen." Sie wies auf ihr Gewand, dessen Verknotung sich inzwischen gelöst hatte, weshalb es am Boden schleifte. „Ich habe meine Anziehsachen und meine Kosmetiktasche da drin. Kann ich die jetzt holen?"

„Du holst gar nichts", schnaubte Rurik.

„Und warum nicht, wenn ich fragen darf?"

„Weil du keinen aufstrebenden Künstler, sondern einen Serienmörder unterstützt hast."

39.

„Wut kann zerstörerisch sein, wenn wir sie blindlings gegen uns selbst oder gegen andere richten“, sagte Birger. „Doch wenn es uns gelingt, sie in etwas Produktives zu verwandeln, dann kann sie heilsam sein und uns voranbringen. Das scheint bei Ihnen gerade der Fall zu sein.“

Sarah, die ihm gegenübersaß und die Hände auf dem Schoß gefaltet hatte, nickte. „Der Plan war schon länger in mir gereift“, sagte sie. „Aber ich habe mir nicht zugetraut, ihn umzusetzen. Als meine Tante dann alles an sich reißen wollte, da wusste ich plötzlich, ich muss jetzt die Kraft aufbringen, ihr etwas entgegenzusetzen. Noch am gleichen Abend habe ich die ersten Schritte unternommen. Ich habe online die Unterlagen für meine Bewerbung an der Universität angefordert. Und ich habe Ole Benson angerufen, den Freund meines Vaters, der jetzt seine Firma leitet. Er hat sich über meinen Wunsch, ein Praktikum zu beginnen, richtig gefreut und mir Unterstützung zugesichert. Auf einmal habe ich ein Ziel, und das tut gut. Aber ...“

Birger wartete, ob sie fortfahren würde. Als das nicht der Fall war, fragte er nach. „Was *aber,* Sarah? Wo ist der Haken, was sind Ihre Befürchtungen?“

Sie zupfte den Ärmel ihres Pullovers zurecht, bevor sie antwortete. „Ich habe Angst, es nicht zu schaffen, so ganz allein.“

„Sie sind nicht allein, Sarah. Gerade haben Sie den Freund Ihres Vaters erwähnt, der Ihnen Hilfe angeboten hat.“

„Ja, schon, nur gibt es eben auch Menschen, die mir nicht wohlgesonnen sind.“

„Reden Sie jetzt von Ihrer Tante?“

Sarah nickte.

„Das muss Ihnen gleichgültig sein. Sie allein entscheiden, wie es weitergeht.“

Wieder zupfte sie an ihrem Pullover herum, sie wirkte verlegen. „Es ist nur so, ich komme damit nicht klar. Es macht mir Angst, sogar große Angst. Ich erinnere mich an eine sehr alte Frau, die in unserer Nachbarschaft lebte, als ich noch klein war. Sie warnte vor Menschen, die den bösen Blick haben und anderen damit Schaden zufügen, sogar ihren Tod herbeiführen können. Eigentlich glaube ich nicht an so etwas. Aber nach allem, was in unserer Familie geschehen ist, muss ich immer wieder daran denken. Meine Tante war neidisch auf den Erfolg meines Vaters, sie war neidisch auf unser Familienleben und auf alles, was wir uns leisten konnten. Sie hat Unfrieden zwischen meinen Eltern gesät, wie sehr ihr das gelungen ist, ist mir erst jetzt richtig aufgegangen. Die Eifersucht meiner Mutter auf Ursel Jahn war vor allem durch die Einflüsterungen meiner Tante zustande gekommen. Tante Astrid hat sich regelrecht am Leid meiner Mutter geweidet und es mit immer neuer Nahrung versorgt. Ich sehe sie noch bei ihr in der Küche sitzen und mit ihr tuscheln. Letztendlich trägt sie die Schuld an dem Streit meiner Eltern, nach dem die beiden spurlos verschwunden sind.“

Birger wollte etwas einwenden, merkte aber, dass Sarah noch nicht fertig war. Sie atmete nur tief durch und fuhr fort. „Mit Wilma war es ähnlich. Meine Schwester war glücklich mit ihrem Freund Thies und meine Eltern mochten ihn ebenfalls. Thies stammte aus einfachen Verhältnissen, seine Mutter hat ihn allein großgezogen, sie konnten sich nur wenig leisten. Aber Thies war klug und tüchtig, er hatte das Abitur gemacht und sein Studium mit sehr guten Ergebnissen abgeschlossen. Mein Vater wollte ihn gern in der Firma haben und dagegen ist Tante Astrid regelrecht Sturm gelaufen. Sie hat geschimpft, dem eigenen Neffen würde er keine Chance geben wollen, aber einem Fremden den Weg ins gemachte Nest ebnen. Thies blieb das natürlich nicht verborgen und es muss ihn tief gekränkt haben. Ich denke, er hat sich deshalb von Wilma zurückgezogen. Sein Stolz hat ihm verboten, diese Chance zu ergreifen, erst recht, nachdem unsere Eltern verschwunden waren. Wilma ist daran zerbrochen. Nur deshalb sind wir im Fjäll gewandert und nur deshalb musste sie sterben.“ Sarah fing an zu weinen, Tränen tropften auf den hellen Stoff ihrer Hose und hinterließen dort dunkle Flecke.

„Sie müssen mich für verrückt halten“, schluchzte sie.

„Nein, ich halte Sie nicht für verrückt und ich verstehe Ihre Gefühle. Wissen Sie eigentlich, dass der Glaube an den bösen Blick fast auf der ganzen Welt verbreitet ist und bereits in der Antike existierte? Es wurden ganze Abhandlungen darüber verfasst. Eine verbreitete Theorie, wie der böse Blick zustande kommt, ist sehr interessant.“

Sarah hörte auf zu weinen und hörte Birger gebannt zu. Er nahm sie ernst, selbst wenn sie Dinge von sich gab, für die sie sich im Geheimen schämte.

„Demnach“, fuhr Birger fort, „ist Neid die Ursache des bösen Blicks. Der Neid soll im Körper des Neiders physiologische Veränderungen auslösen, die als schädliche Ausdünstungen vor allem über die Augen ausgeschieden werden. Wen der Blick aus diesen Augen trifft, der erleidet Schaden. Natürlich ist das Unsinn, doch zeigt sich darin der wahre Kern dieses weit verbreiteten Aberglaubens. Neid und Missgunst, die wir bei anderen wahrnehmen, können unser Wohlbefinden beeinträchtigen. Das Wissen darum, wie gern andere uns scheitern sehen möchten, verstärkt unsere eigene Angst vor dem Scheitern. Sicher kennen Sie diese Mutmachsprüche wie: Mitleid bekommt man geschenkt, Neid muss man sich verdienen. Doch nicht jeder kann sich daran aufrichten. Daher ist Ihr Unbehagen angesichts der Attacken Ihrer Tante verständlich. Aber wenn Sie es nicht zulassen, hat sie keinen Einfluss auf Ihren Erfolg oder Misserfolg. Sie ist auch nicht schuld an dem, was mit Ihren Eltern und mit Ihrer Schwester geschehen ist. Es hätte Wege gegeben, sich gegen ihre Einflüsterungen zu wehren, das wissen Sie so gut wie ich. Es ist immer Ihre eigene Entscheidung, wie viel Macht Sie anderen über sich einräumen, Sarah.“

Als Sarah die Praxis an diesem Nachmittag verließ, fühlte sie sich gestärkt. Doch Birger ging das Gespräch mit ihr lange nicht aus dem Sinn. Bei ungeklärten Verbrechen stellte sich immer die Frage, wer Nutzen daraus ziehen konnte. In diesem Falle war die Frage leicht zu beantworten. Sarahs Schwester war tot, falls ihre Eltern nicht wieder auftauchten und in ein paar Jahren für tot erklärt würden, wäre sie die Alleinerbin. Sie wäre dann die einzige Person, die den Erbansprüchen ihrer Tante noch im Wege stand. Er musste daran denken, was sie über die Ereignisse im Fjäll erzählt hatte. Die Umstände des Todes von Wilma blieben rätselhaft. Konnte sie zielgerichtet umgebracht worden sein? Gemeinsam mit ihr war Isabelle ums Leben gekommen, ein unbeteiligtes junges Mädchen. Was, wenn es ganz anders geplant gewesen war? Wenn nicht Isabelle, sondern Sarah hätte sterben sollen? Nachdenklich ging er in die Küche hinüber und stellte Wasser für Kaffee auf und das Radio an. Konnte Sarah ernsthaft in Gefahr sein? Er beschloss, mit Alva über diese Möglichkeit zu reden. Im Radio liefen Nachrichten, er hörte kaum hin, bis eine Meldung seine Aufmerksamkeit erregte. „Wie aus gut unterrichteten Kreisen bekannt wurde, gelang der Polizei heute der entscheidende Durchbruch hinsichtlich der Aufklärung des Mordes an zwei jungen Frauen. Ein dringend Tatverdächtiger konnte verhaftet werden, nachdem er mitten in Göteborg einen Unfall verursacht hatte. Im Kofferraum seines Wagens wurde die Leiche eines weiteren Opfers gefunden."

Birger vergaß, wie viele Löffel Kaffeepulver er schon in die Kanne gefüllt hatte. Auf jeden Fall hatte Alva jetzt andere Sorgen, als mit ihm über Sarah zu reden.

40.

Erstmals fühlte sich Sarah nach einer Therapiesitzung stark genug, um nicht sofort nach Hause zu fahren. Sie beschloss, endlich Bea aufzusuchen. Das Reisebüro war nur zwei Straßenbahnstationen vom Brunnspark entfernt, eine Strecke, die sie auch zu Fuß zurücklegen konnte. Sarah lief am Kanal entlang und genoss es, sich ohne Angst frei bewegen zu können. Vor einigen Wochen wäre das für sie noch undenkbar gewesen. Die Luft war mild, der Himmel mit kleinen Schäfchenwolken gesprenkelt. Schon von Weitem leuchteten ihr die farbenfrohen Prospekte aus den Fenstern des Reisebüros entgegen. Vor der Tür stieß sie dann beinahe mit einem Mann zusammen, der gerade herauskam.

„Hej Cousinchen, du kennst wohl deine eigene Verwandtschaft nicht mehr?“ Sarah drehte sich überrascht um. Sie sah den runden kahlgeschorenen Schädel, die mit Tattoos bedeckten muskulösen Arme und einen grinsenden Mund in einem Gesicht, das halb von einer verspiegelten Brille verdeckt wurde. Es handelte sich zweifellos um ihren Cousin Mika.

„Hej Mika“, erwiderte Sarah schwach. „Ich hätte dich tatsächlich beinahe nicht erkannt.“ Sie verspürte nicht die geringste Lust, sich von ihm in ein Gespräch verwickeln zu lassen.

„Scheinst es ja ziemlich eilig zu haben.“ Er musterte sie von Kopf bis Fuß.

„Ja, ich habe viel vor. Und du so? Noch immer keine Arbeit?“

„Ich will dann mal auch weiter.“ Er zog ein säuerliches Gesicht und drehte sich auf dem Absatz um. Sarah atmete erleichtert auf und betrat das Reisebüro. Bea stand allein hinter dem Tresen und ordnete gerade einen Stapel Prospekte. Sie schaute auf und als sie Sarah erkannte, breitete sich ein strahlendes Lächeln über ihr Gesicht aus. „Sarah, wie schön dich zu sehen. Ich hatte schon Angst, der Kasper kommt noch mal zurück.“

Sarah wusste sofort, wer mit dem Kasper gemeint war. „Ich hab ihn getroffen, bin direkt vor der Tür mit ihm zusammengestoßen. Was wollte der denn? Doch nicht etwa verreisen?“

„Leider nicht“ , lachte Bea. „Obwohl ich ihn liebend gern in die Wüste schicken würde. Der baggert immer noch an mir rum. Hat mich ernsthaft gefragt, ob ich nicht mal mit ihm ausgehen möchte.“

„Und was hast du gesagt?“

„Ich habe einen eifersüchtigen Freund erfunden, vor dem er sich lieber in Acht nehmen soll. Aber nicht mal das scheint ihn abzuschrecken.“

Sarah fragte sich, wieso die attraktive Bea es nötig hatte, einen Freund zu erfinden. Vermutlich war sie noch solo, weil sie zu wählerisch war.

„Dir scheint es wirklich besser zu gehen.“ Bea musterte Sarah eingehend. „Du hast dich viel zu lange im Haus vergraben. Was hältst du davon, wenn wir mal wieder gemeinsam was unternehmen? Essen gehen, ins Kino, was du möchtest.“

Sarah spürte, wie sie sich innerlich verkrampfte. Bea meinte es zweifellos gut, doch alles, was sie mit ihr unternehmen könnte, würde ihr das Fehlen von Wilma schmerzhaft ins Bewusstsein rufen.

„Lass mir noch ein wenig Zeit“, sagte sie. „Wenn ich mich stark genug dafür fühle, komme ich darauf zurück.“

„Natürlich, ich richte mich ganz nach dir.“

Sie wurden unterbrochen, ein junges Paar betrat das Reisebüro. Sarah verabschiedete sich schnell. In der Straßenbahn setzte sie sich zum ersten Mal nicht ganz nach hinten, sondern nahm in der Mitte des Wagens neben einer älteren Frau Platz. Mit dem befriedigenden Gefühl, etwas geschafft zu haben, kam sie schließlich zu Hause an. Sie räumte ihren Schrank auf, was sie sich schon lange vorgenommen und immer wieder verschoben hatte, wusch zwei Maschinen Wäsche und saugte anschließend ihr Zimmer und den Flur. Erst als sie das Licht einschalten musste, weil es draußen bereits dunkel war, fiel ihr das Ritual ein. So spät hatte sie noch nie damit begonnen. Mit einem leicht mulmigen Gefühl stieg sie in den Keller hinunter, schaltete auch hier in allen Räumen das Licht ein und überzeugte sich vom verschlossenen Zustand der Fenster. Danach arbeitete sie sich vom Untergeschoss bis in die obere Etage durch. Bevor sie in ihrem Zimmer die Jalousie schloss, warf sie einen Blick aus dem Fenster. Ein Stück die Straße hinunter parkte ein dunkler Jeep. Ob das ein Besucher in einem der Nachbarhäuser war? Dafür stand er zu weit von denen entfernt. Mit einem lauten Rasseln rauschte die Jalousie nach unten und Sarah atmete auf. Sie begann sich im Haus wieder sicher zu fühlen, das war ein gutes Zeichen.

Es war ein ungewohntes Geräusch, das sie in der Nacht weckte. Ein Rauschen und Klopfen, das aus den Rohren der Heizung zu kommen schien. Sarah brauchte einen

Moment, um richtig wach zu werden und sich zu orientieren. Ja, die Geräusche gingen eindeutig von der Heizung aus, vermutlich war zu viel Luft in den Heizkörpern. Wann war die Heizungsanlage eigentlich zum letzten Mal gewartet worden? Sie hatte keine Ahnung, um solche Dinge hatte sich ihr Vater gekümmert. Ob Wilma daran gedacht hatte? An einen Monteur im Haus konnte sich Sarah, was die letzten beiden Jahre betraf, nicht erinnern. Sie würde sich wohl oder übel darum kümmern müssen, eventuell war etwas mit der Heizung nicht in Ordnung. Das Rauschen ging in ein Jaulen über, es klang unheimlich, als würde ein ganzes Wolfsrudel den Mond anheulen. Und dann, ganz plötzlich, ließen sich einzelne Worte unterscheiden. *Sarah lauf, lauf weg, oder ich komme dich holen. Ich habe sie alle geholt, deine Eltern und Wilma. Lauf, bevor es zu spät ist.*

Mit einem Aufschrei fuhr Sarah im Bett hoch, sie presste beide Hände auf ihre Ohren. Nein, sie wollte das nicht hören, sie wollte nicht, dass es wieder anfing. Das war nicht real, das war nur in ihrem Kopf. Ohne die Hände von den Ohren zu nehmen, kroch sie unter die Bettdecke, sie zitterte am ganzen Körper. Stunden verharrte sie so. Als es draußen endlich hell wurde, war sie durchgeschwitzt und völlig verkrampft. Jeder Muskel tat ihr weh. Im Zimmer war es jetzt still, von der Heizung kam kein Laut mehr. Sarah quälte sich mühsam aus dem Bett und ging langsam nach unten. Alle Zuversicht, die sie gestern noch verspürt hatte, war mit einem Schlag verschwunden.

41.

„Geht es Ihnen jetzt wieder besser?“, fragte Birger.

Sarah zuckte mit den Schultern, zu matt, um zu antworten. Sie hatte ihrem Therapeuten ausführlich von ihrem nächtlichen Erlebnis erzählt und fühlte sich nun völlig ausgelaugt. Es war, als hätte sie alles noch einmal erlebt.

„Lassen Sie uns die Ereignisse noch einmal ganz nüchtern betrachten“, sagte Birger. „Sie wurden also wach und hörten Geräusche, von denen Sie annahmen, sie kämen von der Heizung, richtig?“

Sarah nickte. „Die Heizung wurde lange nicht gewartet.“

„Gut, das ist plausibel. Nach einer Weile glaubten Sie dann, Worte hören zu können.“

„Nein, das stimmt so nicht. Ich habe mir das weder eingebildet, noch in das Rauschen und Heulen etwas hineininterpretiert. Die Worte waren so deutlich, als würden Sie jetzt zu mir sprechen.“

Birger legte die Fingerspitzen seiner gefalteten Hände an die Nasenwurzel und dachte nach. „Gut“, sagte er dann. „Ich glaube Ihnen, dass Sie es genauso erzählen, wie Sie es in Erinnerung haben. Aber nehmen wir doch einmal Folgendes an: Es war mitten in der Nacht, Sie sind aus dem Schlaf gerissen worden. Dann hörten Sie ein

Rauschen, dessen Ursache Sie schnell ausmachen konnten. Es gab also keinen Grund zur Beunruhigung und keinen Grund, nicht wieder einzuschlafen. Könnte es so gewesen sein? Sie sind wieder eingeschlafen und im Halbschlaf spielte Ihnen Ihr Unterbewusstsein einen Streich und gaukelte Ihnen beängstigende Worte vor."

„Nein", erwiderte Sarah entschieden. „Ich war hellwach, da bin ich mir ganz sicher. Für den ganzen Rest der Nacht habe ich kein Auge mehr zugetan."

„Haben die Worte Sie weiterhin verfolgt?"

„Nein, nachdem ich mir die Ohren zugehalten habe und unter die Decke gekrochen bin, war Ruhe."

Birger runzelte die Stirn und machte sich eine Notiz auf dem Block, den er auf den Knien hielt.

„Sarah, Sie hatten früher schon derartige Erlebnisse. Waren die ähnlich? Können wir das mal an einem konkreten Beispiel analysieren? Wie war das damals, bevor Sie die Polizei gerufen haben?"

„Das eine Mal", begann sie zögernd, „war es ganz schlimm. Zuerst war da eine Art Knall, wovon ich wach wurde. Im ersten Moment dachte ich, es müsste von draußen gekommen sein. Aber dann hörte ich auf einmal Schritte im Haus, ganz merkwürdige Schritte. Sie waren laut, als würde jemand mit Eisen unter den Schuhen umherlaufen. Und dann war da die Stimme, die meinen Namen rief und mir drohte, mich umzubringen. Ich war total in Panik, habe mein Zimmer von innen abgeschlossen, eine Kommode vor die Tür geschoben und die Polizei gerufen."

Sie atmete schneller bei der Erinnerung daran.

„Das war eine verständliche Reaktion. Und wie ging es weiter?"

„Sie kamen ziemlich schnell. Als sie an der Tür klingelten, hatte ich Angst, nach unten zu gehen und ihnen zu öffnen. Ich war mir sicher, jemand würde mir auflauern, sobald ich mein Zimmer verlasse. Derjenige, den ich gehört hatte, musste schließlich noch immer im Haus sein. Ich habe am Fenster mit den Beamten geredet. Sie haben mir schließlich gesagt, ich soll in meinem Zimmer bleiben und sie haben alle Ausgänge gesichert. In der Zwischenzeit habe ich meine Tante angerufen und sie hat Mika mit dem Schlüssel vorbeigeschickt. Mein Hausschlüssel befand sich unten in der Diele im Schlüsselkasten. Inzwischen habe ich das geändert, er ist immer in meinem Zimmer."

„Ihre Tante hatte einen Schlüssel zum Haus?"

„Ja, den hat sie immer noch. Sie sagt, sie muss ins Haus können, falls ich mal Hilfe brauche. Sie wohnt nur fünfzehn Minuten zu Fuß entfernt in einer Mietwohnung. Mika war mit dem Auto in fünf Minuten da. Die Polizisten sind dann ganz vorsichtig reingekommen und haben das ganze Haus durchsucht. Aber da war niemand, alle Schlösser waren in Ordnung und es gab keine Spur von einem Eindringling. Meine Tante tauchte dann auch noch auf und hat den Polizisten erzählt, ich hätte in der vergangenen Zeit viel durchgemacht. Danach haben sie mich alle ganz mitleidig angeschaut. Für den Rest der Nacht bin ich mit zu meiner Tante gegangen. Das Gleiche hat sich dann leider mehrmals wiederholt, einmal bin ich sogar in Panik aus dem Haus gelaufen. Kurz danach bin ich in die Klinik gekommen."

„Sarah, haben Sie jemals außerhalb Ihres Elternhauses ähnliche Stimmen gehört, die Ihnen gedroht haben?"

„Nein, nie. Aber viele Möglichkeiten gab es da nicht. Ich war fast immer zu Hause. In der Klinik ist es nie aufgetreten und wenn ich bei meiner Tante übernachtet habe, dann auch nicht."

Wieder machte sich Birger eine Notiz. Dann schaute er sie ernst an.

„Sie haben meine Praxisnummer“, sagte er. „Ich werde Ihnen jetzt meine private Handynummer geben. Das mache ich nur in absoluten Ausnahmefällen. Sollten Sie wieder von Stimmen und Geräuschen bedrängt werden, möchte ich unverzüglich angerufen werden. Ich komme dann zu Ihnen.“

„Wirklich? Das ist furchtbar nett.“ Sarah kamen die Tränen, sie griff nach der Box mit den Taschentüchern. Ihre Handfläche war noch immer mit einem großen Pflaster bedeckt.

„Erzählen Sie mir im Gegenzug für meine Nettigkeit jetzt auch, was mit Ihrer Hand passiert ist?“

Sie lächelte verlegen. „Damit Sie mich für verrückt halten?“

„Das tue ich garantiert nicht, eigentlich sollte das zwischen uns geklärt sein.“

„Ich habe Rosen entsorgt, hässliche Rosen.“ Sie erzählte ihm von den Rosen auf Wilmas Grab. Als die Stunde zu Ende war und sie ging, ließ Sarah einen sehr nachdenklichen Birger Nyberg zurück. Nach einigem Zögern wählte er die Nummer des Polizeipräsidiums und verlangte, mit Alva Claesson verbunden zu werden. Ihm wurde mitgeteilt, die Polizeiinspektorin befinde sich in einer Vernehmung und sei nicht zu erreichen.

42.

„Jacob Hilmer ist nicht vernehmungsfähig. Er hat einen Nervenzusammenbruch erlitten“, bemerkte Sven achselzuckend. Gerade hatte er mit dem zuständigen Arzt telefoniert.

„Ich finde das merkwürdig.“ Alva nippte an ihrem Kaffee und schob den Becher dann mit einem angewiderten Gesichtsausdruck von sich. Die braune Brühe aus dem Automaten war eine Zumutung für ihre Geschmacksnerven.

„Was findest du merkwürdig?“, fragte Jördis. „Den Nervenzusammenbruch? Den hätte ich auch gehabt, wenn ich mit einer Leiche im Kofferraum erwischt worden wäre.“

„Du vielleicht, aber nicht der kaltblütige Täter, der nachts zwei tote Frauen mitten in der Stadt abgelegt hat, ohne dabei von irgendjemandem gesehen zu werden. Und jetzt kurvt der gleiche Mann am helllichten Tag mit der dritten Leiche ganz in der Nähe des Polizeipräsidiums durch die Gegend und baut vor lauter Nervosität einen Unfall.“

„Was willst du damit sagen? Meinst du, wir haben den Falschen? Jemand hat ihm die Leiche untergeschoben?“ Sven runzelte die Stirn und grinste.

„Ich halte das nicht für ausgeschlossen.“

„Lass das bloß nicht Rurik hören“, sagte Jördis. „Der will nachher eine Pressekonferenz geben und platzt fast vor Stolz über seinen Ermittlungserfolg. Obwohl der wohl eher zufällig zustande kam, aber solche Kleinigkeiten haben ihn noch nie gestört.“

„Trotzdem wüsste ich gern mehr über die Zusammenhänge“, beharrte Alva. „Weshalb sollte dieser Künstler die Frauen umgebracht haben?“

„Weil er verrückt ist?“, schlug Sven vor.

„Der Täter ist nicht verrückt, er ist bisher viel zu planmäßig und organisiert vorgegangen“, beharrte Alva. „Aber sicher kann uns Caroline einiges über Jacob Hilmer erzählen. Ist sie eigentlich schon da?“

Caroline war aufgrund der Ereignisse vom Dienst suspendiert und sollte heute offiziell als Zeugin aussagen. Ab sofort durfte sie keinen Einblick in die laufenden Ermittlungen mehr bekommen.

Sven öffnete die Tür und schaute auf den Flur hinaus. „Sie ist noch nicht zu sehen. Bei dem Gespräch mit ihr sollen wir übrigens alle dabei sein, das hat Rurik so festgelegt. Er hat angedeutet, ihr würden disziplinarische Maßnahmen drohen, bis hin zur Entlassung aus dem Polizeidienst.“

„Das hat er wirklich gesagt?“ Jördis riss erstaunt die Augen auf. „Jetzt übertreibt er es aber mit seiner Rachsucht. Nur weil sie ihn verschmäht und sich einem anderen Mann zugewandt hat, darf er sie nicht rauswerfen. Nicht einmal, wenn dieser Mann ein Mörder ist. Sie wird ihm ja wohl kaum bei seinen Taten geholfen haben.“

„Weiß man es?“, fragte Sven, wurde aber sogleich wieder ernst. „Bevor nicht genau geklärt ist, was sie eventuell wusste, ist sie erst mal draußen. Außerdem gibt es da noch etwas. Lucas von der Spurensicherung deutete an, im Atelier und in der Wohnung von dem Hilmer hätte es gewaltig geschneit."

„Drogen?", fragte Jördis. „Koks?"

„Jede Menge davon", bestätigte Sven. „Außerdem diverse Tabletten, die gute Laune machen und nicht legal sind. Sollte Caroline davon gewusst haben, sieht es nicht gut für sie aus. Sollte sie gar davon genascht haben, will ich mir die Folgen für sie gar nicht ausmalen."

Wie auf ein Stichwort hin öffnete sich die Tür und Caroline trat ein. Sie registrierte das plötzliche Schweigen und reagierte pikiert. „Störe ich? Habe ich euch dabei unterbrochen, wie ihr über mich hergezogen seid? Macht ruhig weiter, ich höre gern zu." Sie setzte sich an ihren Schreibtisch und schaute ihre Kollegen herausfordernd an. Alva fiel auf, wie sorgfältig sie zurechtgemacht war. Caroline trug einen engen türkisfarbenen Rock zu einer weißen Bluse und beigen Pumps. Das blonde Haar hatte sie zu einem klassischen Knoten frisiert, ihr Make-up war dezent und unterstrich ihre regelmäßigen Züge. Sie sah aus wie eine Stewardess, nicht wie die Muse eines exzentrischen Künstlers. Vermutlich war genau das ihre Absicht.

„Niemand hier zieht über dich her, Caroline." Alva schüttelte unwillig den Kopf. „Du bist nur leider in etwas verwickelt, das wir klären müssen. Da du mit den Abläufen bestens vertraut bist, muss ich dir das nicht erklären."

„Nein, das musst du nicht. Ich möchte nur nicht vorverurteilt werden, bevor ich mich äußern konnte."

„Natürlich wird das nicht passieren", sagte Sven versöhnlich. „Möchtest du einen Kaffee?" Er stellte ihr eine Tasse hin. „Rurik müsste gleich kommen, dann können wir anfangen."

„Ich bin schon da." Rurik blieb in der Tür stehen. „Wir gehen rüber in den Besprechungsraum, da haben wir mehr Platz." Er nickte allen zu, würdigte Caroline aber demonstrativ keines Blickes. Sie erhob sich und ging stolz erhobenen Hauptes voran, die anderen folgten ihr.

„Wo soll ich sitzen?“, fragte sie.

„Dort.“ Rurik wies auf das Kopfende des Tisches. Caroline nahm Platz, ohne eine Miene zu verziehen. Nachdem sich auch die anderen gesetzt hatten, räusperte Rurik sich. „Du wirst als Zeugin vernommen. Zunächst.“ Das letzte Wort lag bedeutungsschwer im Raum. „Die formale Belehrung kann ich mir in deinem Falle wohl schenken. Fangen wir also gleich an. Wann und wie hast du Jacob Hilmer kennengelernt?“

Caroline wirkte völlig gelassen. „Vor vier Monaten auf einer Kunstausstellung. Er war als Besucher dort, genauso wie ich. Wir kamen über die ausgestellten Kunstwerke ins Gespräch und er lud mich ein, mir seine Werke anzuschauen. Drei Tage später habe ich ihn zum ersten Mal besucht. Danach haben wir uns des Öfteren getroffen.“

„In welchem Verhältnis steht ihr zueinander?“

„Wir sind gute Freunde. Uns verbindet die Liebe zur Kunst. Sonst nichts.“

„In seiner Wohnung wurden Kleidungstücke und Kosmetikartikel gefunden, die dir zuzuordnen sind. Hast du dort regelmäßig gewohnt, beziehungsweise habt ihr zusammen gelebt?“

Caroline hob die makellos gezupften Augenbrauen. „Davon kann überhaupt nicht die Rede sein“, sagte sie entschieden. „Ich habe Yu regelmäßig einen Freundschaftsdienst erwiesen. Er ist ein wenig öffentlichkeitsscheu, was für einen Künstler sehr nachteilig ist, besonders dann, wenn er sich erst noch eine gewisse Bekanntheit verschaffen muss. Deshalb hat er mich gebeten, ihn bei seinen Ausstellungen zu unterstützen, indem ich die Gäste bewirte und unterhalte. Ich habe das mehrmals getan, aus Liebe zur Kunst und um ein aufstrebendes Talent zu fördern. Für diese Auftritte musste ich mich dem Anlass entsprechend zurechtmachen. Da sie stets in den Räumlichkeiten unter seiner Wohnung stattfanden, habe ich mich praktischerweise in der Wohnung umgezogen. Daher waren dort einige Sachen von mir deponiert."

Sie wirkte entspannt in der Gewissheit, das Spiel zu beherrschen. Doch dann feuerte Rurik die erste Breitseite ab.

„In der Wohnung haben wir nicht nur deine Sachen, sondern auch größere Mengen Drogen gefunden. Wusstest du davon?"

Ihr Erstaunen wirkte sehr überzeugend. „Nein, natürlich nicht. Wenn es so war, hatte Yu, also Herr Hilmer, allen Grund, das vor mir zu verbergen. Er weiß, dass ich Polizeibeamtin bin."

„Herr Hilmer hat regelmäßig Drogen konsumiert. Sollte dir das entgangen sein, wo du doch so gut mit ihm befreundet warst?", fragte Rurik höhnisch.

Caroline bedachte ihn mit einem eisigen Blick. „Wir waren nicht *so gut* befreundet, das ist deine Interpretation. Und nein, ich hatte nie den Eindruck, er würde unter Drogeneinfluss stehen. Er ist ein nervöser Typ, immer ein wenig fahrig und leicht aus der Fassung zu bringen. Das ist einfach seine Natur, ich habe das nie mit Drogen in Verbindung gebracht." Sie verschränkte die Arme vor der Brust. Rurik glaubte ihr kein Wort, das war deutlich zu erkennen. Doch er konnte ihr unmöglich etwas anderes nachweisen. Sie dachte an die paar rauschhaften Nächte, in denen die Drogen auch durch ihr Blut gekreist waren. Es würde nicht mehr möglich sein, das nachzuweisen, da war sie sich ziemlich sicher. Hauptsache Yu hielt dicht. Das würde er mit Sicherheit tun, weil er ihre Hilfe jetzt dringend brauchte. Wenn sie selbst Schwierigkeiten bekam, würde sie nichts mehr für ihn tun können, das war ihm mit Sicherheit klar.

Rurik holte inzwischen zum nächsten Schlag aus. Er schob ihr ein Foto über den Tisch zu. „Kennst du diese Frau?“

Sie musterte das Bild der offenbar toten Frau mit der fahlen Haut, dem kurzen dunklen Haar und den geschlossenen Augen. Sie musste mal hübsch gewesen sein, wirkte aber krank und ausgezehrt. Über die hohen Wangenknochen spannte sich die Haut wie Pergament.

„Ist das die Frau, die man im Kofferraum von Yus Wagen gefunden hat?“, fragte sie.

„Hier stelle ich die Fragen“, blaffte Rurik sie an. Alva verdrehte die Augen und Sven, der es sah, zwinkerte ihr zu. Auch er fand das Gehabe seines Chefs überzogen und peinlich.

„Ich habe sie noch nie gesehen, da bin ich mir ganz sicher.“ Caroline schob das Foto zurück.

„Dann erzähle mal genau, was am Freitagmorgen passiert ist. Von Anfang an.“

Jetzt kam der heikle Teil, das war Caroline klar. Sie wollte nicht zugeben, dass sie die Nacht bei Yu verbracht hatte, wog aber gleichzeitig das Risiko ab, bei einer Lüge ertappt zu werden. Da sie es als gering einschätzte, erzählte sie die Version, die der Wahrheit am nächsten kam.

„Yu hatte einige bedeutende Galeristen zu einer Sonderführung eingeladen“, sagte sie. „Er hatte mich mal wieder gebeten, ihn dabei zu unterstützen. Die Veranstaltung sollte um 10:30 Uhr beginnen. Ich kam um 9 Uhr an. Yu war total aufgeregt, weil dieser Termin so wichtig für ihn war.“

„Warum warst du schon um 9 Uhr da, wenn es erst anderthalb Stunden später losgehen sollte?“, fragte Sven.

„Yu wollte das so. Er ist sehr eigen, was die Vorbereitungen angeht. Dazu gehört auch mein Outfit, das er bestimmte und das einige Zeit in Anspruch nahm. Ich sollte dann den Caterer einweisen, der für 10 Uhr bestellt war und aufpassen, dass alles richtig geliefert wurde. Jedenfalls war Yu sehr aufgeregt. Er ging gegen 09:30 Uhr nach unten, um einen letzten Blick auf seine Ausstellung zu werfen und die Wirkung bei Tageslicht zu überprüfen. Das hatte er zwar zuvor schon hundertmal getan, aber er ist ein Perfektionist. Jedenfalls kam er unmittelbar danach wieder nach oben und war völlig außer sich. Er hat mir nicht gesagt, was passiert war. Er sagte nur, er müsse noch mal weg und ich solle zur Not ohne ihn anfangen. Bevor ich etwas fragen konnte, war er schon wieder fort und kurz darauf sah ich sein Auto wegfahren. Ich war wie vor den Kopf geschlagen und konnte mir nicht erklären, was in ihn gefahren war. Ich musste die Veranstaltung mit den Galeristen dann tatsächlich ohne ihn durchführen bis zu dem Zeitpunkt, als ihr aufgetaucht seid. Mehr kann ich nicht sagen."

„Du hast also überhaupt keine Vermutung, weshalb Herr Hilmer so aufgeregt war und weggefahren ist?"

„Nicht die geringste", bekräftigte Caroline.

43.

Da nicht abzusehen war, wann sie Jacob Hilmer vernehmen konnten, fuhr Alva zunächst zum Institut für Rechtsmedizin. Sie war gerade auf dem Parkplatz aus dem Auto gestiegen, als sie von einem Mann angerempelt wurde, der im Eiltempo an ihr vorbeischoss. Bevor sie sich von ihrer Überraschung erholen konnte, sah sie Birgit Wallenius mit wehendem Kittel angerannt kommen.

„Stehen bleiben, bleib sofort stehen, du Wichser“, brüllte die Rechtsmedizinerin mit voller Lautstärke. Alva klappte der Kiefer herunter. Solche Töne erwartete man nicht aus dem Munde einer Frau, die wie eine griechische Göttin aussah und die sonst stets die Contenance wahrte. Der von ihr verfolgte Mann stieg eilig in einen roten Golf und knallte die Tür hinter sich zu. Mit quietschenden Reifen schlitterte er vom Parkplatz. Birgit rannte hinterher und schlug mehrmals gegen die Heckscheibe. Alva befürchtete schon, sie könnte versuchen, sich an den Wagen zu hängen, doch zum Glück blieb sie keuchend zurück. Aus ihrer stets makellosen Frisur hatten sich mehrere Haarsträhnen gelöst, ihr Gesicht war vor Ärger und Anstrengung gerötet.

„Birgit, was war das denn jetzt? Ist dir einer deiner Patienten vom Sektionstisch gesprungen?“, fragte Alva.

„Er hat die besten Aussichten, mein Patient zu werden, wenn ich ihn erwische. Dem schneide ich mit meinem stumpfsten Skalpell die Eier ab.“ Sie konnte sich noch immer nicht beruhigen. „Der hat sich in den Sektionssaal geschlichen und die Leiche fotografiert.“

„Um welche Leiche geht es, um unseren aktuellen Fall?“

„Du sagst es, um die noch nicht identifizierte Tote mit dem Brandmal, die dritte in der Reihe.“

Alva biss sich auf die Unterlippe, das war wirklich übel. „Meinst du, das war ein Reporter?“

„Entweder das oder einer, der das Foto meistbietend an die Presse verhökern will. Die gieren doch nach Neuigkeiten. Und einige Blätter haben leider keine Skrupel, so etwas zu veröffentlichen. Ich frage mich, wie der es geschafft hat, unbemerkt reinzukommen.“

„Wir können es im Moment leider nicht ändern. Kannst du mir etwas über die Tote sagen? Wir sollten ein Stück vorangekommen sein, bevor die Presse ein großes Fass aufmacht.“

Birgit nickte und ging voran in den Sektionssaal. Sie reichte Alva einen Kittel und wirkte nun wieder ganz professionell. „Ich wiederhole mich ungern“, sagte sie, „aber es ist genau wie bei den beiden anderen Frauen. Das Brandmal wurde ihr zu Lebzeiten beigebracht, Todesursache war die Durchtrennung der großen Halsschlagadern. Nur in einem unterscheidet sie sich von ihren beiden Vorgängerinnen. Ihr Drogenkonsum war heftiger und hat bereits schwere körperliche Schäden verursacht. Wie du unschwer erkennen kannst, ist die junge Frau unterernährt.“

Birgit wies auf den eingefallenen Brustkorb. Die Rippen traten so deutlich hervor, als wollten sie sich durch die Haut bohren. Ähnlich verhielt es sich mit den Beckenknochen. „Außerdem hat sie bereits eine irreversible Schädigung des Herzmuskels sowie eine Leberzirrhose und eine fortgeschrittene Niereninsuffizienz aufzuweisen. Diese Frau war körperlich am Ende, ich hätte ihr kein Jahr mehr gegeben.“

„Konntet ihr herausfinden, was sie konsumiert hat?“, fragte Alva.

Birgit nickte. „Alles, was der Markt so hergibt. Ich habe euch eine Aufstellung gemacht, die hänge ich an den Obduktionsbericht an. Es ist die Pest, immer noch kommen illegal Drogen ins Land und werden konsumiert. Dagegen helfen auch unsere scharfen Gesetze nicht.“

„Hast du irgendwas gefunden, was uns bei ihrer Identifizierung helfen könnte? Narben, Tätowierungen oder dergleichen?“ Auf den ersten Blick konnte Alva nichts entdecken und Birgit schüttelte bedauernd den Kopf.

„Nichts in der Art, leider. Ihr Alter schätze ich auf Mitte zwanzig. Das war es dann schon von meiner Seite. Ich hoffe, ihr kommt voran. Noch eine derart zugerichtete Frau würde ich nur ungern auf den Tisch bekommen.“

Alva spürte, wie ihr Handy in der Tasche vibrierte. Der Anruf kam von Sven. „Die Klinik hat sich gemeldet. Hilmer ist jetzt bereit, mit uns zu reden. Kannst du gleich hinkommen?“

„Aber sicher doch, ich bin hier gerade fertig.“ Das war eine gute Nachricht. Vielleicht würden sie jetzt erfahren, wer die Tote war. Und ob Hilmer sie und die anderen beiden Frauen umgebracht hatte.

44.

Sven erwartete Alva bereits am Eingang des Sahlgrenska-Krankenhauses.

„Ich habe mich bereits erkundigt, wo wir ihn finden“, sagte er. „Folge mir bitte unauffällig.“ Sie mussten mit dem Fahrstuhl zwei Etagen hinauffahren und dann einen langen Flur entlanggehen. Alva atmete flach, der typische Geruch machte ihr zu schaffen. Auf so einem Flur hatte sie zwischen Hoffen und Bangen gewartet, bis ein Arzt aufgetaucht war und ihr die schreckliche Nachricht überbracht hatte, Yorick hätte es leider nicht geschafft. *Denk jetzt nicht daran*, ermahnte sie sich selber. Sie nickte dem Polizeibeamten zu, der vor der Tür des Krankenzimmers von Jacob Hilmer Wache hielt. Sie hörte Schritte hinter sich und drehte sich um. Eine junge Ärztin kam auf sie zu, sie hielt ein Klemmbrett in der Hand.

„Sie sind die Kriminalbeamten?“, fragte sie.

„Ja.“ Alva stellte sich vor. „Kriminalinspektorin Alva Claesson, mein Kollege Kriminalinspektor Sven Falk. Wir würden jetzt gern mit Herrn Hilmer sprechen. Wie geht es ihm?“

„Er ist inzwischen einigermaßen stabil. Wundern Sie sich nicht, wenn er verlangsamt reagiert. Wir mussten ihm eine ziemliche Menge an Beruhigungsmitteln verabreichen, bis wir ihn so weit hatten. Sagen Sie ...“ Sie zögerte einen Moment, konnte ihre Neugier dann aber doch nicht bezwingen. „Ist er wirklich der gesuchte Frauenmörder? Ich meine nur, reicht es dann aus, nur einen einzelnen Polizisten vor seine Tür zu setzen? Er ist schließlich gefährlich.“

„Wir wissen noch nichts Genaues, bis dahin gilt die Unschuldsvermutung. Um die Sicherheit müssen Sie sich keine Sorgen machen, weitere Kollegen sind ganz in der Nähe. Und nun entschuldigen Sie uns bitte.“

Alva öffnete die Tür zum Krankenzimmer und ließ die sichtlich enttäuschte Ärztin zurück. Jacob Hilmer saß aufrecht im Bett, er war bis zur Brust zugedeckt. Seine Hände zupften nervös an der Bettdecke. Er schaute Alva und Sven aus weit aufgerissenen Augen an.

„Herr Hilmer, wir sind von der Polizei und würden gern mit Ihnen reden.“ Alva stellte sich und Sven vor. Sie war nicht sicher, ob Hilmer sie verstanden hatte. Wie er dasaß, erweckte er einen zutiefst bemitleidenswerten Eindruck. Sein magerer Körper steckte in einem hinten offenen Krankenhausnachthemd, so einem Teil, in dem niemand eine gute Figur machte. Ihm war es über die Schultern gerutscht und enthüllte hervorstehende Schlüsselbeine über einem bleichen eingefallenen Brustkorb. Er erinnerte Alva an ein gerupftes Hähnchen.

Alva zog sich einen Stuhl an das Bett, Sven blieb am Fußende stehen.

„Herr Hilmer, was können Sie uns über die gestrigen Ereignisse erzählen?“, fragte Alva.

Zuerst glaubte sie, er hätte sie nicht verstanden, doch plötzlich beugte er sich vor und griff nach ihrer Hand. „Sie müssen mir helfen“, brach es aus ihm hervor. „Ich habe nichts getan. Da will mich jemand vernichten.“

„Selbstverständlich.“ Behutsam befreite sich Alva aus seinem Griff. „Sie helfen uns und sich selbst am besten, indem Sie uns alles genau erzählen.“

„Diese Vorführung für die Galeristen, sie war ungeheuer wichtig für mich. Das wäre mein Durchbruch geworden, verstehen Sie? Man hätte sich um meine Werke gerissen. Ich habe das verdient, schon lange. Aber jemand wollte es verhindern.“

„Wer wollte das verhindern?“

„Ich weiß es doch nicht.“ Er sah aus, als wollte er gleich in Tränen ausbrechen. „Diese Kunstszene ist die reinste Schlangengrube. Es gab da einige, die mein Werk schlechtgeredet haben, weil sie mich als Konkurrenten sehen. Aber dass jemand so weit gehen würde ...“ Er schüttelte resigniert den Kopf.

„Herr Hilmer, jetzt mal der Reihe nach. Wir wollen genau wissen, was sich gestern abgespielt hat. Frau Wikström hat ausgesagt, Sie wären gegen 09:30 Uhr nach unten in den Ausstellungsraum gegangen. Was ist dann passiert?“

„Ich kam nach unten und sah sie dort liegen.“ Ein Schauer lief über seinen Körper. „Sie lag direkt auf der Welle.“

„Wo bitte lag wer?“, fragte Alva nach.

„Die Tote. Sie lag auf einem meiner Werke, einer farblich gestalteten Holzkonstruktion, die in ihrer Dynamik eine Welle darstellt. Jemand hatte sie einfach auf mein Kunstwerk gelegt.“ Dieses Vergehen gegen sein Werk schien ihn stärker zu empören als der Tod der Frau.

„Sie behaupten also, jemand hatte die Tote dort abgelegt. Ist der Raum einfach so zugänglich?“

„Er war natürlich verschlossen, aber jemand muss sich Zugang verschafft haben. Ich habe keine Ahnung, wie das passieren konnte.“

„Sie behaupten also, jemand hat eine Leiche in Ihrem Ausstellungsraum deponiert. Wieso haben Sie nicht sofort die Polizei gerufen, nachdem Sie diese Entdeckung gemacht hatten?“

„Das konnte ich unmöglich tun, dann wäre der Termin mit den Galeristen geplatzt.“ Hilmer tat, als wäre das eine völlig logische Erklärung, die jedem einleuchten musste.

„Und um das zu verhindern, haben Sie die Tote in Ihr Auto geladen und sind mit ihr davongefahren?“, fragte Sven ungläubig. „Hielten Sie das für einen guten Plan? Wo wollten Sie überhaupt hin?“

„Ich hatte überhaupt keinen Plan, ich war total in Panik.“ Jacob Hilmer zerrte am Ausschnitt des Nachthemdes und entblößte sich dadurch noch weiter. „Die Tote musste verschwinden, bevor die Gäste kamen, das war mein einziger Gedanke. Ich dachte, unterwegs fällt mir schon was ein. Aber dann hatte ich den Unfall.“

„Wir lassen das jetzt erst einmal so stehen“, sagte Alva. „Kommen wir zur nächsten Frage. Kennen Sie die Frau?“

„Nein.“ Der Blick seiner dunklen Augen huschte von Alva fort zum Fenster und wieder zurück. Mit seinen Händen bearbeitete er die Bettdecke, als wollte er sie zerpflücken. Alva war sich sicher, dass er log. Sie räusperte sich und schaute ihm direkt in die Augen.

„Herr Hilmer, wir sollen Ihnen helfen, haben Sie gesagt. Auf Ihnen lastet ein sehr schwerer Verdacht. Wir wollen die Wahrheit herausfinden. Sollten Sie uns anlügen, und sei es auch nur in einzelnen Punkten, untergraben Sie Ihre Glaubwürdigkeit. Wir finden das in jedem Falle heraus und dann verschlechtern sich Ihre Chancen, aus dieser Situation wieder herauszukommen. Wenn jemand anders die tote Frau abgelegt haben sollte, dann hat er sich nicht zufällig ausgerechnet Ihre Ausstellung ausgesucht. Ich wiederhole meine Frage: Kennen Sie diese Frau?“

Jacob Hilmer schlug die Hände vors Gesicht und schluchzte. „Ich wünschte, ich hätte sie nie kennengelernt. Aber ich wollte nichts mehr mit ihr zu tun haben. Ich hatte ihr das gesagt und sie rausgeworfen.“

Wenigstens gab er jetzt zu, die Frau zu kennen. Alvas Hoffnung, einen großen Schritt voranzukommen, stieg.

„Wie heißt die Frau? Was wissen Sie über sie?“

„Linea, sie heißt Linea Arnesen. Ich weiß nicht viel über sie. Ein paarmal habe ich sie auf Ausstellungen und Partys getroffen.“

„Und weshalb wollten Sie nichts mehr mit ihr zu tun haben?“

„Weil sie ...“ Hilmer richtete den Blick zur Decke, als könnte er die Antwort dort ablesen. „Sie wurde aufdringlich.“

„Können Sie das bitte präzisieren? In welcher Form hat sie sich Ihnen aufgedrängt?“

Er zuckte mit den Schultern und wand sich sichtlich. Das Thema war ihm unangenehm.

„Jetzt lassen Sie sich nicht alles aus der Nase ziehen“, herrschte Sven ihn an. „Wir wissen bereits mehr über Sie, als Ihnen lieb sein dürfte.“

Hilmer zuckte zusammen und rutschte ein Stück in sein Nachthemd hinein wie eine Schildkröte in ihren Panzer.

Alva versuchte es auf die sanfte Tour. „Wir wissen von Ihrem Drogenkonsum, Herr Hilmer“, sagte sie. „Bei der Durchsuchung Ihrer Wohnung wurden größere Mengen sichergestellt. Das wird Sie in Schwierigkeiten bringen, doch sind die nichts gegen Ihr aktuelles Problem. Jetzt stehen Sie unter Mordverdacht. Ich glaube zu wissen, in welcher Beziehung Sie zu Linea Arnesen standen. Hat diese Frau Sie mit Drogen versorgt? Und wollten Sie nichts mehr mit ihr zu tun haben, weil sie durch ihren eigenen Drogenkonsum derart am Ende war, dass sie zur Gefahr wurde?“

„Haben Sie die Frau deshalb umgebracht?“, setzte Sven in einem scharfen Ton hinzu. Er spielte seine Rolle als böser Bulle wieder ziemlich gut, fand Alva. „Die Frau kreuzte kurz vor Ihrem wichtigen Termin mit den Galeristen auf und drohte, alles zu gefährden? Hat sie Sie erpresst und Sie haben die Nerven verloren? War es so?“

„Nein, so war es nicht, ich habe ihr nichts getan. Sie war schon tot, ich schwöre es. Und ich hatte sie seit mindestens einem Vierteljahr nicht gesehen.“ Hilmer zitterte am ganzen Körper. Er schaute hilfesuchend zu Alva, seine flehenden Augen erinnerten an einen geprügelten Hund.

„Erzählen Sie von Ihrer letzten Begegnung mit der Frau“, forderte Alva ihn auf. „Was ist dabei vorgefallen?“

„Sie kam unangemeldet“, sagte er leise. „Und das, obwohl ich unseren Kontakt schon offiziell für beendet erklärt hatte.“

„Sie wollten keine Drogen mehr von ihr beziehen, ist das richtig?“

„Ich habe immer nur etwas ... kleine Mengen ...“

„Herr Hilmer, darum geht es jetzt nicht. Wir wollen uns nicht mit Mengenberechnungen aufhalten. Linea Arnesen war Ihre Dealerin, aber Sie wollten keinen Stoff mehr von ihr beziehen. Richtig?“

Er nickte und hielt den Kopf gesenkt.

„Aber dann tauchte sie vor einem Vierteljahr wieder bei Ihnen auf“, fuhr Alva fort. „Was wollte sie?“

„Sie wollte ... also ich sollte wieder kaufen. Aber nicht bei ihr, sie hatte diesen Jungen mit. Der war noch ein Kind und sie wollte allen Ernstes einen Kontakt zwischen uns vermitteln.“

„Sie sollten künftig bei einem Minderjährigen Drogen kaufen? Habe ich das richtig verstanden?“

„Ja, sie war nicht mehr bei Trost. Ich habe sie rausgeworfen, sie und diesen Jungen. Danach habe ich sie nicht wiedergesehen. Bis sie plötzlich tot in meiner Halle lag, auf meinem Kunstwerk."

Alva atmete auf, langsam begannen sich Zusammenhänge aufzutun. „Hatte dieser Junge auch einen Namen?", fragte sie. „Können Sie ihn beschreiben?"

„Sie hat ihn als Kai vorgestellt, nur mit dem Vornamen. Beschreiben könnte ich ihn, ich habe ein gutes Gedächtnis für Gesichter."

„Demnach können Sie uns sicher helfen, ein Phantombild von dem Jungen zu erstellen."

„Wenn Sie mir Papier und einen Stift besorgen, kann ich Ihnen das sogar zeichnen." Es schwang eine Spur von Stolz in seiner Stimme mit.

Eine knappe Stunde später verließen Alva und Sven das Krankenhaus mit dem sorgfältig ausgeführten Porträt eines halbwüchsigen Jungen. Sie waren mit dem Ergebnis der Befragung zufrieden.

45.

„Eines muss man dem Hilmer lassen, der kann richtig gut zeichnen“, sagte Sven, als sie wieder im Auto saßen. „Ich verstehe nicht, weshalb er dann diesen abstrakten Mist macht.“

Alva, die den Wagen fuhr, warf ihm einen belustigten Blick von der Seite zu. „Du scheinst nicht viel für moderne Kunst übrig zu haben.“

Er grinste zurück. „Wirft mir Gundel auch ständig vor. Sie war ganz angetan von Hilmers Werken. Solange sie nichts davon in unser Wohnzimmer hängen will, akzeptiere ich ihren Geschmack stillschweigend.“

„Jedenfalls haben wir ein gutes Phantombild, damit sollten wir den abgebildeten Jungen ausfindig machen können. Er sieht wirklich verdammt jung aus. Wenn Linea Arnesen tatsächlich Kinder als Drogendealer vermittelt hat, dann hatte jemand allen Grund, wütend auf sie zu sein.“

„Jemand?“ Sven zog die Stirn kraus. „Du nimmst dem Hilmer seine Geschichte demnach ab. Und du hältst ihn nicht für den Täter?“

Alva hielt vor einer roten Ampel. Sie drehte sich halb zu Sven um und schaute ihn eindringlich an. „Ich weiß nicht, ob alles an seiner Geschichte stimmt. Doch ich halte ihn tatsächlich nicht für unseren gesuchten Täter. Die Ablage der Leiche in einer Ausstellung, kurz bevor dort mehrere Gäste eintreffen sollen, das passt zu den beiden vorangegangenen Fällen. Der Täter will, dass die Leichen schnell gefunden werden, und er will maximales Aufsehen erregen. Wäre Hilmer nicht vorher nach unten gegangen und hätte die Tote entdeckt, wäre der Plan aufgegangen. Hilmer hat in seiner Panik wie ein kopfloses Huhn reagiert und wollte die Leiche einfach nur verschwinden lassen, ohne einen Plan dafür zu haben."

Hinter ihnen wurde gehupt, die Ampel war auf Grün gesprungen. Alva fuhr los.

„Ich bin gespannt, ob du dich mit dieser Auffassung durchsetzen kannst." Sven wirkte skeptisch. „Ich teile sie durchaus, aber Rurik ist fest überzeugt, mit Hilmer den Täter zu haben."

„Dann wird sich Rurik eines Besseren belehren lassen müssen."

„Na, du bist vielleicht optimistisch", murmelte Sven. „Ich wünsche dir viel Erfolg."

Natürlich sollte Sven recht behalten, Rurik wollte nichts von einem möglichen anderen Täter hören.

„Wer versucht denn, mit seinem eigenen Fahrzeug eine Leiche zu entsorgen, die ihm untergeschoben wurde? Jeder vernünftig denkende Mensch hätte die Polizei gerufen." Für Rurik war der Fall damit klar.

„Hilmer ist nun mal kein vernünftig denkender Mensch, sondern ein Chaot", hielt Alva dagegen. „Damit unterscheidet er sich von dem bisher äußerst planmäßig handelnden Täter, der noch nie bei der Ablage einer Leiche ertappt wurde."

Immerhin stimmte Rurik ihrem Vorschlag zu, schnellstens nach dem auf dem Porträt von Hilmer dargestellten Jungen zu suchen. „Falls es diesen Jungen überhaupt gibt und er euch keinen Bären aufgebunden hat, um von sich abzulenken“, setzte er hinzu.

„Ich wüsste nicht, warum er das getan haben sollte. Er setzt Hoffnungen in diesen Jungen, der Kai heißen soll. Schließlich war er dabei, als Hilmer dem späteren Opfer Linea Arnesen die Tür gewiesen und sich jeden weiteren Kontaktversuch verbeten hat. Wenn der Junge das bestätigt, würde es Hilmer entlasten. Die Zeichnung ist sehr gut, darauf müsste ihn jeder erkennen.“ Alva hielt die Zeichnung hoch. Sie zeigte ein rundes Jungengesicht mit dreieckig in die Stirn wachsendem Haar und leicht vorstehenden Augen. Die linke Braue wurde in der Mitte von einer hellen Narbe unterbrochen, die sich in die Stirn hinaufzog. „Wir werden das Foto an die Presse geben und den Jungen als möglichen Zeugen bezeichnen. Hoffentlich hilft das. Da er in Drogengeschäfte verwickelt war, wird er keinen Wert auf Kontakt mit der Polizei legen.“

„Er sieht verdammt jung aus, eventuell kann man da Milde walten lassen“, meinte Jördis. Dann wandte sie sich wieder ihrer eigentlichen Aufgabe zu, die darin bestand, nach Informationen über Linea Arnesen zu suchen.

46.

Sie hatten Glück. Kaum war das Foto in allen Tageszeitungen erschienen, tauchte eine aufgeregte Frau bei ihnen auf, die einen sichtlich verstörten jungen Mann im Schlepptau hatte. Seine Ähnlichkeit mit dem Phantombild war unverkennbar und sein Vorname lautete tatsächlich Kai. Er war 16 Jahre alt und ging noch zur Schule. Die Frau, bei der es sich um seine Mutter handelte, stellte sich als Kirsten Solheim vor. Sie war sehr schlank und man sah ihrer Haut eine Vorliebe für ausgedehnte Sonnenbäder an. Der Sohn dagegen war pummelig und er hatte die bleiche Hautfarbe von jemandem, dessen bevorzugte Lichtquelle der Bildschirm eines Computers ist. Alva bat die beiden, am Besprechungstisch Platz zu nehmen, und versuchte sogleich, eine zwanglose Atmosphäre herzustellen. Sie stellte einen Teller mit Gebäck auf den Tisch und bot Kaffee an. Rurik nahm zum Glück gerade einen Termin bei der Staatsanwaltschaft wahr, worüber Alva froh war. Mit seiner poltrigen Art konnte er schnell alles verderben. Sven und Jördis bat sie zu dem Gespräch dazu. Kirsten Solheim wirkte trotz der Bemühungen, ihr die Angst zu nehmen, ernsthaft beunruhigt.

„Mein Sohn wäre ein wichtiger Zeuge, hieß es. Demnach geht es um eine Straftat. Alle wissen, an welchem

Fall Sie gerade arbeiten, die ganze Stadt spricht von nichts anderem. Aber ich frage mich, was ausgerechnet mein Sohn darüber wissen soll. Sein Bild war in allen Zeitungen, dadurch könnte er jetzt in Gefahr sein. Der Täter ist zwar gefasst, aber er könnte Komplizen haben." Sie gestikulierte beim Sprechen aufgeregt mit beiden Händen, an denen mehrere auffällige Ringe funkelten.

„Nun mal der Reihe nach, Frau Solheim", versuchte Alva sie zu beruhigen. „Wir würden Ihren Sohn niemals einer Gefahr aussetzen. Jedenfalls keiner, der er sich nicht bereits selbst ausgesetzt hat." Sie schaute den Jungen an, dessen blasse Haut sich daraufhin rot färbte, er schien innerlich zu glühen. Offenbar hatte er eine Ahnung, was gleich ans Licht kommen könnte.

„Es geht tatsächlich um die Frauenmorde, wie Sie richtig vermutet haben", fuhr Alva fort. „Ihr Sohn scheint eines der Opfer gekannt zu haben, nämlich Linea Arnesen."

Alle zuckten zusammen, als sie den Schrei hörten, hoch und durchdringend wie das Klagen eines verwundeten Tieres. Kai Solheim hatte ihn ausgestoßen, danach sackte er in sich zusammen und weinte hemmungslos. Seine Mutter starrte ihn fassungslos an. „Junge, was ist denn los?", stammelte sie. „Mein Gott, er ist so sensibel, das alles hier regt ihn viel zu sehr auf." Sie beugte sich zu ihrem Sohn hinüber und tätschelte seinen Kopf. Unwillig versuchte er, sich ihr zu entziehen.

„Frau Solheim, Ihrem Sohn wird es bestimmt besser gehen, wenn er die Gelegenheit bekommt sich auszusprechen", sagte Alva. Dann sprach sie den immer noch weinenden Jungen direkt an.

„Kai, Sie haben Linea Arnesen gekannt, nicht wahr? Es tut mir sehr leid, dass Sie auf diese Weise von Ihrem Tod erfahren mussten." Der verständnisvolle Tonfall von Alva bewirkte, dass der Junge sich etwas beruhigte. Er nickte unmerklich.

„Was, du hast diese Frau gekannt. Wer ist das? Und wieso ist sie tot?“ Die juwelengeschmückten Hände von Kirsten Solheim flatterten über den Tisch wie zwei aufgescheuchte Hühner.

„Frau Solheim“, sagte Alva, „Sie werden Antwort auf all Ihre Fragen bekommen. Doch Sie dürfen sich nicht einmischen. Ihr Sohn kann sich jetzt unmöglich auf mehrere Personen gleichzeitig konzentrieren, das müssen Sie einsehen. Lassen Sie mich das Gespräch mit ihm führen.“

„Ich möchte, dass du rausgehst“, sagte Kai Solheim plötzlich. Er schaute seine Mutter aus geröteten Augen an.

„Was? Also nein! Das kommt überhaupt nicht infrage“, empörte sie sich.

„Ihr Sohn ist strafmündig und er kann das selbst entscheiden. Glauben Sie mir, es ist besser so. Kommen Sie.“ Jördis war aufgestanden und führte die sichtlich verdatterte Kirsten Solheim nach nebenan. Von der Tür aus nickte sie Alva und Sven zu. Sie würde Kais Mutter Gesellschaft leisten und so weiteren Störungen vorbeugen.

„Also noch einmal von vorn“, sagte Alva, nachdem sich die Tür hinter den beiden geschlossen hatte. „Woher kannten Sie Linea Arnesen?“

Kai fing sofort wieder an zu weinen. „Sie hat gesagt ..., sie hat mich geliebt“, schluchzte er.

„Trinken Sie erst einmal was.“ Alva schob ihm den Kaffeebecher hin, den er bisher nicht angerührt hatte. Er nahm einen großen Schluck.

„Woher kannten Sie sich?“, versuchte es Alva erneut. Diesmal antwortete er.

„Aus einem Chatroom. Wir haben uns über Computerspiele ausgetauscht, zuerst nur darüber, dann immer mehr auch über andere Dinge. Wir haben uns unheimlich gut verstanden. Als sie schrieb, sie möchte mich treffen, da wusste ich erst nicht so richtig, ob ich das machen soll." Er betrachtete seine Hände, die Nägel waren abgekaut bis aufs Fleisch. „Ich dachte, vielleicht findet sie mich dann nicht mehr gut." Wieder stieg eine dunkle Röte von seinem Hals auf.

Alva tat er leid. Dieser Junge hatte in seinem bisherigen Leben offenbar wenig Glück mit Mädchen gehabt und fühlte sich nur in der Anonymität von Chatrooms sicher. Doch er hatte den Schritt in die Wirklichkeit gewagt und geglaubt, das große Los gezogen zu haben. Weil eine raffinierte, um einiges ältere Frau, ihm Liebe vorgegaukelt hatte.

„Wann hat Linea Ihnen zum ersten Mal Drogen angeboten?", fragte Alva. Die Überrumpelung glückte, er versuchte nicht, es abzustreiten.

„Es war nur eine Tablette, sie sagte, die wäre harmlos. Wir haben das zusammen eingenommen und es war ein tolles Gefühl. Danach haben wir es öfter gemacht."

„Ziemlich regelmäßig, nehme ich an?"

Er senkte den Blick, widersprach aber nicht.

„Irgendwann sollten Sie dann selbst Drogen verkaufen, nicht wahr? Wie kam es dazu?"

Er murmelte etwas, es war nicht zu verstehen.

„Noch einmal und lauter bitte", forderte Alva ihn auf.

„Ich wollte ihr helfen."

„Wobei wollten Sie ihr helfen?"

„Sie hatte Schulden, so ein blöder Kerl hat sie erpresst. Der wollte sie fertigmachen, wenn sie nicht zahlt. Ich wollte ihr helfen, das Geld schnell zusammenzubekommen. Danach sollte Schluss sein mit den Drogen, ehrlich."

Natürlich, die übliche Geschichte. Alva wurde es übel bei dem Gedanken, wie der naive, verliebte Junge hinters Licht geführt und ausgenutzt worden war.

„Erzählen Sie mir von Ihrer Begegnung mit Jacob Hilmer“, sagte sie.

Er schaute sie verständnislos an. „Mit wem?“

„Mit dem Künstler. Er nennt sich Yu Hisoka.“

„Ach mit dem.“ Er winkte ab. „Da waren wir nur einmal. Linea wollte mich an ihn vermitteln, sie sagte, er wäre ein zuverlässiger Abnehmer und mit ihm wäre es sicher. Aber er hat uns praktisch rausgeworfen.“

Dieser Teil von Jacob Hilmers Aussage stimmte also schon einmal. Kai erzählte dann vom langsamen Niedergang seiner Beziehung zu Linea.

„Sie war oft krank, dann hat sie sich entschuldigt, weil wir uns nicht treffen konnten“, sagte er. „Aber in den letzten Wochen, da habe ich überhaupt nichts mehr von ihr gehört. Sie ist nicht ans Telefon gegangen. Es war, als würde sie sich vor mir verstecken. Ich habe mich gefragt, was ich falsch gemacht hatte.“

Nichts hatte er falsch gemacht, davon war Alva überzeugt. Linea Arnesen hatte sich versteckt, weil sie Angst gehabt hatte, Todesangst. Sie hatte die Drohung verstanden, die von den ersten beiden Morden ausgegangen war. Ihrem Schicksal entgehen konnte sie trotzdem nicht. Am Ende hatte der Täter sie gefunden.

47.

„Linea Arnesen hat mal als Model gearbeitet, im Gegensatz zu den anderen beiden Frauen, die das nur von sich behauptet haben“, sagte Jördis. Sie saß mit Sven und Alva am Besprechungstisch zusammen, Rurik musste jeden Moment auftauchen, Caroline war noch vom Dienst suspendiert.

„Sie war früher mal eine schöne Frau, unglaublich, wie Drogen einen Körper zerstören. Schaut mal, ich habe ein älteres Foto von ihr im Internet gefunden. Das wurde auf einer Modenschau aufgenommen, bei der sie gelaufen ist.“ Sie hatte es ausgedruckt und reichte es nun herum. Linea Arnesen war darauf zu sehen, wie sie lässig über den Laufsteg schritt. Sie trug einen weißen Overall, dessen spitzer Ausschnitt sich fast bis zum Bauchnabel zog und ihre Brüste teilweise entblößte. Die Hände hatte sie in den Taschen vergraben, die Hüfte leicht vorgeschoben. Ihr asymmetrisch geschnittenes kurzes schwarzes Haar kontrastierte mit ihrem blutrot geschminkten Mund.

Sven pfiff anerkennend durch die Zähne. „Rassig“, sagte er.

Jördis bedachte ihn mit einem strafenden Blick. „Lass das lieber nicht Gundel hören.“

„Wann wurde das Foto aufgenommen?“, fragte Alva.

„Vor vier Jahren. Da war sie zwanzig und auf dem Höhepunkt ihrer Karriere. Vorher war sie genau wie die anderen beiden Frauen nicht gerade auf Rosen gebettet. Schwierige Kindheit, prügelnder Stiefvater, früh von zu Hause ausgezogen. Sie hielt sich mit allen möglichen Jobs über Wasser und hatte das Glück, beim Kellnern von einem Designer entdeckt zu werden, für dessen Show sie dann laufen durfte. Danach kamen weitere Aufträge, es schien für sie bergauf zu gehen. Die Drogen wurden ihr zum Verhängnis. Als der Verdacht aufkam, sie würde koksen, hat man sie nicht mehr gebucht. Eine ehemalige Kollegin berichtete, sie schon damals mit auffällig jungen Männern gesehen zu haben. Vermutlich hat sie zu dem Zeitpunkt angefangen, diese Art der Kundengewinnung zu betreiben."

Alva nickte. „Klingt alles sehr einleuchtend. Nur werden die jungen Frauen das kaum aus eigenem Antrieb gemacht haben. Jemand muss sie dazu animiert haben, nämlich der Hintermann, der auch die Drogen organisiert hat, die sie dann weiterverkaufen mussten."

Die Tür flog auf und Rurik kam hereingestürmt. Sein Haar stand nach allen Seiten ab, als hätte er es ausgiebig gerauft. Er knallte eine Zeitung auf den Tisch. „Kann mir jemand erklären, was das hier soll?", bellte er.

„Dir auch einen guten Morgen, Rurik. Möchtest du einen Kaffee?" Jördis zog ironisch die Augenbrauen in die Höhe. Rurik beachtete sie überhaupt nicht. Alva hatte inzwischen die Zeitung zu sich herangezogen, um zu sehen, was ihren Chef derart in Rage versetzte. Die Überschrift sprang ihr förmlich entgegen. *War der Frauenmörder ein Satanist?* Darunter befand sich das Foto von Linea Arnesen auf dem Stahltisch in der Rechtsmedizin. Das Brandmal auf ihrer Brust war deutlich zu erkennen. Im zugehörigen Text ließ sich der

Verfasser des Artikels ausführlich über das Pentagramm als satanisches Symbol aus.

„Damit war leider zu rechnen.“ Alva klappte die Zeitung zu. „Ich hatte euch ja von dem Vorfall erzählt.“

„Von welchem Vorfall? Wieso weiß ich nichts davon? Wer hat dieses Foto gemacht?“

Alva verdrehte die Augen. „Jetzt beruhige dich mal, es war niemand von uns. Ich habe durch Birgit zufällig mitbekommen, wie ein Mann in die Rechtsmedizin eingedrungen war und Fotos gemacht hatte. Keine Ahnung, wer er war. Es war auch nicht raus, ob er das Foto an die Presse weitergibt und ob die es veröffentlicht. Das ist nun offensichtlich leider passiert. Aber mit dem Satanismus sind sie auf dem Holzweg. Insofern richtet der Artikel keinen Schaden an, der Täter wird eher in Sicherheit gewiegt, wenn er annimmt, wir ermitteln in die falsche Richtung.“

„Von was für einem Täter redest du?“ Rurik lief rot an. „Hilmer wurde heute aus dem Haftkrankenhaus entlassen und in die Untersuchungshaftanstalt überstellt. Wir haben den Täter.“

„Ich teile deine Meinung nicht“, erwiderte Alva ruhig. „Hilmers Atelier wurde als Ablageort der Leiche gewählt, weil zwischen ihm und der Frau eine Beziehung bestand. Und weil die bevorstehende Veranstaltung maximales Aufsehen beim Auffinden der Leiche garantiert hätte. Mit Hilmers kopfloser Reaktion konnte der Täter nicht rechnen.“

Rurik schlug mit der flachen Hand auf den Tisch. „Ich will nichts mehr von diesem angeblichen anderen Täter hören. Du neigst dazu, die Dinge kompliziert zu machen, und verrennst dich dabei in Hirngespinste.“

„Was wird eigentlich mit Caroline?“, wagte Sven zu fragen.

„Sie bleibt suspendiert, bis ihre Rolle in dem Fall eindeutig geklärt ist.“

„Das kann verdammt lange dauern“, gab Sven zu bedenken. „Falls Hilmer tatsächlich angeklagt werden sollte, muss sie als Zeugin auftreten. Bis dahin kann es dauern. Und wir sind ohne sie unterbesetzt.“

„Dann müsst ihr eben mehr arbeiten, das mache ich schließlich auch“, entgegnete Rurik barsch. „Deshalb könnt ihr froh sein, den Fall gelöst zu haben.“ Beim letzten Satz warf er Alva einen giftigen Blick zu.

48.

Sarah stützte den Kopf auf und gähnte. Sie sollte eine Pause einlegen. Seit Stunden wühlte sie sich durch die Unterlagen, die ihre Schwester während ihrer Tätigkeit in der Firma des Vaters angelegt hatte. Wilma war ein sehr ordnungsliebender und systematisch vorgehender Mensch gewesen. Gerade hatte Sarah sich in die Rubrik *Ausschreibungen und Wettbewerbe* vertieft. Darin war akribisch aufgeführt, worauf es bei einer erfolgreichen Bewerbung ankam. Wilma hatte zahlreiche Schreiben verfasst und war in mehreren Fällen erfolgreich gewesen. Mit ihrer Unterstützung hatte die Firma einige Aufträge an Land gezogen, bei denen es um die Sanierung historischer Gebäude gegangen war. Aber ein gut formuliertes Anschreiben und die Aufzählung angebotener Leistungen waren natürlich nur der Anfang. Wichtig war auch ein exakter Kostenvoranschlag. Dieser Teil lag Sarah am wenigsten, weshalb sie den Ordner erst einmal schloss und sich aus der Küche eine Schale mit Müsli und einen Apfel holte. Natürlich musste sie das nicht alles auf einmal lernen, sie würde bei ihrem Praktikum in der Firma, das in der kommenden Woche beginnen sollte, allmählich mit den Aufgaben vertraut gemacht werden. Doch sie wollte nicht als naives Dummchen dastehen.

Während sie an ihrem Apfel kaute, schaltete sie den Computer ein und rief eine lokale Nachrichtenseite auf. Sie scrollte sich durch die Meldungen. Als sie dabei auf das Bild stieß, verschluckte sie sich vor Schreck. Der Apfel fiel ihr aus der Hand und sie wurde von einem Hustenanfall geschüttelt. Trotz des Tränenschleiers vor ihren Augen brannte sich die Abbildung des Pentagramms förmlich in ihre Netzhaut ein. Es war nur eine Zeichnung, der seriöse Nachrichtenkanal hatte darauf verzichtet, das Foto der geschändeten Leiche zu posten. Im Text wurde die Frage nach dem satanischen Hintergrund der Frauenmorde aufgeworfen. Doch das interessierte Sarah nicht, ihr ging es nur um das Symbol, das sie zu kennen glaubte. Mit zitternden Händen zog sie das blaue Heft mit dem Sternenmuster aus der Schreibtischschublade und schlug die Seite mit dem Pentagramm auf. Je länger sie die Zeichnung auf dem Bildschirm mit der in Wilmas Heft verglich, umso mehr Übereinstimmungen fielen ihr auf. Freilich war Wilmas Skizze viel sorgfältiger und detaillierter ausgeführt. Man sah das Muster auf dem Rücken der Schlange und ihr weit aufgerissenes Maul mit den spitz herausragenden Zähnen. Das Vergleichsstück auf dem Bildschirm war viel gröber und verschwommener. Etwas, das wie ein dickes Seil aussah, wand sich hier durch das Pentagramm. Doch wenn sie die Bogen und Schleifen betrachtete, die es beschrieb, dann deckten sie sich genau mit denen der Windungen der Schlange auf Wilmas Zeichnung. Schließlich hatte Sarah keine Zweifel mehr, hier ein identisches Muster vor sich zu haben. Wilma hatte das Symbol gezeichnet, mit dem ein Mörder seine Opfer brandmarkte. Der Schock darüber nahm Sarah für einen Moment die Luft zum Atmen. Sie ging zum Fenster, riss es weit auf und beugte sich hinaus. Gierig sog sie die frische Luft in ihre Lungen, bis sich ihre Atmung wieder beruhigte. Als sie die Straße hinunterschaute, sah sie ein Stück entfernt den dunklen Jeep stehen, der ihr neulich schon aufgefallen war. Merkwürdig, wem er wohl gehörte? Das Fahrzeug schien leer zu sein, jemand musste es hier abgestellt haben. Sie beschloss, in den nächsten Tagen darauf zu achten, ob es noch immer dort stehen würde. Dann setzte sie sich zurück an Wilmas Schreibtisch und versuchte, ihre Gedanken zu ordnen. Wieder ging sie die Aufzeichnungen ihrer Schwester durch, die mit dem Pentagramm gekennzeichnet waren. Es handelte sich in allen Fällen um Orts- und Zeitangaben. Jetzt, wo sie wusste, dass das Symbol zu einer Person gehörte, ergab das einen neuen Sinn. Wilma musste diesem Mann mehrmals begegnet sein, die ersten beiden Male in Holland, später hier. Hatte sie einen Mörder gejagt? Hatte der Mann etwas mit dem Verschwinden ihrer Eltern zu tun und war Wilma dahintergekommen? Und hatte sie deshalb sterben müssen? Sarah fröstelte bei dem Gedanken. Warum hatte Wilma sie nicht eingeweiht? Sie kannte die Antwort: Weil ihre große Schwester sie schützen wollte, wie sie es immer getan hatte. Aber hatte sie mit Bea darüber gesprochen? Die letzte Notiz im Zusammenhang mit dem mysteriösen Symbol deutete darauf hin. *Bea fragen*, stand dort. Es hätte Sinn gemacht, Bea arbeitete für *Missing People*, sie war die Freundin von Wilma gewesen und hatte sich bei der Suche nach ihren Eltern engagiert. Sie wäre mit Sicherheit die erste Person gewesen, mit der Wilma ihrer Vermutungen geteilt hätte. Nur war es dazu leider nicht mehr gekommen, Bea hatte erklärt, nichts von dem Pentagramm zu wissen. Sarah wusste jetzt, was sie zu tun hatte, sie musste an genau der Stelle weiterforschen, wo Wilma aufgehört hatte. Und Bea würde ihr dabei helfen. Sie griff nach ihrem Handy und wählte die Nummer des Reisebüros.

49.

Zu Sarahs Erleichterung war Bea sofort bereit gewesen, nach Arbeitsschluss bei ihr vorbeizukommen. Voller Ungeduld wartete sie bereits am Fenster, als sie Bea um die Ecke biegen sah. Ihr flammend rotes Haar leuchtete in der Abendsonne wie eine Gloriole. Sarah lief nach unten, um ihr die Tür zu öffnen.

„Hallo, alles in Ordnung? Du klangst sehr aufgeregt." Bea musterte sie besorgt.

„Ich bin ziemlich durcheinander. Du wirst es verstehen, wenn ich dir gleich was zeige."

„Nun mal nicht so eilig", lachte Bea. „Ich habe Zeit, wir müssen nichts überstürzen. Hast du überhaupt schon was gegessen?"

Sarah dachte an den angebissenen Apfel, der immer noch in Wilmas Zimmer unter dem Tisch lag. Sie antwortete nicht und zuckte nur leicht mit den Schultern.

„Dachte ich es mir doch." Bea stellte eine Einkaufstasche auf den Tisch. „Ich habe uns was mitgebracht. Wir essen jetzt erst einmal und besprechen danach alles in Ruhe. Mit leerem Magen denkt es sich nicht gut."

Widerstrebend begleitete Sarah Bea in die Küche und schaute ihr zu, wie sie Spiegeleier zubereitete.

„Du kannst schon mal Teller auf den Tisch stellen“, sagte Bea. „In meiner Tasche sind auch ein Salat, eingelegter Hering und Brot.“ Sarah verspürte nicht den geringsten Appetit, deckte aber bereitwillig den Tisch. Sie wusste die Fürsorge von Bea zu schätzen, konnte sie momentan nur überhaupt nicht würdigen. Die neuen Fragen, die das Bild des Pentagramms aufgeworfen hatte, schienen sich in ihrem Magen zu einem harten Klumpen zusammenzuballen. Deshalb war sie froh, als sie das Essen hinter sich gebracht hatten.

„Also was gibt es so Wichtiges?“, fragte Bea, nachdem sie die benutzten Teller in die Küche gebracht hatten.

„Es geht um das Pentagramm. Hast du das Bild in den Zeitungen gesehen?“

Bea runzelte die Stirn. „Ja, habe ich, war kaum zu übersehen. Für dich wäre es allerdings besser, diese Dinge einfach zu ignorieren. Mord und Totschlag sind keine Themen, die dich jetzt weiterbringen.“

„Bea, ich kann das nicht ignorieren. Es hat mit Wilma zu tun. Sie wusste über den Mörder Bescheid, sie hat dieses Pentagramm gezeichnet. Sie wollte dich danach fragen, ist aber anscheinend nicht mehr dazu gekommen. Deshalb müssen wir jetzt, wir zwei, wir müssen weitermachen ...“ Sie verhaspelte sich.

„Jetzt mal ganz ruhig“, sagte Bea. „Wovon reden wir hier überhaupt? Was hat Wilma gewusst?“

„Ich zeige es dir, komm mit.“ Sarah sprang auf und lief die Treppe voran nach oben in Wilmas Zimmer. Bea folgte ihr. Das blaue Notizbuch lag noch aufgeschlagen auf dem Schreibtisch. „Siehst du hier, es ist das gleiche Symbol, das der Täter seinen Opfern eingebrannt hat.“ Da Bea verständnislos guckte, fuhr Sarah den Computer hoch und rief die Nachrichtenseite auf. „Hier, siehst du, hier ist es abgebildet. Es ist das gleiche wie auf Wilmas Zeichnung.“

Bea schaute abwechselnd auf den Bildschirm und ins Heft. Dann schüttelte sie den Kopf. „Das sind beides Pentagramme, aber besonders ähnlich sehen die sich nicht. Wie kommst du darauf, es könnte da einen Zusammenhang geben? Sarah, du bist überreizt, die Beschäftigung mit Wilmas Sachen tut dir nicht gut. Komm, vergiss es und lass uns den Abend mit etwas Schönem verbringen."

„Nein!" Sarah sagte es lauter, als sie beabsichtigt hatte, Tränen der Verzweiflung schossen ihr in die Augen. „Du musst doch sehen, was ich sehe. Eine Schlange windet sich durch die Streben des Pentagramms, das Wilma gezeichnet hat. Auf der anderen Abbildung ist die Schlange nur als gewundene Linie zu erkennen, aber vergleiche doch mal die Bogen und die Stellen, an denen sie die Streben kreuzt. Sie sind völlig identisch. Es ist das gleiche Symbol. Nur wurde es einmal sauber auf Papier gezeichnet und einmal in menschliches Fleisch gebrannt. Deshalb erkennt man es nicht sofort."

„Lass mal sehen." Bea fuhr mit dem Finger die Windungen der Schlange auf dem Papier nach und verglich sie mit denen auf dem Bildschirm. „Okay", sagte sie dann, „es sieht so aus, als hättest du recht. Aber was beweist das? Es wird irgendwo eine Vorlage für dieses Symbol existieren. Wilma hat sie benutzt und derjenige, der die Frauen umgebracht hat, ebenfalls. Deshalb muss doch kein Zusammenhang zwischen den beiden bestehen."

„Das ist kein Zufall, Bea. Ich würde dir zustimmen, wenn es nur die eine Zeichnung in Beas Heft gäbe. Aber dieses Symbol taucht in Verbindung mit Orten und Uhrzeiten auf. Zweimal in Holland und später hier. Wilma muss diesen Mann verfolgt haben."

„Woran soll sie ihn denn erkannt haben?" Bea schüttelte den Kopf. „In der Presse war von einem Brandzeichen die Rede. Der Täter muss ein Brenneisen verwendet haben. Glaubst du, er ist damit durch die Gegend gelaufen?“

„Nein, natürlich nicht. Aber dieses Pentagramm mit der Schlange könnte sein Markenzeichen sein. Vielleicht trägt er es an einer Kette um den Hals, hat es auf ein T-Shirt gedruckt oder als Aufkleber an seinem Fahrzeug angebracht. Es könnte sich auch um eine Tätowierung handeln. Jedenfalls ist es Wilma aufgefallen.“

„Sarah.“ Bea berührte behutsam ihre Schulter. „Denk doch mal nach. Es wäre mehr als töricht von dem Mörder, mit so einem Merkmal durch die Gegend zu laufen, das ihn mit seinen Taten in Verbindung bringt.“

„Das stimmt, aber als Wilma diese Aufzeichnungen angefertigt hat, waren die Morde noch gar nicht passiert. Dafür waren unsere Eltern bereits verschwunden. Was, wenn er dafür verantwortlich ist?“

Wieder holte Bea zu einer beschwichtigenden Geste aus, doch Sarah entzog sich ihr.

„Ich weiß selbst, wie vage das alles ist“, sagte sie. „Aber ich werde keine Ruhe finden, bevor ich nicht alles versucht habe, mir Klarheit zu verschaffen. Wilma hat diese Aufzeichnungen nicht ohne Grund gemacht. Ich bin von ihrer Wichtigkeit überzeugt, schon weil sie in diesem Heft stehen.“

„Wie willst du das machen, dir Klarheit verschaffen?“, fragte Bea.

„Ich fahre nach Holland. Die ersten beiden Male tauchte das Symbol dort auf, im Zusammenhang mit Wilmas Fahrten dorthin. Sie hat sich dann immer bei einem bestimmten Händler für historische Bauelemente aufgehalten. Die Anschrift habe ich, der Mann hat einen Kondolenzbrief zu Wilmas Tod geschickt. Ich war bisher nicht in der Lage, ihn zu lesen, aber er wird mir jetzt helfen, weil die Anschrift darauf steht.“

„Ist auch eine Telefonnummer dabei? Willst du nicht lieber einfach anrufen? Und wie ist es mit der Verständigung?“

„Ich werde anrufen, um mich anzumelden. Der Geschäftsinhaber spricht gut schwedisch, weil er eine Menge Kunden von hier hat. Das weiß ich von Wilma. Aber alles kann ich nicht am Telefon klären. Er muss die Zeichnung mit eigenen Augen sehen.“

„Und wie willst du das ganz allein schaffen? Sarah, ich freue mich über deinen Mut und deine Fortschritte, aber vor wenigen Wochen hast du es nicht allein aus dem Haus geschafft. Weißt du was? Wenn du so fest entschlossen bist und sonst keine Ruhe findest, dann werde ich dir natürlich dabei helfen. Wir fahren gemeinsam nach Holland.“

„Das würdest du wirklich machen?“

„Ja natürlich, für Wilma und für dich würde ich alles machen.“

Sarah sprang auf und warf Bea die Arme um den Hals. Sie wirbelte um die Freundin herum und beinahe hätten sie beide das Gleichgewicht verloren. Lachend hielt Bea sie fest. „Der Plan steht fest, auf nach Holland“, sagte sie.

50.

Nachdem Bea gegangen war, suchte Sarah unter den Kondolenzbriefen den des holländischen Geschäftspartners heraus. Daan van der Meer hieß er, welch klangvoller Name. Es waren eine Menge Briefe eingegangen, dieser war der erste, den sie überhaupt öffnete und dann auch las. Er war nicht nur in tadellosem Schwedisch verfasst, sondern auch sehr persönlich und warmherzig. Sarahs Tränen tropften auf das Papier, als sie begriff, wie dieser Mann Wilma geschätzt hatte und wie tief betroffen ihn ihr Tod machte. Gleichzeitig schöpfte sie aus dieser Erkenntnis Mut, sich mit ihrem Anliegen an ihn zu wenden. Bestimmt würde er versuchen, ihr so gut wie möglich zu helfen, Wilma zuliebe. Gleich morgen früh wollte sie ihn anrufen und einen Termin vereinbaren. Sie überlegte, wie sie ihr Anliegen vortragen könnte, und dabei kamen ihr Zweifel. Würde sie in dem Telefonat verständlich machen können, um was es ihr eigentlich ging? Selbst Bea hatte Zweifel, da musste es für einen Außenstehenden noch viel konfuser klingen. Sie musste ihre Gedanken ordnen und in eine konzentrierte Form bringen, wenn sie nicht gleich abgewiesen werden wollte. In Wilmas Schreibtisch suchte sie nach einem Zettel und einem Stift. Nachdem sie beides gefunden hatte, begann sie zu schreiben, strich Geschriebenes immer wieder durch und formulierte es neu. Endlich war sie mit ihrer Darstellung zufrieden. Beim nochmaligen Durchlesen kam ihr eine Idee. Was, wenn sie Herrn van der Meer eine E-Mail mit dem Text schickte, um ihn auf ihren Anruf einzustimmen? Dann wäre er schon informiert, wenn sie um einen Termin nachfragte. Sie stellte dem Text eine Entschuldigung voran, weshalb sie sich erst jetzt für sein Kondolenzschreiben bedankte und kündigte am Ende ihren Anruf an. Nachdem sie die E-Mail abgeschickt hatte, war sie erleichtert. Dr. Nyberg hatte recht, sie war nicht allein. Es gab Menschen, die sich um sie sorgten und ihr halfen, allen voran Bea. Trotz ihrer Zweifel war sie sofort bereit gewesen, mit ihr nach Holland zu fahren. Bei dem Gedanken daran breitete sich ein warmes Gefühl in Sarahs Brust aus. Sie stand auf, um ihre Kontrollrunde durchs Haus zu drehen, viel später als sonst. Offensichtlich wurde sie allmählich gelassener, vielleicht würde sie schon bald ganz darauf verzichten können. Mit einem guten Gefühl schlief Sarah an diesem Abend ein.

Diesmal begriff sie sofort, was sie geweckt hatte. Da war es wieder, das Klopfen und Scharren, das von der Heizung zu kommen schien. Mit heftig pochendem Herzen setzte sich Sarah im Bett auf. *Das sind ganz normale Geräusche, daran ist nichts Unheimliches*, sagte sie sich. Sie war jetzt hellwach, daran gab es keinen Zweifel. Dr. Nyberg hatte gesagt, die Stimme, die sie vor einiger Zeit zu hören glaubte, sei einem Traum beim Hinübergleiten in den Schlaf entsprungen. Inzwischen hatte sie sich diese Überzeugung zu eigen gemacht. Jetzt war da nichts weiter, keine Stimme, nur das Knacken in einer Heizungsanlage, die dringend gewartet werden musste. Auch darum würde sie sich schleunigst kümmern. Ihr Herzschlag beruhigte sich wieder. Gerade, als sie sich entspannt zurück aufs Kissen legen wollte, hörte sie das Wispern. *Sarah, Sarah, ich habe dich gefunden, du kannst mir nicht entkommen.*

Verdammt, was war das? Woher kam das? Sarah setzte sich auf, schaltete ihre Nachttischlampe an und drehte den Kopf nach allen Seiten.

Du bist verflucht, Sarah, du musst sterben. Niemand kann dir helfen.

Die Stimme schien körperlos im Raum zu schweben. Sie war hier bei ihr, in diesem Zimmer. Sarah sprang auf, sie musste raus, egal wohin, nur weg von diesem unheimlichen Raunen. Als sie die Klinke ihrer Zimmertür berührte, hörte sie draußen das laute Tappen von Schritten, begleitet vom Knarren der Treppenstufen. Jemand war im Haus und er war auf dem Weg nach oben zu ihr. Sie drehte den Schlüssel im Schloss um und klemmte einen Stuhl unter die Klinke. Ihr Körper war nass vom Schweiß, der ihr in Strömen über den Rücken rann, und ihre Hände zitterten. Ein höhnisches Lachen begleitete ihre Bemühungen, ein Lachen, von dem sie nicht wusste, ob es real oder nur in ihrem Kopf war. Doch die Schritte, die immer näher kamen, waren real, daran gab es überhaupt keinen Zweifel. Jemand war ins Haus eingedrungen, allen Sicherheitsvorkehrungen zum Trotz. Jeden Moment konnte er versuchen, ihre Zimmertür aufzubrechen. Sarah griff nach ihrem Handy und wählte den Notruf.

51.

Sie kamen sehr schnell. Sarah sah das Blinken des Blaulichtes, das Reflexe an ihre Zimmerdecke warf. Im nächsten Moment wurde bereits an der Tür geklingelt. Die Schritte im Haus waren schlagartig verstummt, doch Sarah war um keinen Preis bereit, auf den Flur hinauszugehen. Irgendwo im Haus lauerte ihr jemand auf und er würde verhindern, dass sie es bis zur Haustür schaffte. Dann würden ihr auch die Polizisten da draußen nicht helfen können. Sie lief zum Fenster und riss es weit auf.

„Hallo!“, rief sie nach unten.

„Hier ist die Polizei. Haben Sie uns gerufen?“

„Ja, es ist jemand im Haus. Ich habe Angst, ich kann nicht aus dem Zimmer. Ich werfe Ihnen den Schlüssel runter.“ Bereits seit einiger Zeit hatte Sarah es sich zur Gewohnheit gemacht, alle Schlüssel immer bei sich zu haben. Sie wählte den Haustürschlüssel und warf ihn nach unten, wo er von einem uniformierten Beamten aufgefangen wurde.

„In Ordnung, wir kommen jetzt rein“, sagte er. „Bleiben Sie so lange, wo Sie sind.“ Etwas anderes hatte Sarah auch nicht vorgehabt. Sie zog sich schnell ihre Jeans und einen Pullover über den Schlafanzug und schlüpfte in die Ballerinas, die sie immer im Haus trug. Kurz darauf hörte sie, wie unten die Haustür geöffnet wurde und Stimmen laut wurden.

„Polizei! Ist hier jemand?“ Türen wurden geöffnet und geschlossen, immer wieder ertönten die gleichen Ansagen. Sie waren gründlich und ließen sich Zeit. Schließlich kamen sie die Treppe herauf, Sarah hörte sie ins Schlafzimmer ihrer Eltern und in Wilmas Zimmer gehen. Dann wurde an ihre Tür geklopft. „Frau Viklund? Sind Sie hier drin? Machen Sie bitte auf.“

Sarah zog den Stuhl zur Seite und schloss auf. Vor der Tür standen ein Mann und eine Frau. Der Mann war jung und sehr groß, wodurch die Frau neben ihm gedrungener wirkte, als sie in Wirklichkeit war. Sie hatte ein breites Gesicht und dunkle Augen, aus denen sie Sarah mitleidig anschaute. „Wir kennen uns bereits, nicht wahr?“, sagte sie. „Das ist nicht unser erster Einsatz bei Ihnen. Ich kann Ihnen versichern, dass niemand im Haus ist. Meine Kollegen überprüfen gerade noch alle Schlösser, aber ich glaube, sie werden keine Spuren eines Einbruchs finden.“

„Aber jemand war hier, er ist die Treppe raufgekommen bis vor meine Zimmertür. Und er hat mich bedroht. Natürlich hat er sich versteckt, als er Sie kommen hörte. Er könnte im Keller sein.“

Sarah schlang beide Arme um ihren Körper, sie fror auf einmal entsetzlich.

„Nun beruhigen Sie sich bitte. Natürlich haben wir auch im Keller gründlich nachgesehen, dort ist niemand.“

„Er muss dort sein, er hat sich nur versteckt.“ Sarah merkte selbst, wie verzweifelt sie klang. Zwei weitere männliche Beamte kamen die Treppe herauf. Einer der beiden war korpulent, um die fünfzig, und trug eine Brille. Der andere hätte dem Alter nach sein Sohn sein können, er sah ihm sogar ein wenig ähnlich. Er grinste seine Kollegen auf eine Art an, die Sarah nicht gefiel.

„Alles fest verschlossen, keine Spuren eines Einbruchs“, sagte der Dicke mit der Brille. Die Frau nickte ihm zu und wandte sich dann an Sarah.

„Mädchen, wir machen so etwas öfter, wir wissen, wo sich jemand verstecken kann. Aber hier ist ganz bestimmt niemand. Sie haben nicht zum ersten Mal einen Einsatz ausgelöst, weil Sie sich verfolgt und bedroht fühlten. Normalerweise hat es Konsequenzen, wenn jemand grundlos den Notruf wählt, aber in Ihrem Falle sind wir bereit, noch einmal ein Auge zuzudrücken. Ich kenne Ihre Geschichte, ich weiß, was Sie durchgemacht haben. Aber diese Nachsicht können wir nicht ewig walten lassen. Wenn Sie allein im Haus Angst haben, dann müssen Sie endlich Konsequenzen daraus ziehen. Soweit ich weiß, könnten Sie bei Ihrer Tante wohnen, sie hat es Ihnen angeboten. Nehmen Sie dieses Angebot an oder holen Sie sich Untermieter ins Haus, damit Sie nicht mehr allein sind. Aber rufen Sie bitte nicht wieder grundlos die Polizei. Haben wir uns verstanden?“

Sarah wusste, wie sinnlos jeder weitere Versuch war, die Beamten überzeugen zu wollen. Die Männer waren bereits wieder auf dem Weg nach draußen. Die Frau hakte Sarah unter. „Kommen Sie mit nach unten und schließen Sie hinter mir ab“, sagte sie. „Sie sind hier in Sicherheit.“

Auf wackligen Beinen, die ihr kaum gehorchen wollten, begleitete Sarah die Beamtin nach unten. Nachdem sie hinter ihr abgeschlossen hatte, setzte sie sich auf die untere Treppenstufe und brach in Tränen aus. Sie hatten ihr nicht geglaubt und außerdem unmissverständlich klargemacht, nicht wieder von ihr belästigt werden zu wollen. Was sollte sie jetzt machen? Sie konnte sich unmöglich wieder ins Bett legen. Am liebsten würde sie einfach hier sitzen bleiben, bis es hell wurde. Wie spät war es eigentlich, sie musste auf der Uhr in der Küche nachsehen. Gerade hatte sie sich erhoben, um in die Küche zu gehen, als sie es wieder hörte. Ein Schaben und dann ein Tappen, diesmal kam es aus dem Keller. Sie hatte recht gehabt, ihr Verfolger hatte sich im Keller versteckt, die Polizeibeamten hatten ihn nicht gesehen. Jetzt, wo die Luft wieder rein war, kam er nach oben, um sie zu holen. Ohne nachzudenken, sprang Sarah auf, drehte den Schlüssel um, der noch immer in der Haustür steckte, und stürzte nach draußen. Sie spürte nicht die Kälte der Nacht, die unter ihre zu dünnen Sachen drang. Wie blind stolperte sie die Straße entlang, ohne klares Ziel, nur weg von der drohenden Gefahr. Fast wäre sie gegen das Heck des Fahrzeuges geprallt, das von der Dunkelheit fast vollständig verschluckt wurde. Sie hörte, wie die Fahrertür geöffnet wurde, wollte ausweichen und fühlte, wie jemand sie am Arm packte. Ihr Schrei klang wie ein gequältes Schluchzen.

„Ganz ruhig“, sagte eine vertraute Stimme. „Sarah, ich bin es, du musst keine Angst haben. Du bist in Gefahr, lass mich dir helfen.“

„Du? Aber woher ...“, wollte sie ungläubig fragen, brachte den Satz aber nicht zu Ende. Ihre Knie gaben nach und sie fühlte nur noch, wie starke Arme sie auffingen.

52.

Birger schaute zum wiederholten Male auf die Uhr. Jetzt war die vereinbarte Zeit fast um und Sarah Viklund war nicht zum Termin erschienen. Das beunruhigte ihn mehr, als er sich eingestehen wollte. Einmal passte es überhaupt nicht zu ihr, einem Termin unentschuldigt fernzubleiben. Sie war immer sehr pünktlich gewesen, hatte jedes Mal schon zehn Minuten vor Beginn der Stunde im Wartezimmer gesessen. Natürlich konnte immer etwas Unvorhersehbares dazwischenkommen, doch dann hätte sie garantiert angerufen und sich entschuldigt. Birger wusste genau, woher seine Unruhe rührte. Er griff nach der Akte, die er für Sarah angelegt hatte, und las seine Notizen von der letzten Stunde durch. Etwas an ihren Äußerungen hatte ihn stutzig gemacht. Konnte es sein, dass seine Patientin in Gefahr war? Er hatte Sarahs Handynummer, um sie für kurzfristige Terminänderungen erreichen zu können. Natürlich konnte er sie anrufen und fragen, weshalb sie nicht erschienen war. Aber dafür war es jetzt noch zu früh, das konnte er erst nach Praxisschluss tun. Vielleicht würde sie sich ja bis dahin melden und einen plausiblen Grund für ihr Fernbleiben angeben. Birger zwang sich, jetzt nicht weiter darüber nachzudenken und sich auf seine anderen Patienten zu konzentrieren. Eine unterschwellige Unruhe ließ ihn den Feierabend diesmal jedoch herbeiwünschen.

Nachdem der letzte Patient seine Praxis verlassen hatte, wählte er die Handynummer von Sarah. Der Ruf kam an, doch das Gespräch wurde nicht entgegengenommen. Auf dem Festnetz war sie ebenfalls nicht zu erreichen. Birgers Unruhe wuchs und nach einigem Nachdenken wählte er die private Nummer von Alva. Er atmete auf, als er ihre Stimme hörte.

„Hallo Birger, ich bin gerade eben zur Tür rein. Warte mal einen Moment", sagte sie. Er hörte, wie eine Tür geschlossen wurde.

„So, da bin ich wieder."

„Alva, es tut mir leid, dich am Feierabend stören zu müssen."

Sie gab das helle Lachen von sich, das ihm so gut an ihr gefiel. „Ach Birger, deshalb musst du dich nicht entschuldigen. Störungen am Feierabend gehören zu meinem Berufsbild. Ich schätze mal, du hast ein Anliegen dienstlicher Natur."

„Sagen wir mal, so halb. Sarah Viklund ist heute nicht zu ihrem Termin bei mir erschienen. Ich konnte sie auch nicht telefonisch erreichen. Das passt überhaupt nicht zu ihr, deshalb mache ich mir Sorgen."

Birger hörte, wie Flüssigkeit in ein Glas gegossen wurde. „Ich bin mir nicht sicher, ob du dir Sorgen machen musst. Aber ich kann mir denken, weshalb Sarah heute nicht bei dir erschienen ist."

„Tatsächlich?" Birger war überrascht, damit hatte er nicht gerechnet.

„Hör zu, es ist wie immer vertraulich, was wir hier besprechen. Die Kollegen von der Streife haben mich informiert. Sie sind in der vergangenen Nacht zu einem Einsatz bei Sarah gerufen worden. Angeblich war jemand in ihr Haus eingedrungen und hat sie bedroht."

„Wie? Hat sie die Person gesehen?“

„Nein, sie will nur seine Stimme gehört haben. Jedenfalls haben die Beamten das ganze Haus gründlich durchsucht, ohne die geringste Spur von einem Eindringling zu finden. Alle Schlösser waren unversehrt. Die Beamtin, für die das schon der dritte Einsatz bei Sarah war, meinte, so könne das nicht weitergehen. Die junge Frau rufe an, weil sie sich einfach allein in dem Haus fürchten würde. Sie könnte auch unter Wahnvorstellungen leiden, da wollte sie sich nicht festlegen. Jedenfalls haben sie ihr geraten, zeitweise bei ihrer Tante unterzukommen. Sie haben keine Lust auf weitere Einsätze dieser Art. Was glaubst du, Birger? Du musst doch einschätzen können, wie krank sie ist.“

Birgers ungutes Gefühl hatte sich während der Schilderungen von Alva noch verstärkt. Dennoch hütete er sich, ihr seine Vermutung mitzuteilen. Es könnte aussehen, als wollte er die Verantwortung dafür, den labilen Zustand seiner Patientin nicht erkannt zu haben, von sich abwälzen. Außerdem kam ihm sein Verdacht selbst abenteuerlich vor. Bevor er keine Beweise dafür hatte, wollte er nicht einmal mit Alva darüber reden.

„Ich denke, sie hat ganz einfach eine Panikattacke erlitten“, sagte er stattdessen. „In dem Falle wäre es sehr wichtig, sofort therapeutisch mit ihr weiterzuarbeiten, bevor sich ihre Angst verfestigt. Ich frage mich, wo sie sein könnte.“

„Vielleicht ist sie zu ihrer Tante gezogen, wenigstens vorübergehend. Die Kollegen haben ihr dazu geraten.“

Wenn Birger auch vieles für möglich hielt, das ganz bestimmt nicht. Nicht nach dem, wie Sarah ihm das Verhältnis zu ihrer Tante geschildert hatte. Außerdem wäre das kein Grund gewesen, sich nicht bei ihm abzumelden und nicht ans Handy zu gehen. Andererseits war es Sarahs freie Entscheidung, falls sie die Therapie abbrechen wollte. Es kam immer mal vor, dass Patienten das ohne jede Erklärung taten. Auch wenn es nicht zu Sarah zu passen schien, war es eine Möglichkeit, die er ins Auge fassen musste. Er hatte keine Handhabe, nach ihr zu suchen und sie zur Rede zu stellen. Trotz dieser Einsicht fand er keine Ruhe. In der Nacht träumte er von Sarah, die durch einen dunklen Wald floh. Birger rief ihr zu, sie solle stehenbleiben, er würde ihr helfen. Doch sie schien ihn nicht zu hören und stürzte panisch vorwärts. Er versuchte, ihr zu folgen, während der Wald um sie beide herum zunehmend dichter und dunkler wurde. Birger stolperte über Wurzeln, Zweige peitschten sein Gesicht. Kurz bevor er Sarah erreicht hatte, blieb sie plötzlich stehen und hielt ihm abwehrend beide Hände entgegen. Mit Entsetzen sah er das in Strömen daraus hervorquellende Blut. Er wollte zu ihr, doch seine Füße versanken im Boden, er kam keinen Schritt voran. Sarahs Blut färbte den Boden rot, während sie selbst immer bleicher wurde und sich schließlich vor seinen Augen auflöste. Am Morgen nach dem Aufwachen fühlte er sich wie zerschlagen.

53.

Es nieselte schon seit dem frühen Morgen, der Himmel war grau und hing tief über der Stadt. Birger hatte sein Frühstücksgeschirr in die Küche geräumt und überlegte, was er als Nächstes tun sollte. Auf seinem Schreibtisch wartete jede Menge Arbeit auf ihn, es waren diverse Berichte zu schreiben, weshalb er heute keine Patienten bestellt hatte. Doch er konnte sich einfach zu nichts aufraffen, seine Gedanken schweiften immer wieder ab. Er dachte an sein gestriges Telefongespräch mit Alva und sofort war die Sorge um Sarah wieder da. Ein nochmaliger Versuch, sie anzurufen, verlief ergebnislos. Er legte das Handy zur Seite und starrte hinaus in den trüben Tag. Plötzlich fiel ihm sein Traum wieder ein. Es war nicht schwer, die Symbolik zu deuten. Er wurde das Gefühl einer Gefahr, in der sich Sarah befinden könnte, einfach nicht los. Gleichzeitig litt er unter seiner eigenen Unfähigkeit, ihr zu helfen. Er hatte ihr seine private Handynummer gegeben und sie gebeten, ihn anzurufen, falls sich die nächtlichen Ereignisse wiederholen sollten. Warum meldete sie sich nicht bei ihm? Vertraute sie ihm nicht genug? Mit geschlossenen Augen ließ er die Traumbilder der vergangenen Nacht erneut vor sich aufsteigen. Der Traum war Ausdruck seiner Angst gewesen, sie zu verlieren. Aber das Blut an ihren Händen, was hatte es damit auf sich? Er brauchte einen Moment, um sich zu erinnern, doch dann stand das Bild von Sarah, die ihm in einer Therapiestunde mit Pflastern an den Händen gegenübergesessen hatte, wieder klar vor Augen. Zuerst hatte sie nicht darüber reden wollen, ihm dann aber doch von den Rosen auf dem Grab ihrer Schwester erzählt. Auf einmal kam ihm eine Idee. Birger ging in den Flur, er zog sich feste Schuhe an und nahm seine Jacke vom Haken. Er würde zu einem Spaziergang aufbrechen, egal wie das Wetter war. Sein Ziel war der Friedhof, auf dem Sarahs Schwester begraben lag. Aus ihren Erzählungen wusste er, wo das war. Den Weg dorthin kannte er und wenn er erst einmal angekommen wäre, würde er das Grab schon finden. Birger verließ das Haus und fuhr statt mit seinem Wagen mit der Straßenbahn nach Frölunda.

Als er nach zwölf Stationen ausstieg, nieselte es noch immer. Es machte ihm nichts aus, die frische Luft tat seinem von unzureichendem Schlaf dumpfen Kopf gut. Der Friedhof war menschenleer, kein Wunder bei dem Wetter. Der kleine Blumenladen nebenan hatte jedoch geöffnet, eine Frau in einem dunkelgrünen Kittel platzierte gerade frische Gestecke auf einem Holztisch vor der Tür. Birger beschloss, sein Glück zu versuchen.

„Entschuldigen Sie, vielleicht können Sie mir weiterhelfen, ich suche ein bestimmtes Grab."

Die Frau wischte sich mit der Hand über die Stirn, wobei sie eine Schmutzspur hinterließ. Sie lachte, ihre Zähne waren sehr weiß in dem gebräunten Gesicht. „Wissen Sie, wie viele Gräber es hier gibt? Wir kümmern uns zwar um etliche, aber ich kenne natürlich nicht alle."

„Es handelt sich um das Grab von Wilma Viklund." Birger wollte noch eine Erklärung hinzusetzen, kam aber nicht dazu.

„Von der jungen Frau, die auf dem Kungsleden ums Leben gekommen ist und erst Monate später gefunden wurde? Das war ja eine riesengroße Beerdigung. Na ja, viele hat wohl die bloße Neugier hergetrieben. Aber wo sich dieses Grab befindet, kann ich Ihnen natürlich sagen. Gehen Sie den Hauptweg bis zum zweiten Quergang rechts runter, dort befindet es sich auf der linken Seite, etwa an zehnter Stelle. Es hat einen großen schwarzen Stein, kann man nicht übersehen."

Birger bedankte sich. Um nicht wie ein von bloßer Neugier Getriebener zu wirken, erstand er einen Strauß weißer Nelken. Das Grab war nach der Beschreibung der Frau wirklich nicht zu verfehlen. Birger stand kurz darauf vor der dunklen Abdeckung, die von der Feuchtigkeit schimmerte. In einer winzigen Aussparung an der vorderen rechten Ecke, die gerade Platz für eine einzelne Vase bot, entdeckte er einen Rosenstrauß, schneeweiße Blüten mit bräunlichen Sprenkeln, wie Sarah es ihm beschrieben hatte. Aber halt, hatte sie nicht behauptet, sie hätte die Blumen weggeworfen und sich dabei die Verletzungen an den Händen zugezogen? Ja, so war es gewesen. Birger rechnete kurz zurück. Das war fast 14 Tage her. Er war kein Experte, was Blumen betraf, aber um so lange hier zu stehen, wirkte dieser Strauß entschieden zu frisch. In seiner Jackentasche fand er eine Packung Taschentücher. Er entfernte die Umhüllung und zupfte mehrere Rosenblätter ab, die er in die leere Plastikhülle steckte. Den Strauß ließ er stehen, seine Nelken legte er auf die Grabplatte. Sie würden sich dort nicht lange halten, aber das war im Moment sein geringstes Problem. Er musste so schnell wie möglich mit Alva sprechen.

54.

Birger durchquerte die Eingangshalle des Polizeipräsidiums. Vor dem Empfangsschalter hatte sich eine Schlange von fünf Leuten gebildet. Er verspürte nicht die geringste Lust, sich hinten anzustellen. Da er die Frage, ob er angemeldet war, verneinen müsste, standen seine Aussichten, zu Alva vorgelassen zu werden, nicht gerade günstig. Deshalb wählte er mit dem Handy ihre dienstliche Nummer und hoffte inständig, sie würde im Hause sein.

„Hallo Birger, was gibt es? Hat sich Sarah Viklund inzwischen gemeldet?“ Er war nicht nur erleichtert, Alvas Stimme zu hören, sie hatte auch gleich das richtige Thema angesprochen.

„Nein, leider nicht. Aber es geht um Sarah, ich glaube, sie ist in Gefahr.“ Er senkte die Stimme, als er merkte, wie eine Frau ihn neugierig anstarrte. „Ich habe etwas entdeckt, aber das muss ich dir persönlich erklären. Ich bin hier unten in der Halle.“

„Du bist extra hergekommen? Dann scheint es wirklich wichtig zu sein. Warte, ich hole dich ab.“

Kurz darauf tauchte sie auf, mit einer Jeans und einem türkisfarbenen T-Shirt bekleidet, das dunkle Haar locker mit einer Spange am Hinterkopf zusammengehalten.

Zwei Männer, die wie Anwälte aussahen, schauten ihr auffällig hinterher. Alva war eine attraktive Frau, obwohl sie sich kaum Mühe gab, ihr Äußeres zu betonen. Sie reichte Birger die Hand. „Ich bin froh, dich zu sehen. Wir kommen mit unserem Fall kein Stück weiter. Hilmer bleibt bei seiner Aussage, jemand hätte die Tote in seiner Ausstellung platziert, Rurik beharrt stur auf Hilmers Täterschaft. Vielleicht bin ja wirklich ich diejenige, die sich in etwas verrennt, aber ich würde gern mit jemandem darüber reden."

„Wenn du mit mir vorliebnimmst, jederzeit gern." Birger deutete eine leichte Verbeugung an.

Alva bedeutete ihm, ihr zu folgen. „Zuerst hast aber du etwas auf dem Herzen. Deshalb bist du hergekommen. Sagst du mir, um was es geht?"

„Können wir irgendwo ungestört reden?"

„So geheimnisvoll? Aber klar, wir gehen am besten in die Cafeteria. Dahin verschlägt es Rurik nie." Sie dirigierte ihn zu den Fahrstühlen.

Die Cafeteria war um diese Zeit mäßig besucht, sie fanden einen Tisch in Fensternähe, wo sie sich unbeobachtet fühlen konnten. Alva besorgte zwei Becher Kaffee, warnte aber gleich vor dessen mäßigem Geschmack.

„Macht nichts, ich trinke alles, was nass ist", erwiderte Birger, wurde aber gleich wieder ernst. „Vielleicht kommt es dir merkwürdig vor, was ich dir jetzt erzählen werde. Es ist nur ein Gefühl, etwas damit könnte nicht stimmen."

Mit Bauchgefühlen, von denen auch sie sich manchmal leiten ließ, kannte Alva sich bestens aus. „Erzähle einfach der Reihe nach", sagte sie.

Das tat Birger dann auch. Er sprach über Sarahs Verletzungen an den Händen und was sie ihm über die Ursache erzählt hatte.

„Zweimal hätte sie schon Rosen mit roten oder braunen Spritzern darauf gefunden“, sagte er. „Sie hat zuerst an Blut gedacht, das dann aber doch nicht für möglich gehalten.“

„Und sie hat keine Ahnung, wer die Blumen hingestellt haben könnte?“, fragte Alva.

„Nicht die geringste“, bestätigte Birger. „Sie meinte jedoch, jemand wollte ihr Angst einjagen. Heute bin ich zum Friedhof gefahren und habe das Grab von Wilma Viklund aufgesucht. Es stand dort genau ein solcher Rosenstrauß, wie Sarah ihn beschrieben hatte, weiße Rosen mit undefinierbaren Flecken auf den Blütenblättern. Ich bin kein Experte auf dem Gebiet, denke aber, es könnte sich um Blut handeln.“ Er zog die Plastikverpackung aus der Tasche. „Ich habe ein paar Blütenblätter mitgenommen. Könntest du herausfinden lassen, ob es sich um Blut handelt?“

Alva nickte. „So ein Test ist ganz schnell gemacht. Darum kann ich mich sofort kümmern.“

„Ich will dir keine zusätzliche Arbeit machen, aber es lässt mir keine Ruhe.“

„Du musst dich nicht entschuldigen. Weißt du was? Ich will das auch wissen. Und damit es schnell geht, bringe ich das jetzt gleich zur KTU und versuche, ein bisschen Druck zu machen, bevor Rurik Wind davon bekommt.“

Sie erhob sich und zwinkerte ihm zu. „Ich sage dir Bescheid, wenn ich etwas weiß. Und wo nehmen wir die weitere Auswertung vor. Bei mir oder bei dir?“

„Bei mir“, sagte Birger spontan. „Sobald du heute hier fertig bist, erwarte ich dich. Ich werde uns was Schönes kochen.“

Auf einmal kam ihm der Tag nicht mehr ganz so grau vor. Er beschloss, gleich auf dem Heimweg die notwendigen Einkäufe für das geplante Abendessen zu erledigen.

Es war am späten Nachmittag, als Alva ihn anrief. Sie klang, als wäre sie außer Atem. „Birger, du warst heute Vormittag auf dem Friedhof, ist das richtig? Um welche Zeit etwa?“

„Das muss gegen halb zehn gewesen sein. Weshalb fragst du?“ Sie ging nicht darauf ein.

„Ist dir dort irgendjemand aufgefallen?“

„Nein, es nieselte und es war keine Menschenseele unterwegs.“

„Hast du etwas an dem Grab verändert? Die Rosen weggenommen?“

„Nein, ich habe den Strauß stehen lassen. Und weil du nach Veränderungen fragst: Ich habe weiße Nelken auf die Grabplatte gelegt. Kannst du mir sagen, was los ist?“

Er hörte, wie Alva tief durchatmete. „Das auf den Blättern, die du mir mitgebracht hast, war Blut, menschliches Blut. Ich habe sofort auf weiteren Untersuchungen bestanden. In einem Punkt kann ich dich beruhigen: Es stammt nicht von Sarah.“

„Wie kannst du da so sicher sein?“

„Es gab noch Vergleichsmaterial von Sarah im Zusammenhang mit der Identifikation ihrer Schwester Wilma. Nach dem Auffinden der stark verwesten Leiche war sicherheitshalber ein DNA-Test durchgeführt worden. Die Person, von der das Blut auf den Rosen stammt, ist nicht Sarah und sie ist auch nicht mit ihr verwandt.“

Im Hintergrund war zu hören, wie eine Tür geöffnet wurde. „Ich muss jetzt sofort los. Es kann spät werden heute, tut mir leid. Wir müssen unsere Verabredung verschieben.“

Nachdem sie das Gespräch beendet hatte, dachte Birger noch lange darüber nach. Alva hatte aufgeregt geklungen, das Blut auf den Rosen musste sie auf eine Spur gebracht haben. Aber welche konnte das sein? Und was hatte das alles mit Sarah und ihrer Familie zu tun?

55.

„Du hast die KTU angewiesen, Untersuchungen durchzuführen, ohne mich vorher darüber zu informieren?“ Das Gesicht von Rurik wies wieder einmal eine bedenkliche Rotfärbung auf.

„Rurik, was spielt das jetzt für eine Rolle? Wichtig sind die Ergebnisse, die wir auf schnellem Wege erhalten haben.“ Alva bemühte sich, betont ruhig zu sprechen.

„Es spielt sehr wohl eine Rolle. Und wieso sichert dieser Seelenklempner, der meines Wissens keinerlei Befugnisse dazu hat, plötzlich wichtige Beweise? Mit welchem Recht mischt er sich in unsere Ermittlungen ein? Hast du ihn etwa dazu aufgefordert? Das wird Konsequenzen für dich haben.“

Er fuhr sich mit einem Finger unter den Hemdkragen, der ihm zu eng zu sein schien. Anstalten, den oberen Knopf zu öffnen, machte er trotzdem nicht, da der zweite Knopf fehlte. Bei dem Anblick empfand Alva spontan einen Anflug von Mitleid. „Jetzt hör mir mal ganz ruhig zu“, sagte sie. „Birger Nyberg ist unabhängig von uns auf etwas gestoßen und hat mich sofort darüber informiert. Sarah Viklund ist seine Patientin. Normalerweise würde er das nicht preisgeben, nur in Anbetracht der Umstände hat er sich dazu entschlossen. Weil sie ihm über merkwürdige Vorkommnisse am Grab ihrer Schwester berichtet hatte, wollte er sich selbst ein Bild machen, indem er das Grab aufgesucht hat. Dort hat er die blutbefleckten Rosen entdeckt. Er dachte zuerst, es könnte sich um das Blut von Sarah handeln, weil sie nämlich nicht zu ihrem Termin bei ihm erschienen war und seitdem nicht erreichbar ist. In Anbetracht seiner Besorgnis habe ich eine schnelle Untersuchung veranlasst."

„Ich nehme an, deine Busenfreundin Stina hat das für dich erledigt", brummte Rurik. „Unsereiner darf die heiligen Labore der KTU nicht mal betreten."

Er hatte natürlich recht mit seinem Einwand. Normalerweise durfte man seine Beweismitteltüte nur im Vorraum am Schalter abgeben und hatte darüber hinaus keinen Zutritt. Das war eine notwendige Sicherheitsmaßnahme gegen mögliche Manipulationen von Beweismitteln. Alva genoss jedoch das besondere Vertrauen der Laborleiterin.

„Stina hat sogar noch mehr getan", sagte sie. „Mir hätte die Auskunft, dass es sich zwar um menschliches Blut, aber nicht um das von Sarah Viklund handelt, völlig ausgereicht. Aber sie kam auf die Idee, es mit den anderen Proben aus unserem aktuellen Fall zu vergleichen. Ich konnte es zuerst kaum glauben, als sie mir sagte, die Blutspuren auf den Rosenblättern stammen von Linea Arnesen."

Rurik wirkte ebenfalls verblüfft. „Was haben Linea Arnesen und Sarah Viklund miteinander zu tun? Kannten sie sich?"

„Ich habe keine Ahnung. Leider können wir Sarah nicht dazu befragen, weil wir nicht wissen, wo sie sich aufhält. Aber noch etwas anderes ist merkwürdig. Sie hatte Birger erzählt, bereits zweimal habe sie blutige Rosen auf dem Grab ihrer Schwester gefunden. Der Strauß, von dem

Birger jetzt eine Probe genommen hat, war demnach der dritte. Und wir haben auch drei Opfer."

Plötzlich kam Bewegung in Rurik. Sein Ärger war verflogen, er agierte wieder ganz professionell. „Wir schicken die Spurensicherung zu dem Grab", sagte er. „Vielleicht können sie dort irgendwelche Hinweise finden. Außerdem soll ein Team Befragungen durchführen, ob irgendjemand gesehen hat, wer die Rosen dort abgestellt hat. Sven soll sich darum kümmern."

„Jacob Hilmer kann es jedenfalls nicht gewesen sein, er befindet sich schließlich in Untersuchungshaft", wagte Alva zu sagen.

„Möglicherweise hat er einen Komplizen", gab Rurik zurück. Er war offenbar nicht gewillt, von Hilmer als Hauptverdächtigem abzurücken.

„Und was soll ich machen?", fragte Alva.

„Du fährst mit mir zu den Verwandten von Sarah Viklund. Wenn ich es recht verstanden habe, wohnen sie nicht weit von ihr entfernt. Möglicherweise hält sie sich ja dort auf. Hilmer lügt uns sowieso nur die Hucke voll, aber von Sarah Viklund erfahren wir möglicherweise, in welchem Verhältnis sie zu ihm und zu den toten Frauen steht."

Alva widersprach ihm nicht, obwohl sie anderer Meinung war. Es musste eine Verbindung zwischen der Familie Viklund und den ermordeten jungen Frauen geben. Doch Jacob Hilmer hatte vermutlich nichts damit zu tun.

56.

Alva hatte vorgeschlagen, zuerst beim Haus der Viklunds vorbeizufahren. Vielleicht war Sarah ja dort und ging nur nicht ans Telefon. Rurik hatte zunächst keine Einwände, auch nicht, als Alva vorschlug, Jördis mitzunehmen. Zu dritt machten sie sich auf den Weg nach Frölunda. Jördis, die den Wagen fuhr, gab die Anschrift ins Navi ein. Nach gut zwanzig Minuten erreichten sie ihr Ziel und Jördis parkte den Wagen auf der gegenüberliegenden Straßenseite. Rurik stieg als Erster aus und zeigte sich von dem Haus, bei dem es sich eher um eine Villa handelte, sichtlich beeindruckt.

„Sie lebt hier ganz allein, seit ihre Eltern verschwunden sind und ihre Schwester gestorben ist?“, fragte er. „Da muss sie sich in diesem großen Haus ziemlich verloren fühlen. Ich denke wirklich, nach ihrem neuerlichen Panikanfall wird sie zu ihren Verwandten gezogen sein. Zumal die Kollegen sie ermahnt haben, sich weitere Notrufe gut zu überlegen. Den Weg hätten wir uns vermutlich sparen können.“

„Nun sind wir aber mal hier und einen Versuch ist es wert.“ Alva ging zum Haus hinüber und drückte auf die Klingel. Ein melodischer Gong war bis nach draußen zu hören, doch im Haus rührte sich nichts. Auch nach dem zweiten Versuch blieb alles still.

„Was ist, wenn sie verletzt im Haus liegt und Hilfe braucht?“ Jördis war neben Alva getreten.

„Hoffen wir das mal nicht. Wir haben im Moment keine Handhabe, uns Zugang zum Haus zu verschaffen. Das können wir höchstens mit dem Einverständnis ihrer Verwandten tun. Also fahren wir jetzt zu ihnen.“ Sie schlossen sich Rurik an, der bereits wieder auf dem Weg zurück zum Auto war. Bis zur Adresse der Stenbergs war es tatsächlich nur ein Katzensprung. Rurik schaute auf seine Uhr. „Hoffentlich treffen wir da jetzt jemanden an.“

„Astrid Stenberg, die Tante von Sarah, könnte zu Hause sein“, sagte Alva. „Sie arbeitet halbtags in einer Arztpraxis und macht jeden Tag gegen 14 Uhr Feierabend.“

Das Zuhause der Stenbergs unterschied sich deutlich von dem der Viklunds. Der Wohnblock mit drei Aufgängen und vier Etagen machte einen leicht heruntergekommenen Eindruck. Stenbergs wohnten im mittleren Aufgang im zweiten Stock. Alva drückte auf die Klingel am Eingang, worauf ein Summer ertönte. Im Treppenhaus roch es nach Fisch und saurer Milch. Als sie die zweite Etage erreichten, wurden sie bereits erwartet. In der Tür rechts stand eine stämmige Frau mit groben Gesichtszügen. Sie trug ein lockeres Shirt über einer Jogginghose und hatte ihr blondes Haar mit einem Band aus der Stirn genommen. Erstaunt musterte sie Alva und ihre Kollegen. „Wollen Sie zu mir?“

„Ja, wir haben geklingelt.“

„Das habe ich gehört, sonst hätte ich schließlich nicht aufgemacht“, erwiderte sie unwirsch. „Aber ich dachte, meine Nichte meldet sich endlich.“

„Ihre Nichte? Sie sprechen von Sarah?“

„Ich habe nur eine Nichte. Darf ich fragen, wer Sie sind?“

„Natürlich, Polizei.“ Alva hielt ihren Ausweis hoch. „Aber nicht erschrecken, es ist nichts passiert. Wir haben nur Fragen.“ Alva war froh, die Ansage machen zu dürfen. Rurik hatte beim Erklimmen der Treppe bedenklich geschnauft und war noch immer nicht wieder richtig zu Atem gekommen. Nur deshalb hatte er ihr den Vortritt gelassen.

„Was für Fragen? Um was geht es?“ Astrid Stenberg verschränkte die Arme vor der Brust.

„Es geht um Ihre Nichte Sarah. Wie wir Ihren Worten bereits entnehmen konnten, ist sie nicht hier. Das hatten wir nämlich gehofft. Vielleicht können Sie uns einiges über sie sagen. Und es wäre schön, wenn wir das nicht hier draußen besprechen müssten.“ Über ihnen auf der Treppe wurden Schritte laut, eine ältere Frau in Begleitung eines jungen Mannes kam die Stufen herunter.

„Gut, kommen Sie rein.“ Es klang nicht sonderlich einladend.

Der Flur der Wohnung war eng, dunkel und mit Möbelstücken zugestellt.

„Die Wohnung ist eigentlich zu klein für drei Personen“, sagte Astrid Stenberg, die wohl das Gefühl hatte, sich entschuldigen zu müssen. „Mein Sohn sucht schon lange was Eigenes, aber finden Sie das hier mal zu einem vernünftigen Preis. Um alles unterzukriegen, brauchen wir die Schränke im Flur.“

„Natürlich“, sagte Alva. „Es ist wirklich schwer, eine Wohnung zu finden.“ Sie zuckte zusammen, als mehrere Schüsse ertönten.

„Mein Sohn“, sagte Astrid Stenberg beiläufig. Jetzt erkannte Alva, dass die Geräusche von einem Fernseher kamen.

Sie wurden in ein Wohnzimmer geführt, in dem ein glatzköpfiger junger Mann im Unterhemd auf dem Sofa lag. Auf dem Fernseher lief ein Actionfilm.

„Mika, würdest du das bitte ausmachen und in dein Zimmer gehen? Wir haben Besuch." Astrid Stenberg musste laut reden, um sich gegen den Lärm des Fernsehers durchzusetzen.

„Das ist Ihr Sohn? Er kann gern hierbleiben, vielleicht kann er uns ja weiterhelfen", meldete sich Rurik, der endlich wieder seine normale Atemfrequenz erreicht hatte, zu Wort.

Mikas Mutter schien von dem Vorschlag nicht sonderlich angetan zu sein, doch ihr Sohn schaltete mit einem Achselzucken den Fernseher aus und begab sich in eine aufrechte Sitzposition. Astrid Stenberg setzte sich neben ihn und wies auf drei voluminöse Sessel. „Nehmen Sie bitte Platz." Rurik wählte den mittleren Sessel direkt gegenüber von Mutter und Sohn, Alva und Jördis platzierten sich links und rechts von ihm.

„Also, Frau Stenberg", begann Rurik, „wann haben Sie Ihre Nichte zuletzt gesehen?"

„Wieso suchen Sie nach ihr? Geht es um den Einsatz vorgestern Nacht? Eine Nachbarin meiner Nichte, die ich zufällig getroffen habe, erzählte mir davon. Sarah hatte wohl wieder mal Gespenster gesehen und die Polizei gerufen. Die werden langsam die Nase von ihr voll haben. Aber uns können Sie keine Vorwürfe machen, auf uns hört sie nicht."

„Niemand macht Ihnen Vorwürfe. Wir möchten nur herausfinden, wo Sarah sich gerade aufhält."

„Wo schon?" Astrid Stenberg zuckte mit den Schultern. „Sie wird zu Hause sein. Schließlich traut sie sich kaum vor die Tür."

„Wir waren dort, aber sie hat sich auf unser Klingeln nicht gemeldet."

„Das hat überhaupt nichts zu sagen. Sie hat sich schon öfter tagelang verbarrikadiert. Dann reagiert sie nicht auf Klingeln oder auf Anrufe. Vermutlich denkt sie, es ist einer von ihren Geistern, der sie holen will." Sie stieß ein verächtliches Schnauben aus.

Alva konnte nicht länger an sich halten. „Machen Sie sich überhaupt keine Sorgen um Ihre Nichte, wenn es ihr doch offensichtlich schlecht geht?", fragte sie.

Astrid Stenberg warf ihr einen giftigen Blick zu. „Was meinen Sie damit? Denken Sie, ich würde mich nicht genug kümmern? Ich habe wahrhaftig alles versucht, aber irgendwann ist es auch mal genug. Sogar einen Platz in der Klinik hatte ich ihr besorgt. Und was machen die dort mit ihr? Entlassen sie, weil sie angeblich gesund ist! Schöne Experten sind das. Und kaum ist das Mädchen zu Hause, geht der Terror von vorn los. Mein Mann und ich, wir brauchen auch unsere Ruhe und unseren Schlaf. Immerhin scheint sie das inzwischen begriffen zu haben und ruft uns nachts nicht mehr an. Die Polizeibeamten hätten gut daran getan, sie mitzunehmen und in der Nervenklinik abzugeben."

„Dazu sind sie nun wirklich nicht befugt, wenn keine akute Gefährdung erkennbar ist", widersprach Alva. „Das war offensichtlich nicht der Fall. Sarah hatte lediglich Geräusche im Haus gehört und einen Einbruch befürchtet. So etwas kommt auch bei anderen Leuten vor. Deshalb wird niemand in die Nervenklinik gesteckt."

„Sie hört nicht nur Geräusche, sie hört Stimmen! Das ist ja wohl etwas anderes."

„Frau Stenberg, wir wollen uns hier nicht über mögliche Krankheiten unterhalten. Wir wollen Sarah finden. Haben Sie einen Schlüssel zu dem Haus, in dem sie wohnt?"

„Wenn nicht, müssen wir uns anderweitig Zugang verschaffen", setzte Rurik hinzu.

„Etwas anderes wird Ihnen wohl nicht übrigbleiben. Ich hatte mal einen Schlüssel, aber Sarah hat ihn zurückverlangt und ich habe ihn ihr gegeben, weil ich nicht mit ihr streiten wollte. Auch so eine Marotte von ihr.“

Rurik erhob sich. „Gut, dann werden wir jetzt zum Haus von Frau Viklund fahren und einen Schlüsseldienst informieren. Wir möchten, dass Sie uns begleiten. Ohne Zeugen dürfen wir das Haus nicht betreten.“

Astrid Stenberg seufzte schwer angesichts dieser Zumutung. Aber sie erhob sich und folgte den Beamten aus der Wohnung.

57.

Bevor sie den Schlüsseldienst informierten, versuchten sie es noch einmal mit Klingeln und Rufen. Astrid Stenberg führte sie um das Haus herum, wo sie durch die Scheiben des Wintergartens spähten. Alles wirkte still und verwaist.

Der Mann vom Schlüsseldienst brauchte nur wenige Minuten. Er schob seine Mütze in den Nacken und schüttelte resigniert den Kopf. „Die beste Haustür nützt nichts, wenn man sie nicht abschließt", sagte er.

„Wie, es war nicht abgeschlossen? Aber ich hatte die Tür doch angefasst", wunderte sich Astrid Stenberg.

„Zu war sie schon, aber eben nicht abgeschlossen", erklärte der Mann. „Sie war nur zugezogen oder von allein ins Schloss gefallen, was weiß ich. Außerdem steckt der Schlüssel von innen. Das macht es noch einfacher, das Schloss zu knacken. Dabei ist das eine richtig gute Sicherheitstür, die reinste Verschwendung. So, das war es dann wohl. An wen darf ich die Rechnung schicken?"

„Also, ich wollte ja nicht ...", setzte Astrid Stenberg an, doch Rurik reagierte bereits, indem er dem Handwerker eine Karte reichte. „Schicken Sie Ihre Rechnung bitte hierhin."

„Zur Polizei? Ist was passiert?“

„Nein, davon gehen wir nicht aus. Danke für Ihre Mühe, Sie können jetzt fahren.“

Widerwillig kam der Mann der Aufforderung nach.

Rurik trat zur Seite und ließ Astrid Stenberg den Vortritt. Das Haus hatte Flair und Charakter, wie Alva bereits in der Diele mit dem schönen Fliesenboden feststellen konnte. Sie hatte ein ausgesprochenes Faible für ältere Häuser.

„Rufen Sie erst noch mal nach Ihrer Nichte, damit sie sich nicht erschreckt, falls sie doch zu Hause sein sollte“, sagte sie.

„Sarah, bist du da?“, kam Astrid Stenberg ihrem Vorschlag nach. Als keine Reaktion erfolgte, betraten sie nacheinander alle Räume im Erdgeschoss. Nirgends war eine Spur von Sarah zu sehen. Es stand auch kein benutztes Geschirr herum, das auf eine stattgefundene Mahlzeit hindeutete.

„Gehen wir nach oben?“, schlug Alva vor und setzte sich an die Spitze. Sie öffnete zuerst die Tür zu einem Schlafzimmer mit einem Doppelbett, das früher den Eltern von Sarah gehört haben musste.

„Wem gehört dieses Zimmer?“, fragte sie nach dem Öffnen der nächsten Tür.

„Das war das Zimmer von Wilma.“ Astrid Stenberg kniff die Lippen zusammen. „Hier ist nichts verändert worden, das reinste Museum. Und andere Leute müssen sich auf ein paar Quadratmetern zusammendrängen.“ Alva zog es vor, das nicht zu kommentieren.

„Dann ist das hier nebenan sicher Sarahs Zimmer?“, fragte sie.

Astrid Stenberg nickte stumm. Nur der Form halber klopfte Alva kurz an, bevor sie die Tür aufzog und eintrat. Sprachlos starrte sie auf den Anblick, der sich ihr bot. Hinter sich hörte sie, wie Jördis einen überraschten

Laut ausstieß. Auch Rurik wirkte total verblüfft. „Was zur Hölle ist das denn?“, hörte sie ihn fragen.

„Ich habe doch gesagt, meine Nichte ist komplett verrückt“, sagte Astrid Stenberg und klang dabei beinahe triumphierend. „Aber komischerweise will das niemand hören. Nun sehen Sie es wenigstens mit eigenen Augen.“

Ehrlich gesagt wussten sie nicht, worauf sie ihre Augen zuerst richten sollten. Alle Wände des Zimmers waren mit Zeichnungen bedeckt, die von Reißzwecken gehalten wurden. Dazwischen hingen Kruzifixe in verschiedenen Größen und Ausführungen sowie diverse Amulette. Auch mehrere Pentagramme waren darunter.

Alva fand die Sprache als Erste wieder. „Diese Zeichnungen, hat Sarah die angefertigt?“, fragte sie.

„Wer soll es denn sonst gewesen sein?“, erwiderte ihre Tante schnippisch. „Sie lebt allein hier und sie lässt niemanden ins Haus, nicht mal ihre nächsten Verwandten. Offenbar hat sie hier all die Gespenster porträtiert, von denen sie heimgesucht wird. Eine hübsche Sammlung ist das. Das sollten sich die Ärzte in der Klinik, die sie für gesund erklärt haben, mal ansehen.“

Tatsächlich waren auf sämtlichen Zeichnungen furchterregende Gestalten zu sehen. Es gab Teufel, aus deren aufgerissenen Mäulern spitze Zähne ragten, Totenschädel, aus denen Würmer krochen, und Knochenhände, die sich nach dem Betrachter ausstreckten.

„Wir müssen das fotografieren“, sagte Rurik.

„Aber bitte, tun Sie sich keinen Zwang an.“ Astrid Stenberg stand in der Tür, die Hände in die Hüften gestemmt. „Und sorgen Sie dafür, dass es die richtigen Leute zu sehen bekommen.“

„Frau Stenberg, haben Sie irgendeine Vermutung, wo sich Sarah aufhalten könnte? Gibt es Freunde oder Bekannte, zu denen sie sich geflüchtet haben könnte? Denken Sie bitte gut nach.“

Astrid Stenberg kräuselte geringschätzig die Lippen. „Keine Ahnung, da dürfte es kaum jemanden geben, so, wie sie sich eingeigelt hat. Mir fallen spontan nur die Jahns, die ehemaligen Freunde ihrer Eltern ein. Mit denen versteht sie sich immer noch bestens, vertraut ihnen sogar die Vermietung des Ferienhauses ihrer Eltern an, leichtgläubig und verwirrt, wie sie ist."

„Es gibt ein Ferienhaus?" Alva bat um die Anschrift des Hauses und um die Telefonnummer der Jahns. Das war immerhin eine mögliche Spur.

„Sonst noch jemand?", fragte sie.

Sie schien etwas sagen zu wollen, schüttelte dann aber den Kopf. „Nein, niemand." Alva musste sich damit zufriedengeben.

Nachdem sie fertig waren, baten sie Astrid Stenberg, das Haus zu verschließen. Sie nahm den Schlüssel, den sie innen im Schloss gefunden hatten, an sich. Sarah hatte das Haus nicht nur ohne Schlüssel verlassen, auch ihre Tasche mit Geld und Papieren hatten sie in ihrem Zimmer gefunden. Sie musste in Panik und ohne jeden Plan aus dem Haus gelaufen sein.

„Wir nehmen ein Foto von Ihrer Nichte mit", sagte Alva. „Da Sarah offenbar gefährdet ist, werden wir umgehend nach ihr suchen lassen." Danach verabschiedete sie sich und ging mit Rurik und Jördis zum Auto.

„Ich dachte, Sarah Viklund war in Behandlung?", fragte Rurik, der sich auf die Rückbank geklemmt hatte. „Wenn der Nyberg nicht bemerkt hat, wie schlimm es um das Mädchen steht, kann er nicht viel drauf haben."

„Birger ist ein guter und erfahrener Therapeut", verteidigte Alva ihn.

„Na schön, aber in diesem Falle hat er kläglich versagt. Das lässt auch die Sache mit den Rosen in einem völlig neuen Licht erscheinen. Vielleicht hat Sarah Viklund sie selbst auf das Grab gebracht, so verrückt, wie sie ist."

„Was soll das denn?“ Alva fuhr zu ihm herum. „Du willst sie doch nicht etwa mit den Morden in Verbindung bringen?“

„Sie wird die Frauen nicht umgebracht haben, das war Hilmer. Aber so eine labile Person kann man leicht für seine Zwecke einspannen. Ich werde ihn gleich morgen persönlich zu seiner Verbindung mit Sarah Viklund befragen. Und ich werde nicht locker lassen, bis ich eine Antwort darauf habe.“

Alva zog es vor, nichts darauf zu erwidern.

Gleich nach ihrer Ankunft in der Dienststelle rief sie die Jahns an, die sich sofort meldeten. Sie waren sehr besorgt, als sie von Sarahs Verschwinden hörten, und sie beteuerten glaubwürdig, sie würde sich weder bei ihnen noch in dem zurzeit vermieteten Ferienhaus aufhalten. Diese Spur war leider kalt.

58.

Birger zündete die beiden Kerzen auf dem Esstisch an und entschuldigte sich gleich darauf dafür. „Ich weiß nicht, ob das unter diesem Vorzeichen jetzt noch passend ist“, sagte er. „Ich hatte mir unser gemeinsames Essen romantischer vorgestellt.“

Alva lächelte nachsichtig. „Warum sollte es unpassend sein? Du hast dir solche Mühe mit dem Essen gegeben, das muss gewürdigt werden. Wir dürfen es uns ruhig ein bisschen schön machen, gerade weil unsere Arbeit uns mal wieder mit der ganzen Hässlichkeit dieser Welt konfrontiert.“

„Dann also darauf, dass es uns gelingen möge, die Welt ein wenig besser zu machen.“ Birger stieß mit ihr an. Während des Essens wechselten sie kein Wort über die neuen Entwicklungen, die ihnen beiden Sorge bereiteten. Erst als sie sich anschließend mit ihren Kaffeetassen auf das Sofa hinübersetzten, sahen sie die Zeit für einen Themenwechsel gekommen.

„Du wolltest mit mir darüber reden, was ihr in Sarahs Zimmer gefunden habt“, sagte er.

Alva nickte und zog einen Hefter aus ihrem mitgebrachten Beutel. Sie hatte sämtliche Fotos aus Sarahs Zimmer ausdrucken und vergrößern lassen. „Hier, das haben wir gefunden", sagte sie und reichte Birger den Ordner. Er knipste die Stehlampe neben sich an und hielt das erste Blatt in den Lichtkegel. Mit der Betrachtung ließ er sich viel Zeit, eine steile Falte bildete sich dabei auf seiner Stirn. Alva trank schweigend ihren Kaffee und wartete geduldig, bis er das letzte Blatt in den Ordner zurücklegte.

„Und?", sagte sie. „Was hältst du davon? Die Tante meinte, Sarah hätte ihre Wahnvorstellungen in Bilder gefasst. Kann es sein, dass sie diese Dinge wirklich gesehen hat?"

Birger legte die Mappe mit einer entschiedenen Geste auf den Tisch und schob sie ein Stück von sich weg. „Tatsächlich versuchen schizophrene Patienten häufig, ihre Befindlichkeit in Zeichnungen auszudrücken", sagte er. „Solche Zeichnungen unterscheiden sich aber von denen hier." Er wies auf die Mappe. „Sie sind diffuser, weniger gegenständlich. Da sich Schizophrene häufig verfolgt fühlen, haben sie einen Hang zum Schutzzauber, das heißt, sie umgeben sich mit Amuletten und Symbolen, die das Böse von ihnen fernhalten sollen."

„Trifft das nicht genau auf Sarah zu? An den Wänden befand sich eine Menge in dieser Art, wie du selbst sehen konntest."

Birger lehnte sich zurück. „Um es abzukürzen", sagte er. „Egal, was ihr in ihrem Zimmer gefunden habt, Sarah ist definitiv nicht an Schizophrenie erkrankt. Hier passt etwas ganz gewaltig nicht zusammen."

„Aber normal ist es doch wohl nicht, die Wände des Zimmers, in dem man schläft, mit derartigem Zeug zu behängen? Sarah soll unter Angstzuständen leiden. Die würde ich bei dieser Wandgestaltung auch bekommen."

„Wer sagt, dass sie es selbst getan hat?"

„Du meinst ...? Dann müsste jemand Zugang zum Haus haben. Und ein Interesse daran."

„All das sollte nicht schwer herauszufinden sein", meinte Birger. „Aber bevor wir uns in Spekulationen ergehen, will ich der Reihe nach erklären, was mir aufgefallen ist. Halte mich bitte nicht für überheblich, mir sind in meiner Arbeit durchaus schon Fehler unterlaufen. Mir haben Patienten wilde Geschichten aufgetischt, die ich zunächst geglaubt habe. Oft habe ich nicht alle Hintergründe einer Geschichte sofort durchschaut. Aber bei Sarah bin ich mir in verschiedenen Punkten ganz sicher. Erstens."

Er hob einen Finger, als wollte er die folgenden Fakten an der Hand abzählen. „Sarah ist voll orientiert, sie weist keine formalen Denkstörungen auf. Ihre Emotionalität ist der Situation stets angepasst. Beides schließt ein psychotisches Geschehen aus. Zweitens: Sie gab an, Stimmen gehört zu haben, Stimmen, die sie bedrohen und beschimpfen würden. Das wäre ein starkes Indiz für eine Schizophrenie, wenn sie in ihrem jugendlichen Alter in dieser Form auch eher selten auftritt. Nur weisen diese Stimmen die merkwürdige Besonderheit auf, sich nur in ihrem Haus zu Wort zu melden. Bei ihrem Klinikaufenthalt blieb sie davon verschont, auch hier bei mir in der Praxis trat das Phänomen nicht auf. Mehr noch: Einmal, so erzählte Sarah, hätte sie sich die Ohren zugehalten und wäre unter die Bettdecke gekrochen, worauf sie nichts mehr gehört hätte. Bei echtem Stimmenhören hätte das wenig genützt, denn da sitzen die Stimmen direkt im Kopf."

Alva stellte ihre Tasse ab und schaute Birger nachdenklich an. „Alles, was du sagst, lässt nur eine Schlussfolgerung zu: Sarah wurde manipuliert. Jemand, der Zugang zum Haus hat, jagt ihr Angst ein und versucht, sie als Verrückte hinzustellen. Er ist nicht nur für die Stimmen und Geräusche verantwortlich, die Sarah gehört hat, er hat auch die Zeichnungen, Kruzifixe und Amulette an den

Wänden ihres Zimmers angebracht. Daraus ergibt sich eine schreckliche Schlussfolgerung." Sie zögerte, es auszusprechen, doch Birger hatte verstanden, worauf sie hinauswollte.

„Du meinst, derjenige muss sich sicher sein, dass Sarah nicht zurückkommen und keine Gelegenheit haben wird, die Dinge richtigzustellen. Du nimmst an, sie ist tot."

„Was sonst? Stell dir vor, sie kommt in ihr Zimmer, sieht, wie da jemand die Wände verunstaltet hat und ..."

„Und was, Alva? Sie ruft die Polizei? Sollte man normalerweise annehmen. Doch führe dir mal ihre Situation vor Augen. Mehrmals hat sie scheinbar grundlos den Notruf gewählt. Niemand glaubt ihr mehr, sie wurde sogar verwarnt. Könnte sie hoffen, diesmal Gehör zu finden?"

„Vermutlich nicht. Man würde ihr unterstellen, die Wände selbst so dekoriert zu haben."

„Genau", stimmte Birger ihr zu. „Man würde ihr unterstellen, sich etwas Neues ausgedacht zu haben, um Aufmerksamkeit zu bekommen. Oder aber, man käme zu dem Schluss, sie hat keine Kontrolle über ihre eigenen Handlungen. Dann wäre eine Einweisung in die Klinik die logische Konsequenz und ihre Tante hätte sie da, wo sie sie haben will."

„Du hast demnach den gleichen Verdacht wie ich. Die Familie der Tante hat ein Motiv, sie wollen Zugriff auf das Haus, eventuell auch auf das Erbe insgesamt. Sarah ist vermögend, daraus ergibt sich ein starkes Motiv. Wir müssen nur beweisen, dass sie dahinterstecken."

Noch während Sarah es aussprach, reifte bereits ein Plan in ihr. Sie musste nur noch Rurik davon überzeugen.

59.

Rurik war am Vormittag des nächsten Tages nicht anwesend. Wie geplant, suchte er Jacob Hilmer in der Untersuchungshaftanstalt auf, um ihn über seine Verbindung mit Sarah Viklund zu befragen. Alva glaubte nicht an ein positives Ergebnis.

„Aber irgendwie merkwürdig ist das schon." Sven gähnte herzhaft, bevor er weitersprach. Sein Ältester, der schon wieder mal erkältet war, hatte ihm eine unruhige Nacht beschert. „Irgendwas muss Sarah Viklund mit den ermordeten Frauen verbinden. Sonst würde der Täter nicht deren Blut auf Rosen spritzen, die Sarah zwangsläufig finden muss, wenn sie das Grab ihrer Schwester aufsucht."

„Du sagst es, das Grab der Schwester." Jördis goss Sven frischen Kaffee ein, den er offensichtlich dringend brauchte. „Ist eine Verbindung zu Wilma Viklund, die dort begraben ist, nicht viel naheliegender?"

„Guter Punkt." Sven rieb sich die Augen. „Er könnte auch Wilma umgebracht haben."

„Nein, das glaube ich nicht", mischte sich Alva ein. „Eine Verbindung zu Wilma Viklund scheint es zu geben, aber er ist vermutlich nicht ihr Mörder. Die drei Frauen wurden gebrandmarkt. Auch wenn die Leiche von Wilma

Viklund bereits stark verwest war, als man sie fand, hätte man daran noch Hinweise auf ein solches Vorgehen gefunden. Das war nicht der Fall. Außerdem weisen die drei Frauen einen Bezug zu Drogen auf, sie haben gedealt und nach Opfern gesucht, die sie von dem Stoff abhängig machten. Wilma Viklund hatte nichts mit Drogen zu tun, sie war eine zielstrebige junge Frau, die im Begriff stand, die Firma ihres Vaters zu übernehmen. Sie passt überhaupt nicht in das Opferschema."

„Einverstanden, nur wie kommen wir jetzt weiter?", fragte Sven.

„Indem wir erst einmal an anderer Stelle weitermachen." Alva berichtete von ihrem Gespräch mit Birger. Sven und Jördis hörten ihr mit gespannter Aufmerksamkeit zu.

„Das wäre ja irre, wenn das stimmen sollte", sagte Jördis schließlich. „An deinem Verdacht, die Familie der Tante könnte dahinterstecken, ist bestimmt was dran. Aber wie überführen wir sie?"

Alva legte ihren Plan dar, an dem sie im Laufe des gestrigen Abends gefeilt hatte. „Wir suchen die Familie gleich heute noch einmal auf. Wir sagen ihnen, wir würden morgen eine gründliche Durchsuchung des Hauses von Sarah vornehmen lassen. Jemand von ihnen müsste als Zeuge anwesend sein."

„Wo kriegen wir so schnell den Durchsuchungsbeschluss her?", fragte Jördis.

Alva grinste. „Den brauchen wir nicht. Alles, was wir tun müssen, ist das Haus in der Nacht von heute auf morgen observieren. Birger meinte, so wie Sarah die Stimmen, von denen sie gepeinigt wurde, beschrieben hat, muss irgendwo im Haus ein Empfänger versteckt sein. Wer ihn dort angebracht hat, wird ihn abholen wollen, bevor wir ihn finden."

„Geniale Idee, ich bin dabei.“ Jördis strahlte und warf ihren langen Zopf nach hinten über die Schulter, was bei ihr ein Zeichen von Entschlossenheit war.

„Ich bin natürlich auch dabei.“ Sven gähnte schon wieder. „Vorausgesetzt ihr weckt mich, wenn sich was tun sollte.“

„Machen wir.“ Alva zwinkerte ihm zu. „Schwieriger dürfte es werden, Rurik von dem Plan zu überzeugen.“

Das erwies sich letztendlich als einfacher als gedacht. Dabei war Rurik bei seiner Rückkehr aus der Untersuchungshaftanstalt außerordentlich schlecht gelaunt. Erwartungsgemäß hatte Jacob Hilmer geleugnet, eine Sarah Viklund zu kennen.

„Der Kerl lügt“, wütete Rurik. „Den lassen wir in der Zelle schmoren, bis er weich wird. Er führt sich auf, als würde er kurz vor dem Zusammenbruch stehen. Beklagt sich über das Gefängnisessen, das ihm nicht bekommen würde. Behauptet, seine Zelle bekomme zu wenig Sonne ab, was ihn depressiv machen würde. Er spricht von an Folter grenzenden Haftbedingungen, der feine Herr. Dabei leidet der einfach nur unter Entzugserscheinungen, dem fehlen all die kleinen Muntermacher, die er sonst regelmäßig genascht hat. Aber wenn es darum geht, reinen Tisch und endlich eine Aussage zu machen, ist er total verstockt.“

Alva schaffte es schließlich, Ruriks Redefluss zu unterbrechen und ihren Vorschlag vorzubringen. Zur Überraschung aller zeigte er sich sofort angetan, wenn er auch ein anderes Ziel im Auge hatte.

„Sarah Viklund können wir nicht nach ihrer Beziehung zu Hilmer fragen“, sagte er. „Aber eventuell finden sich in ihrem Haus Hinweise auf eine Verbindung zwischen den beiden.“

„Klar, eventuell stammen die Kunstwerke an den Wänden ihres Zimmers ja von ihm.“ Die Ironie in dem Satz von Jördis entging Rurik vollständig, denn er nickte nur zustimmend.

„Ich kümmere mich sofort um den Durchsuchungsbeschluss“, sagte er. „Wenn ihr das Haus heute Nacht beobachten wollt, habe ich nichts dagegen. Es wäre immerhin möglich, dass ein Komplize von Hilmer versucht, Beweise beiseitezuschaffen.“ Der Gedanke, nur ein Komplize von Hilmer könnte die blutigen Rosen auf das Grab von Wilma Viklund gestellt haben, hatte sich bei Rurik inzwischen zu einer Überzeugung verfestigt. Alva war es egal. Sie hatte jetzt freie Hand und machte sich gemeinsam mit Jördis sogleich auf den Weg, um die Familie Stenberg von der bevorstehenden Hausdurchsuchung in Kenntnis zu setzen.

60.

„Wozu das denn? Sie haben sich doch bereits im Haus umgesehen?“ Astrid Stenberg zeigte sich wenig erbaut von Alvas Ankündigung. Die Unterhaltung fand im Treppenhaus statt, diesmal waren die Kriminalistinnen erst gar nicht in die Wohnung gebeten worden. Astrid Stenberg stand in der Wohnungstür, als wollte sie den Eingang verteidigen.

„Frau Stenberg, wir haben uns lediglich überzeugt, dass Ihre Nichte nicht im Haus war. Leider haben wir Hinweise auf die psychische Labilität von Sarah gefunden, die auf eine Gefährdung schließen lassen. Deshalb müssen wir sie so schnell wie möglich finden.“

„Und wieso müssen Sie deshalb das Haus durchsuchen?“

„Weil wir dort eventuell Hinweise auf Sarahs Aufenthaltsort finden können. Wir müssen alles durchsehen, ihren Computer, Schriftstücke, Notizen, die sie sich gemacht haben könnte.“

„Sie wird wohl kaum aufgeschrieben haben, wohin sie mitten in der Nacht gelaufen ist“, ließ sich Mika Stenberg vernehmen, der jetzt ebenfalls im Türrahmen auftauchte. Er trug ein T-Shirt, das einige Flecke aufwies und kratzte sich im Schritt, während er sprach. Alva wunderte sich, ihn schon wieder zu Hause anzutreffen. Ging er keiner Arbeit nach? Dann würde er sein Wohnungsproblem kaum in absehbarer Zeit lösen können.

„Woher wollen Sie wissen, dass Sarah mitten in der Nacht fortgelaufen ist?“, fragte sie. Sein Unterkiefer klappte nach unten und ein dünner Speichelfaden rann ihm über das Kinn.

„Weil Sarah schon einmal mitten in der Nacht aus dem Haus gelaufen ist“, antwortete seine Mutter für ihn. „Und sie hat garantiert nicht aufgeschrieben wohin, da hat mein Sohn völlig recht.“ Sie schob sich halb vor ihn, als wollte sie ihn in die Wohnung zurückdrängen. Alva reichte es jetzt.

„Überlassen Sie es uns, welche Hinweise wir für wichtig halten und welche nicht. Wir haben einen richterlichen Beschluss und werden die Durchsuchung des Hauses morgen Vormittag wie geplant durchführen. Da der Schlüssel in Ihrem Besitz ist, werden Sie uns öffnen. Außerdem müssen Sie als Zeugin anwesend sein. Möglicherweise werden wir Computer und Schriftstücke für eine gründliche Untersuchung mitnehmen müssen. Sie erhalten eine Aufstellung darüber, die Sie dann bitte gegenzeichnen.“

„Hören Sie, das können Sie nicht machen. Ich muss vormittags arbeiten.“

„Ihr Sohn auch?“, fragte Alva und brachte sie damit sichtlich aus dem Konzept. „Falls nicht, könnte er die Aufgabe übernehmen.“ Mutter und Sohn schauten sich an, seine Augen waren weit aufgerissen, als hätte ihn etwas erschreckt. War es nur die Aussicht, früh aufstehen zu müssen?

„Schon gut, ich werde in der Praxis anrufen und es einrichten“, gab Astrid Stenberg sich geschlagen. „Wann soll es losgehen?“

„Gleich um acht Uhr, umso schneller sind wir durch. Wir treffen uns vor dem Haus."

Alva und Jördis gaben Sven die Gelegenheit, noch einmal nach Hause zu fahren. Er wollte wenigstens nach dem Rechten sehen und Gundel helfen, die Kinder ins Bett zu bringen. Sie dagegen versorgten sich nur schnell mit ein paar Sandwiches und zwei Thermoskannen heißem Kaffee. Dann fuhren sie auf dem kürzesten Wege zum Haus von Sarah zurück. Einen strategisch günstigen Platz, von dem aus sie nicht sofort zu sehen waren, hatten sie sich bereits ausgesucht. Auf der gegenüberliegenden Seite gab es ein Haus, vor dem drei Buchen eine stattliche Hecke bildeten. Zwischen Haus und Baumgruppe war gerade genug Platz, um ein Auto zu parken. Hier waren sie so gut wie unsichtbar und hatten das Geschehen im Blick. Sven stieß schon bald zu ihnen, er hatte sein Auto zwei Straßen weiter geparkt und näherte sich zu Fuß. Alva musste aussteigen und ihn auf sich aufmerksam zu machen, sonst hätte er sie glatt übersehen.

„Perfekt getarnt", sagte er anerkennend. „Ich habe euch was mitgebracht. Gundel hat gebacken, Mulberry - Muffins, ihre Spezialität."

Die kleinen Kuchen schmeckten köstlich, Alva und Jördis sparten nicht mit Lob. Sven erzählte von seinen Kindern, danach Jördis von ihrem letzten Date, bei dem sich der vermeintliche Traumtyp mal wieder als komplettes Arschloch entpuppt hatte.

„Achtung, da kommt jemand", flüsterte Alva. Der Radfahrer näherte sich ohne Licht und war daher in der Dunkelheit schwer auszumachen. Die Leuchtziffern der Uhr auf dem Armaturenbrett zeigten zehn Minuten nach Mitternacht.

„Er geht ins Haus und er ist garantiert kein Geist", flüsterte Jördis. „Wollen wir hinterher?"

„Einen Augenblick noch, lassen wir ihm einen kleinen Vorsprung“, sagte Alva. Nach wenigen Minuten drang ein schwacher Lichtschein aus dem Haus.

„Jetzt“, sagte sie. Sie huschten über die Straße. Die Haustür war nicht verschlossen, der Eindringling fühlte sich entweder sehr sicher oder hatte es zu eilig, um darauf zu achten. Alva stieß die Tür mit dem Ellbogen auf, mit beiden Händen hielt sie ihre Waffe vor sich. „Sichern“, raunte sie ihren Kollegen zu, die unmittelbar hinter ihr waren.

Ein schwacher Lichtschein erhellte die Diele, die sie nun betraten. Gleich darauf war da ein Geräusch, als würde etwas über Blech schaben. Alva drehte sich auf der Suche nach der Quelle halb im Kreis und erkannte eine Gestalt, die sich tief über einen der Heizkörper an der Wand beugte. Sie schien damit beschäftigt zu sein, etwas, was dahinter verborgen war, hervorzuzerren.

„Hände hoch und keine Bewegung! Polizei!“, herrschte Alva den Schatten an. Gleich darauf wurde es hell, Jördis hatte einen Lichtschalter betätigt. Und da stand er nun, völlig verdattert, noch immer in dem gleichen fleckigen T-Shirt: Mika Stenberg. Mit wenigen Schritten war Alva bei ihm. „Was haben wir denn da?“, fragte sie und erwartete nicht wirklich eine Antwort. Das Ding, das Mika noch in der Hand hielt und von dem ausgehend Drähte hinter den Heizkörper führten, erkannte sie auch mit ihren begrenzten technischen Fähigkeiten als einen Empfänger der Marke Eigenbau.

„Daher kamen also die Geisterstimmen. Wie man mit einer so banalen Konstruktion einen Menschen in Angst versetzen kann, ist schon erschreckend.“

„Ich habe nichts ...“, stammelte Mika „Ich habe das zufällig gefunden.“

„Sparen Sie sich Ihre Erklärungen für später“, herrschte Alva ihn an. „Sie sind hiermit vorläufig festgenommen.

Sie stehen unter dem dringenden Verdacht, etwas mit dem Verschwinden von Sarah Viklund zu tun zu haben.“

61.

Sie waren in dieser Nacht doch noch zum Schlafen gekommen, während die Spurensicherung im Haus der Viklunds eine Nachtschicht eingelegt hatte. Jetzt war die ganze Abteilung im Besprechungsraum versammelt, wo Lucas Marklund, der Chef der Spurensicherung, ihnen die Ergebnisse präsentierte.

„Es gab nicht nur diesen einen Empfänger in der Diele, sondern noch zwei weitere“, sagte er gerade. „Einer befand sich im oberen Flur hinter einem Heizkörper in der Nähe der Schlafzimmer, ein weiterer im Keller neben der Treppe. Die Konstruktion ist simpel, aber wirkungsvoll. Der Täter wird mit einem Sender in der Nähe des Hauses gestanden und die Geräusche und Stimmen von dort aus auf die Empfänger übertragen haben. Durch die Rohre der Heizung wurde der Schall optimal weitergeleitet. Wir haben das mal ausprobiert, es klang echt gruselig. Er muss sich übrigens sehr sicher gefühlt haben, auf allen Geräten konnten wir Fingerabdrücke sichern. Und nicht nur dort, auch auf den Kruzifixen und dem anderen Gedöns, das da an den Wänden hing. Natürlich müssen wir noch überprüfen, ob sie wirklich von ihm stammen.“

„Das wäre gut, obwohl es keinen Zweifel daran gibt, wer der Urheber des Spukes war. Wir haben ihn schließlich auf frischer Tat ertappt.“ Alva schaute auf ihre Uhr. „Übrigens müssen die Stenbergs gleich hier auftauchen, wir müssen uns einigen, wie wir uns für die Vernehmungen aufteilen wollen.“

Mika Stenberg hatte die Nacht in einer Zelle verbringen müssen, durfte aber seine Eltern anrufen und sie von seiner Festnahme in Kenntnis setzen. Astrid Stenberg hatte äußerst aufgebracht reagiert. Sie legte lautstark Beschwerde ein und wollte am liebsten mit dem Polizeipräsidenten verbunden werden. Zu ihrem Leidwesen musste sie sich mit Alva begnügen, die sie bei dieser Gelegenheit gleich für den Vormittag zur Vernehmung einbestellte. Freigenommen hatte sie sich ja bereits und die Hausdurchsuchung hatte nun ohne sie stattgefunden.

„Ich übernehme zusammen mit Sven den Bengel, du und Jördis, ihr könnt mit den Eltern sprechen“, sagte Rurik zu Alva. Alva war überzeugt, damit den schwierigeren Part zugeteilt bekommen zu haben. Mika Stenberg würde nach der Nacht in der Zelle bestimmt schnell einknicken, seine Mutter war aus härterem Holz geschnitzt.

Das Telefon klingelte und die Diensthabende in der Pforte informierte sie über das Eintreffen der Stenbergs. „Sie sollen raufkommen“, sagte Rurik und veranlasste anschließend, Mika aus der Zelle zu holen und in einen der Verhörräume zu bringen.

Astrid Stenberg wurde von ihrem Mann begleitet, dem die Verwunderung über das, was da gerade über seine Familie hereinbrach, ins Gesicht geschrieben stand. Er war ein schmaler blasser Mann mit schütterem Haar und einer Brille, jemand, dessen Gesicht man sich kaum merken würde. Seine Frau ging sofort wieder zum Angriff über.

„Was werfen Sie meinem Sohn eigentlich vor?“, herrschte sie Alva an. „Dürfen Sie ihn einfach so ohne Grund festhalten?“

„Ohne Grund würden wir das nicht tun“, stellte Alva richtig. „Kommen Sie bitte mit und lassen Sie uns das Weitere in Ruhe besprechen.“ Sie ging voran in einen der Verhörräume und bat darum, mit den Ehepartnern getrennt zu sprechen. Herr Stenberg erhob keinen Widerspruch und ließ sich auf einer Bank im Flur nieder. Jördis, die die Nachhut bildete, schloss die Tür hinter ihnen. Sie und Alva setzten sich Astrid Stenberg gegenüber.

„Um Ihre Frage, was wir Ihrem Sohn vorwerfen, zu beantworten“, begann Alva das Gespräch, „möchte ich Ihnen Folgendes mitteilen. Wir haben ihn gestern dabei überrascht, wie er Beweismaterial aus dem Haus von Sarah Viklund entfernen wollte.“

„Wovon reden Sie? Was für Beweismaterial denn?“

„Ich rede von technischen Vorrichtungen, um Geräusche und Stimmen zu übertragen. Damit sollte Ihrer Nichte Angst eingejagt werden, was ja offenbar auch gelungen ist. Ich frage Sie jetzt, ob Sie davon gewusst haben.“

Astrid Stenberg lief rot an. „Das ist doch totaler Unsinn, was Sie da erzählen. Ja, Sarah hat Stimmen gehört, weil sie krank ist. Ich habe versucht, ihr zu helfen, habe meinen ganzen Einfluss geltend gemacht, damit sie in einer Klinik behandelt wird.“

Alva unterbrach sie. „Das alles haben Sie bereits mehrfach erzählt. In der Klinik ist man zu dem Schluss gekommen, Sarah wäre nicht krank. Diese Auffassung vertritt übrigens auch der Therapeut, bei dem sie aktuell in Behandlung ist. Merkwürdigerweise waren Sarahs Symptome an das Haus gebunden, sie traten nur dort auf. Den Grund dafür kennen wir nun. Die Stimmen und Geräusche, die sie quälten, wurden künstlich erzeugt. Der

Urheber war zweifelsfrei Ihr Sohn, er hat versucht, die Vorrichtungen zu entfernen, damit wir sie bei der angekündigten Durchsuchung des Hauses nicht finden."

Die Augen von Astrid Stenberg wurden ganz schmal. „Sie haben ihm eine Falle gestellt. Wie kommen Sie dazu, meinen Sohn zu verdächtigen?"

„Nun, wir haben ihn nicht zu Unrecht verdächtigt, wie sich herausgestellt hat. Sie alle, Ihre ganze Familie, hatten ein Motiv, Sarah Viklund aus ihrem Haus zu vertreiben. Weil Sie selbst Interesse daran haben. Schließlich hatten Sie Sarah bereits vorgeschlagen, Ihren Sohn dort einziehen zu lassen."

„Was unterstellen Sie uns eigentlich?" Wütend hieb sie mit der Faust auf den Tisch. „Ich habe immer nur Sarahs Wohl im Auge gehabt. Ich wollte sie bei uns wohnen lassen, damit sie sich nachts nicht mehr ängstigen muss. Und Mika hätte auf das Haus aufgepasst, wir konnten es schließlich nicht leer stehen lassen. Aber was immer dort mit Sarah passiert ist, damit habe ich nichts zu tun. Und mein Sohn auch nicht. Wir sind eine anständige Familie."

62.

Während seine Mutter Mikas Unschuld beteuerte, hatte dieser gegenüber Rurik und Sven die gegen ihn erhobenen Vorwürfe weitgehend eingeräumt.

„Sarah ist doch wirklich nicht ganz dicht“, verteidigte er sich. „Die hat sich im Haus versteckt und kaum allein auf die Straße getraut. Aber keiner hat was unternommen. Ich wollte die Sache ein wenig vorantreiben.“

„Wie darf ich das mit dem Vorantreiben verstehen?“, fragte Rurik drohend.

„Sie sollte aus dem Haus ausziehen. Ich hätte ihr mein Zimmer überlassen. Immer mit meinen Eltern in der kleinen Wohnung zusammenzuhocken, das habe ich langsam nicht mehr ausgehalten.“

„Und Sie meinten, Ihrer Cousine wäre das zuzumuten gewesen“, sagte Sven.

Mika zuckte mit den Schultern. „Warum nicht? Sie hockte doch sowieso immer nur allein drin rum. Hatte keine Freunde und so.“

„Wäre es nicht viel praktischer gewesen, Sarah gleich in eine Klinik einzuweisen? Nicht nur für ein paar Wochen, wie das schon einmal der Fall war, sondern dauerhaft?“

„Ja, vielleicht." In seinem runden Gesicht war keine emotionale Regung zu erkennen.

„Herr Stenberg, wusste Ihre Mutter davon, was Sie in dem Haus getrieben haben?"

„Nein, sie hatte keine Ahnung." Jetzt wirkte er fast erschrocken.

„Woher hatten Sie den Schlüssel?"

„Wir hatten immer einen Schlüssel für das Haus. Nachdem Wilma verschwunden war, hat meine Mutter sich um Sarah gekümmert."

„Aber später hat Sarah den Schlüssel doch zurückverlangt?"

„Ja, das war, nachdem sie aus der Klinik gekommen war. Meine Mutter hat ihn ihr auch gegeben. Aber da hatte ich mir schon einen eigenen nachmachen lassen."

„Wusste Ihre Mutter davon?"

„Nein, natürlich nicht."

„Gut, dann schildern Sie uns mal, wie Sie Ihren Spuk inszeniert haben." Rurik lehnte sich zurück und nickte Mika Stenberg zu.

Es war so gewesen, wie Lucas Marklund es bereits geschildert hatte. Mika hatte sich abends mit einem Sender vor das Haus begeben und Stimmen und Geräusche abgespielt.

„Sie haben das Haus also gar nicht betreten?", fragte Rurik.

„Anfangs bin ich schon reingegangen, aber später nicht mehr. Einmal hat Sarah mich sogar gesehen. Aber sie hat mich im Dunkeln zum Glück nicht erkannt und wohl für einen Geist gehalten." Er lachte dümmlich. „Außerdem hat sie öfter mal die Polizei gerufen, die kamen immer ziemlich schnell. Von denen wollte ich wirklich nicht gesehen werden."

„Was haben Sie sonst noch so in dem Haus gemacht? Haben Sie die Wände in Sarahs Zimmer mit den Zeichnungen und Amuletten dekoriert? Falls ja, sollten Sie es lieber gleich zugeben. Wir haben eine Menge Fingerabdrücke sicherstellen können."

Stenberg schluckte schwer, damit schien er nicht gerechnet zu haben. Dann erschien ein verlegenes Grinsen auf seinem runden Gesicht. „Ist doch gut geworden, oder? Die Wände waren vorher reichlich kahl."

Rurik beugte sich über den Tisch und kniff die Augen zusammen. „Sie scheinen das alles für einen Spaß zu halten. Das ist es aber ganz und gar nicht. Sarah Viklund ist spurlos verschwunden. Der Verdacht, Sie könnten etwas damit zu tun haben, liegt daher sehr nahe. Und weil wir schon mal dabei sind: Was ist mit Sarahs Eltern passiert, die ebenfalls nie wieder aufgetaucht sind? Haben Sie und Ihre werte Familie da ebenfalls nachgeholfen?"

„Nein, was soll der Quatsch? Ich sage überhaupt nichts mehr, ich will jetzt nach Hause." Mika Stenberg verschränkte die Arme vor der Brust.

„Das können Sie getrost vergessen, wir sind noch lange nicht fertig mit Ihnen. Warten Sie hier."

Rurik ging nach draußen und traf im Flur auf Alva und Jördis, die gerade mit Mats Stenberg, dem Vater von Mika, aus dem Verhörraum kamen. Seine Frau, die sich noch immer nicht beruhigt hatte, saß mit hochrotem Kopf auf einem Stuhl.

„Das passt ja ausgezeichnet", sagte Rurik. „Warten Sie hier bitte einen Augenblick." Er zog Alva zur Seite. „Und, habt Ihr etwas erfahren können?", fragte er leise.

Sie schüttelte den Kopf. „Der Mann scheint wirklich völlig ahnungslos zu sein. Bei ihr bin ich mir nicht zu hundert Prozent sicher. Aber sie streitet alles ab."

„Dann bringen wir sie jetzt mal mit ihrem Sohn zusammen und gucken, was passiert. Kommt ihr?"

Sven hatte in der Zwischenzeit einen weiteren Stuhl geholt, sodass Astrid und Mats Stenberg rechts und links von ihrem Sohn Platz nehmen konnten. Alva und Jördis blieben im Hintergrund stehen, beide winkten ab, als Sven seinen Stuhl für sie freimachen wollte.

„Herr und Frau Stenberg“, sagte Rurik, „Ihr Sohn hat nicht nur gestanden, dass er für die Geräusche und Stimmen im Haus von Sarah Viklund verantwortlich war. Er hat auch die Zeichnungen und Amulette in ihrem Zimmer angebracht.“

Mats Stenberg nahm seine Brille ab, legte eine Hand vor die Augen und schüttelte fassungslos den Kopf. Seine Frau ging wie eine Furie auf ihren Sohn los.

„Sag mal, bist du komplett übergeschnappt?“, kreischte sie. „Was hast du dir dabei gedacht?“

„Was hast du dir dabei gedacht?“, äffte er sie hämisch nach. „Du wolltest doch auch, dass Sarah aus dem Haus verschwindet.“ Mit einem lauten Klatschen landete die Hand von Astrid Stenberg auf seiner Wange und hinterließ dort einen deutlichen Abdruck.

„Ich muss Ihre kleine innerfamiliäre Unterhaltung leider unterbrechen“, sagte Rurik. „Ihr Sohn wird sich für die Vorgänge im Haus zu verantworten haben, doch das ist nicht Ihr Hauptproblem. Sarah Viklund wird vermisst und Sie hatten ein nachweisliches Interesse an ihrem Verschwinden. Sie müssen sich für weitere Befragungen bereithalten und sollten sich um einen Anwalt kümmern. Denn auch eine andere Frage erscheint plötzlich in einem neuen Licht: Was ist vor zwei Jahren mit Sarah Viklunds Eltern passiert?“

63.

„Wenn du weißt, was mit meinen Eltern passiert ist, musst du es mir sagen, bitte.“ Sarah schaute den Mann, der ihr so vertraut und gleichzeitig fremd war, flehend an. Thies hatte sich sehr verändert. All ihre Freundinnen, die ihm früher begegnet waren, hatten hinterher von seinem guten Aussehen geschwärmt. Für einen Mann war er beinahe zu schön gewesen mit seinem ebenmäßigen Gesicht, den Bernsteinaugen und dem Haar, dessen Farbe an Honig erinnerte. Den Goldjungen hatte ihr Vater ihn oft scherzhaft genannt. Jetzt war der goldene Glanz verblasst. Thies hatte stark abgenommen, sein Gesicht wirkte kantig und zwei tiefe Furchen zogen sich von der Nasenspitze bis zu den Mundwinkeln. Sein Haar war stumpf geworden, es reichte ihm bis zu den Schultern und er trug es zu einem Pferdeschwanz gebunden. Bartstoppeln bedeckten sein Kinn und seine Wangen. Doch am meisten hatte sich der Ausdruck seiner Augen verändert, in dem jetzt eine Härte lag, die Sarah früher nie an ihm gesehen hatte.

„Du musst Geduld haben, Sarah“, sagte er. „Noch kenne ich nicht alle Teile des Puzzles. Solange ich das Rätsel nicht vollständig gelöst und meine Mission nicht beendet habe, ist es besser, wenn du nicht alles weißt.“

„Aber ich halte es einfach nicht mehr aus. Sag mir wenigstens, ob sie tot oder am Leben sind. Sie sind tot, nicht wahr?“

Sein Nicken war kaum wahrnehmbar, doch Sarah hatte es gesehen. Ihr schossen die Tränen in die Augen.

„Warum Thies, was ist damals passiert? Hatte Wilma es herausgefunden? War ihr Tod gar kein Unglücksfall? Ist uns damals auf dem Kungsleden jemand gefolgt und hat die Gelegenheit genutzt, Wilma aus dem Weg zu schaffen?“

Thies stand auf und ging zum Kamin hinüber, in dem ein Feuer brannte. Mit bedächtigen Bewegungen legte er zwei Holzscheite nach.

„Du stellst zu viele Fragen, Sarah. Mehr, als ich dir im Moment beantworten kann. Sobald der richtige Zeitpunkt gekommen ist, wirst du auf alles eine Antwort bekommen, das verspreche ich dir. Bis dahin steht deine Sicherheit an erster Stelle. Niemand wird dich hier finden.“

Das Feuer verbreitete eine behagliche Wärme in der kleinen Hütte, Sarah fröstelte trotzdem. Sie ahnte die Gefahr, in der sie schwebte. Jemand hatte es sich zum Ziel gesetzt, ihre ganze Familie auszulöschen, und war nun hinter ihr her. Sie war Thies dankbar für die Sicherheit, die er ihr bot. Die kleine Hütte am See war gar nicht so weit von zu Hause entfernt, doch niemand würde auf die Idee kommen, sie hier zu suchen. Sogar ihre Dämonen suchten sie hier nicht heim und ließen sie in den Nächten ruhig schlafen. Allmählich dämmerte ihr, dass sie niemals in ihrem Kopf, sondern im Haus gelebt hatten. Ihr Ursprung war nicht übernatürlicher Art gewesen, sondern jemand hatte sie damit in den Wahnsinn treiben wollen.

„Hat Wilma zu viele Fragen gestellt?“ Obwohl Thies ganz offensichtlich nicht darüber reden wollte, konnte Sarah nicht aufhören, in ihn zu dringen. „Sie wusste etwas, sie hat Aufzeichnungen gemacht. Es ging um ein Pentagramm mit einer Schlange, das zu einer Person gehört haben muss. Ich glaube, sie war dieser Person auf der Spur. Warum bist du einfach verschwunden und hast Wilma nicht beschützt, Thies?“

Es war vielleicht ungerecht, ihm diesen Vorwurf zu machen, doch nur so konnte sie ihn zu einer Äußerung bewegen. Auch jetzt funktionierte es. Fast erschrak sie über den Ausdruck tiefen Schmerzes in seinen Augen, als er sich zu ihr umdrehte.

„Es vergeht kein Tag, an dem ich nicht an sie denke“, sagte er leise. „Mit der Schuld, nicht bei ihr geblieben und auf sie aufgepasst zu haben, muss ich leben. Ich werde mir das nie verzeihen.“

Sein Blick wanderte zu Sarahs Hand und dem Ring, der an ihrem Finger steckte. Verlegen drehte Sarah ihn hin und her. Zweifellos hatte Thies den Ring erkannt.

„Wilma hat deinen Ring nie abgelegt“, sagte sie leise. „Nachdem man sie gefunden hatte, hat man ihn mir übergeben. Er gibt mir das Gefühl, mit ihr verbunden zu sein, weil er bis zuletzt an ihrem Finger gesteckt hatte. Aber wenn du ihn wiederhaben willst ...“

„Nein“, sagte er schnell. „Auf keinen Fall. Trag du ihn weiterhin, Wilma hätte es bestimmt so gewollt.“

„Warum hast du sie verlassen?“, fragte Sarah. „Gerade, als sie dich am dringendsten gebraucht hätte?“

Er sah sie mit einem gequälten Ausdruck an. „Ich habe es damals anders empfunden. Wilma ging völlig in der Sorge um eure Eltern auf, ich konnte sie überhaupt nicht mehr erreichen. Schließlich habe ich geglaubt, es wäre besser, wenn ich sie freigebe.“

Er hatte sich geirrt, auf tragische Weise geirrt. Als Wilma schließlich vermisst wurde und er zufällig davon erfahren hatte, war er zurückgekehrt. Er hatte sich nie bei Sarah gemeldet, hatte sich vielmehr von ihr ferngehalten, um sie nicht zu gefährden. Schon damals musste er die Bedrohung erkannt haben, die über ihrer Familie schwebte. Deshalb hatte er Sarah zwar nicht kontaktiert, sie aber nie aus den Augen gelassen, wie er ihr versichert hatte. In den vergangenen Wochen hatte er das Haus fast ständig beobachtet. Er hatte in dem dunklen Wagen gesessen, der ihr mehrfach aufgefallen war. Sarah vertraute Thies und sie war froh, sich bei ihm geborgen zu wissen. Doch sein Schweigen machte sie manchmal fast wahnsinnig. Was wusste er über die zurückliegenden Ereignisse? Waren die Geheimnisse, die ihre Familie umgaben, zu dunkel, um darüber zu sprechen?

64.

Die Sonne war gerade untergegangen, die Oberfläche des Sees schimmerte wie Blei. Die Bäume, die den Hornasjön umgaben, bildeten jetzt eine dunkle Wand. Das Haus lag einsam zwischen Bäumen verborgen und war ziemlich heruntergekommen. Thies hatte es nach eigenen Angaben preiswert erworben und bewusst wenig daran gemacht. Normalerweise waren Sommerhäuser begehrt, doch es gab viele Seen hier in der Gegend und die meisten waren schöner und wiesen eine interessantere Umgebung auf als der Hornasjön. Es kamen kaum Wanderer vorbei und wenn sich doch jemand hierher verirrte, würde er das Haus für unbewohnt halten. Die Fensterläden zur Vorderseite blieben immer geschlossen.

Sarah war allein, Thies hatte das Haus am Nachmittag verlassen und ihr eingeschärft, nicht vor die Tür zu gehen. Obwohl die Gefahr, gesehen zu werden, äußerst gering war, hielt sie sich daran. Sie fragte sich, ob wohl jemand nach ihr suchte. Sie hatte ihre Termine bei Dr. Nyberg versäumt, aber ob er sich deshalb Sorgen um sie machte? Ihrer Tante war ihr Verschwinden vermutlich überhaupt noch nicht aufgefallen. Seit ihrem letzten Streit hatten sie keinen Kontakt gehabt. Blieb nur Bea. Immerhin hatten sie verabredet, am Freitag gemeinsam nach Holland zu fahren. Bea musste stutzig geworden sein, weil sie sich nicht wieder bei ihr gemeldet hatte und den Termin einfach verstreichen ließ. Bestimmt hatte Bea versucht, sie anzurufen. Heute war Sonntag, vielleicht hatte sie persönlich vorbeigeschaut, nachdem Sarah telefonisch nicht zu erreichen gewesen war. Oder war Bea einfach verstimmt, hielt sie nun für unzuverlässig und kümmerte sich nicht weiter um sie? Nein, das passte nicht zu ihr. Aber ob sie deshalb eine Suchaktion ausgelöst hatte? Es gab hier keinen Fernseher und nicht einmal ein Radio. Da Sarah in jener schlimmen Nacht nur mit dem, was sie am Leibe trug, aus dem Haus gelaufen war, hatte sie auch ihr Handy nicht bei sich. Bisher hatte sie es kaum vermisst, sie hatte erst einmal den Schock über das Auftauchen von Thies und seine Andeutungen über ihre Familie verdauen müssen. Doch jetzt, wo sie ganz allein im Haus war, wurde sie allmählich unruhig. Natürlich hatte Thies ihr nicht gesagt, wohin er wollte. Bestimmt hing es wieder mit seiner Mission zusammen, über die sie nichts Genaueres wissen durfte. Wenn er doch damals nur bei Wilma geblieben wäre. Gedankenverloren drehte Sarah an dem Ring. Sie hatte schon wieder abgenommen, denn er saß lockerer als sonst. Sie musste aufpassen, damit er ihr nicht vom Finger rutschte. Probehalber schüttelte sie ihre Hand und schon passierte es: Der Ring glitt vom Finger, fiel auf den Boden und kullerte unter einen Schrank. Sarah fluchte leise und stand auf, um ihn zu holen. Sie musste sich flach auf den Boden legen, ganz hinten an der Wand sah sie etwas blitzen. Ihr Arm reichte nicht aus, um den Ring zu erreichen, so sehr sie sich auch anstrengte. Sie stand auf, klopfte den Staub von ihrer Jeans, die ohnehin dringend gewaschen werden musste, und sah sich nach einem geeigneten Werkzeug um. Hinter dem Schrank lugte der Griff einer Eisenstange hervor. Sie zog daran und hielt ein Schüreisen in der Hand, das lang genug sein musste, um den Ring zu erreichen. Tatsächlich hatte sie damit Erfolg, zusammen mit einem Knäuel aus Staubflocken konnte sie den Ring zu sich heranziehen. Erleichtert steckte sie ihn wieder an den Finger. Dann machte sie sich daran, den Schürhaken vom Staub zu befreien. Aber das war gar kein einfacher Haken, er endete in einer Verzierung, die ihr nicht aufgefallen war, da sie nur an den Ring gedacht hatte. Jetzt schaute sie sie genauer an und ihr Verstand weigerte sich zu begreifen, was sie sah. Sie hielt ein Brandeisen in der Hand, das wie ein Pentagramm geformt war, durch das sich eine Schlange wand.

65.

Es war der pure Instinkt, der sie vorwärtstrieb, eine Mischung aus Angst, Entsetzen und Selbsterhaltungstrieb. Ohne lange nachzudenken, war Sarah aus dem Fenster gestiegen und losgelaufen. Es war inzwischen stockdunkel und der Boden glitschig. Ihre leichten Ballerinas waren denkbar ungeeignet, um auf diesem Untergrund voranzukommen. Noch immer trug sie ihren Schlafanzug unter dem Pullover und der Jeans, die sie damals in ihrer Panik schnell übergestreift hatte. Sie hatte keine Ahnung, in welche Richtung sie laufen musste. Der nächste Ort war Traryd, ein Dorf mit 600 Einwohnern, und er war gut neun Kilometer vom See entfernt. Es gab eine Straße dorthin, die sie erreichen musste. Doch dort lauerte eine weitere Gefahr. Sarahs größte Angst war es, plötzlich von den Scheinwerfern des Wagens erfasst zu werden, mit dem Thies zum Haus zurückkehrte. Thies, der Mörder, der drei Frauen umgebracht hatte. Oder waren es noch viel mehr gewesen? Auf jeden Fall war er nicht der, für den alle ihn gehalten hatten. Waren ihre Eltern hinter sein Geheimnis gekommen und hatte er sie deshalb umgebracht? Und später auch noch Wilma, die er angeblich über alles geliebt hatte? Sarah fragte sich, warum er sie noch am Leben gelassen hatte. Vielleicht um herauszufinden, wie viel sie wusste und wem sie bereits davon erzählt hatte. Nein, sie durfte ihm auf keinen Fall in die Arme laufen, weshalb sie den Weg quer durch den Wald gewählt hatte. Eine Wurzel, über die sie stolperte, und der folgende schmerzhafte Sturz rissen sie aus ihren Gedanken. Sarah war seitlich aufgekommen, ihre rechte Schulter und der Arm brannten wie Feuer. Ohne sich weiter darum zu kümmern, lief sie weiter. War das Sommerhaus, in dem Thies sich versteckt hielt, das einzige hier am See? Sarah konnte sich das nicht vorstellen. Es musste hier noch mehr Hütten geben, die um diese Zeit von Anglern bewohnt wurden. Sie hoffte inständig, auf einen Menschen zu treffen, der ihr weiterhelfen und die Polizei informieren würde. Der Wald lichtete sich jetzt ein wenig und vor ihr schimmerte der See im fahlen Mondlicht. Noch etwas anderes erregte ihre Aufmerksamkeit, die hellen Mauern eines kleinen Hauses. Aus einem der Fenster drang ein schwacher Lichtschein. Sarah nahm ihre ganze Kraft zusammen und rannte darauf zu. Als sie es erreicht hatte, musste sie sich an der Wand abstützen und abwarten, bis ihr Herzschlag und ihre Atmung sich wieder beruhigt hatten. Das Haus war ein Flachbau, dem später ein Anbau hinzugefügt worden war, der von den Proportionen nicht dazu passte. Der Lichtschein, den Sarah gesehen hatte, drang aus einem Fenster, dessen hölzerne Jalousie nicht vollständig geschlossen war. Durch einen Spalt konnte sie in ein Zimmer schauen, in dem eine alte Frau unter einer Stehlampe saß und mit einer Handarbeit beschäftigt war. Sarah holte tief Luft und klopfte dann gegen die Jalousie, die ein lautes Rasseln von sich gab. Die Frau reagierte nicht, vielleicht hörte sie schwer. Beim zweiten Versuch klopfte Sarah heftiger, diesmal schaute die Frau auf und drehte den Kopf zum Fenster hin. Sarah klopfte erneut.

„Hallo, ist da jemand?“ Die Frau erhob sich schwerfällig und humpelte auf das Fenster zu. Sie öffnete es einen kleinen Spaltbreit, ließ die Jalousie aber unten.

„Bitte erschrecken Sie nicht, ich brauche Hilfe. Können Sie mich bitte reinlassen?“

Ein undeutliches Brummen war die Antwort, die Frau machte keine Anstalten, auf Sarahs dringende Bitte einzugehen. Seit fast dreißig Jahren lebte sie hier draußen am See, früher zusammen mit ihrem Mann, seit seinem Tod vor fünf Jahren allein. Ihre Tochter bestürmte sie fast täglich, zu ihr in die Stadt zu ziehen. Doch Magda Larson dachte überhaupt nicht daran. Einen alten Baum verpflanzt man nicht, hier war sie glücklich gewesen, hier würde sie bis zu ihrem Tod bleiben. Angst kannte sie nicht, wer sollte einer achtzigjährigen Frau, bei der es nichts zu holen gab, schon etwas antun? Dumm war sie aber auch nicht und seit sie für ihre Gutgläubigkeit einmal teuer bezahlen musste, war sie vorsichtig. Damals hatte ein junges Pärchen darum gebeten, ihr Telefon benutzen zu dürfen, weil sie mit ihren Handys angeblich keinen Empfang hatten. Magda hatte sie ins Haus gelassen. Während der Mann telefonierte, hatte die Frau sie um ein Glas Wasser gebeten. In der Küche war sie von ihr in ein Gespräch verwickelt worden. Hinterher war ihr ganzes Bargeld, das sie im Wohnzimmerschrank aufbewahrt hatte, verschwunden gewesen. Und nicht nur das, auch der Schmuck, den ihr Mann ihr geschenkt hatte. Er war nicht besonders wertvoll, doch mit schönen Erinnerungen verbunden gewesen, weshalb der Verlust sehr wehtat. Nein, das würde ihr ganz bestimmt kein zweites Mal passieren, sie ließ niemanden mehr in ihr Haus, den sie nicht kannte. Jetzt fing diese Fremde da draußen doch tatsächlich mit der gleichen Masche an wie die beiden Betrüger damals.

„Bitte, lassen Sie mich wenigstens telefonieren.“

„Wozu?“, fragte Magda unwirsch. „Haben Sie kein Handy?“

„Nein, ich habe überhaupt nichts, abgesehen von den Sachen, die ich anhabe“, sagte Sarah, die gerade feststellte, dass sie in diesen Sachen zu frieren begann. „Ich bin entführt worden, von einem sehr gefährlichen Mann. Sie müssen doch von den Frauenmorden gehört haben.“

Nein, Magda hatte nichts gehört, sie hatte keinen Fernseher, nur ein Radio, das sie kaum noch einschaltete, seit sie immer schlechter hörte. Ihr Mann und sie hatten sich damals bewusst für ein ruhiges Leben in der Natur entschieden, ohne Fernseher. Sie hatten der Welt mit all ihrer Hektik und Gewalt den Rücken zugekehrt und es hatte ihnen gutgetan. Was faselte die Kleine da von einem Mörder?

„Bitte, der Mann lebt hier ganz in der Nähe in einer Hütte. Er wird auch mich umbringen, wenn er mich findet.“ Sarah war den Tränen nahe.

In einer Hütte in der Nähe? Da gab es nur das alte Sommerhaus der Sandströms. Die Erben hatten sich so lange über die weitere Nutzung gestritten, bis es völlig heruntergekommen war. Dort lebte niemand, da war Magda sich sicher. Die Kleine hatte sich eine wilde Geschichte ausgedacht, um ins Haus gelassen zu werden. Aber doch nicht mit ihr, darauf fiel sie nicht herein. Sie machte Anstalten, das Fenster zu schließen.

„Dann rufen Sie wenigstens die Polizei, wenn Sie mich schon nicht reinlassen wollen“, bettelte Sarah.

Magda Larson dachte kurz nach. Sollte sie das machen? Sie hatte Respekt vor der Polizei, anders als die jungen Leute heute. Da rief man nur aus gutem Grunde an, ein Missbrauch war strafbar, das wusste sie. Was, wenn sie dort anrief und die Kleine sich ins Fäustchen lachte und weglief? Vielleicht war sie gar nicht allein und es saßen noch andere Jugendliche hinter den Bäumen, die nur darauf lauerten, ob der Streich gelingen würde. Und sie hätte dann den Ärger, das wäre gar nicht gut. Ihre Tochter würde das sofort wieder als Argument benutzen, sie zum Umzug zu drängen. Weil sie angeblich nicht mehr auf sich allein aufpassen konnte. Aber das konnte sie, sehr gut sogar. Die Kleine da draußen weinte jetzt oder tat nur so. Magda war kein hartherziger Mensch.

„Hör zu, ich rufe deine Eltern an, damit sie dich hier abholen", sagte sie. „Schreib mir die Nummer auf." Sie langte nach dem kleinen Notizblock mit dem Werbeaufdruck und einem Bleistift. Beides lag ständig neben ihrem Telefon, falls sie mal etwas aufschreiben musste. Sie schob Block und Stift durch den Spalt in der Jalousie nach draußen.

Sarah wollte protestieren, überlegte es sich aber anders. Es war wenigstens eine Chance. Die Nummer von Bea hatte sie im Kopf, die konnte sie aufschreiben. Bea würde sofort begreifen, was los war, und sie würde ihr helfen. Wenn sie nur selbst mit ihr sprechen dürfte, das würde alles vereinfachen. Doch darauf wollte sich die Frau offenbar auf keinen Fall einlassen. Sarahs Hände zitterten, sie hatte Schwierigkeiten, die Nummer aufzuschreiben. Ohne ihr phänomenales Zahlengedächtnis wäre sie jetzt verloren. Ganz langsam und schön groß malte sie die Ziffern nacheinander auf den Zettel. Dann instruierte sie die Frau, was sie sagen sollte. Nicht zu viel, sonst würde sie das nur durcheinanderbringen. Hauptsache Bea kam her, dann würde alles gut werden.

Die Frau humpelte ins Zimmer zurück, wie es aussah, wählte sie jetzt die Nummer. Sarah ballte die Hände so fest zu Fäusten, dass ihr die Fingernägel ins Fleisch schnitten. *Bitte Bea, bitte melde dich.* Qualvolle Minuten vergingen, dann hörte sie die Frau sprechen.

„Ja, hallo? Also hier ist eine junge Frau, die sagt, sie ist eine Freundin von Ihnen. Sarah heißt sie. Sie will abgeholt werden. Wo? Am Hornasjön. Ich wohne hier. Nein, sie ist nicht bei mir, sie wartet draußen. Ich kenne sie schließlich nicht, da kann ich sie nicht einfach ins Haus lassen. Sie wohnen in Göteborg? Na, das ist ja nicht weit, meine Tochter lebt auch dort. Ja, von Göteborg aus immer diese schreckliche mehrspurige Straße lang, mir fällt gerade der Name nicht ein. Ach, Sie wissen Bescheid? Dann ist es ja gut. Wo der Wegweiser zum See steht, da müssen Sie von der Straße runter. Und dann immer dem Weg folgen, dann kommen Sie genau her. Nein, hier sind keine anderen Häuser. Jedenfalls nicht in der Nähe."

Sie beendete das Gespräch und kam zum Fenster zurückgehumpelt. „So, deine Freundin kommt. Geh ihr am besten ein Stück auf dem Weg entgegen, damit sie dich im Dunkeln gleich sieht."

„Ja, vielen Dank."

Magda schaute der schmalen Gestalt hinterher, die sofort von der Dunkelheit verschluckt wurde. Sie hatte sich immerhin bedankt. Ob doch was an ihrer Geschichte dran war? Magda beschloss, ihre Tochter anzurufen und ihr davon zu erzählen.

66.

„Wir haben das Ergebnis der Auswertung der Fingerabdrücke aus dem Zimmer von Sarah Viklund“, sagte Rurik. „Erwartungsgemäß stammen die meisten von Mika Stenberg. Das ist keine Überraschung, weil er bereits zugegeben hat, für die Dekoration der Wände verantwortlich zu sein. Doch es gibt weitere Abdrücke auf den Zeichnungen und Kruzifixen, die auf die Beteiligung einer zweiten Person an dieser Aktion schließen lassen.“

Sven pfiff durch die Zähne. „Da brat mir doch einer ′nen Storch“, sagte er. „Da war die Mutter des guten Mika wohl doch nicht so unschuldig, wie sie sich gibt. Mir war die Frau sofort suspekt.“

„Wir werden auf jeden Fall einen Abgleich vornehmen lassen“, stimmte Rurik zu. „Sie wird alles andere als erfreut sein.“

Das Telefon läutete und Jördis nahm den Anruf entgegen.

„Was sagen Sie da?“, fragte sie. „Einen Augenblick, ich gebe mal an meine Kollegin weiter.“ Sie reichte Alva den Hörer und zuckte mit den Schultern.

„Alva Claesson, womit kann ich Ihnen helfen?“

Die Frau am anderen Ende der Leitung wirkte nervös. „Ich bin mir nicht sicher, ob es überhaupt von Bedeutung ist. Meine Mutter lebt allein draußen in einem Haus am Hornasjön. Sie ist fast achtzig, aber noch gut beieinander, auch geistig, meine ich. Gestern hat sie mich spät abends angerufen und eine merkwürdige Geschichte erzählt. Eine junge Frau hätte bei ihr angeklopft und verlangt, ins Haus gelassen zu werden. Weil sie angeblich in Gefahr wäre."

„Hat Ihre Mutter die Frau ins Haus gelassen?", versuchte Alva das Gespräch abzukürzen. Vermutlich lief es auf irgendeine Betrugsmasche hinaus, dafür war ihre Abteilung nicht zuständig. Sie würde die Anruferin weiterverbinden.

„Nein, so naiv ist meine Mutter nicht. Das heißt, sie ist mal auf ein Betrügerpaar reingefallen und wurde in ihrem eigenen Haus bestohlen. Seitdem ist sie wachsam. Aber die Frau hat erzählt, sie wäre vor einem Mörder auf der Flucht. Vor dem Mann, der die drei Frauen umgebracht hat, über die in letzter Zeit ständig berichtet wurde. Er wollte angeblich auch sie umbringen."

Alvas Herz begann schneller zu klopfen, aber noch war sie auf der Hut. Es konnte sich um einen üblen Trick oder um die Wahnvorstellungen einer Drogensüchtigen handeln.

„Und dann hat sie noch gesagt, der Mörder würde in einer alten Hütte am See leben. Es gibt da tatsächlich ein unbewohntes Sommerhaus, das ziemlich runtergekommen ist. Meine Mutter meint, es würde auch jetzt leer stehen. Aber irgendwie werde ich ein mulmiges Gefühl nicht los. Meine Mutter lebt dort ganz allein und dieses Haus ist nicht weit von ihrem entfernt. Wenn da mal jemand nachschauen würde, wäre ich beruhigter."

„Das machen wir auf jeden Fall. Wie war gleich noch mal Ihr Name?"

„Larson, Ingeborg Larson." Dann beschrieb sie, wo das Haus lag.

Rurik reagierte mürrisch auf den Vorschlag von Alva, gleich selbst zum See zu fahren und nach dem Rechten zu sehen. „Es reicht aus, wenn wir erst mal eine Streife vorbeischicken", sagte er. „Da wollte jemand eine alte Frau erschrecken, weshalb auch immer. Wer übernimmt es, Astrid Stenberg wegen der Fingerabdrücke noch mal herzubringen?"

Jördis meldete sich freiwillig.

Alva griff nach dem Telefon und gab die Nummer von Ingeborg Larson ein. Ihr war ein Einfall gekommen, dem sie unbedingt sofort nachgehen wollte.

„Frau Larson, Alva Claesson noch mal. Ich habe noch eine Frage. Wissen Sie den Namen der Frau, die Ihre Mutter aufgesucht hatte?"

„Nein, das tut mir leid. Ich weiß nicht, ob sie ihr den überhaupt gesagt hat. Aber Sie können Sie gern selbst danach fragen, ich gebe Ihnen die Nummer."

Es dauerte ein wenig, bis Magda Larson ans Telefon ging. „Was, Sie sind von der Polizei? Und meine Tochter hat Sie angerufen? Ich habe nicht gesagt, sie soll das machen, weil ich die ganze Geschichte nicht glaube. Diese Jugendlichen von heute haben doch nur Unsinn im Kopf und das Mädchen war noch sehr jung, eher ein Kind, würde ich sagen."

„Frau Larson, hat dieses junge Mädchen Ihnen vielleicht seinen Namen genannt?", fragte Alva.

„Ja, aber nur den Vornamen. Wie war der doch gleich? Mara? Nein, nicht Mara. Sarah, ja, Sarah hat sie sich genannt."

67.

Sie hatten in aller Eile ein Sondereinsatzkommando angefordert. Rurik hatte das zwar selbst in die Wege geleitet, gab sich aber trotzdem skeptisch.

„Die ganze Angelegenheit kommt mir ziemlich suspekt vor“, knurrte er. „Nur weil das Mädchen sich Sarah genannt hat, muss es sich nicht um Sarah Viklund handeln.“

„Nein, nicht zwangsläufig, aber die Wahrscheinlichkeit ist hoch“, widersprach Alva ihm. „Es gibt eine Verbindung zwischen dem Frauenmörder und Sarah Viklund, auch wenn wir sie noch nicht verstehen. Aber die blutigen Rosen auf dem Grab ihrer Schwester sind ein eindeutiger Hinweis. Wenn Sarah jetzt in Gefahr ist, müssen wir alles tun, um sie so schnell wie möglich zu finden. Und um den Täter dingfest zu machen.“

„Darin sind wir uns einig.“ Rurik erhob sich. „Ich würde es nur bedauern, wenn wir auf einen Streich reingefallen sind und völlig umsonst mit der Kavallerie anrücken.“

„Lieber einmal zu oft als einmal zu wenig.“ Alva prüfte das Magazin ihrer Waffe und nickte Sven zu. „Bist du auch so weit?“, fragte sie.

„Kann losgehen.“ Zu dritt stiegen sie in den Wagen. „Wir halten uns erst einmal im Hintergrund und schicken das Einsatzkommando vor“, legte Rurik fest. „Ist eigentlich genau klar, wohin wir müssen?“

„Ja, wir haben den Standort der Hütte inzwischen genau lokalisiert.“ Sven hatte sich darum gekümmert. „Sie gehörte den Sandströms, einem kinderlosen Ehepaar. Nach deren Tod ist sie an eine Erbengemeinschaft gefallen, die sich nicht einigen konnte. Offiziell steht sie seit Jahren leer.“

Die Fahrt zum Hornasjön dauerte nicht mal eine halbe Stunde. Auf dem Weg zum See passierten sie zuerst das weiße Haus, in dem Magda Larson lebte. Alva hatte ihr bereits angekündigt, sie aufsuchen zu wollen. Doch zunächst mussten sie sich um die Hütte der Sandströms kümmern. Ein schmaler, schwer erkennbarer Weg führte darauf zu. Er war uneben, und rechts und links streiften Zweige ihren Wagen.

„Halt mal kurz an“, sagte Alva zu Sven, der den Wagen fuhr.

Sie stieg aus und lief ein paar Schritte voraus. In der Nacht hatte es geregnet, an einigen Stellen waren Reifenspuren zu erkennen. Rechts von ihr war ein größerer Ast abgebrochen, die Bruchstelle sah frisch aus. Alva ging zum Wagen zurück.

„Hier ist erst kürzlich jemand mit einem Fahrzeug entlanggefahren, wir sollten uns nicht zu nah an das Haus heranwagen“, sagte sie.

„Da vorn ist ein guter Platz.“ Sven lenkte den Wagen auf einen baumlosen Fleck mit felsigem Untergrund. Als kurz darauf der Wagen des SEK hinter ihnen auftauchte, wies Sven den Fahrer ebenfalls ein.

„Wie weit ist es noch? Hundertfünfzig Meter schätze ich.“ Der Leiter des SEK versammelte seine Leute um sich. „Wir teilen uns in drei Gruppen auf und nähern uns dem Objekt von verschiedenen Seiten.“ Das war schnell erledigt und dann verschwanden die Männer zwischen den Bäumen. Alva staunte, wie geräuschlos sie sich trotz ihrer schweren Ausrüstung bewegten. Rurik, der den Einsatz vorhin noch angezweifelt hatte, wirkte plötzlich nervös. Er fummelte an seinem Holster herum.

„Wir müssen jetzt sehr auf der Hut sein“, sagte er. „Falls der Kerl entkommt und in unsere Richtung flüchtet, wird es brenzlig.“

Es war sehr still, nur die Geräusche des Waldes waren zu hören. Irgendwo stieß ein Vogel Laute aus, die sich wie eine Klage anhörten. Ab und zu knackte es im Unterholz. Ruriks Hand wanderte jedes Mal sofort zu seiner Waffe. Alva blieb gelassen, sie war sich sicher, dass Tiere die Geräusche erzeugten. Sven konnte trotz der angespannten Situation ein Gähnen nicht unterdrücken. Dann passierte alles ganz plötzlich. Ein dumpfes Krachen und laute Rufe durchbrachen die Stille. Sie wussten, was das zu bedeuten hatte: Die Tür der Hütte war gewaltsam aufgebrochen und die Männer vom SEK in das Haus eingedrungen. Alva hielt unwillkürlich den Atem an. Bereits nach wenigen Minuten war alles vorüber. Es wurde wieder ruhig, nur fernes Stimmengemurmel war zu hören.

„Klingt nicht so, als hätten sie jemanden gestellt.“ Rurik zog ein mürrisches Gesicht und ging langsam auf den Einsatzort zu, Alva und Sven folgten ihm. Ein Beamter in der dunklen Uniform der Einsatzkräfte kam ihnen auf dem Weg entgegen, er schob das Visier seines Helms nach oben. „Da war niemand“, sagte er. „Sieht auch nicht so aus, als würde er sich in der Nähe aufhalten. Dort muss vor kurzem noch ein Fahrzeug gestanden haben, aber das ist weg.“

„Dann sollten wir uns mal gründlich umsehen“, schlug Alva vor. Kurz darauf standen sie vor dem Haus, das von hohen Büschen umschlossen wurde. Schon aus wenigen Metern Entfernung war es kaum auszumachen, ein perfektes Versteck. Die Tür, die vom SEK aufgebrochen worden war, hing schief in den Angeln. Drinnen herrschte diffuses Dämmerlicht, erst als jemand die Läden öffnete, traten die Konturen des Raumes deutlicher hervor. Er war etwa vierzig Quadratmeter groß und nahm die gesamte Grundfläche des Hauses ein. Möbliert war er mit einem klobigen Schrank, einem Tisch, zwei Stühlen und einer Art Anrichte, auf der benutztes Geschirr stand. Es musste erst kürzlich jemand hier gewesen sein. In einer Ecke lagen eine Matratze, ein Schlafsack und ein Haufen Decken. Es schien weder Strom noch fließendes Wasser zu geben, dafür einen Brunnen mit Pumpe hinter dem Haus und ein separates Plumpsklo. Was jedoch die größte Aufmerksamkeit von Alva erregte, was der aus groben Feldsteinen gemauerte Kamin. Er war nicht groß, aber groß genug, um ein Brandeisen darin zu erhitzen. Sie ließ ihre Augen durch den Raum wandern, hob die Wolldecken an und schaute schließlich unter den Schrank. Ihre tastenden Finger bekamen eine Eisenstange zu fassen. Als sie sie hervorzog und näher ansah, gab es keinen Zweifel mehr. Er war hier gewesen, der Mann, nach dem sie verzweifelt suchten. Hier hatte er seine Opfer gequält, bevor er sie getötet und ihre Leichen öffentlich zur Schau gestellt hatte.

Rurik und Sven waren neben Alva getreten und betrachteten schweigend das Eisen in ihrer Hand.

„So ein Mist, er ist uns entwischt“, sagte Sven.

Alva nickte. „Aber er war hier. Bisher hat er nie Spuren hinterlassen, doch hier werden wir jede Menge DNA von ihm finden. Wenn er hier gelebt hat, ist das zwangsläufig so.“

Rurik war bereits dabei zu telefonieren und die Spurensicherung anzufordern. „Die sollen hier alles auf den Kopf stellen, es muss jedes einzelne Haar und jede Hautschuppe unter die Lupe genommen werden.“ Obwohl sie den Täter nicht gefasst hatten, wirkte er zufrieden. „Dieses Haus ist ein Jackpot für die Beweissicherung“, sagte er. „Wir werden vermutlich Spuren von jedem seiner Opfer sicherstellen können.“

„Und von Sarah Viklund“, fügte Alva hinzu. Wo war die junge Frau? Hatte der Täter sie wieder in seiner Gewalt, nachdem sie bei einer alten verängstigen Frau keine Zuflucht gefunden hatte? Alva hatte es eilig, sie musste sofort mit der Frau reden.

68.

Magda Larson betrachtete Alvas Ausweis gründlich, bevor sie sie ins Haus ließ. „Sie sind also die Polizistin, die mir am Telefon ihren Besuch angekündigt hat? Ich habe Sie mir ganz anders vorgestellt.“ Sie musterte die zierliche dunkelhaarige Alva misstrauisch.

„Ach ja, wie denn?“, fragte Alva und lächelte.

„Nicht so jung und auch kräftiger. Man braucht doch sicher Kraft, um Verbrecher zu jagen.“

„Manchmal schon, aber zum Glück nicht immer. Wir verfügen da noch über andere Mittel.“

„Na schön, kommen Sie rein. Eigentlich wollte ich meine Tochter bei dem Gespräch dabeihaben, aber sie kann nicht von ihrer Arbeit weg. Nicht, dass ich noch was Falsches sage.“

„Machen Sie sich keine Sorgen, Frau Larson, Sie können gar nichts Falsches sagen. Erzählen Sie einfach nur, was Sie erlebt haben.“

Alva wurde in einen Wohnraum geführt, der erstaunlich geräumig war. Die Einrichtung wirkte behaglich.

„Schön haben Sie es hier“, sagte Alva.

„Ja, nicht wahr?“ Magda Larson strahlte über das ganze Gesicht. „Das war früher nur ein Sommerhaus, aber nach dem Herzinfarkt meines Mannes haben wir es ausbauen lassen und uns ganz hierher zurückgezogen. Dieses ruhige Leben in der Natur hat meinem Mann das Leben gerettet und uns beiden glückliche Jahre beschert. Ich gehe niemals hier weg, da kann meine Tochter reden, solange sie will. Möchten Sie einen Kaffee, ich habe ihn frisch aufgebrüht?“

Dazu sagte Alva nicht Nein, der Kaffee war ausgezeichnet. Nachdem sie auch den ausgiebig gelobt hatte, konnte sie zu ihrem eigentlichen Anliegen kommen. Sie ließ Magda Larson erzählen, was sich am Abend zuvor zugetragen hatte, und unterbrach sie kein einziges Mal. Je näher Magda Larson dem Ende ihrer Erzählung kam, umso aufgeregter wurde sie. „Habe ich einen Fehler gemacht? Wurde das Mädchen wirklich verfolgt? Das konnte ich doch nicht wissen.“

„Natürlich konnten Sie das nicht wissen und Sie haben auch nichts falsch gemacht“, beruhigte Alva sie. „Schließlich haben Sie der jungen Frau geholfen, indem Sie für sie telefoniert haben. Wissen Sie noch, wen Sie angerufen haben?“

„Nein, keine Ahnung, ich kannte die Person doch nicht, es war eine Frau. Aber warten Sie mal, die Kleine hat mir die Nummer aufgeschrieben, der Zettel muss noch da sein.“

Sie schlurfte zum Telefon hinüber und kehrte kurz darauf mit einem Zettel in der Hand zurück. „Sehen Sie, das ist die Nummer.“ Alva atmete auf, das war mehr, als sie erhofft hatte.

„Sarah hat die Frau, die Sie angerufen haben, also gebeten, sie hier abzuholen, richtig?“

Magda Larson nickte.

„Ist sie wirklich gekommen und mit Sarah weggefahren? Haben Sie das gesehen?“

„Nein, ich habe dieser Sarah gesagt, sie soll ein Stück vor zur Straße gehen, damit sie gleich gesehen wird. Ach ja, und die Frau am Telefon lebt in Göteborg, wie meine Tochter, also nicht weit weg. Bestimmt war sie schnell da. Ich habe die Kleine jedenfalls nicht mehr gesehen."

Alva bedankte sich bei Magda Larson herzlich für ihre Hilfe und für den Kaffee.

Sie stieg zu Sven in den Wagen, der draußen auf sie gewartet hatte, während Rurik an der Hütte zurückgeblieben war. „Gut, dass du nicht mit reingekommen bist", sagte sie. „Die Frau war recht misstrauisch. Das ist natürlich nicht verkehrt, so einsam, wie sie hier lebt. Aber sie hat uns ein Stück vorangebracht, was die Suche nach Sarah betrifft. Ich muss gleich mal telefonieren." Alva zog den Zettel aus ihrer Tasche und wählte die Nummer. Zu ihrer Erleichterung meldete sich sofort jemand.

„Björk."

„Hallo, Frau Björk, hier ist Kriminalinspektorin Alva Claesson von der Polizei Göteborg. Ist Sarah Viklund bei Ihnen?"

Am anderen Ende blieb es still, Alva glaubte schon, das Gespräch wäre unterbrochen worden. „Hallo, Frau Björk?"

„Ja, ich bin noch da, wie kommen Sie darauf, Sarah könnte bei mir sein?"

„Wir wissen, dass eine Frau Larson Sie gestern Abend angerufen hat. Sie sollten Sarah Viklund abholen."

„Dann stimmte das also doch?"

„Dann stimmte was? Haben Sie diesen Anruf erhalten? Und haben Sie Sarah Viklund abgeholt."

Es wurde geräuschvoll in den Hörer geatmet. „Ja, ich habe diesen merkwürdigen Anruf bekommen."

„Wieso merkwürdig, Frau Björk?"

„Weil eine Frau, die ich nicht kannte, behauptet hat, Sarah würde in einer ziemlich einsamen Gegend mitten in der Nacht auf mich warten. Als ich Sarah persönlich sprechen wollte, ging das angeblich nicht. Wäre Ihnen das nicht auch merkwürdig vorgekommen?"

„Vermutlich schon", gab Alva zu. „Heißt das, Sie sind nicht hingefahren?"

„Doch, das bin ich. Ich habe mir natürlich auch Sorgen um Sarah gemacht und wollte jede noch so kleine Chance nutzen, sie zu finden. Aber wie ich schon befürchtet hatte, war sie nicht dort."

„Könnten Sie sie verfehlt haben? Sind Sie ausgestiegen und haben sich umgesehen?"

„Nein, ich bin aus gutem Grund im Auto geblieben. Das Ganze hätte eine Falle sein können. Wäre Sarah wirklich dort gewesen, hätte ich sie vermutlich nicht verfehlt. Die Frau sagte mir, Sarah würde am Ende der Straße, die zum See führt, auf mich warten. Es gibt nur eine solche Straße, wenn man von Göteborg kommt. Ich habe mehrmals die Lichthupe betätigt, aber dort war niemand. Mir war das Ganze unheimlich und ich bin schnell zurückgefahren."

„Sie hätten das der Polizei melden sollen", sagte Alva.

„Ich habe daran gedacht, war mir aber nicht sicher. Ich meine, das war doch nur ein dummer Streich. Oder der Anruf kam von einer verwirrten Person, die durch die Meldungen in den Nachrichten dazu inspiriert worden war. Was kann die Polizei schon damit anfangen?"

Alva bedankte sich für die Auskunft. „Wir werden eventuell noch einmal auf Sie zukommen", sagte sie.

„Das ist im Moment etwas schwierig, ich bin gerade auf dem Weg in den Urlaub. Aber wenn ich in spätestens einer Woche zurück bin, können Sie sich gern bei mir melden."

„Was meinst du?", fragte Alva Sven, der das Gespräch mithören konnte.

„Klang plausibel", meinte er.

Alva nagte nervös an ihrer Unterlippe. „Ich weiß nicht. Magda Larson ist misstrauisch, aber einen verwirrten

Eindruck machte sie auf mich nicht. Bleibt nur eine höchst beunruhigende Möglichkeit: Jemand anders hat Sarah gefunden, bevor ihre Freundin sie abholen konnte.“

69.

„Rurik bleibt noch bei der Hütte, bis die Spurensicherung durch ist“, sagte Alva. „Wir können zurück ins Präsidium fahren, Lucas hat es nicht gern, wenn ihm zu viele Leute bei der Arbeit über die Schulter schauen.“

Das war zurückhaltend ausgedrückt, Lucas Marklund, der Chef der Spurensicherung, konnte ausgesprochen grantig werden, wenn ihm jemand vorschrieb, wie er seine Arbeit zu machen hatte.

„Okay, fahren wir.“ Sven legte den Gang ein und fuhr langsam auf dem unebenen Weg Richtung Hauptstraße. Sie hatten etwa die halbe Strecke zurückgelegt, als ihnen in hundert Metern Entfernung ein dunkler Jeep entgegenkam. Er fuhr scharf nach rechts und hielt an. Der Fahrer, ein hochgewachsener Mann in einem grauen Hoodie, stieg aus und verschwand seitlich im Unterholz.

„Wir sollten schauen, wo der hinwill.“ Alva verrenkte sich fast den Hals, konnte den Mann aber schon nicht mehr sehen.

„Vielleicht muss er nur pinkeln, aber ich schaue gern mal nach.“ Sven hielt an und stieg aus, Alva folgte ihm. Für sie hatte es ausgesehen, als wäre der Mann angesichts des Polizeiwagens schnell abgetaucht. Sie betraten das Gebüsch, das an dieser Stelle besonders dicht wuchs. Es war niemand zu sehen, was schon verdächtig war. Jemand, der wirklich nur austreten wollte, würde sich nicht allzu weit von seinem Auto entfernen.

„Hallo, ist hier jemand?“, rief Sven. Es kam keine Antwort, doch dann knackte ein Stück entfernt ein Zweig. Alva machte eine Kopfbewegung in die Richtung, aus der das Geräusch gekommen war, dann liefen sie beide los. Der Mann hatte offenbar begriffen, dass er verfolgt wurde, denn er bewegte sich jetzt schneller und dadurch deutlich hörbar fort. Zweige brachen, Büsche raschelten, Steine rollten unter seinen Füßen weg. Es war nicht einfach, sich im Gelände zu orientieren, doch Alva hatte den Eindruck, der Mann würde einen Bogen schlagen. Plötzlich begriff sie seinen Plan: Er wollte zurück zu seinem Auto. „Wir müssen ihm den Weg abschneiden“, rief sie Sven zu. Das war leichter gesagt als getan, als sie tatsächlich wieder auf den Weg stießen, hatte der Flüchtende einen beachtlichen Vorsprung erlangt.

„Bleiben Sie stehen, Polizei“, brüllte Sven. Ohne ihn zu beachten, riss der Mann bereits die Fahrertür auf. Da zog Alva ihre Waffe und feuerte auf die Vorderreifen. Der Motor des Jeeps heulte auf, gleichzeitig senkte sich die Kühlerhaube, als wollte sich der Wagen vor den Polizisten verneigen. Sven war zuerst am Fahrzeug und riss die Tür auf. „Kommen Sie mit erhobenen Händen heraus“, forderte er den Mann auf. Alva rechnete mit Protest und Widerstand. Stattdessen folgte der Mann ihren Anweisungen kommentarlos. Sven riss ihm die Kapuze des Hoodies vom Kopf. Zum Vorschein kam ein hageres Gesicht mit Bartstoppeln und Augen, aus denen tiefe Resignation sprach.

Die Vernehmung dauerte bereits eine Stunde, aber viel mehr als seinen Namen hatten sie von dem Mann bisher nicht erfahren.

„Sie heißen also Thies Andersson“, sagte Alva. „Sie haben BWL studiert und waren mit der verstorbenen Wilma Viklund liiert.“

Bei dem Wort „verstorben“ schien er leicht zusammenzuzucken, hatte sich aber sofort wieder unter Kontrolle.

„Sie sind vor einem Jahr in die USA ausgewandert, vor fünf Monaten aber nach Schweden zurückgekehrt. Allerdings liegt keine Meldeadresse vor. Haben Sie die ganze Zeit über in der Hütte am Hornasjön gelebt?“

Sein beharrliches Schweigen machte Alva wütend, sie ließ es sich jedoch nicht anmerken.

„Herr Andersson, es ist Ihr gutes Recht zu schweigen. Nützen wird es Ihnen in diesem Falle nichts, denn die Spurensicherung ist bereits in der Hütte tätig. Wir werden Ihren Aufenthalt dort zweifelsfrei nachweisen können. Sie können Ihre Lage allerdings verbessern, wenn Sie uns jetzt sagen, wo Sarah Viklund ist.“

Zum ersten Mal kam Bewegung in sein ausdrucksloses Gesicht. „Wie, Sie wissen nicht, wo Sarah ist? Sie ist nicht wieder aufgetaucht?“

Entweder war er ein begnadeter Schauspieler oder seine Überraschung war echt.

„Wollen Sie damit sagen, Sie wissen nicht, wo Sarah ist?“, fragte Alva.

„Ich weiß es tatsächlich nicht. Als ich zum Haus kam, war sie nicht mehr da. Ich habe sie gesucht, die halbe Nacht lang bin ich rund um den See gelaufen. Dann habe ich gehofft, sie hätte es irgendwie nach Hause geschafft. Ich bin hingefahren, um nachzuschauen. Aber dort war sie nicht.“

„Demnach geben Sie zu, Sarah in der Hütte am Hornasjön gefangen gehalten zu haben?“

„Nein, ich habe sie nicht gefangen gehalten. Ich habe ihr Zuflucht gewährt und sie beschützt.“

Alva lehnte sich zurück und verschränkte die Arme vor der Brust. „Würden Sie das bitte genauer erklären."

Er seufzte resigniert. „Also gut. Ich wusste, dass Sarah in Gefahr ist. Seit sie aus der Klinik zurück war, habe ich das Haus, in dem sie wohnt, im Auge behalten. Ich wollte da sein, wenn sich ihr jemand nähert. In der Nacht zum Donnerstag war die Polizei da. Kaum waren sie wieder weg, kam Sarah in Panik aus dem Haus gestürzt. Sie war völlig außer sich und sagte, da wäre jemand, der ihr etwas antun wollte. Ich durfte nicht mal nachschauen, sie wollte nur weg. Da habe ich sie mitgenommen."

„In die Hütte am Hornasjön?"

Er nickte.

„Wie ging es dann weiter?"

„In den ersten Tagen bin ich bei ihr geblieben. Ich wollte auch sichergehen, dass uns niemand gefolgt ist. Aber gestern musste ich fort, ich hatte etwas zu erledigen. Ich habe Sarah eingeschärft, sie soll sich ruhig verhalten und das Haus nicht verlassen. Als ich zurückkam, war sie weg. Ich habe vergeblich nach ihr gesucht."

„Und was hatten Sie zu erledigen?", fragte Sven.

Es sah aus, als wollte Andersson wieder in Schweigen versinken. Doch dann sah er Sven direkt an. „Ich jage einen Mörder."

70.

Sie legten eine Pause ein und berieten das weitere Vorgehen. „Ich glaube dem Andersson kein Wort“, sagte Sven. Er hatte zwei Becher Kaffee aus dem Automaten geholt und reichte Alva einen davon. Sie verzog das Gesicht, nachdem sie den ersten Schluck genommen hatte.

„Will der uns jetzt weismachen, er wäre der Gute, der die Bösen jagt?“

Alva schüttelte den Kopf. „Ich fürchte, es ist komplizierter. Was die Sache mit Sarah betrifft, glaube ich ihm. Er war echt erschrocken, als er hörte, dass sie noch vermisst wird.“

Sie drehten sich um, als hinter ihnen auf dem Flur ein lautes Zetern zu hören war. Jördis kam ihnen mit einer sichtlich wütenden Astrid Stenberg entgegen.

„Ich will jetzt wissen, wer das angeordnet hat“, schimpfte sie. „Man wird hier vorgeführt wie ein Verbrecher, das muss ich mir nicht gefallen lassen.“

Richtig, es ging um die Fingerabdrücke in Sarahs Zimmer, die nicht mit denen von Mika übereinstimmten. Durch die aufregenden Ereignisse der vergangenen Stunden hatte Alva gar nicht mehr daran gedacht.

„Frau Stenberg“, sagte sie, „es handelt sich um eine reine Routinemaßnahme. Wenn Ihr Sohn uns sagen würde, wer ihm bei der Aktion im Zimmer seiner Cousine geholfen hat, hätten wir Ihnen die Prozedur ersparen können."

„Sie hätten es mir auf jeden Fall ersparen müssen. Was sollen denn die Nachbarn denken, die gesehen haben, wie ich in einem Streifenwagen abgeholt wurde? Nur weil Sie nicht in der Lage sind, meinen Sohn zum Reden zu bringen. Von mir aus können Sie die Wahrheit aus ihm herausprügeln."

„Nun, das sind nicht die Methoden, mit denen wir hier arbeiten", sagte Alva. Sven drehte sich weg, um sein Grinsen zu verbergen.

„Und was machen wir jetzt?", fragte er, nachdem Jördis mit Astrid Stenberg verschwunden war. „Wollen wir die Wahrheit aus Andersson herausprügeln?"

„Ich hoffe, wir bekommen sie auch auf anderem Wege heraus. Kommst du?" Alva ging voran in den Verhörraum.

Auch Thies Andersson war in der Zwischenzeit mit Kaffee und belegten Brötchen versorgt worden. Alva hoffte, seine Kooperationsbereitschaft dadurch zu steigern. Sie knüpfte dort an, wo sie das Gespräch vorhin unterbrochen hatten.

„Sie jagen einen Mörder. Wer ist das? Wen hat er umgebracht?"

Es sah aus, als wollte er in sein Schweigen zurückfallen.

„Herr Andersson, wir haben das Brenneisen in der Hütte gefunden. Damit wurden drei Frauen auf furchtbare Weise gezeichnet. Haben Sie das getan? Haben Sie diese Frauen umgebracht, oder war es jemand anders?"

Innerlich machte sich Alva auf eine dubiose Geschichte gefasst. Sie erlebte so etwas nicht zum ersten Mal. Nicht selten versuchten überführte Täter, ihre Taten einem großen Unbekannten in die Schuhe zu schieben, selbst wenn die Beweise noch so eindeutig gegen sie sprachen. Deshalb glaubte sie, nicht recht zu hören, als die Antwort ganz anders ausfiel.

„Diese Frauen waren seine Gehilfinnen. Sie haben Leben zerstört. Deshalb hatten sie den Tod verdient."

„Sie geben also zu, Camilla Hauge, Eleonore Birkeland und Linea Arnesen getötet zu haben? Sie haben den drei Frauen bei lebendigem Leibe Brandmale zugefügt, ihnen dann die Kehle durchgeschnitten und sie an Orten abgelegt, wo sie schnell gefunden werden sollten?"

Wieder nickte er. Alva zeigte auf das Mikrofon, das vor Andersson auf dem Tisch stand. „Sie müssen mit Ja oder Nein antworten, Ihr Nicken kann das Gerät nicht aufzeichnen."

„Ja, das habe ich getan."

Alva konnte es kaum fassen, auch Sven wirkte total überrascht. Sie hatten sich auf eine lange Beweisführung eingestellt, und nun sollte alles so schnell gegangen sein?

„Weshalb mussten die Frauen sterben, Herr Andersson?"

„Das sagte ich schon. Diese Frauen haben für ihn gearbeitet. Sie haben sich an junge Menschen herangemacht und sie zum Drogenkonsum verführt, bis sie abhängig wurden. Dann haben die Frauen sie gezwungen, selbst als Dealer zu arbeiten. Sie haben Leben zerstört. Sie waren der Anfang einer Kette aus Leid und Tod, einer Kette, die er in der Hand hielt."

„Wer ist er? Hat er einen Namen?"

Andersson schüttelte den Kopf. „Ich kenne seinen Namen nicht. Er ist ein Phantom, nicht zu fassen. Indem ich seine Geschöpfe vernichtet habe, wollte ich ihn aus der Reserve locken. Irgendwann hätte er mich gefunden. Und dann hätte ich mit ihm abgerechnet."

„Er ist also ein Drogenboss, wenn ich das richtig verstehe. Sie sagten, Sie würden einen Mörder jagen.

Beziehen Sie das auf die Todesopfer, die Drogen regelmäßig kosten?"
„Auch, aber nicht nur darauf." Er schien mit sich zu kämpfen, ob er mehr preisgeben sollte. Alva ließ ihm Zeit, als nichts mehr kam, stellte sie eine weitere Frage.
„Die blutigen Rosen auf Wilma Viklunds Grab, die haben Sie dort hingestellt, nicht wahr?"
Mit einem Ruck riss er den Kopf hoch und die Augen weit auf. Er wirkte überrascht.
„Sind Sie erstaunt, weil ich das weiß?" Alva wirkte fast ein wenig amüsiert. „Wir haben das Blut auf den Rosen analysiert und den drei Frauen, die Sie zugegebenermaßen getötet haben, zuordnen können." Sie pokerte ein wenig, in Wahrheit hatten sie den DNA-Abgleich nur im Falle von Linea Arnesen durchführen können. „Sie haben Wilma Viklund das Blut dieser Frauen wie ein Opfer dargebracht. Warum? Was hatte Wilma damit zu tun?"
Auf einmal war die Härte aus seinem Gesicht verschwunden, er wirkte traurig und verletzlich. „Er hat Wilma umgebracht", sagte er. „Wilma und auch ihre Eltern."
Danach versank er erneut in Schweigen und ignorierte alle weiteren Nachfragen.

71.

Der Abgleich der Fingerabdrücke von Astrid Stenberg mit denen, die in Sarahs Zimmer gefunden worden waren, war schnell erledigt. Eine eingehende Analyse war gar nicht erforderlich, der hinzugezogene Experte kam schon nach dem ersten Eindruck zu einer definitiven Feststellung. „Nicht identisch“, sagte er.

„Da haben Sie es“, trumpfte Astrid Stenberg auf. „Haben Sie wirklich geglaubt, ich würde mich zu so einem dummen Streich hinreißen lassen?“

Jördis verkniff sich die Bemerkung, es habe sich dabei wohl um mehr als nur um einen dummen Streich gehandelt. Auf jeden Fall war sie jetzt nicht klüger. Deshalb stimmte sie dem Vorschlag von Astrid Stenberg zu, Mika ins Präsidium zu beordern. Die angestaute Wut seiner Mutter würde ihn vielleicht zu einem Geständnis veranlassen. Jördis fand, den Versuch war es wert.

Mika Stenberg trudelte vierzig Minuten später ein und schien überhaupt nicht erbaut zu sein, seine Mutter noch hier anzutreffen. Die ging auch sofort auf ihn los.

„Ich will, dass dieses Affentheater jetzt ein für alle Mal ein Ende hat. Du sagst jetzt alles, was du weißt. Ich will nicht noch einmal von der Polizei abgeholt werden.“

Mika zog ein trotziges Gesicht. „Ich habe doch schon gesagt, ich war das in dem Zimmer. Weil ich wollte, dass Sarah aus dem Haus auszieht und ich endlich von meiner Mutter wegkomme.“ Er schielte mit einem boshaften Grinsen zu ihr hinüber. Astrid Stenberg schien schon wieder kurz vor einer Explosion zu stehen.

„Sie haben das also alles allein gemacht? Auch die Zeichnungen?“, fragte Jördis.

„Ja, das habe ich doch schon gesagt.“

Jördis blätterte die Ausdrucke einiger Zeichnungen vor ihm auf den Tisch hin. „Die sind gut, beinahe schon künstlerisch. Sie sind demnach recht begabt.“

Sie schob ihm ein Blatt und einen Stift hin. „Würden Sie hier mal etwas für mich zeichnen? So eine Teufelsfratze zum Beispiel?“

Mika Stenberg verschränkte die Arme vor der Brust. „Nee, keine Lust.“

„Seit wann kannst du denn zeichnen?“, mischte seine Mutter sich ein. „Du hattest doch in Kunst regelmäßig die schlechteste Note. Hör endlich auf zu lügen und jemand anderen zu decken. Vermutlich hast du dir das Ganze nicht mal selber ausgedacht. Dazu bist du viel zu träge. Du kannst doch weiter nichts, als den ganzen Tag auf der Couch liegen, fernsehen oder am Computer spielen. Andere in deinem Alter haben einen Beruf, eine eigene Wohnung und sogar schon Familie. Du hast nicht mal eine Freundin.“

„Ich habe eine Freundin“, stieß Mika hervor. Sein rundes Gesicht schien vor Wut zu glühen. „Die Zeichnungen sind von ihr.“

Jördis atmete innerlich auf, ihre Rechnung war aufgegangen. „Wie ist der Name Ihrer Freundin?“, fragte sie.

„Den sage ich nicht, ich will sie da nicht mit reinziehen.“

Sein Kopf flog nach vorn, als seine Mutter ihm einen Schlag in den Nacken verpasste. „Aber uns kannst du mit reinziehen, ja, das ist dir egal. Du sagst jetzt sofort den Namen."

Tatsächlich knickte er ein. „Bea Björk. Sie will mit mir zusammenziehen. Deshalb hat sie mir geholfen."

Bei der Nennung des Namens schrillten bei Jördis sämtliche Alarmglocken. Sie beeilte sich, Alva und Sven davon in Kenntnis zu setzen.

72.

„Sie kennen Bea Björk. Sie hat Kontakt zu Ihrer damaligen Freundin Wilma Viklund aufgenommen, als Sie und Wilma noch ein Paar waren.“ Alva, die mit allen Fragen nach dem angeblichen Mörder, der das Ehepaar Viklund und Wilma umgebracht haben sollte, kläglich gescheitert war, versuchte nun das Thema zu wechseln. Thies Andersson wurde immer rätselhafter für sie. Dieser Mann hatte soeben drei grausame Morde an jungen Frauen gestanden, ohne mit einer Wimper zu zucken. Gleichzeitig behauptete er, einen anderen Mörder zu kennen, verweigerte aber jede Auskunft zu dessen Identität. Alvas abrupter Themenwechsel schien ihn zu überraschen. Sein Gesichtsausdruck bekam etwas Lauerndes.

„Wenn Sie es wissen, weshalb fragen Sie dann?“, sagte er. „Was soll die Frage nach Bea überhaupt?“

Alva beschloss, mit offenen Karten zu spielen. „Sarah Viklund hat Bea Björk vertraut. Nachdem sie aus Ihrer Hütte am Hornasjön weggelaufen war, hat sie Bea Björk durch jemanden anrufen lassen. Sie hat sie gebeten, abgeholt zu werden. Frau Björk hat diesen Anruf bestätigt, aber behauptet, Sarah nicht angetroffen zu haben. Inzwischen haben wir neue Erkenntnisse über Frau Björk gewonnen. Sie hat die gute Freundin wohl nur vorgetäuscht und in Wahrheit versucht, Sarah zu schaden. Wir können nicht ausschließen, dass sie ihr etwas angetan hat. Wenn Sie Sarah wirklich helfen wollen, sollten Sie jetzt reden. Vielleicht ist es noch nicht zu spät."

Er stöhnte laut auf und vergrub das Gesicht in den Händen. „Bea", flüsterte er. „Mit ihr fing alles an. Sie hat es immer wieder geschafft, mich zu manipulieren und zu täuschen. Bis jetzt."

„Was fing mit ihr an? Reden Sie endlich!"

Seine Schultern sackten nach unten. Aus seinen Zügen sprach tiefe Resignation. Er glich einem Mann, der sich endgültig aufgegeben hat. Dann begann er zu reden.

„Bea und ich, wir waren mal ein Paar. Das war, bevor ich Wilma kennenlernte. Bea war schön, unerschrocken, abenteuerlustig. Ich war jung, sehr verliebt in sie und ließ mich von ihrer sorglosen Art anstecken. Durch sie kam ich auch mit Drogen in Berührung. Sie hatte eine Quelle, die sie mir nie verriet. Irgendwann überredete sie mich, selbst ein bisschen zu dealen. Ich setzte diesem Ansinnen nur für kurze Zeit Widerstand entgegen. Damals litt ich darunter, nie genug Geld zu haben. Der Verkauf der Drogen war ein lukratives Geschäft. Aber nach einer Weile habe ich mich gefragt, was ich da eigentlich tue. Als ein Junge, dem ich regelmäßig Stoff verkauft hatte, an einer Überdosis starb, war für mich endgültig Schluss. Ich hörte mit dem Dealen auf und trennte mich kurz darauf von Bea. Ein halbes Jahr später lernte ich Wilma kennen. Sie war so ganz anders als Bea, sie war bodenständig, aufrichtig und gradlinig. Die Beziehung mit ihr war wie eine Heilung von einem tückischen Fieber, das mich beinahe zerstört hätte. Wilma war die Frau meines Lebens, mit ihr wollte ich mir eine Zukunft aufbauen. Alles, was vorher gewesen war, wollte ich am liebsten vergessen. Deshalb habe ich Wilma nie davon erzählt. Aber plötzlich nahm Bea wieder Kontakt zu mir auf."

Er schluckte und griff nach dem Wasserglas auf dem Tisch. Alva ließ ihm Zeit, sich nach dem Trinken ein wenig zu sammeln. Ihm war anzumerken, wie schwer ihm das Weitersprechen fiel.

„Bea bat mich um Hilfe“, fuhr er fort. „Sie hatte weiterhin gedealt und war betrogen worden. Nun hatte sie Schulden bei ihrem Lieferanten. Wenn sie die nicht bezahlte, würden ihr schreckliche Strafen drohen, sagte sie. Sie müsste sogar um ihr Leben fürchten. Ich wollte ihr helfen, wusste aber nicht wie. Die Summe, um die es angeblich ging, hätte ich nicht aufbringen können. Bea war völlig verzweifelt, sie weinte und bettelte. Sie wolle ebenfalls endgültig mit dem Scheiß aufhören, behauptete sie. Wenn sie sich nur freikaufen könnte. Und dann hatte sie plötzlich einen Plan, der sie retten sollte.“

„Ich nehme an, Sie waren Bestandteil dieses Planes?“

„Wenn es nur das gewesen wäre. Aber es ging um die Eltern von Wilma, die sie dafür benutzen wollte.“ Wieder zögerte er. Ein leichtes Zittern ging durch seinen Körper, seine Füße zuckten, als wollte er am liebsten aufspringen und davonlaufen.

„Wie sah der Plan aus, Herr Andersson?“, fragte Alva so sanft wie möglich.

Er gab sich einen Ruck. „Es ging um einen größeren Drogentransport aus den Niederlanden. Die Drogen sollten von einem Mitarbeiter der niederländischen Firma, bei der Wilmas Vater regelmäßig Baumaterialien einkaufte, unbemerkt zwischen seine Waren geschmuggelt werden. Der heikle Teil bestand darin, sie auf schwedischem Boden wieder unbemerkt auszupacken, ohne dass Jesper Viklund es mitbekommt.“

„Ich verstehe. Unbescholtene Unternehmer, die kaum Gefahr liefen, in eine Kontrolle zu geraten, wurden ohne ihr Wissen als Drogenkuriere benutzt. Wie ging es dann weiter?“

„Ich habe mich zunächst geweigert, dem zuzustimmen. Auf keinen Fall wollte ich Wilmas Eltern in diese Sache hineinziehen lassen. Aber Bea hat geweint, gebettelt und schließlich gedroht. Wenn ihr etwas zustoßen sollte, würde man in ihrer Vergangenheit wühlen und dabei zwangsläufig auch auf mich stoßen. Davor hatte ich Angst. Ich wollte Wilma um keinen Preis verlieren. Wenn ich ihr sofort die ganze Wahrheit über meine Vergangenheit erzählt hätte, dann hätte sie mir vielleicht verziehen. Aber dafür war es jetzt zu spät. Bea machte mir den Plan als völlig sicher und ganz leicht durchführbar schmackhaft. Alles was ich tun musste war, die unbemerkte Abholung der Drogenlieferung sicherstellen. Danach würde ich nie wieder von ihr hören und niemand würde davon erfahren. Am Ende habe ich zugestimmt. Ich hoffte, dadurch einen endgültigen Schlussstrich unter meine Vergangenheit ziehen zu können. Ich wollte mich freikaufen. Stattdessen geriet ich in die Hölle."

„Was ist schiefgegangen?" Alva wollte nicht, dass er aufhörte zu erzählen.

„Alles", sagte er. „Dabei schien der Zeitpunkt perfekt gewählt zu sein. Jesper Viklund kam an dem Tag morgens von seiner Tour aus den Niederlanden zurück. Für den Nachmittag und Abend waren er und seine Frau bei ihren deutschen Freunden, den Jahns, zu einer Geburtstagsfeier eingeladen. Sie wollten auch dort übernachten. Das Entladen des Transporters war erst für den darauffolgenden Tag geplant. Es war also die ganze Nacht über Zeit, die Lieferung unbemerkt aus dem Transporter, der in der Garage auf dem Grundstück stand, zu holen. Ich hatte mir bereits einen Nachschlüssel für das Garagentor anfertigen lassen. An besagtem Tag lud ich Wilma und Sarah zum Essen in der Stadt ein, um auch sie aus dem Haus zu haben. Während des Essens täuschte ich dann Übelkeit vor und gab an, mich daheim ins Bett legen zu wollen. Wilma und Sarah konnte ich überreden, anschließend wie geplant ins Kino zu gehen. Ich begab mich direkt zum Haus der Viklunds zurück. Der Abholer der Drogen sollte um 22 Uhr dorthin kommen. Pünktlich auf die Minute fuhr ein Wagen auf den Hof. Ich öffnete dem Mann, den ich bis dahin noch nie gesehen hatte, die Garage. Er wusste genau, was er zu tun hatte, es ging alles sehr schnell. Zuerst breitete er eine Plane auf dem Boden aus. Dann öffnete er die hintere Tür des Transporters und zog eine Palette mit Fliesen heraus, die irgendein geheimes Kennzeichen aufzuweisen schien. Äußerlich unterschied sie sich nicht von den anderen, doch zwischen den Fliesen steckten Tütchen mit der heißen Ware. Er war schnell mit dem Ausladen fertig und mich überkam bereits Erleichterung, weil ich glaubte, gleich alles gut überstanden zu haben. Da stand plötzlich Jesper Viklund in der Tür und unmittelbar hinter ihm tauchte seine Frau Ida auf. Ich glaube, er hat gefragt, was hier vorgeht, aber ich konnte nicht antworten, ich war vor Schreck völlig handlungsunfähig. Und dann ..."

Andersson schlug die Hände vors Gesicht und atmete geräuschvoll ein und aus.

„Was passierte dann, Herr Andersson?"

„Es ging so rasend schnell, ich habe es überhaupt nicht erfasst. Der Fremde ging auf die Viklunds zu, ich dachte, er will ihnen etwas sagen. Aber es gab nur kurz hintereinander ein dumpfes Plopp und dann fielen beide zu Boden, einfach so, ohne einen Laut von sich zu geben. Erst später habe ich begriffen, dass er ihnen mit einer Waffe mit Schalldämpfer direkt in die Köpfe geschossen hatte. Danach kam er auf mich zu, ich dachte, er wird mich ebenfalls erschießen. Ich hätte es in dem Moment als Erlösung aus einem Albtraum empfunden. Aber er hat mich nur geschüttelt und gefragt, wieso die Leute hier wären. Ich muss wohl irgendeine Erklärung gestammelt haben, sie hätten wohl ihre Pläne geändert. Erst da ist mir ihr Auto aufgefallen, das vor dem Haus stand. In meiner Aufregung hatte ich das vorher völlig übersehen. Der Mörder hat mir den Garagenschlüssel abgenommen und mir befohlen, den Wagen der Viklunds wegzufahren. Es sollte aussehen, als hätten sie das Grundstück gemeinsam verlassen und es wäre ihnen unterwegs etwas zugestoßen. Ich war wie in Trance, ich habe getan, was er gesagt hat."

Alva nickte. Der Wagen der Viklunds war gründlich auf Spuren untersucht worden. Da Thies Andersson den Wagen früher schon benutzt hatte, war seine DNA nicht mit der Tat in Verbindung gebracht worden.

„Sind Sie überhaupt nicht auf den Gedanken gekommen, zur Polizei zu gehen?", fragte sie. „Sie waren Zeuge eines kaltblütigen Doppelmordes. Sie haben den Täter gesehen."

Er schüttelte resigniert den Kopf. „Es war doch alles meine Schuld. Wie hätte ich das vor Wilma gestehen können? Ich habe mich danach ins Bett gelegt und wurde wirklich krank. Tagelang hatte ich Fieber und Magenkrämpfe. Ich rechnete auch ständig mit dem Auftauchen der Polizei. Aber nichts passierte. Es gab offenbar keine Spuren mehr, die Leichen waren verschwunden, die Garage wieder verschlossen. Nichts deutete mehr auf das Geschehene hin."

Alva dachte an die Leichenspürhunde, mit denen das Grundstück durchsucht worden war. Sie hatten keine Chance gehabt, eine Spur zu finden. Die beiden Opfer waren auf einer für die Drogen ausgebreiteten Plane zu Boden gegangen und unmittelbar darauf fortgeschafft worden.

„Sie haben demnach einfach so weitergemacht, als wäre nichts geschehen?"

Andersson schüttelte erneut den Kopf. „Nein, das konnte ich nicht. Die Schuldgefühle, die ich Wilma gegenüber hatte, waren kaum zu ertragen. Ich musste so schnell wie möglich fort aus ihrer Nähe und woanders ganz neu anfangen. Wilma zu verlieren, das war meine schwerste Strafe."

„Und welche Rolle spielte Bea Björk danach?"

„Eine undurchsichtige. Ich habe ihr einmal zu oft geglaubt."

73.

Sarah spürte die Wärme der Decke, unter der sie lag. Sie war in Sicherheit, jetzt würde alles gut werden. Bea hatte sie wie versprochen abgeholt. Sarah hatte sofort zur Polizei gewollt. Bea hatte zugestimmt, umgehend mit ihr hinzufahren. Sie hatte ihr heißen Kaffee mitgebracht, den sie sogleich gierig getrunken hatte. Das hatte so gutgetan, durchgefroren wie sie nach der Flucht durch den Wald und dem Warten in der Kälte gewesen war. Aber unmittelbar danach musste sie vor Erschöpfung eingeschlafen sein. Sie war nicht einmal mehr dazu gekommen, Bea von Thies zu erzählen. Waren sie überhaupt bei der Polizei gewesen? Sarah merkte, wie die Benommenheit, die sie beim Aufwachen gespürt hatte, langsam von ihr wich. Nein, sie konnte sich nicht daran erinnern. Und wo war sie jetzt überhaupt? Sie öffnete die Augen, über sich sah sie dunkle Deckenbalken. Seitlich von ihr stand ein Schrank, eine der Türen hing schief in der Angel. Nichts in diesem Raum kam ihr vertraut vor.

„Ich glaube, sie wird wach“, sagte eine männliche Stimme, die sie nicht kannte.

„Ich kann ihr noch was geben.“ Das war Bea, die da sprach.

„Nicht nötig, ganz egal, was sie jetzt noch mitbekommt, sie wird es nicht weitererzählen können."

Sarah spürte eine plötzliche Kälte in der Brust, noch bevor sie den Sinn dessen, was da vor sich ging, richtig begreifen konnte. Reflexartig schloss sie die Augen wieder, wie ein Kind, das hofft, dadurch unsichtbar zu werden.

„Sie dämmert wieder weg." Das Lachen des Mannes klang roh und gemein. „Du scheinst ihr eine ganz schöne Ladung verpasst zu haben. Hättest du das damals auf dem Kungsleden auch gleich richtig gemacht, hätten wir dieses Problem jetzt nicht."

„Fang nicht schon wieder damit an." Bea klang verärgert. „Ich habe es richtig gemacht. Aber die dumme Kuh hat den Becher mit dem Kakao neben sich gestellt, nachdem sie den ersten Schluck getrunken hatte. Er war dem Sensibelchen zu heiß gewesen. Und dann hat ihre nicht weniger dämliche Freundin die Becher verwechselt. Ihr Pech, jetzt ist sie an Sarahs Stelle tot."

„Unser Pech ist es auch. Wir hätten damals beide Schwestern erledigen sollen. Das kleine Biest ist erstaunlich zäh. Dein Plan, sie für verrückt erklären und in der Psychiatrie verschwinden zu lassen, hat ebenfalls nicht geklappt. Der war wohl nicht so gut. Hättest du mich mal lieber machen lassen."

„Er war gut." Bea klang zunehmend wütender. „Meinst du, wir wären so ohne Weiteres damit durchgekommen, wenn sie auch spurlos verschwunden oder tot aufgefunden worden wäre? Bis jetzt hatten wir verdammtes Glück. Erst mit den Eltern, dann mit der älteren Schwester. Aber noch ein Todesfall in der Familie wäre zu viel gewesen, so sehr sollten wir das Glück nicht herausfordern. Eine kleine Hysterikerin, die komplett durchdreht und Gespenster sieht, die hätte man nicht mit uns in Zusammenhang gebracht."

„Wie ist sie eigentlich zum Hornasjön gekommen? Und was wollte sie dort?“

„Keine Ahnung. Mika, dieser Idiot, hat nur mitbekommen, wie sie raus auf die Straße gelaufen ist. Das war gut, sie hatte das schon mal gemacht. Aber dann war sie plötzlich verschwunden.“

„Jemand könnte sie im Auto mitgenommen haben“, brummte er. „Das ist nicht gut, er wird sich daran erinnern.“

„Nein, offenbar nicht“, widersprach Bea. „Nach ihr wurde offiziell gesucht und niemand hat sich gemeldet. Sie kann es durchaus zu Fuß bis dorthin geschafft haben. Wahrscheinlich hat ihr der blöde Mika diesmal einen solchen Schrecken eingejagt, dass sie sich tagelang versteckt hat. Blöd ist nur die Sache mit dem Telefonat. Die Polizei weiß, dass sie mich angerufen hat und ich sie abholen sollte. So oder so, ich hänge jetzt ganz tief drin. Ich weiß auch nicht, wie lange Mika dichthält. Irgendwann wird er schnallen, dass ich nichts von einem Versager wie ihm will.“

„Der wird schon dichthalten, sonst muss er sich selbst belasten. Wenigstens das wird er wohl in seinem Spatzenhirn begreifen. Und dir hat die Polizei deine Version abgenommen. Die Verrückte war nicht am Treffpunkt, als du ankamst, war sie bereits wieder verschwunden. Nun wird sie niemals wieder auftauchen, genau wie ihre Eltern.“

„Wenn das so einfach wäre ...“

„Es ist einfach, Schwesterherz. Die radikalen Lösungen sind immer die besten. Du gehst die Dinge viel zu kompliziert an, das ist dein Fehler. Aber jetzt übernehme ich.“

74.

„Was hat Bea Björk getan, nachdem Wilmas Eltern verschwunden waren?“, fragte Alva.

Sie hatten Andersson neues Wasser hingestellt und ihm Zeit gelassen, sich ein wenig zu sammeln.

„Sie hat Wilma angesprochen und ihr Hilfe angeboten“, sagte er. „Bea hatte sich extra *Missing People* angeschlossen. Sie versprach Wilma, ihr bei der Suche nach ihren Eltern zu helfen.“

„Und Sie haben das einfach geschehen lassen?“

„Was sollte ich denn machen? Natürlich war ich wütend auf Bea und habe sie für ihren Zynismus gehasst. Aber wie immer hatte sie eine plausible Erklärung. Sie schien über den Tod von Wilmas Eltern genauso entsetzt zu sein wie ich. Angeblich ging es ihr nur darum, mich, sich selbst und auch Wilma zu schützen. Wir alle wären nur in Sicherheit, wenn der Täter keine Gefahr in uns sehen würde. Deshalb dürfe Wilma nie erfahren, was wirklich mit ihren Eltern passiert war.“

„Ich verstehe.“ Alva lehnte sich zurück und musterte Andersson. „Unter dem Vorwand, ihr bei der Suche nach ihren Eltern helfen zu wollen, hat Bea Wilma bewusst in die Irre geführt. Aber irgendetwas ist schiefgegangen. Auch Wilma musste sterben. Ich gehe nicht mehr davon aus, es könnte sich dabei um einen Unfall gehandelt haben. Als Wilma tot aufgefunden wurde, sind Sie aus Amerika nach Schweden zurückgekehrt. Das war mit Sicherheit kein Zufall. Spätestens jetzt müssen Sie die Rolle von Bea begriffen haben, die mit Wilma auf dem Kungsleden unterwegs gewesen war."

„Ach ja, musste ich das?" Andersson funkelte sie wütend an. „Nicht mal die Polizei hat Bea verdächtigt. Sie hatte ein lupenreines Alibi, sie war die selbstlose Freundin, die gemeinsam mit Sarah Hilfe holen wollte. Als sie Wilma und das andere Mädchen zurückließen, lebten die beiden noch."

„In Ordnung." Alva hob beschwichtigend die Hände. „Ich nehme an, Sie haben mit Bea Björk gesprochen, nachdem Wilma tot war."

Er nickte. „Einmal nur, auf der Beerdigung von Wilma. Und wieder habe ich ihr geglaubt. Sie hat mir erzählt, Wilma hätte eine Spur zum Mörder ihrer Eltern aufgenommen und sich nicht davon abbringen lassen. Die Wanderung wäre ein Versuch gewesen, die Sache nicht weiterzuverfolgen. Aber es sei zu spät gewesen, jemand könnte ihnen heimlich gefolgt sein."

„Welche Spur sollte Wilma gefunden haben?", fragte Alva. „Wenn nicht einmal Sie, die Sie den Mann gesehen haben, etwas über ihn wissen?"

Andersson fuhr sich mit der Hand über die Augen. „Er hatte ein Tattoo auf dem rechten Unterarm. Ein Pentagramm mit einer Schlange. Bea erzählte mir, Wilma habe sie nach diesem Pentagramm gefragt. Sie war auch mehrmals in den Niederlanden gewesen. Irgendwie muss sie auf den Mann aufmerksam geworden und ihm zu nahe gekommen sein."

Wieder rutschte ein Puzzleteil an seinen Platz. Andersson hatte seine Opfer mit dem Pentagramm gezeichnet, um dem Mörder eine Botschaft zu senden.

„Wusste Bea Björk davon, dass Sie hier waren und einen Rachefeldzug gestartet hatten?“

„Nein, ich hatte ihr erklärt, in die Staaten zurückkehren und endgültig untertauchen zu wollen.“

„Könnte sie vermutet haben, dass Sie dahinterstecken?“

„Auf keinen Fall“, erwiderte er entschieden. „Sie hält mich für einen weichen Kerl, weil ich es nie mehr geschafft habe, Wilma in die Augen zu sehen. Vermutlich war ich das wirklich mal. Aber wenn man nur genug Leid erfährt, dann hört man irgendwann auf, etwas zu fühlen. Dann ist man zu allem fähig.“

75.

„Konntest du Bea Björk inzwischen erreichen?“, fragte Alva.

Jördis schaute vom Computer auf und schüttelte den Kopf. „Ihr Handy ist abgeschaltet. Sie muss den Akku entfernt haben, es ist nicht zu orten. Zuletzt war es in der Nähe von Östersund eingeloggt.“

„Sie sagte, sie wäre gerade unterwegs in den Urlaub. Jetzt sieht das mehr nach einer Flucht aus. Zuletzt war sie also in Jämtland, inzwischen kann sie ganz woanders sein.“

„Oder auch nicht“, sagte Jördis. „Ich habe noch mehr herausgefunden. Bea Björk hat einen Halbbruder, Bent Björk, der ein beachtliches Vorstrafenregister aufzuweisen hat. Drogen, Körperverletzung und einiges mehr. Vor drei Jahren hat er über einen Mittelsmann einen alten Bauernhof in der Provinz Jämtland nahe der norwegischen Grenze erworben. Der Hof liegt ziemlich abseits in einem Tal.“ Jördis drehte den Computerbildschirm zu Alva und zeigte auf ein Luftbild. Der von Wald und Bergen umgebene Hof war zweifellos ein ideales Versteck.

„Wie lange braucht man mit dem Auto von hier bis dorthin?“, fragte Alva. „Zwölf Stunden, vierzehn Stunden oder noch länger?“

„Kommt auch ein wenig auf die Straßenverhältnisse an, besonders auf dem letzten Teil der Strecke.“

Alva rechnete schnell nach. Wenn Bea Björk Sarah am vergangenen Abend gar nicht verfehlt, sondern aufgelesen und zum Bauernhof ihres Halbbruders verschleppt hatte, konnte sie noch nicht allzu lange dort sein. Doch dann war Sarah zweifellos in größter Gefahr.

„Wir haben keine Zeit“, sagte sie. „Wir brauchen das SEK und einen Hubschrauber.“

Sarahs Versuch, sich weiterhin schlafend zu stellen, war kläglich gescheitert. Ihr Zittern hatte sie verraten. Jetzt öffnete sie die Augen und sah in das brutale Gesicht eines Mannes, den sie noch nie gesehen hatte. Trotzdem wusste sie, wer er war: Der Mörder ihrer Eltern und der Mörder von Wilma.

„Na, endlich ausgeschlafen?“, fragte er höhnisch. „Dann können wir zur Tat schreiten. Aber vorher erzählst du uns noch ein bisschen was darüber, was du in den letzten Tagen so erlebt hast. Wen hast du getroffen? Hat dir jemand geholfen?“

Sarah dachte fieberhaft nach. Offenbar wussten sie nichts von Thies. Sie hatte es Bea erzählen wollen, war aber vor Erschöpfung, und weil in dem Kaffee offenbar ein starkes Betäubungsmittel gewesen war, nicht mehr dazu gekommen. War das von Vorteil oder von Nachteil für sie?

Der Fremde stützte seine Hände links und rechts von ihrem Kopf auf und kam ihr bedrohlich nahe. „Hörst du schwer? Wird es bald?“ Sein Atem roch faulig, angeekelt drehte Sarah den Kopf zur Seite und schaute direkt auf seinen rechten Unterarm mit dem auffälligen Tattoo:

Einer Schlange, die sich durch ein Pentagramm wand. Es entsprach genau der Zeichnung in Wilmas Heft.

„Ich habe einen Mann getroffen, dem ich alles erzählt habe“, sagte sie. „Von diesem Tattoo, das zu einem Mörder gehört. Er wird es der Polizei mitteilen und sie werden dich finden.“

„Blöde Schlampe, erzähl keinen Scheiß.“ Der Schlag ins Gesicht traf sie hart, Sarahs Nase begann zu laufen und sie schmeckte Blut.

„Ich habe dir gesagt, du sollst das Ding endlich entfernen lassen“, zischte Bea im Hintergrund.

„Entfernen, als ob das so einfach ginge“, gab er gereizt zurück. „Man kann es dann immer noch erkennen.“

„Dann lass was anderes daraus machen, damit man es nicht mehr erkennt.“

„Ach ja, soll ich jetzt in ein Studio gehen, wo jeder das Zeichen kennt? Dafür hat der blöde Kerl gesorgt, der die dummen Schlampen umgebracht hat. Um die war es nicht schade, um mein Logo tut es mir leid.“

„Du bist so was von ignorant. Wegen deiner Eitelkeit fliegen wir noch auf. Lass es dir von jemandem wegmachen, auf den du dich verlassen kannst.“

„Man kann sich in diesem Geschäft auf niemanden verlassen, dazu ist die Konkurrenz zu hart. Die jetzt auf Kumpel machen, warten auch nur darauf, meine Anteile übernehmen zu können.“

Sarah hielt den Atem an. Sie hoffte, die beiden würden noch lange streiten und sie darüber vergessen. Aber welche Chance hatte sie überhaupt? Einfach aufspringen und weglaufen war wohl keine Option. Sie käme garantiert nicht einmal bis zur Tür.

„Ich muss mal zur Toilette“, sagte sie.

„Gibt es nicht, dann mach in die Hose“, sagte der Mann.

„Bent, das ist eine Sauerei. Ich bringe sie hin." Bea kam zu ihr und fasste Sarah am Arm. „Steh auf und komm mit."

Am liebsten hätte Sarah Beas Hand abgeschüttelt, so angewidert fühlte sie sich von der Frau, deren wahres Gesicht sie jetzt kannte. Doch Beas Griff war eisern. Sie führte Sarah einen schmalen Flur entlang, dessen Dielen so schief waren, dass man den Eindruck bekam, sich auf einem schwankenden Schiff zu befinden. Bea öffnete eine kleine Tür am Ende und schubste Sarah in ein enges Kabuff. Sie musste ihre Augen erst an die Dunkelheit gewöhnen, dann erkannte sie ein primitives Plumpsklo mit einem hölzernen Deckel. Sarah hob ihn ab und zog einen Moment lang ernsthaft eine Flucht durch die Jauchegrube in Erwägung. Aber das Loch war viel zu klein, um sich hindurchzuzwängen. Plötzlich spürte sie einen unbändigen Überlebenswillen. Sarah dachte nicht an sich, sie dachte an ihre Eltern und Wilma. Ihnen war sie es schuldig, ihre Mörder der gerechten Strafe zuzuführen. Ob sie versuchen sollte, sich auf Bea zu stürzen? Wenn sie allein gewesen wären, hätte sie den Versuch gewagt, doch der Mann würde Bea sofort zur Hilfe eilen. In dem Kabuff gab es nichts, was man als Waffe verwenden konnte.

Die Tür wurde aufgerissen. „Bist du noch nicht fertig? Komm jetzt endlich." Bea vermied es, ihr in die Augen zu sehen. War da wenigstens ein Funke schlechten Gewissens, der sich ausnutzen ließe?

„Bea, du kannst das alles hier nicht wirklich wollen. Hilf mir bitte." Ein abfälliges Lachen war alles, was Sarah als Antwort bekam. Und dann tauchte auch schon der Mann neben ihr auf. In der Hand hielt er jetzt eine Waffe mit Schalldämpfer.

„Los, raus hier, bringen wir es hinter uns. Wir haben keine Zeit zu verlieren."

„Sollten wir nicht abwarten, bis es dunkel wird?“, fragte Bea.

„Wozu? Hier sieht uns niemand. Außerdem sollten wir schleunigst verschwinden, falls man nach uns sucht. Dieses Telefonat, das du mit den Bullen geführt hast, könnte sie auf unsere Spur bringen. Das war keine so gute Idee.“

„Was hätte ich denn deiner Meinung nach tun sollen? Mich einfach nicht melden? Dann hätten sie sofort angefangen, nach mir zu suchen. So haben wir wenigstens Zeit gewonnen.“

Sarah hoffte, sie würden eine Weile streiten, doch der Mann machte nur mit der Waffe eine Bewegung zur Tür hin und Bea ergriff wieder ihren Arm. Gegenwehr machte absolut keinen Sinn.

„Wo?“, fragte Bea, als sie draußen standen. Die Luft fühlte sich samtweich an und irgendwo sang ein Vogel. Dies war kein guter Tag zum Sterben.

„Da rüber.“ Er zeigte auf eine Stelle unter einer hohen Fichte. „Da habe ich ihre Alten verbuddelt. Jetzt darf sie sich darauf freuen, bald wieder mit ihnen vereint zu sein.“

„Du solltest zuerst die Grube ausheben. Damit sie hier nicht lange rumliegt.“

Er verdrehte die Augen. „Ach Bea, du mit deinem übertriebenen Sinn für Ordnung. Wer soll sie hier sehen. Die Vöglein in der Luft, die es dann der Polizei zwitschern? Aber wenn du meinst, dann halt das mal kurz.“

Er drückte Bea die Waffe in die Hand, die sie sofort auf Sarahs Brust richtete. Dann ging er zu einem Schuppen hinüber. Sarah versuchte, Bea in die Augen zu schauen, und sie sah darin nur Kälte. Die Hand mit der Waffe war ganz ruhig. Nein, von ihr war kein Mitleid zu erwarten.

Plötzlich war da ein Brummen und Rattern in der Luft, das näher kam. Dann tauchte genau in Sarahs Blickrichtung ein Punkt am Himmel auf, der schnell größer wurde.

Jetzt erkannte sie, was es war. Ein Hubschrauber! Obwohl er noch ein Stück entfernt war, sah man die leuchtenden Farben deutlich. Blau und weiß, das war ein Polizeihubschrauber. Bea hatte es auch gehört, unruhig drehte sie den Kopf und diesen Moment der Unaufmerksamkeit nutzte Sarah. Sie warf sich mit ihrem ganzen Körpergewicht gegen sie und brachte sie so zu Fall. Die Waffe entglitt Beas Hand, sie versuchte, danach zu greifen, aber Sarah war schneller. Aus dem Augenwinkel sah sie den Mann aus dem Schuppen auf sie zustürzen, einen Spaten hoch über seinen Kopf erhoben und bereit, damit zuzuschlagen. Noch immer lagen Bea und sie am Boden, doch Sarah hatte die Waffe. Entschlossen drückte sie den Lauf auf Beas Stirn. Der Mann erstarrte mitten in der Bewegung. Seine Augen zuckten zwischen seiner am Boden liegenden Schwester und dem Hubschrauber, der jetzt direkt über ihnen war, hin und her. Dann warf er den Spaten weg und rannte auf den nahen Wald zu.

Der Hubschrauber ging in ihrer unmittelbaren Nähe nieder, Sarah spürte den Luftzug der Rotoren. „Polizei, werfen Sie die Waffe weg, nehmen Sie die Hände hoch." Mehrere dunkel gekleidete Gestalten kamen auf sie zugelaufen. Sarah spürte, wie jemand sie hochzog. „Sind Sie Sarah Viklund? Kommen Sie mit." Kurz darauf saß sie mit einer Decke um die Schultern und einem Becher Kaffee in der Hand im Schatten des Hubschraubers. Nach und nach trafen mehrere Polizeifahrzeuge und ein Krankenwagen ein. Bea wurde in Handschellen zu einem der Wagen geführt. Kurz darauf tauchten mehrere SEK-Beamte aus dem Wald auf, die Bent Björk in ihrer Mitte führten.

Eine Sanitäterin kam auf Sarah zu. „Sind Sie verletzt? Kommen Sie mit, wir bringen Sie vorsorglich zur Untersuchung ins Krankenhaus."

Sarah stand auf, ging aber an der Frau vorbei und auf die hohe Fichte zu, unter der sie zuletzt gestanden hatte. Sie legte sich mit dem Gesicht nach unten auf den Boden und brach in Tränen aus.

76.

Nun, da alles zu einem Ende gekommen war, suchte Alva Thies Andersson noch einmal in der Untersuchungshaft auf, um die letzten offenen Fragen zu klären. Er wirkte ruhig und gefasst.

„Sie haben ihn gekriegt“, sagte er. „Trotzdem wünschte ich, es wäre mir vor Ihnen gelungen.“

Alva wusste nichts darauf zu erwidern. Würde Andersson sich wirklich besser fühlen, wenn er das Leben von Bent Björk ausgelöscht hätte? Auch wenn Björk ein mehrfacher Mörder war, sah das Gesetz keine Todesstrafe vor. Zum Glück. Sie fragte sich, ob Andersson überhaupt keine Reue empfand, drei junge Frauen getötet zu haben. Was immer sie getan hatten, waren sie doch gleichzeitig Opfer gewesen, in schwierigen Verhältnissen aufgewachsen und verführt durch Drogen und schnelles Geld.

„Diese drei Frauen“, sagte sie. „Sie haben uns nicht gesagt, nach welchen Kriterien Sie sie ausgewählt hatten.“

„Das habe ich Ihnen gesagt. Sie haben für Björk gearbeitet, um ihm neue Kunden zuzuführen und sein Imperium zu erweitern.“

„Richtig, aber wie konnten Sie das wissen? Angeblich kannten Sie nicht einmal Björks Namen.“

„Nein, den kannte ich nicht. Für mich war er nur der Mann, den ich ein einziges Mal gesehen hatte, als er Wilmas Eltern erschoss. Auch Bea kannte seinen Namen angeblich nicht. Aber sie war eines seiner Mädchen gewesen, das genau nach der gleichen Masche gearbeitet hat. Ich hatte sie in einem Chatraum kennengelernt, ich, der gehemmte Junge ohne Freunde, dem es peinlich war, nie Geld zu haben. Bea hat mir erzählt, sie hätte sich geweigert, weiter mitzumachen. Daher ja die Erpressung mit dem Drogentransport in Jesper Viklunds Firmenwagen."

„Sie haben ihr demnach ihre Geschichte geglaubt? Sie dachten, Bea Björk wäre ein Opfer?"

Er nickte langsam. „Erst Täterin, dann Opfer. Das durfte ich ihr nicht vorwerfen, auch ich hatte schließlich eine Zeit lang mitgemacht und Drogen vertickt. Bea arbeitete dann in einem Reisebüro und schien mit der ganzen Sache tatsächlich nichts mehr zu tun zu haben. Der Preis dafür war verdammt hoch gewesen, aber sie war anscheinend raus."

„Und wie war das mit den anderen Frauen?", erinnerte Alva ihn an ihre ursprüngliche Frage.

„Die Erfahrung mit Bea hat mich auf ihre Spur gebracht. Die Frauen rekrutierten ihre Opfer in Chaträumen nach dem immer gleichen Muster. Wenn man das einmal kannte, waren sie leicht zu identifizieren. Sie wurden regelrecht geschult, welche Formulierungen sie verwenden sollten. Aber keine von ihnen wusste, wer Björk wirklich ist und wo er sich aufhält."

„Sie haben versucht, es von den Frauen zu erfahren, bevor Sie sie getötet haben." Alva fröstelte. „Sie hatten eine wichtige Spur gefunden. Sie hätten Ihr Wissen mit der Polizei teilen sollen, statt zum Mörder zu werden."

Er lächelte traurig. „Dafür war es leider zu spät. Ich war bereits zum Mörder geworden, auch wenn ich die Waffe nicht selbst abgefeuert hatte. Zum Mörder an den Menschen, an denen mir am meisten lag. Ich war es ihnen schuldig, ihren Tod zu rächen. Auge um Auge, Zahn um Zahn."

Als Alva in die Dienststelle zurückkam, fand sie alle im Besprechungsraum versammelt. Caroline saß zwischen Rurik und Sven, sie strahlte eine Frische aus, als wäre sie gerade aus dem Urlaub zurückgekehrt. Irgendwie traf das ja auch zu. Offenbar hatte sie sogar Kuchen mitgebracht, mehrere gut gefüllte Teller standen auf dem Tisch. Alva ließ sich am Ende der Tafel neben Jördis nieder.

„Habe ich was verpasst?", fragte Alva.

„Nicht viel." Rurik schien sich ein wenig unbehaglich zu fühlen. „Hilmer ist aus der Haft entlassen. Nur die Sache mit den bei ihm gefundenen Drogen ist noch anhängig, aber darum müssen wir uns nicht mehr kümmern. Er hat über seinen Anwalt Haftentschädigung verlangt, das muss man sich mal vorstellen. Weil er physisch und psychisch erheblich gelitten habe."

„Finanziell hat er jedenfalls nicht gelitten." Sven angelte sich eine Zimtschnecke von einem der Teller. „Sein Name ist jetzt so bekannt wie noch nie. Er soll sogar schon die Welle, dieses Teil, auf dem die Leiche von Linea Arnesen lag, zu einem exorbitanten Preis verkauft haben. Manche Leute haben offensichtlich einen ausgeprägten Hang zum Morbiden. Eine namhafte Galerie eröffnet demnächst eine Ausstellung seiner Werke. Ach, Caroline, wirst du eigentlich die Begrüßungsrede halten?" Sven konnte herrlich unschuldig gucken.

Caroline verzog keine Miene. „Ich werde zukünftig vorsichtiger sein, was mein ehrenamtliches Engagement betrifft. Man weiß sonst nie, was einem angehängt wird. Selbst von Leuten, die einen besser kennen sollten." Der Seitenhieb richtete sich eindeutig gegen Rurik. Trotzdem blieb die Stimmung an diesem Tag entspannt. Alle waren froh über den erfolgreichen Abschluss des Falls und die Rückkehr zur Normalität.

Drei Wochen später bekam Alva die Einladung zu einer Trauerfeier zugeschickt. Auch Birger war von Sarah gebeten worden, zu erscheinen, wenn sie ihre Eltern neben ihrer Schwester beisetzen ließ. „Ich hoffe, sie mutet sich damit nicht zu viel zu und steht das durch“, sagte er zu Alva.

Birgers Sorge sollte sich als unbegründet erweisen. Sarah hatte eine Rednerin engagiert, die einen von ihr verfassten Text vortrug. Darin war nicht nur von der tiefen Trauer um ihre Familie die Rede, sondern auch von der Erleichterung, ihr Schicksal aufgeklärt und sie hier nun vereint zu wissen. Ausdrücklich dankte sie allen, die sie unterstützt und ihr geholfen hatten, allen voran Alva und Birger.

Die Grabstätte, in der die Särge anschließend beigesetzt wurden, war völlig neu gestaltet worden. Der schwarze Stein war einer weißen Marmorsäule gewichen, in die drei Vögel eingraviert waren, die sich in die Lüfte erhoben. Viele Menschen waren gekommen, um ihren Eltern das letzte Geleit zu geben und Sarah die Hand zu drücken. Ihre Tante Astrid und deren Mann hielten sich scheu im Hintergrund. Als Sarah auf sie zuging und sie umarmte, stand ihnen die Erleichterung darüber ins Gesicht geschrieben.

„Wie geht es mit Sarah weiter?“, fragte Alva Birger auf dem Heimweg. „Wird sie bei dir in Behandlung bleiben?“

„Ja, das wird sie wohl noch für eine ganze Weile. Es gibt viel aufzuarbeiten. Aber sie hat schon recht konkrete Vorstellungen von ihrer Zukunft. Die Firma ihres Vaters wird sie verkaufen, das Haus ebenfalls. Sie hat sich fürs

Erste sogar schon eine Wohnung gesucht. Dann will sie Kunstgeschichte studieren."

„Also doch nicht irgendwann die Firma übernehmen, wie es mal angedacht war?"

Birger schüttelte den Kopf. „Es hätte ihr ohnehin nicht gelegen. Das wäre nur der Versuch gewesen, ein Stück der Vergangenheit zu bewahren. Doch Sarah hat inzwischen begriffen, dass sie loslassen und ihren eigenen Weg finden muss."

„Das klingt unglaublich stark für so einen jungen Menschen, der derart viel erleiden musste. Woher nimmt sie diese Kraft?"

„Sie nimmt sie aus der Erinnerung an den Moment, als sie dem Tod ins Auge geblickt hat. Da spürte sie mit jeder Faser, dass sie leben wollte. Denn das Leben ist einmalig und kostbar, trotz allem, was es uns auferlegt. Wenn wir es annehmen, hält es auch immer wieder positive Überraschungen für uns bereit."

Beim letzten Satz schaute Birger Alva auf eine Art an, über die sie hinterher noch lange nachdachte. Ob er ihr damit wohl etwas Bestimmtes sagen wollte?

ENDE

Alva Claesson und Birger Nyberg ermitteln weiter in
Verdammtes Blut!

Lust auf mehr?

Alles über die Autorin und ihre Bücher im Internet auf
http://fiona-limar.de oder auf Facebook unter
https://facebook.com/limar.fiona

Kriminalinspektorin Alva Claesson und Psychologe Birger Nyberg ermitteln – Die Schweden-Thriller von Fiona Limar

Luciablut – Fast jedes Mädchen in Schweden träumt davon, einmal die Lucia zu sein. Für zwei von ihnen wird daraus jedoch ein Albtraum, aus dem es kein Erwachen gibt.

Brennender Hass – Ihre Eltern verschwanden spurlos, ihre Schwester kam unter mysteriösen Umständen ums Leben. Sarah, die einzige Hinterbliebene, leidet unter Panikattacken und albtraumhaften Visionen.

Verdammtes Blut – Der lange Schatten des "Henkers von Gotland" verdunkelt das Leben zweier junger Frauen. Während Amanda sich der Verfolgung durch einen unheimlichen Mann ausgesetzt sieht, sucht Elodie nach ihren familiären Wurzeln. Keine der beiden ahnt, in welcher Gefahr sie schweben.

Team Mord-Nord ermittelt! – Die Brandenburg-Krimis von Fiona Limar

Als Polizeikommissarin Marie Liebig sich von Berlin nach Brandenburg versetzen lässt, ahnt sie noch nicht, dass das Leben in der Provinz alles andere als beschaulich ist …

Schwesternblut – Drei ungleiche Schwestern geraten in einen Strudel von Gewalt und Tod. Die eine entkommt jahrelanger Gefangenschaft und Folter, aber der Schrecken ist noch nicht vorbei…

Spiegel der Angst – Ein Mord, ein Mordversuch – und die Opfer sehen sich zum Verwechseln ähnlich. Ein Zufall? Eine mysteriöse Internetseite und ein alter Aberglauben scheinen in diesem Fall eine Rolle zu spielen.

Der Tod der schwarzen Schwäne – Zwei Frauen werden tot mit Bisswunden an den Hälsen aufgefunden. Beide waren sie „schwarze Schwäne“, sie ließen andere Menschen freiwillig ihr Blut trinken. Die Ermittlungen führen in eine bizarre Subkultur.

Im Dunkel des Grabes – Die psychisch gestörte Doppelmörderin scheint ein klarer Fall zu sein – oder steckt doch mehr hinter ihren Hirngespinsten?

Blau wie der Tod – Eine Lehrerin verschwindet auf einem Schulausflug. Es sieht nach einem tragischen Unfall aus, doch dann tauchen makaber arrangierte Leichenteile auf...

Grabesschatten – Eine blutige Mordserie erschüttert das kleine Dorf Lanzbeck. Der Täter will seine Opfer leiden sehen. Die Dorfbewohner schweigen eisern... aber wie lange noch?

Wenn Liebe mordet – Um eine Serie von fingierten Suiziden aufzuklären geht Marie Liebig Undercover in eine Selbsthilfegruppe für Frauen, die verheiratete Männer lieben. Sie ahnt nicht, wie riskant dieses Unterfangen ist.

Die Spur der Verlorenen – Die Flucht vor gewaltätigen Partnern endet für mehrere Frauen mit dem Tod, denn ein perfider Täter macht sich ihre Not zunutze...

Deiche, Moore, Morde! – Die Schleswig-Holstein-Krimis von Fiona Limar

Sarah liebt ihre Arbeit als Kommissarin bei der Kriminalpolizei. Und der Norden ist alles andere als langweilig…

Das Schweigen der Mörder – Im kleinen Dorf Geistmoor geschieht ein Mord und zwei Mädchen verschwinden spurlos. Die Verbindung zu einem älteren Vermisstenfall drängt sich auf, doch die Dorfgemeinschaft schweigt beharrlich…

Böser Ort – Als am Elberadweg junge Frauen verschwinden, steht die Polizei unter gewaltigem Druck. Ist hier ein Serientäter am Werk?

Die Toten vom See – Ein Tag am See endet mit einem entsetzlichen Verbrechen. Eine Schülerin entkommt den Tätern, doch die Umstände sind rätselhaft. Die Spur führt in eine Welt voll abartiger Fantasien.

Die Psychologie des Bösen – eine Psychologin auf den Spuren des Verbrechens.

Einige Fälle, mit denen es die Psychologin Iris Forster in ihrer Praxis zu tun bekommt, entpuppen sich als wahre Abgründe der menschlichen Seele.

Eine tödliche Erinnerung – Eine ihrer Patientinnen wird mehrerer Morde beschuldigt – hat sie sie wirklich begangen?

Henkersbraut – Ein mysteriöser Mord in einem Kurort weist eine rätselhafte Verbindung zu einem 400 Jahre zurückliegenden Hexenprozess auf.

Mörderblut – Der „Dornröschenmörder“ verbreitet Angst und Schrecken und Iris muss befürchten, dass es sich bei dem Gesuchten um einen ihrer Patienten handelt.

Ohne Erbarmen – Patienten einer Klinik geraten Jahre später ins Visier skrupelloser Mörder.

Psychologin Iris Forster geht für ihre Patienten bis an die Grenze – für alle Leser, die tiefgründige und spannende Unterhaltung lieben!

Mordflüsterer – *Als sie das Zeichen sahen, war es schon zu spät, denn es bedeutete, dass sie gleich sterben würden.*

Die beiden Morde, die sich kurz hintereinander ereignen, sind völlig unverständlich, doch noch unerklärlicher ist das Verhalten der bald darauf ermittelten Täter. Sie weisen die Gemeinsamkeit auf, dass sie kurz zuvor bei der gleichen Psychotherapeutin in Behandlung waren. Liegt dort die Ursache für ihre Taten verborgen? Bald stellen sich die Ermittler die Frage, ob man einen Menschen so manipulieren kann, dass er zum Mörder wird. Aber wie soll das funktionieren? Und vor allem: Welches Interesse könnte dahinterstecken? Während sich immer neue Fragen auftun, beginnt sich das Netz bereits um die nächsten Opfer zuzuziehen.

Schicksalsmord – Die attraktive Lydia hält sich für eine geniale Lenkerin der Geschicke anderer Menschen. Höchst raffiniert und immer auf den eigenen Vorteil bedacht zieht sie die Fäden, an denen die sie umgebenden Personen wie Marionetten tanzen. Ihre Eltern, zwei Ehemänner, einige Liebhaber, Freundinnen und Kolleginnen und nicht zuletzt ihre gutgläubige, sanftmütige Schwester Ulrike werden zu Opfern ihrer Manipulationen. In der Wahl ihrer Mittel ist Lydia dabei durchaus nicht zimperlich: Verleumdung, Rufmord und sogar Mord gehören zu ihrem Repertoire. Doch irgendwann beginnen ihr die Fäden zu entgleiten und sich zu einem Gespinst zu verknüpfen, in dem sie sich immer mehr verfängt. Sie wird des Mordes an ihrem Ehemann bezichtigt, und die Ermittlungen bringen immer neue Indizien und peinliche Enthüllungen ans Licht. In die Enge getrieben sieht Lydia nur noch einen Ausweg: Sie muss Ruf und Leben ihrer Schwester zerstören, um sich selbst zu retten. Doch der teuflische Plan birgt seine Risiken.

Der Teufel von Heiligendamm – Ostseethriller

Unheil braut sich im Ostseebad Heiligendamm zusammen. Niemand vermochte die Spuren am Körper einer Frau, die eines Morgens ermordet in der Brandung lag, zu deuten. Sie schienen weder tierischen noch menschlichen Ursprungs zu sein. Der Täter konnte nicht gefunden werden. Bald steht ein Haus an der Steilküste im Mittelpunkt unheimlicher Gerüchte, da sich hier bereits mehrere mysteriöse Todesfälle ereigneten. All das hält Lara, eine junge Frau, die an der Küste ein neues Leben beginnen will, nicht vom Einzug in dieses Haus ab. Doch bald häufen sich dort beängstigende Vorfälle. Und plötzlich geschieht ein weiterer Mord.

Schattenmord – *Wenn dein schönster Traum zum Alptraum wird. Wenn sich Abgründe auftun, die dich zu verschlingen drohen ...*

Nach einem mysteriösen Überfall gerät Julias Leben aus den Fugen. Sie hat Gedächtnislücken, fühlt sich verfolgt und leidet unter düsteren Visionen von toten Frauen. Auch ihr Mann Alexander, mit dem sie zuvor sehr glücklich war, scheint ihr einiges zu verschweigen. Doch im Hintergrund zieht ein anderer die Fäden, an denen Julias Leben hängt.

Printed in Poland
by Amazon Fulfillment
Poland Sp. z o.o., Wrocław

93175250R00199